Catherine Ryan Hyde
Meilenweit bis ans Ziel

AF202216

Das Buch

Eines würde der junge Software-Entwickler Lewis niemals tun: freiwillig Zeit mit seinem verbitterten Nachbarn Chester verbringen. Doch dann verliert Lewis seinen Job und wird von seinem Partner verlassen. Aus der Not heraus nimmt er die Stelle als Chesters Pfleger an, obwohl er dessen erniedrigende Kommentare nicht erträgt.

Trotz nervenaufreibendem Alltag kann Lewis nicht Nein sagen, als Chester ihm seinen letzten Wunsch mitteilt. Meilenweit fährt er den kranken alten Mann nach Arizona zu dessen Exfrau. Je länger sie unterwegs sind, desto mehr erkennt er den verletzlichen Menschen hinter der griesgrämigen Fassade. Denn Chester kämpft mit seiner schmerzhaften Vergangenheit …

Die Autorin

Die mehrfach ausgezeichnete amerikanische Autorin Catherine Ryan Hyde hat bislang knapp dreißig Bücher veröffentlicht. Auf Deutsch von ihr erschienen sind neben weiteren Titeln »Tage der Hoffnung«, »Als ich dich fand« und »Ich bleibe hier«. Ihr bekanntester Roman »Das Wunder der Unschuld« wurde in mehr als 23 Sprachen übersetzt und unter dem Titel »Das Glücksprinzip« mit Kevin Spacey und Helen Hunt verfilmt.

Neben dem Schreiben ist Catherine Ryan Hyde auch als Referentin tätig und stand bereits dreimal zusammen mit Bill Clinton als Rednerin auf dem Podium.

Catherine Ryan Hyde unternimmt gerne Wanderungen und Reisen und ist eine große Hobbyfotografin.

Catherine Ryan Hyde

MEILENWEIT BIS ANS ZIEL

ROMAN

AUS DEM AMERIKANISCHEN VON MARION PLATH

Die amerikanische Ausgabe erschien 2022 unter dem Titel
»So Long, Chester Wheeler« bei Lake Union Publishing, Seattle.

Deutsche Erstveröffentlichung bei
Tinte & Feder, Amazon Media EU S.à r.l.
38, avenue John F. Kennedy, L-1855 Luxembourg
März 2023
Copyright © der Originalausgabe 2022
By Catherine Ryan Hyde
All rights reserved.
Copyright © der deutschsprachigen Ausgabe 2023
By Marion Plath

Die Übersetzung dieses Buches wurde durch Amazon Crossing ermöglicht.

Umschlaggestaltung: zero-media.net, München
Umschlagmotiv: © Taiga © Muzhik / Shutterstock; © Jozef Polc / Alamy
Lektorat: Cathérine Fischer
Korrektorat: Manuela Tiller
Gedruckt durch:
Amazon Distribution GmbH, Amazonstraße 1, 04347 Leipzig /
Canon Deutschland Business Services GmbH, Ferdinand-Jühlke-Straße 7,
99095 Erfurt /
CPI books GmbH, Birkstraße 10, 25917 Leck

ISBN 978-2-49671-284-1
e-ISBN: 978-2-49671-283-4

www.tinte-feder.de

Kapitel 1

Ein schlechter Nachbar

Ich will gleich zum wichtigsten Detail kommen. Die meiste Zeit, die ich Chester Wheeler gezwungenermaßen kannte, verachtete ich ihn. Und das mit jeder Faser meines Körpers. Die Versuchung zu sagen, dass ich ihn sogar hasste, ist groß, doch das ist eine Grenze, die ich nicht überschreiten will. Niemand will ein Gefühl wie Hass hegen, aber man kann durchaus sagen, dass ich Leute wie Chester deshalb hasste, weil sie einem das Hassen so leicht machten. Da wollte ich also ein friedliches Leben führen, mit niemandem Streit haben, und dann kam Chester, fand diesen winzigen Keim des Hasses in mir und zog ihn heraus, sodass er ans Licht trat, als wäre er mein bestimmender Charakterzug. Und dann sagen Leute wie er: ›Sehen Sie? Sie sind genauso hasserfüllt wie ich.‹ Derweil haben erst sie das verursacht. Und tatsächlich sagte er das bei mindestens einer Gelegenheit zu mir. Aber ich schweife vom Thema ab.

Den Augenblick, von dem an ich Chester verachtete, kann ich ganz genau festlegen. Fairerweise muss ich sagen, dass es ausgerechnet am schlimmsten Tag meines Lebens war, als ich mit seiner Einstellung konfrontiert wurde. Das konnte er zwar nicht wissen, als er seine große Klappe aufriss, aber es entschuldigt seine Grobheit noch lange nicht.

Außerdem sollte ich erwähnen, dass es nicht nur mir so ging. Alle hassten Chester Wheeler. Selbst seine erwachsenen Kinder. Aber nun habe ich schon wieder das H-Wort erwähnt, obwohl ich es doch vermeiden wollte.

Ich fange am besten am Anfang an. Vielleicht schon ein bisschen davor, denn man kann unmöglich verstehen, wie tief Chesters Beleidigung mich verletzte, wenn man die Einzelheiten des schlimmsten Tages meines Lebens nicht kennt.

Ich hatte einen sehr guten Beruf, der in Kürze sogar noch besser werden sollte. Jedenfalls dachte ich das zu diesem Zeitpunkt.

Ich arbeitete als Entwickler für ein Software-Unternehmen, und man hatte mir eine Gehaltserhöhung versprochen – zum ersten Mal in meinem Leben eine sechsstellige Summe pro Jahr. Das mag für manch anderen vielleicht nicht so weltbewegend klingen, aber für einen Vierundzwanzigjährigen wie mich war das eine Menge Geld.

Ich hatte gerade meinen Gehaltsscheck abgeholt.

Eilig riss ich den Umschlag auf und sah auf den Betrag. Er hatte sich nicht geändert. Es war genau dieselbe Summe, die ich alle zwei Wochen in meinen ersten sechs Monaten bei der Firma erhalten hatte.

Dann fiel mir ein rosafarbenes Blatt Papier auf, das noch in dem Umschlag steckte.

Rosa. Rosa wie die Farbe von Kündigungsschreiben.

Als ich dort im Flur stand, spürte ich die Hitze im Gesicht und die Leere in meinem Kopf. Dachte ich absichtlich an nichts oder konnte ich keinen Gedanken fassen? Ich wusste es nicht.

Wahrscheinlich vergingen mehrere Minuten, bis ich lostiefelte, zu Edwards Büro. Das müsste doch alles nur ein schreckliches Missverständnis sein. Vielleicht eine Verwechslung. Sollte jemand in der Firma mit meiner Arbeit unzufrieden sein, dann hätte ich das doch gewusst.

Ich klopfte an Edwards Tür.

Dem Gemurmel hinter der Tür zufolge – aufgewühlt und etwas ängstlich – sollte ich besser nicht öffnen.

»Sorry, nein, nicht jetzt, sorry, ich kann nicht …«

Ich öffnete die Tür.

Er blickte zu mir auf, als wäre ich gekommen, um sein Leben zu beenden.

»Lewis«, sagte er.

Ich öffnete den Mund, aber nichts geschah. Es kamen keine Worte heraus. Ich stand einfach mit meinem Gehaltsscheck und dem zerknüllten Kündigungsschreiben in der Hand in seiner Bürotür. Natürlich wusste er, weshalb ich hier war.

»Es war nicht meine Entscheidung«, sagte er. »Und es hatte nichts mit dir oder deiner Arbeit zu tun. Und du bist nicht der Einzige. Wir mussten die Belegschaft reduzieren, sonst wären wir untergegangen. Ich musste vier Angestellte entlassen. Aber ich werde dir eine ausgezeichnete Referenz geben, alter Junge.«

Was für eine seltsame Bezeichnung für einen Mann Mitte zwanzig, aber das spielte jetzt keine Rolle.

»Es ist der schlechteste Zeitpunkt überhaupt, um eine neue Stelle zu finden.«

»Ich weiß«, sagte Edward. »Es tut mir leid.«

Ich konnte ihm ansehen, dass er es ehrlich meinte. Und ich verstand, dass es kein Missverständnis gewesen war. Keine Verwechslung. Es hatte keinen Sinn, auf Edward wütend zu sein, denn offenbar waren ihm die Hände gebunden gewesen.

Als ich wieder in den Flur trat, kollabierte ich dort. Ich fiel zwar nicht in Ohnmacht, aber ich bekam auch nicht mit, was eigentlich passierte. Ich weiß nur noch, dass ich plötzlich mit dem Rücken an der Wand auf dem Linoleumboden saß und mein Gesicht in den Händen vergraben hatte.

Es mag wie eine extreme Reaktion erscheinen, aber ich sollte vielleicht ein paar Faktoren erwähnen, die dazu beitrugen.

Erstens, wie ich zu Edward gesagt hatte, war der Arbeitsmarkt eine Katastrophe. Es sei denn, ich wollte für ein Fünftel meines bisherigen Gehalts Burger braten. Und selbst, um diese besagten Burger braten zu dürfen, müsste ich zuerst mit anderen Hochschulabsolventen konkurrieren.

Zweitens war ich in einer vielversprechenden, doch ziemlich neuen Beziehung mit einem Mann, mit dem ich für immer zusammenbleiben wollte, auch wenn es bisher erst zehn Monate waren. Ich war der Großverdiener von uns beiden gewesen, und jetzt musste ich nach Hause gehen und ihm gestehen, dass wir von seinem Gehalt leben müssten, bis ich etwas Neues fand. Was – siehe Dilemma Nummer eins – eine Weile dauern könnte.

Dazu kommt, dass mein Vater seine Arbeit verloren hatte, als ich vier Jahre alt war. Meine Mutter und er stritten sich von da an nur noch, bis er die Familie sitzen ließ und wegzog. Ich hatte ihn seitdem nie mehr gesehen.

Ich bin sicher, dass auch dieses Kindheitstrauma zu meiner Reaktion beitrug.

Tim und ich hatten davon geträumt, den trüben, grauen Himmel und den Schneematsch von Buffalo hinter uns zu lassen und in Meeresnähe in Kalifornien zu leben. Wir hatten Geld angespart, um den Traum Realität werden zu lassen. Als ich dort auf dem Flur saß, sah ich den Traum davonfliegen. In meiner Vorstellung hatte er richtige Flügel, die im träumerischen Zeitlupentempo auf und ab schlugen. In meinen Gedanken, hinter meinen geschlossenen Augen, winkte ich ihm zum Abschied nach.

Als ich meine Hände sinken ließ und die Augen öffnete, stand Carol Linley vor mir.

»Du auch?«, fragte sie.

»Ja«, erwiderte ich. »Ich auch.«

»Wirst du zurechtkommen?«

»Ich glaube nicht«, sagte ich, »nein. Aber mit etwas Glück irre ich mich vielleicht. Ich habe mich schon öfter geirrt.«

»Wenigstens musst du nicht wieder bei deiner Mutter einziehen.«

»Mal sehen.«

Ehrlich gesagt war mir klar, dass dies nicht infrage kam. Die Beziehung zu meiner Mutter war schon immer … angespannt gewesen. Um es höflich auszudrücken. Aber es war eine gute Erwiderung.

Mit einem schiefen Lächeln auf dem Gesicht wandte sie sich zum Gehen.

»Pass auf dich auf, Lewis«, rief sie über die Schulter.

»Danke«, sagte ich. »Du auch.«

Dann stand ich auf, nahm meine Tasche und ging raus zu meinem Auto, an dem ich sehr hing, aber das wahrscheinlich das nächste Opfer werden würde, da es noch nicht abbezahlt war. Ich versuchte, diese Gedanken abzuschütteln, und fuhr nach Hause.

* * *

Als ich vor unserem zweistöckigen gemieteten Haus anhielt, war Tim gerade dabei, Kartonboxen in den Kofferraum seines älteren Autos zu laden.

Ich stieg aus und blieb vor ihm auf der Straße stehen, zu weit auf der Verkehrsspur. Der Fahrer eines aufgemotzten Sportwagens hupte laut, bevor er einen Bogen um mich machte. Das hätte er auch gleich tun können, ohne diesen theatralischen Lärm, dachte ich.

Ich verspürte plötzlich ein noch sehr frisches Déjà-vu. Als ich hier stand und beobachtete, wie er sein Auto belud, fühlte ich mich wie vorhin auf dem Flur, als ich auf das

Kündigungsschreiben starrte. Wissen und Nicht-Wissen, Verstehen und Nicht-Verstehen. Alles gleichzeitig.

»Was machst du da?«, fragte ich.

Ich hatte es nicht aussprechen wollen. Denn damit forderte ich natürlich eine Antwort heraus.

»Ich ziehe nach Kalifornien«, sagte er und wich meinem Blick aus.

»Allein?«

»Ja.«

»Gibt es einen bestimmten Grund dafür?«

Er blickte mir direkt ins Gesicht und sofort wünschte ich, er hätte es nicht getan.

Seltsam, wie man manchmal denkt, man würde jemanden kennen. Wie man denkt, man wüsste, was in jemandem vor sich geht, bis sich herausstellt, dass man nur weiß, was diese Person einem erlaubt hat zu wissen. Wie jemand eigentlich aus zwei Personen besteht, von denen die eine ein vollkommen Fremder ist.

»Das muss ich dir doch nicht wirklich erklären«, sagte Tim, »oder? Wirklich?«

Ich schäme mich sehr, das Folgende zugeben zu müssen.

Ich hatte keine Ahnung gehabt, dass er unglücklich gewesen war. Ich hätte keine Vermutung wagen können, welche Probleme er gehabt hatte. Ich konnte nicht einmal ausmachen, in welchem Bereich unserer Beziehung ich im Dunkeln herumstochern sollte.

»Ich glaube nicht«, erwiderte ich.

Warum hatte ich das gesagt? Weil er nicht wissen sollte, dass ich zu beschränkt war, die Wahrheit zu erkennen? Weil er es mir sagen könnte, falls ich fragte? Weil dieser Tag schon schwer genug gewesen war und ich nicht mehr ertragen konnte? Wieder stocherte ich im Dunkeln.

»Ich muss noch einige Sachen packen«, sagte er. »Könntest du mir helfen, ein paar Kisten zu tragen?«

»Nein«, sagte ich ohne Zögern.

Mir blieb keine andere Wahl, als ohnmächtig mitanzusehen, wie er mich verließ. Ich konnte nur entscheiden, ob ich ihn dabei unterstützen wollte oder nicht. Ihm zu helfen, wäre so gewesen, als würde ich meine Armee verlassen und zum feindlichen Lager überlaufen.

Ich saß auf dem Bordstein, während er fertig packte, dann fuhr er ohne ein Wort des Abschieds davon. Keine Umarmung. Keine Adresse, an die ich seine Briefe schicken könnte, und kein Versprechen, mich anzurufen, wenn er sich eingerichtet hatte.

Wahrscheinlich war er wütend, weil ich ihm nicht beim Tragen geholfen hatte.

Ich lauschte dem leiser werdenden Geräusch des alten, klapprigen Auspuffs, als sich sein Auto entfernte. Die Sonne hatte sich tiefer über den Horizont gesenkt und die Dämmerung setzte ein. In kurzer Abfolge zogen mir zwei Gedanken durch den Kopf. Der erste war: Jetzt muss ich ihm nicht gestehen, dass ich meinen Job verloren habe und wir von seinem Gehalt leben müssen. Und der zweite: Ich habe kein Geld zum Leben.

Ich erhob mich und klopfte meine gute Arbeitshose ab. Ich drehte mich um.

Mein Nachbar von nebenan, Chester Wheeler, saß im Rollstuhl auf seiner Veranda. Seine dominikanische Pflegerin stand mit dem Rücken an die Haustür gelehnt hinter ihm und rauchte eine Zigarette.

Ich ignorierte Chester so gut wie möglich und ging den Weg zu meiner Haustür.

»Sieh an, sieh an«, rief Chester mir zu. »Es wird immer besser.«

Ich blieb ruckartig stehen. Ich hätte ihn einfach nicht beachten sollen. Das wusste ich, doch ich reagierte trotzdem.

»Was meinen Sie?«, fragte ich.

»Ich habe mal neben einer ganzen Herde Homosexueller gelebt. Jetzt ist wenigstens nur noch ein schwarzes Schaf übrig.«

Unsere Freundin Anna hatte bis letzten Monat bei uns gewohnt. Ich nehme an, dass sie den Rest der ›Herde‹ ausmachte. Anna war hetero, aber schließlich war dies Chester Wheeler. Nicht jemand, dessen Urteil man vertrauen könnte.

Seine über den Schädel gekämmten Haare konnten nicht die kahle Stelle auf seinem Kopf kaschieren. Er hatte ein rotes, hängebackiges Gesicht. So alt war er eigentlich noch gar nicht. Vielleicht um die siebzig, doch gesundheitlich war er offenbar angeschlagen. Ich kannte die näheren Details nicht und weder wollte ich sie kennen noch kümmerte es mich.

»Sie sind ein gehässiger, alter Mann, Chester«, rief ich. »Es ist kein Wunder, dass niemand Sie ausstehen kann. Kein Wunder, dass kein Pfleger es lange bei Ihnen aushält und Ihre Kinder nie zu Besuch kommen. Sie sind einfach unerträglich.«

Ich musste einen wunden Punkt getroffen haben, denn er wendete mühsam seinen Rollstuhl und schob sich zurück ins Haus. Agostina musste ihm aus dem Weg springen.

Sie blieb noch einen Augenblick auf der Veranda stehen und drückte an der Sohle ihres pinkfarbenen Turnschuhs ihre Zigarette aus. Sie war eine Frau in ihren Vierzigern, ihre langen Haare hatte sie immer zu komplizierten, kunstvollen Frisuren aufgesteckt.

»Wie können Sie ihn ertragen?«, fragte ich sie von meiner Veranda aus.

»Ich kann es nicht«, rief sie zurück.

»Aber trotzdem kümmern Sie sich um ihn.«

»Ab sieben Uhr heute Abend nicht mehr. Ich gehe. Das ist mein letzter Tag.«

»Weiß er das schon?«

»Noch nicht. Es sei denn, seine Ohren sind besser, als ich dachte, und er hat mich gerade gehört. Eine schlechte Nachricht für ihn, weil in der Agentur niemand mehr übrig ist, den sie noch zu ihm schicken könnten. Er hat alle Pfleger vergrault. Ich habe es als Einzige noch ausgehalten, weil ich das Geld brauche. Aber es ist die Sache nicht wert, Lewis. So viel können sie mir gar nicht zahlen, dass es das wert ist. Da hungere ich lieber.«

»Wann wollen Sie ihm die schlechte Nachricht überbringen?«, fragte ich und konnte mir eine köstliche Schadenfreude nicht verkneifen.

»Vielleicht überhaupt nicht«, sagte sie. »Ich … sage es ihm vielleicht gar nicht. Ich will nicht hören, was passiert, wenn er sich nicht mehr zurückhält, weil er Angst hat, mich zu verlieren. Ich denke, ich werde einfach gehen. Er wird es schon merken, wenn ich nicht mehr komme.«

»Gut«, sagte ich. »Das ist das Mindeste, was er verdient.«

Sie steckte ihre halb gerauchte Zigarette zurück in die Schachtel und blickte mich mit leicht zusammengekniffenen Augen an.

»Wohin ist Tim gefahren?«

»Nach Kalifornien.«

»Ohne Sie?«

»Ja.«

»Das hatte ich Ihnen gar nicht angemerkt.«

»Ich hatte es selbst nicht gewusst.«

»Oh. Das tut mir leid. Werden Sie zurechtkommen?«

»Ich glaube nicht, nein. Aber mit etwas Glück irre ich mich vielleicht. Ich habe mich schon öfter geirrt.«

»Alles Gute, Lewis«, sagte sie.

»Ihnen auch, Agostina.«

Es fühlte sich wie eine echte Verbindung an – geschlossen in dem Moment, in dem ich wusste, dass wir uns nie mehr wiedersehen würden.

Und tatsächlich sah ich sie danach nie wieder.

* * *

»Die Getränke übernehme ich«, sagte Anna.

»Das geht auch gar nicht anders«, erwiderte ich.

Es war der folgende Abend, wir waren in einer Bar. Einer Bar für Homosexuelle. Es war nicht meine Idee gewesen, sondern Annas. Ich hatte ja schon erwähnt, dass Anna nicht lesbisch ist, und hätte sie gern gefragt, weshalb sie diese Bar gewählt hatte, doch es gab so viele andere Fragen, die ebenfalls durch meinen Kopf geisterten.

An der Theke versuchten wir, die Aufmerksamkeit des Barkeepers auf uns zu ziehen.

»Du hast doch dein Gehalt bekommen«, sagte sie. »Oder? Sag mir, dass du einen Gehaltsscheck bekommen hast.«

»Ja, natürlich. Der Scheck ist da. Das Problem ist nur … es ist mein letzter.«

»Verstehe«, sagte sie. »Aber du hast doch diese Ersparnisse.«

»Ich habe keine Ersparnisse.«

»Du hattest doch all das Geld. Das ihr für Kalifornien angespart habt, du und Tim.«

»Ja. Nun ja. Es erfüllt jetzt sozusagen sein Schicksal. Es ist auf dem Weg nach Kalifornien. Mit Tim.«

»Er hat alles mitgenommen?«

»Jeden Penny.«

Seit meinem Anruf bei der Bank war ich voller Wut gewesen, eingeschlossen in einen Kreislauf aus Unruhe und Groll. Jetzt, als ich mit ihr sprach, hatten sich diese Gefühle zu meiner

Überraschung in eine depressive Stimmung verwandelt. Wer hätte das gedacht?

»Kann er das überhaupt tun?«

»Er hat es bereits getan, also würde ich sagen: ja.«

»Aber ich meine … aus rechtlicher Sicht?«

»Es war ein gemeinsames Konto. Es lief auf unsere beiden Namen.«

Der Barkeeper kam endlich zu uns. Anna bestellte einen Krug Bier und dann setzten wir uns. Einen freien Tisch zu finden war nicht schwer, denn es war erst halb sieben.

Anna hatte lange, rötliche Haare und es sah fast so aus, als hätte sie sie vor unserem Treffen nicht mal durchgekämmt. Vielleicht hatte sie gerade geschlafen, als mein Anruf kam.

»So«, begann ich und machte mich darauf gefasst, mich auf unsicheres Terrain zu begeben, »du hast mir noch nicht gesagt, was du von Tims Abschiedsworten hältst.«

»Als er meinte, du wüsstest, warum?«

»Genau, ja. Ergibt das einen Sinn für dich?«

»Ja und nein«, antwortete sie.

Der Kellner kam mit unserem Bier und Anna schenkte mir zuerst ein. Denn diese Art von Freundin war sie.

»Du hast also gewusst, dass er nicht glücklich war?«, fragte ich.

»Ja und nein«, antwortete sie wieder.

»Was meinst du damit?« Ich versagte kläglich bei dem Versuch, meine Frustration zu verbergen.

Anna nahm einen großen Schluck Bier. Sie wich meinem Blick aus, was zweifellos ein schlechtes Zeichen war. Ich wartete ungeduldig.

»Er erschien mir irgendwie … angespannt. Oder verärgert. Oder … Ich weiß nicht, nach welchem Wort ich suche. Er kam mir ein bisschen distanziert vor, aber ich dachte, Tim wäre einfach so.«

Und ich hatte das nicht einmal bemerkt. In meinem Kopf drehte es sich. In welcher Welt lebte ich eigentlich? Welche Beziehung hatte ich in den letzten zehn Monaten geführt? Offenbar nicht dieselbe wie Tim.

Einen Augenblick lang gab ich mich völlig den Gedanken an meine Unzulänglichkeiten hin. Irgendwie, aus irgendeinem Grund, war ich nicht genug. Daher war Tim weg. Die Tatsache, dass ich den Grund nicht kannte und ich ihn seiner Meinung nach kennen sollte, goss nur noch mehr Öl ins Feuer.

Ich entschied, die Unterhaltung in eine völlig andere Richtung zu lenken, denn das aktuelle Thema nagte zu sehr an mir.

»Ich habe dir noch nicht erzählt, was für eine Beleidigung mein Nachbar losgelassen hat.«

»Du meinst Chester Wheeler?«

»Genau den.«

»Dann erzähl es mir lieber nicht.«

»Ich muss es aber loswerden.«

»Das funktioniert nie«, sagte sie. »Leute denken immer, sie würden sich besser fühlen, wenn sie sich beschwert haben. Aber so was schürt eine Sache nur noch weiter an. Es hält sie am Leben, es füttert sie. Darum habe ich auch nie verstanden, weshalb manche Leute sich über manche Dinge besonders gern aufregen. Warum schenkt man einem Ärgernis so viel Aufmerksamkeit? Weißt du, ich kann mir schon denken, was Wheeler gesagt hat. Irgendwas Idiotisches. Weil er ein Idiot ist. Verschwende nicht so viele Gedanken an diesen Typen. Du brauchst deinen Kopf doch für Wichtigeres, oder?«

Schweigend trank ich mein Bier, etwas verblüfft. Es sah Anna gar nicht ähnlich, mich so schroff abzukanzeln. So hatte es sich jedenfalls angefühlt.

Ich sagte immer noch nichts.

»Weißt du, ich verstehe es«, fügte sie hinzu. »Ich bin nicht unsensibel. Er hat dich beleidigt und es dauert, das zu verarbeiten. Ich brauche meistens etwa drei Tage, bis ich so etwas aus meinem System habe und weitermachen kann. Aber versuch lieber, diesem Gefühl nicht noch mehr Raum zu geben, während du wartest, dass es verschwindet.«

»Okay«, sagte ich. Doch es war nicht okay. Ich fühlte mich immer noch etwas getroffen.

»Anderes Thema«, sagte sie. »Offensichtlich ist das Timing scheiße.«

Eine Erklärung war nicht nötig. Vor weniger als einem Monat war sie ausgezogen, um Tim und mir mehr Platz und Privatsphäre zu geben. Und jetzt hatte ich niemanden mehr, mit dem ich die Kosten für die Miete teilen konnte.

»Du könntest wohl nicht …«

Doch sie ließ mich den Satz nicht beenden.

»Ich habe den Mietvertrag für die neue Wohnung schon unterschrieben«, sagte sie.

»Das hast du mir noch gar nicht erzählt.«

»Warum sollte ich dir das erzählen?«

»Ich dachte, wir würden uns alles erzählen.«

»Ich habe dir gesagt, dass ich den Mietvertrag bald unterschreiben werde. Ich dachte nicht, dass es eine so große Neuigkeit ist, wenn der Stift das Papier berührt.«

»Jetzt brauche ich wohl einen neuen Mitbewohner.«

»Oder zwei.«

»Stimmt. Oder zwei.«

»An deiner Stelle würde ich gleich mit der Suche beginnen«, schlug sie vor.

Ich trank schweigend mein Bier und blickte mich um. Der Himmel draußen hatte sich verdunkelt. Zwei Männer mittleren Alters hatten eine langsame Ballade auf der Jukebox gewählt und tanzten jetzt dazu. Mein Magen zog sich zusammen, denn ich hatte wirklich geglaubt, dass Tim und ich für immer zusammenbleiben würden.

Warum war ich so ein Narr?

»Warum hast du eine Bar für Homosexuelle ausgesucht?«

»Weil du Single bist.«

Ich wollte lachen, aber stattdessen gab ich ein schnaubendes Geräusch von mir. Tatsächlich ging es mir erst in diesem Augenblick auf, als sie es sagte. Ich war nicht mehr in einer Beziehung. Ich war Single.

»Erst seit ein paar Stunden«, sagte ich und versuchte, locker zu klingen.

»Ich schlage ja nicht vor, dass du jetzt sofort jemanden kennenlernen sollst, mit dem du bis ans Ende deiner Tage glücklich wirst. Ich sage nur, dass es Zeit sein könnte, dein Single-Dasein zu akzeptieren. Du weißt schon, den Übergang zu machen.«

»Ich hasse nichts so sehr wie Übergänge«, sagte ich.

»Oh Lewis«, erwiderte sie. »Das weiß ich doch.«

Kapitel 2

Oн

Wie viele es genau waren, weiß ich nicht, aber es waren mehrere Tage vergangen.

Als es um 8.35 Uhr an der Haustür klopfte, schlief ich noch tief, denn bis spät in die Nacht hatten mich meine Geldsorgen und Zukunftsängste wachgehalten.

Ich stand auf, zog meinen alten, ausgewaschenen Frottee-Bademantel an und machte mich grummelnd auf den Weg zur Tür. Als ich öffnete, strahlte mir das Sonnenlicht so grell entgegen, dass ich mit einem Arm meine Augen abschirmen musste.

Der Typ auf meiner Veranda trug ein ärmelloses T-Shirt und eng sitzende Jeans, obwohl er ein wenig zu alt für diesen Look war. Ich schätzte ihn auf Ende fünfzig.

»Ich bin Rick«, stellte er sich vor.

»Bist du wegen des freien Zimmers hier?«

»Genau.«

»Hatten wir nicht neun Uhr dreißig vereinbart?«

»Ich bin ein bisschen früh dran.«

Ich erwiderte nichts. Ich war immer noch im Halbschlaf und dachte, wenn er genügend Zeit bekäme, würde er seinen Fehler ebenso klar wie ich erkennen.

»Das verstehst du doch«, fügte er hinzu.

»Was verstehe ich?«

»Na ja. Einfach, dass … ich nicht zu spät kommen wollte.«

»Oder zu früh«, sagte ich mit einem Anflug von Sarkasmus.

In diesem Augenblick hörte ich die gefürchtete Stimme von Chester, der von seiner Veranda zu uns hinüberrief.

»Ein neues schwarzes Schaf für die Herde, was? So seid ihr Schwulen.«

Rick drehte sich um. Chester hatte anscheinend trotz allem eine neue Pflegekraft gefunden, denn hinter ihm und seinem Rollstuhl fegte eine ungewöhnlich kleine kurzhaarige Frau, vielleicht in ihren Vierzigern, die Veranda.

Einen Augenblick lang schwiegen wir betreten, denn wie sollte man auf einen so beschämend kindischen Beleidigungsversuch reagieren?

Schließlich drehte Rick sich wieder zu mir um.

»Warum hat er das gesagt?«, fragte er.

»Weil er ein Idiot ist.«

»Bist du schwul?«

»Ja. Macht das einen Unterschied?«

»Eigentlich nicht. Ich meine … vielleicht, nur weil du es mir nicht mitgeteilt hast.«

»Wann hätte ich das tun sollen? In der Wohnungsanzeige? Wir haben nicht einmal miteinander geredet.«

»Stimmt«, sagte er. »Stimmt.« Dann, unerklärlicherweise, ein drittes Mal »Stimmt«. »Na ja, darum geht es mir eigentlich nicht. Ich möchte nur nicht in ein Haus mit scheußlichen Nachbarn ziehen. Das braucht keiner, stimmt's?«, fügte er hinzu und benutzte bei der Gelegenheit ein weiteres Mal sein Lieblingswort.

Er machte auf der Ferse seines grauen Schlangenleder-Cowboystiefels kehrt und ging zur Straße zurück, wo sein Auto stand, ein feuerroter Chevrolet. Es war ein Cabrio – offen, an diesem kühlen Morgen – mit einem bizarren Lenkrad in Form einer Stahlkette.

Ich blickte wieder zu Chesters Veranda hinüber, bereit, ihm die Leviten zu lesen, weil er meinen potenziellen Mitbewohner vertrieben hatte. Okay, wahrscheinlich wäre es eh nichts geworden, aber trotzdem, es ging ums Prinzip.

Chester war anscheinend wieder ins Haus zurückgekehrt. Nur diese kleine, elfenhafte Frau war noch da. Mit einem entschuldigenden Blick sah sie in meine Richtung.

»Sind Sie seine neue Pflegerin?«, rief ich ihr zu.

Natürlich wusste ich aus verlässlicher Quelle, dass Chester jeden einzelnen Pfleger und jede einzelne Pflegerin vergrault hatte, aber es gab sicher noch andere Agenturen.

»Ich bin seine Tochter«, rief sie. »Wir haben Probleme, jemanden zu finden.«

»Mein Beileid«, rief ich zurück.

»Für die Probleme, jemanden zu finden? Oder weil ich seine Tochter bin?«

»So war das nicht gemeint«, sagte ich. »Bitte ignorieren Sie, was ich gesagt habe. Er bringt das Schlimmste aus mir hervor, aber ich sollte es nicht an Ihnen auslassen.«

»Ich kenne ihn«, erwiderte sie. »Ich hab das alles schon gehört.« Sie kam herüber und lehnte sich an das Geländer meiner Veranda, mit nur etwa drei Meter Abstand zwischen uns.

»Kennen Sie vielleicht jemanden, der einen Job sucht?«, fragte sie.

»Ja, ich. Aber nicht, falls Sie meinen … Nein, nichts für ungut. Egal. Ich habe sowieso keine Erfahrung in der häuslichen Pflege.«

»Es ist keine Erfahrung nötig. Am Anfang hätten wir uns das gewünscht, aber davon sind wir mittlerweile weit entfernt. Wir brauchen nur jemanden, der seine Einkäufe erledigt, darauf achtet, dass er seine Tabletten regelmäßig nimmt, und den Notruf wählt, wenn es Probleme gibt. Zu diesem Zeitpunkt ist uns jedes fühlende Wesen recht. Und jemand, der gleich nebenan wohnt, wäre ein riesiger Bonus. Wir können uns niemanden leisten, der mit ihm im selben Haus wohnt, aber das wäre fast genauso gut.«

Ich atmete tief ein und versuchte, freundlich zu bleiben.

»Es ist so«, begann ich. »Sie sind sicher ein netter Mensch und haben schon genug mitgemacht. Aber, ehrlich gesagt, ich habe meinen Job erst vor ein paar Tagen verloren und so verzweifelt bin ich noch lange nicht. Ich würde lieber im Schnellimbiss Burger braten. Lieber auf der Couch eines Freundes schlafen. Ach was, ich würde lieber unter einer Brücke schlafen. Es tut mir leid. Das Leben ist zu kurz, um es mit Chester Wheeler zu verbringen.«

»Okay«, sagte sie. »Lassen Sie es mich wissen, falls Sie Ihre Meinung ändern sollten.«

»Ich werde meine Meinung nicht ändern«, erwiderte ich.

Dann ging ich ins Haus und legte mich wieder ins Bett.

* * *

Am folgenden Freitag kam ich nach zwei entmutigenden Bewerbungsgesprächen nach Hause und geriet in etwas, das verdächtig nach einer Überraschungsparty aussah.

Es war keine richtige Überraschungsparty in dem Sinn, dass alle aus ihren Verstecken aufsprangen und so laut »Überraschung!« schrien, dass man einen Herzinfarkt bekommen könnte. Das nicht, aber eine Überraschung war es auf jeden Fall.

Jedenfalls waren etwa ein Dutzend Leute da, als ich hereinkam.

Ich kannte sie, aber … trotzdem.

Sie standen herum und ignorierten vollkommen gute Sitzgelegenheiten, hielten Cocktails in den Händen und unterhielten sich mit gedämpften Stimmen. Ich musste unwillkürlich an den Leichenschmaus nach einer Beerdigung denken.

Alle Blicke wandten sich zu mir, als ich durch die Tür kam. Ein paar Leute wirkten leicht überrascht, mich zu sehen, als hätten sie vergessen, wer in meinem Haus wohnt.

Anna war die Einzige, die eine überschwängliche Reaktion zeigte. Sie streckte ihre Arme in die Höhe, Handflächen nach oben, als wollte sie die Zimmerdecke anheben. Dann setzte sie eine ironisch ernste Miene auf und sagte betont ausdruckslos: »Überraschung.«

»Na, *die* Überraschung ist gelungen«, erwiderte ich.

»Dann ist meine Arbeit hier vollbracht.«

»Du hast immer noch deinen Schlüssel für hier, stimmt's?«, fragte ich. »Du hast ihn mir noch nicht zurückgegeben.«

»Du hast bisher nicht danach gefragt.«

»Erinnere mich daran, dich zu fragen«, sagte ich.

Anna verdrehte nur die Augen.

»Heute ist nicht mein Geburtstag«, fügte ich hinzu.

»Das weiß ich doch. Es ist auch keine Geburtstagsparty, sondern eine Mietparty.«

»Oh«, sagte ich. »Eine Mietparty. Ich bin zwar nicht hundertprozentig sicher, was das ist, aber es klingt nach etwas, das ich im Moment gebrauchen könnte.«

Ich ging herum und begrüßte die Anwesenden. Barry und Ted. Carol Linley von meinem alten Job. Ein Typ, den ich noch nie gesehen hatte. Alle sprachen mir mit betroffenen Mienen ihr Mitgefühl aus.

Anna kam wieder zu mir und überreichte mir eine Margarita.

»Danke«, sagte ich.

»Wie sind die Bewerbungsgespräche gelaufen?«

»Nicht gut.«

»Wirklich?«, erwiderte sie. »Bewerbungsgespräche sind doch deine Stärke.«

»Ich glaube, es war okay. Das Problem ist nur, dass es für jede Stelle mehr als hundert Bewerber gibt.«

»Oh«, sagte sie leise.

Weil ich sie kannte, erwartete ich von ihr eine aufmunternde Bemerkung. Doch als sie nichts sagte, spürte ich den Ernst der Situation, der meine strapazierten Nerven belastete.

Sie zog mich am Ärmel meines guten Bewerbungssakkos zum Esstisch, über dem an langen, rosafarbenen Bändern Heliumballons schwebten. Mit einem seltsamen Geräusch stießen sie durch den Luftzug von unserer Bewegung zusammen.

In einer silbernen Schüssel in der Mitte des Tisches lagen mehrere Schecks. Barschecks, in verschiedenen Mustern und Größen.

»Nur damit du dich darauf einstellen kannst«, begann Anna, »es ist nicht viel. Jeder ist knapp bei Kasse. Aber wir haben getan, was wir konnten, und immerhin, es ist etwas zusammengekommen.«

Mit den Fingerspitzen berührte ich die Schecks. Die meisten waren auf fünfundzwanzig oder fünfzig Dollar ausgestellt.

»Oh«, sagte ich. »Hier ist einer über zweihundert Dollar von Chris Marsecki. Das ist besonders aufmerksam, vor allem, da ich gar keinen Chris Marsecki kenne.«

»Chris ist mein neuer Freund. Ich hoffe, es ist okay, dass ich ihn mitgebracht habe.«

»Okay? So wie es aussieht, hängt meine unmittelbare Zukunft von ihm ab.«

Ich nahm die Schecks in die Hand und blätterte sie durch, während ich geistig die Beträge addierte.

»Ich weiß«, sagte Anna. »Es sind nur etwa eineinhalb Monate Miete.«

»Also, da beschwere ich mich sicher nicht. Das gibt mir eineinhalb Monate mehr Zeit, einen Job zu finden. Außerdem ist es der gute Wille, der zählt … und so weiter. Nein, aber jetzt mal ernsthaft. Ihr habt geholfen, wo ihr könnt. Das weiß ich zu schätzen, vielen lieben Dank.«

Paul Segal hob sein Glas, als er aus der Küche kam. »Tut mir leid, dass es nicht mehr ist, Lewis«, sagte er im Vorbeigehen.

»Mach dir keine Gedanken«, rief ich ihm nach. »Ich hätte nicht so viel geben können.«

Als ich wieder zu Anna sah, ertappte ich sie dabei, wie sie mich mitleidig anblickte. Sie wischte diesen Gesichtsausdruck sofort weg, doch es gab mir trotzdem einen Stich.

»Du findest schon etwas«, sagte sie.

»Ein Jobangebot habe ich.«

»Ernsthaft? Das ist ja fantastisch!«

»Aber …«

»Kein Aber, Lewis. Mach es nicht schlecht. Es ist immerhin ein Job. Vielleicht kannst du es dir im Moment nicht leisten, zu wählerisch zu sein.«

»Du wirst noch einen anderen Ton anschlagen, wenn ich dir sage, worum es geht.«

»Aber wenn es ehrliche Arbeit ist …«

»Ja, das ist es. Es geht darum, Chester Wheeler zu betreuen.«

Ich sah, wie sich ihr Gesichtsausdruck veränderte. Ihrem Blick nach hätte ich genauso gut direkt vor ihrer Nase den Deckel einer stinkenden Mülltonne öffnen können.

»Oh«, kommentierte sie nur.

»Ja. Oh.«

»*So* verzweifelt bist du nun auch nicht.«

»Jedenfalls *noch* nicht.«

»Braucht man dafür nicht eine Ausbildung?«

»Zu diesem Zeitpunkt wären sie mit jedem zufrieden, der einen Puls hat.«

»Aber das wirst nicht du sein«, sagte sie.

»Ja, so weit darf es nicht kommen.«

»Denn das wäre wirklich …«

»Du musst nicht weiterreden«, sagte ich, obwohl sie bereits verstummt war und den Satz aufgegeben hatte.

Einen Augenblick lang schwiegen wir und vermieden Blickkontakt.

»Na dann«, sagte ich, als die Stille unangenehm wurde. »Es ist meine Party, da sollte ich mich unter die Leute mischen.«

* * *

Am nächsten Morgen riss mich ein lautes Geräusch aus dem Schlaf. Wahrscheinlich träumte ich immer noch, weshalb es einen Augenblick dauerte, bis ich verstand, dass das Geräusch von meinem Telefon kam.

Wenigstens musste ich nicht aufstehen und mich anziehen, um das Geräusch zu beenden. Ich lehnte mich vor und griff nach dem Hörer, als es zum fünften Mal klingelte.

»Hallo?«, meldete ich mich. Ich klang sicher furchtbar.

»Haben Sie noch geschlafen?«, meldete sich eine tiefe Männerstimme.

»Wer ist da?«

»Es ist fast neun Uhr morgens.«

»Noch mal …«, begann ich. Ich bemühte mich, geduldig zu bleiben. Und richtig wach zu werden. »Wer ist da?«

»Chester Wheeler. Ihr Nachbar.«

26

Die Tatsache, dass seine Stimme, seine Worte einen Weg in mein Haus gefunden hatten, durchfuhr mich wie ein elektrischer Schock. Das Gute daran: Ich war nun hellwach.

»Woher haben Sie meine Nummer?«, fragte ich stammelnd.

»Sie steht im Telefonbuch, Blödmann.«

»Woher kennen Sie überhaupt meinen Nachnamen?«

»Weil er … auf Ihrem Briefkasten steht.«

»Lassen Sie es mich anders versuchen«, sagte ich. »Was zum Teufel wollen Sie?«

»Ich habe gehört, dass meine Tochter Ihnen den Job angeboten hat.«

»Ja. Das hat sie.«

»Nehmen Sie den Job nicht an.«

»Das habe ich auch nicht vor.«

»Gut. Tun Sie das auf keinen Fall«, wiederholte Chester.

»Ich habe doch gerade gesagt, dass ich es nicht vorhabe.«

»Ich sage Ihnen, es nicht zu tun.«

»Verdammt noch mal, Chester«, rief ich und war erstaunt, wie schnell es ihm gelungen war, mich auf seine Diskussionen auf Grundschulniveau herunterzuziehen. »Sie sind der nervigste Mann auf der Welt.«

»Gut«, sagte er. »Dann nehmen Sie den Job nicht an.«

Ich bewegte den Hörer von meinem Ohr weg und versuchte, bis zehn zu zählen, schaffte es aber nur bis vier.

»Ich lege jetzt auf«, sagte ich, »und schlafe weiter. Rufen Sie mich nicht wieder an.«

Er erwiderte etwas – oder versuchte es zumindest. Ich konnte hören, wie er extra schnell redete, um das letzte Wort zu haben, aber ich legte auf, bevor ihm das gelang.

Ich war so gereizt, dass es fast eine Stunde dauerte, bis ich wieder einschlafen konnte. Als ich es schließlich tat, fühlte es sich wie ein kleiner Sieg an.

Ein sehr kleiner Sieg.

* * *

Keine fünfzehn Minuten nach diesem lächerlich winzigen Sieg
riss mich ein Klopfen aus dem Schlaf. Ich weiß, schon wieder.
Und jetzt stellen Sie sich vor, wie es sich anfühlt, mit diesen
Wiederholungen leben zu müssen.

Ich stand auf und stolperte zur Tür, während ich mir meinen Bademantel überzog. *Wenn es Wheeler ist, bringe ich ihn um,*
dachte ich. *Und wer könnte mich dafür verurteilen?*

Ich riss die Tür so ruckartig auf, dass die Frau auf der
anderen Seite so erschrocken zurückwich, als stünde ich mit
einem erhobenen Baseballschläger vor ihr.

Ich blinzelte ins Licht.

Wheelers Tochter.

»Entschuldigen Sie bitte«, sagte ich. »Ich hatte einen
schlechten Morgen. Na ja. Eine schlechte Woche. Oder mehr.
Ehrlich gesagt weiß ich gar nicht mehr, wie lange es schon so ist.
Es war nur schlecht in letzter Zeit.«

»Es ist nach zehn«, sagte sie. »Ich hätte nicht gedacht, dass
ich Sie um diese Zeit aufwecke.«

»Lange Geschichte.« Eigentlich war sie kurz, aber sie enthielt
ihr eigenes Fleisch und Blut sowie eine Menge Schimpfwörter.
»Was kann ich für Sie tun?«

»Ich möchte nur fragen, ob Sie über mein Angebot nachgedacht haben.«

Ich wollte ihr eine barsche Antwort geben, aber ihre
Verletzlichkeit überraschte mich und ließ mich innehalten.
Ihre Haare, bis knapp zu den Ohrläppchen geschnitten, ließen sie wie eine Elfe oder Fee erscheinen, aber das habe ich
vielleicht schon erwähnt. Ihr Gesichtsausdruck ließ mich an
einen Hundewelpen denken, der zu einer zusammengerollten
Zeitung aufblickt.

»Da gibt es nichts zu überlegen«, sagte ich, bewusst nicht barsch. »Ich passe.«

»Bevor Sie es aber völlig ablehnen …«

»Ich habe es schon völlig abgelehnt.«

Sie sprach weiter, als hätte sie mich nicht gehört. »… Ich habe mal ein Gehalt berechnet. Wir können darüber verhandeln, bis zu einem gewissen Punkt. Meine Tochter bekommt in ein paar Tagen ihr Baby, und ich muss wirklich nach Hause, um bei ihr zu sein. Daher habe ich den ursprünglichen Betrag noch etwas nach oben korrigiert.«

Sie zog ein gefaltetes Blatt aus ihrer Tasche und hielt es mir entgegen. Ich ignorierte es absichtlich und wandte meinen Blick nicht von ihr ab, was sie zu verunsichern schien.

»Hat er denn keine anderen Kinder, die für Sie einspringen könnten?«

»Ich habe zwei Brüder. Aber …«

»Sie wollen nicht kommen«, ergänzte ich.

Es war keine Frage, eher eine Feststellung.

»Nein«, sagte sie.

Wir schwiegen und als sie nach unten blickte, sah ich ebenfalls zu Boden. Sie trug riesige Hausschuhe, die aus künstlichem Pudelfell zu sein schienen.

»Sehen Sie«, begann sie, als es klar war, dass ich nichts mehr sagen würde. »Ich weiß, dass mein Vater nicht gerade der einfachste Mann auf der Welt ist …«

Sie sah mir kurz ins Gesicht.

»Wir wissen beide, was Ihr Vater ist«, sagte ich.

Schnell senkte sie wieder den Blick auf ihre albernen Pantoffeln.

»Sehen Sie es sich wenigstens einmal an.«

Sie hielt mir wieder das Blatt entgegen und dieses Mal nahm ich es. Ich faltete es auf und sah die Zahl. Ich war sofort enttäuscht. Denn ich hatte auf einen niedrigen Betrag gehofft,

29

um meine Entscheidung weiterhin rechtfertigen zu können. Aber dies war kein niedriger Betrag. Ganz und gar nicht. Er war überraschend großzügig. Nicht so viel, wie ich nach meiner Gehaltserhöhung als Entwickler verdient hätte, aber fast so viel wie davor.

Unter diese magische Zahl hatte sie ihre Handynummer geschrieben.

Ich spürte, wie meine Entscheidung ins Wanken geriet. Ich brauchte das Geld. Bald. Und dringend. Nur ein ›Ja‹ und alle Probleme wären gelöst.

Dann fiel mir wieder Wheelers unverschämter Anruf an diesem Morgen ein. Und damit war meine Entscheidung wieder unverbrüchlich an ihren alten Platz gewandert.

»Er hat mich angerufen und mir befohlen, den Job nicht anzunehmen«, sagte ich.

Wir schwiegen und ich sah, wie ihre Miene sich verdüsterte.

»Mit Verlaub«, sagte sie, »es ist wirklich nicht seine Entscheidung. Nicht mehr.«

Unbehaglich verlagerte ich mein Gewicht von einem Fuß auf den anderen. Der steinerne Treppenabsatz war unangenehm kalt unter meinen nackten Fußsohlen. Ebenso unangenehm war es, nur einen Bademantel zu tragen, während man mit einer bekleideten Person sprach. Der Stoff fühlte sich plötzlich rau an, wie Sandpapier.

»Eines verstehe ich nicht«, sagte ich. »Sie haben gesagt, dass Ihnen zu diesem Zeitpunkt so ziemlich jeder Mensch recht wäre. Warum brauchen Sie also unbedingt mich? Ich verstehe, dass er alle professionellen Pfleger in dieser Stadt vergrault hat, aber er kann nicht alle Jobsuchenden in Buffalo vergrault haben. Da draußen wird es jemanden geben, der verzweifelt genug ist, um diesen Job zu machen.«

»Aber wir können es uns nicht leisten, jemanden zu bezahlen, der bei ihm wohnt«, sagte sie. »Und Sie wohnen nebenan.«

»Stimmt. Jetzt fällt mir wieder ein, dass Sie das schon erwähnt haben. Aber …«

»Sie könnten ihn zehn Stunden am Tag unterstützen und dann nach Hause gehen, aber im Notfall könnten Sie so schnell da sein, als ob Sie im Gästezimmer wohnen würden. Wir könnten eine Gegensprechanlage einbauen lassen oder für ihn so ein Gerät besorgen, das automatisch eine gespeicherte Nummer wählt.«

»Eine Gegensprechanlage«, sagte ich. »Damit könnte er mir also rund um die Uhr, Tag und Nacht, in meinem eigenen Haus sagen, was er von mir hält. So verlockend das auch klingt, ich muss immer noch ablehnen. Das wäre zu viel für meine Nerven.«

»Ich könnte mit dem Betrag noch etwas raufgehen. Bitte überlegen Sie es sich einen Tag oder zwei. Das ist alles, worum ich Sie bitte.«

Ich seufzte. Was ein Fehler war, denn es bedeutete, dass ich ihr wenigstens diese kleine Sache zugestand.

»In Ordnung«, sagte ich. »Ich überlege es mir. Aber machen Sie sich keine zu großen Hoffnungen. Ich bezweifle, dass sich meine Antwort ändern wird.«

Mit einem Winken und ohne ein weiteres Wort verließ sie meine Veranda.

Zurück im Haus unternahm ich keinen Versuch mehr, wieder einzuschlafen.

Kapitel 3

WAS STIMMT MIT DIESEM MANN NICHT?

Am nächsten Morgen, als ich am Küchentisch zwei Tassen Kaffee mit Karamellgeschmack trank, konnte ich meinen Blick nicht von den Zahlen auf dem Blatt Papier abwenden.

Ich spürte das Hin und Her meiner Gedanken. Sollte ich es mir vielleicht doch noch überlegen? Weitere Fragen stellen?

Nachdem ich meine Tasse abgespült hatte, beschloss ich, dass ein paar Fragen sicher nicht schaden könnten. Im Gegensatz zu Chester selbst waren Fragen harmlos.

Ich hatte mir überlegt, mich anzuziehen und hinzugehen, aber dann entschied ich, dass es besser war, die Wahrscheinlichkeit einer Begegnung mit dem Mann so gering wie möglich zu halten. Bei genauerem Hinsehen hätte ich da eigentlich schon meine Antwort haben können.

Ich trat mit dem Telefon ans Fenster, zog den Vorhang ein kleines Stück zur Seite und sah zu dem gefürchteten Wheeler-Haus. Dann wählte ich die Nummer, die sie mir aufgeschrieben hatte.

Sie nahm sofort nach dem ersten Klingelton ab, was mich etwas erstaunte.

»Mr Madigan?« Sie klang außer Atem. So, als hätte sie auf einen Anruf von der Polizei gewartet, die nach einem vermissten Angehörigen von ihr suchte.

»Nennen Sie mich Lewis«, sagte ich. »Tut mir leid, ich weiß gar nicht Ihren Namen.«

»Ich bin Ellie. Kein Problem. Ich freue mich nur so, dass Sie anrufen. Sie müssen darüber nachgedacht haben.«

»Freuen Sie sich besser nicht zu sehr«, wiegelte ich ab. »Ich wollte Ihnen nur eine Frage stellen.«

»Ich bin froh, dass Sie überhaupt eine Frage haben. Worum geht's?«

»Was stimmt eigentlich nicht mit ihm?«

Eine etwas unverblümte Frage, das gebe ich zu. Aber sie musste gestellt werden.

Als sie ausatmete, klang ihre Antwort etwas irritiert, was ich nicht erwartet hatte.

»Was soll ich dazu sagen? Er ist einfach … wer er ist. Er ist so, wie er schon immer war, seit ich ihn kenne. Jeder ist …«

Ich unterbrach sie so sanft wie möglich.

»Moment, bitte. Ich glaube, Sie haben meine Frage missverstanden. Vielleicht habe ich mich nicht deutlich genug ausgedrückt. Ich habe gemeint, was stimmt mit ihm körperlich nicht? Warum sitzt er im Rollstuhl und benötigt offenbar Betreuung rund um die Uhr?«

»Oh. Tut mir leid. Ich dachte, Sie wüssten es. Er hat Krebs.«

»Welchen?«

»Wie meinen Sie das?«, fragte sie.

Überrascht sah ich ihr Gesicht hinter dem Fenster im Haus nebenan auftauchen. Auch sie war ans Fenster getreten und hatte den Vorhang zurückgezogen. Plötzlich blickten wir uns direkt an, wenn auch aus einer Distanz. Als würden wir uns spiegeln. Mit diesem Gefühl hatte ich nicht gerechnet.

Sie winkte mir mit den Fingern zu und ich erwiderte unbeholfen ihre Geste.

»Ich glaube, was ich sagen wollte …«, begann ich, »… ist, dass Krebs immer einen Teil des Körpers befällt. Deshalb wollte ich nur fragen … welche Art von Krebs es ist?«

»Zu diesem Zeitpunkt ist er so ziemlich überall. Er hat in seiner Lunge angefangen, aber mittlerweile hat er sich ausgebreitet.«

»Und wie ist die Prognose?«

»Nicht gut.«

»Wie lange geben ihm die Ärzte noch?«

»Drei Monate, wenn er Glück hat.«

»Ich verstehe«, sagte ich.

Was eine tiefere Bedeutung hatte, als es den Anschein haben mochte. Denn plötzlich konnte ich die Situation klar und völlig anders sehen.

Das Positive daran war, dass dies ein sehr kurzer Job sein würde, falls ich ihn annehmen sollte. Im Laufe der nächsten drei Monate würde ich mich um einen besseren Job bemühen können und müsste mir in der Zwischenzeit keine Sorgen um meine Miete und Rechnungen machen.

Das Negative war, dass ich Chester nun nicht mehr verachten konnte, denn was für ein Monster musste man sein, um einen sterbenden Mann zu hassen? Nun, da mir diese Gefühle genommen worden waren, fühlte ich mich sofort nackt und verletzlich und hätte fast alles gegeben, um sie wieder an ihren alten Platz zurückzubringen.

»Nun«, sagte ich und beendete damit eine ungewöhnlich lange Pause, »geben Sie mir bitte noch einen Tag, damit ich es mir überlegen kann.«

Trotz der Entfernung zwischen uns konnte ich sehen, wie sich ihre Haltung änderte. Sie stand aufrechter da und schien ein wenig auf ihren Fußspitzen zu wippen.

»Natürlich! Ja, natürlich mache ich das. Ich bin so froh, dass Sie es sich überhaupt überlegen. Vielen Dank, Lewis! Sie können mich jederzeit anrufen, wenn Sie sich entschieden haben, Tag und Nacht.«

Ich murmelte ein paar höfliche Worte zum Abschied und beendete den Anruf.

Sofort war sie vom Fenster verschwunden.

Ich blieb noch lange stehen und starrte zu dem Haus nebenan. Was zum Teufel hatte ich gerade getan?

* * *

Am Abend saß ich mit Anna in einem stereotypischen italienischen Restaurant mit rot karierten Tischdecken, Kerzen und rankenden Weinblättern an den Wänden.

Ich aß nur Spaghetti, weil es mir ein schlechtes Gewissen bereitete, dass sie das Essen bezahlte. Seit ich meinen Job verloren hatte, war jede Mahlzeit auf sie gegangen, und auch wenn sie finanziell bessergestellt war als ich, war sie alles andere als ein Krösus. Ich wollte ihre delikate Finanzsituation nicht überstrapazieren. Hin und wieder wanderte mein schmachtender Blick gierig über den Tisch zu ihrer Kalbfleisch-Piccata.

»Es ist so«, begann ich.

Ich drehte die Spaghetti um meine Gabel und schob sie mir in den Mund. Was nun – seien wir ehrlich – wirklich ein seltsames Verhalten ist, wenn man gerade ›es ist so‹ gesagt hatte.

Leider kannte Anna mich nur allzu gut.

»Ich verstehe«, sagte sie. »Du freust dich nicht gerade darauf, es mir zu erzählen, was auch immer es ist.«

Ich schluckte, doch da ich noch nicht fertig gekaut hatte, schmerzte es im Hals.

»Ich habe neue Informationen zu diesem Betreuungsjob für Wheeler bekommen.«

»Und du überlegst dir tatsächlich, den Job anzunehmen«, sagte sie.

Sie sagte es nicht so, als würde sie eine Bewertung abgeben. Wenn ich es definieren sollte, würde ich sagen, sie klang fast … beeindruckt.

»Nur weil mir eigentlich keine Wahl bleibt.«

»Welche Information hat dich dazu gebracht, deine Meinung zu ändern?«

»Er hat nur noch drei Monate zu leben. Oder sogar noch weniger.«

Sie aß schweigend weiter und nickte hin und wieder vor sich hin, während sie mich auf ihre Antwort warten ließ. Mein Magen zog sich nervös zusammen.

»Und du könntest die drei Monate dazu nutzen, dich nach etwas Besserem umzusehen«, sagte sie schließlich.

»Das habe ich gedacht, ja.«

»Wenn es nur drei Monate sind, kannst du wahrscheinlich alles aushalten.«

»Vielleicht. Oder ich ende nach dieser Zeit als ein zitterndes Häufchen Elend.«

»Oder es hält dich genau davon ab. Vielleicht wäre es gar keine so schlechte Sache. Versteh mich nicht falsch. Es wird furchtbar werden. Dein schlimmster Albtraum. Aber wie viele von uns bekommen die Gelegenheit, sich ihrem schlimmsten Albtraum zu stellen und … sich einfach durchzukämpfen?«

Ich musste ihren Kommentar erst einen Moment verdauen und überlegte, wie ich sie nach mehr Details fragen könnte.

Doch sie fuhr schon fort, bevor ich etwas sagen konnte.

»Das könnte eine richtig interessante Herausforderung für dich werden«, fuhr sie fort. »Denn das ist … und das wird dir nicht neu sein … dein wunder Punkt. Du kannst es nicht ertragen, wenn dich jemand respektlos behandelt, kritisiert oder beleidigt. Natürlich mag das niemand. Aber mir kommt es so vor, als würde dir das Selbstvertrauen fehlen, dieser stabile Kern im Inneren, mit dem du so was von dir abschütteln kannst, damit du es nicht persönlich nimmst. Ich hoffe, es macht dir nichts aus, dass ich das sage.«

»Ich glaube nicht«, sagte ich, obwohl es mir sehr wohl etwas ausmachte. »Du denkst, man könnte so etwas antrainieren?«

»Ich glaube, dass dies deine Chance ist, es herauszufinden.«

»Das muss ich mir überlegen.«

Mit einem lauten Geräusch ließ sie ihre Gabel auf den Teller fallen. Die anderen Gäste schraken auf und drehten sich zu uns um.

»Heilige Scheiße, Lewis«, sagte sie. Ein wenig zu laut, wenn man bedenkt, dass die Leute uns bereits anstarrten. »Du musst dich jetzt mal *entscheiden*.«

Ich schwieg, getroffen von dieser Schärfe. Den anderen Gästen wurde unser Auftritt langweilig und sie wandten sich wieder ihrem eigenen Leben zu.

»Tut mir leid«, sagte sie leiser. »Ich wollte dich nicht anschreien. Aber du schiebst Entscheidungen immer ewig vor dir her. Als würdest du erst alle Eventualitäten abwägen. Aber wir können nicht wissen, wie sich etwas entwickelt, bevor wir überhaupt angefangen haben. Ich glaube, du solltest einfach einen Weg auswählen und sehen, wohin er dich führt.«

Ich öffnete den Mund und hätte beinahe gesagt: »Okay, ich überlege es mir«, aber dann schloss ich ihn schnell wieder.

Die restliche Mahlzeit verlief überwiegend schweigend.

* * *

Als ich nach Hause kam, saß Ellie auf dem Treppenabsatz meiner Veranda. Ich hatte die Außenbeleuchtung angelassen und im Licht der Scheinwerfer konnte ich sie deutlich sehen, als ich in meine Einfahrt fuhr. Sie sah abgekämpft aus, erschöpft und mit den Nerven am Ende. Begriffe, mit denen man in alten Werbespots der 50er überarbeitete Hausfrauen und Mütter beschrieb.

Statt mein Auto in die Garage zu fahren, hielt ich an und stieg aus.

Ich blickte auf sie herunter und sie blickte zu mir hoch. Ich hatte dieses Gedankenbild, nach einem Rettungsring zu suchen, den ich ihr zuwerfen könnte.

»Sie sehen …«, begann ich, doch es wäre unhöflich gewesen, diesen Satz zu Ende zu führen.

»Bei meiner Tochter haben die Wehen eingesetzt«, sagte sie.

»Oh. Ich dachte, bis dahin wären es noch ein paar Tage.«

»Das dachten wir alle.«

»Ich nehme an, das bestimmt wohl das Baby allein.«

»Ja, das stimmt.«

»Wie weit ist es bis zu ihr? Können Sie die Strecke fahren?«

»Leider nicht. Ich muss fliegen. Und ich konnte vor morgen Vormittag keinen Flug bekommen. Ich habe immer noch keinen blassen Schimmer, was ich mit meinem Vater tun soll. Ich habe überlegt, ob Sie mich für ein paar Tage vertreten könnten. Nur während ich bei meiner Tochter bin. Wenn sie aus dem Krankenhaus entlassen ist und sich mit dem Baby etwas eingelebt hat, komme ich zurück und suche einen dauerhaften Pfleger.« Sie blieb an dem Wort ›dauerhaft‹ hängen. »Langfristig, sollte ich wohl sagen. Oder wenigstens längerfristiger. Ich würde mein Angebot verdoppeln, wenn Sie mich für eine Woche vertreten könnten. Wäre es möglich, dass Sie mir helfen?«

»Sicher«, sagte ich.

Sie war so überrascht, dass ihr die Worte zu fehlen schienen. Okay, ich war selbst auch ein wenig über meine eigene Antwort überrascht.

Das Problem war, sie war mir sympathisch. Ich mochte sie fast so sehr, wie ich ihren Vater nicht mochte.

38

Sie fand noch immer keine Worte, also fügte ich hinzu: »Sie müssen nichts verdoppeln. Der Betrag, den Sie aufgeschrieben haben, ist sehr fair.«

Sie sprang auf, überraschend schnell und ohne Vorwarnung.

Bevor ich mich versah, hatte sie mich schon umarmt. Ihre Arme um meine Taille fühlten sich sehr stark für so eine kleine Person an und es hätte mir fast die Luft geraubt. Ihr Kopf reichte mir kaum bis zur Schulter.

»Ich weiß gar nicht, was ich sagen soll. Nur … danke! Sie werden es nicht bereuen.«

Dann lösten wir uns voneinander, unsere Blicke trafen sich – und wir brachen genau gleichzeitig in schallendes Gelächter aus. Es war ein seltsamer Augenblick, um fröhlich zu sein, aber was soll's? Das ganze Leben ist seltsam.

»Ich glaube, wir wissen beide, dass ich es noch bereuen werde«, sagte ich.

»Okay, stimmt. Aber … ich bezahle Sie, versprochen.«

»Danke. Wann müssen Sie zum Flughafen fahren?«

»Etwa um sieben Uhr dreißig. Wäre es möglich, dass Sie circa um sieben herkommen? Ich weiß, Sie sind kein Frühaufsteher, aber ich muss Ihnen noch alles zeigen. Na ja, oder zumindest so viel, wie ich kann. Sie werden mich am Anfang sicher oft anrufen müssen. Bitte halten Sie mit mir Rücksprache, wenn er Ihnen Dinge erzählt und sagt, ich würde ihn dies und das machen lassen. Wahrscheinlich stimmt es nicht.«

»Also lügt er«, sagte ich und bereute sofort, es nicht diplomatischer formuliert zu haben.

»Er setzt gern seinen Willen durch.« Sie hielt inne und starrte zu Boden, als hätte sie im Halbdunkel etwas Wichtiges verloren. Als sie wieder aufsah, bemerkte ich ihren beschämten Blick. »Ja«, sagte sie. »Er lügt.«

»Okay«, erwiderte ich. »Danke, dass Sie so offen sind. Wir sehen uns morgen früh um Punkt sieben.«

Ich sah ihr nach, wie sie in der Dunkelheit davonging, dann rief ich ihr hinterher.

»Ist es Ihr erstes Enkelkind?«

Sie blieb stehen und drehte sich um. Im Licht der Veranda konnte ich ihr strahlendes Gesicht sehen.

»Ja, das ist es!«

»Herzlichen Glückwunsch!«

»Danke«, sagte sie. »Das ist sehr nett von Ihnen.«

Dann ging sie zurück zu Chesters Haus und ließ mich mit dem Gefühl zurück, jemanden sehr glücklich gemacht zu haben – auch wenn ich mich dabei selbst unglücklich machte.

Kapitel 4

ICH WILL EINEN DRINK

Chester Wheelers Haus war … wie kann man es milde ausdrücken? In der Vergangenheit stehen geblieben. Das ist wahrscheinlich das Netteste, was ich über dieses Haus sagen kann. Es wirkte wie die düstere Höhle von jemandem, der schon vor Jahrzehnten sein Leben aufgegeben hatte. Je länger ich Ellie folgte und mit einem flüchtigen Blick meine Umgebung wahrnahm, umso klarer wurde mir, dass genau dies wohl der Fall war.

Die Couch war ein dick gepolstertes, königsblaues Etwas. Durch die aufgerissenen Nähte an den Kissen quoll an den Ecken die Füllung büschelweise hervor. Es erinnerte mich an Sofas, die man abends vor der Sperrmüllabfuhr auf dem Bürgersteig neben den Mülleimern sieht. Man geht vielleicht hin, um es sich mal anzusehen, weil es schließlich kostenlos ist, aber wenn man näher kommt, läuft man weiter. Der Fußboden war mit einem Zottelteppich aus den 70ern bedeckt. Ja, ein Zottelteppich. Nein, ich mache keine Witze. Ich kann zwar nicht mit Sicherheit behaupten, dass der Teppich in den 70er-Jahren verlegt wurde, aber seinem Zustand nach zu urteilen war das keinesfalls ausgeschlossen.

An den Wänden hing kein einziges Bild. Ich hatte noch nie ein Zuhause ohne Bilder gesehen. Nicht nur, dass dort keine eingerahmten Erinnerungen an die Familie angebracht waren, es gab auch keinerlei gemalte Bilder, wie zum Beispiel ein kitschiges Ölgemälde von einer Welle, die gegen einen großen Felsen kracht, oder von einem Hund auf der Jagd.

Es waren immerhin ein paar Topfpflanzen vorhanden, die jedoch welk und ungesund aussahen.

Alles in allem blieb der gruselige Eindruck zurück, dass die Person, die hier lebte, sich weder mit Menschen noch mit Dingen umgeben mochte.

Und da ich gerade über diese Person spreche – Chester war nirgendwo zu sehen.

»Er kann sich im Rollstuhl nicht gut fortbewegen«, brachte Ellie mich in die Gegenwart zurück. Stimmt, ich folgte ihr ja durch das Haus, um von ihr zu lernen. »Er hat weder genug Kraft in den Armen noch würde es sein Herz mitmachen. Daher müssen Sie ihn schieben.«

Wir waren gerade in die Küche gegangen, einem trostlosen Zimmer mit uralten weißen Geräten, die offensichtlich Jahrzehnte mehr auf dem Buckel hatten als meine Wenigkeit. Wir blieben vor einer Tischplatte stehen, auf der eine unzählige Menge an braunen Medizinfläschchen stand. Eine ganze Armee davon.

»Ich habe gesehen, wie er mit dem Rollstuhl ins Haus gefahren ist«, bemerkte ich.

Sie wirkte etwas überrascht.

»Wie lange ist das her?«

»Hm, ich weiß nicht genau, lassen Sie mich überlegen. Es war an dem Tag, als ich meinen Job verloren habe. Also vor nicht mehr als zwei Wochen.«

»Er muss sehr motiviert gewesen sein«, sagte sie. »Natürlich verschlechtert sich die Situation auch täglich. Also, zu den

Arzneien. Es ist wichtig, dass Sie den Überblick behalten, wann er welche Medikamente nimmt. Er kann es nicht selbst und will es wahrscheinlich auch nicht. Abgesehen davon, dass Sie den Notruf wählen, falls etwas passieren sollte, und ihn zurück in den Rollstuhl setzen, falls er herausfällt, ist das wahrscheinlich das Wichtigste.«

Sie zeigte auf die Medikamente, weil sie offenbar mehr dazu sagen wollte, doch ich ließ sie nicht weit kommen.

»Einen Augenblick. Er fällt aus dem Rollstuhl?«

»Oh ja. Regelmäßig. Er übernimmt sich immer wieder und will Dinge tun, die er allein nicht mehr kann. Wie sich auf die Toilette zu setzen.«

In meinem Kopf rauschte es. Das Zimmer schien sich zu drehen und eine leichte Übelkeit stieg in meinem Magen auf.

Ich würde Chester bei seiner Toilettenroutine helfen müssen. Das hätte ich wissen können. Warum hatte ich nicht daran gedacht?

Inzwischen war sie wieder zum Medikamententhema zurückgekehrt.

»Ich habe aufgeschrieben, um wie viel Uhr er welche Tabletten bekommt. Die Liste liegt gleich hier neben den Arzneifläschchen. Es kommt einem am Anfang etwas kompliziert vor, aber es ist wichtig, ganz genau zu sein. Sie geben ihm die Tabletten mit einem Glas Apfelsaft. Er nimmt Tabletten nicht mit Wasser. Das heißt, er mag Wasser nicht, er will Apfelsaft. Bleiben Sie bei ihm, bis er die letzte Tablette geschluckt hat. Wenn Sie weggehen, weil Sie ihm vertrauen, kann es passieren, dass er die Tabletten in die Topfpflanzen wirft.«

Ich blickte mich um und mir stellte sich eine naheliegende Frage.

»Wo ist Chester eigentlich?«

»Er versteckt sich im Schlafzimmer.«

»Er hat sich aber nicht eingeschlossen, oder?«

»Nein, wir haben die Schlösser ausgebaut, damit er das nicht tun kann.«

»Er weiß also, dass ich der neue Pfleger bin.«

»Oh ja, das weiß er.«

»Er war sicher nicht sehr begeistert. Er kann mich nicht ausstehen.«

»Nehmen Sie es mir nicht übel, Lewis, aber das ist nichts Besonderes. Mein Vater kann *niemanden* ausstehen. Selbst mich toleriert er gerade so. Also, hier an den Kühlschrank habe ich alle Telefonnummern gehängt, zum Beispiel von seinen Ärzten.«

Ich folgte ihr, um einen Blick auf den Kühlschrank zu werfen. Es waren eine Menge Ärzte.

»Und das Hospiz?«, fragte ich. »Würden die nicht dann und wann einen Pfleger vorbeischicken, damit er nicht alleine ist, wenn ich mal kurz wegmuss?«

»Sie können bis zu einer Stunde oder so rausgehen. Achten Sie nur darauf, dass er Ihre Handynummer hat. Es wird eine Zeit kommen, da werden wir jemanden vom Hospiz brauchen, um nur kurz einkaufen zu gehen, aber so weit ist es noch nicht.« Sie warf einen Blick zu der riesigen, runden Uhr an der Küchenwand, die auch gut in ein Klassenzimmer gepasst hätte, und runzelte die Stirn. »Ich muss jetzt gleich los. Aber ich habe für Sie alles aufgeschrieben. Lesen Sie es sich durch und rufen Sie mich an, wenn Sie Fragen haben.«

»Kann ich Sie zum Flughafen fahren?«

»Nicht nötig, ich habe einen Mietwagen. Aber danke!«

Sie eilte Richtung Schlafzimmer, vermutlich, um ihre Koffer zu holen. Ich blieb mit einer verwirrenden Mischung aus Panik und Grauen zurück. Ich hätte sie gern zum Flughafen gebracht, um diesem schrecklichen Haus zu entkommen, doch jetzt würde ich in dieser dunklen Höhle bleiben müssen.

»Noch etwas«, sagte ich und sie blieb stehen. »Was ist mit seinen Behandlungen?«

»Krebsbehandlungen?«

»Ja. Muss ihn nicht jemand zur Chemotherapie bringen und …«

»Nein. Er verweigert alle weiteren Behandlungen.«

»Oh. Wirklich? Das scheint …«

»Es hätte ihm sowieso nicht viel mehr Zeit gegeben.«

Mit diesen Worten verschwand sie ins Gästezimmer.

Ich wartete ein paar Minuten auf sie. Als sie nicht zurückkam, trat ich an die einzige Tür, die geschlossen war. Ich blieb stehen und atmete mehrmals tief durch.

Dann klopfte ich leise – sehr leise – an die Tür.

Überhaupt nicht leise hörte ich sofort Chesters raue Stimme.

»Lass mich in Ruhe, Ellie.«

»Ich bin's, Lewis. Kann ich die Tür öffnen?«

»Auf gar keinen Fall.«

»Und wie soll ich mich um Sie kümmern, wenn ich nicht die Tür öffne?«

»Das ist mir egal. Ich brauche Sie hier nicht. Lassen Sie mich einfach allein. Ich rufe Sie an, falls ich sterben sollte.«

»Ich werde jetzt die Tür öffnen, Chester.«

»Nein! Lassen Sie diese Tür zu.«

Ich öffnete.

Das Zimmer war staubig und deprimierend düster. Die Atmosphäre war so dumpfig und die Luft so stickig, dass es einem das Atmen erschwerte. Seltsamerweise fühlte es sich an, wie unter Wasser zu sein.

Er saß in seinem Rollstuhl am Fenster, als würde er hinaussehen. Doch er konnte nicht aus dem Fenster gesehen haben, da die Vorhänge zugezogen waren. Das erschien seltsam, aber andererseits war das hier Chester Wheeler. Erwartete ich denn etwas anderes?

Er blickte zu mir und ich zu ihm. Und einen Moment lang war das alles, was wir taten.

»Sie wissen selbst, dass es so nicht laufen kann«, sagte ich. »Wenn ich Ihnen helfen soll, muss ich auch Ihr Zimmer betreten dürfen.«

Ich konnte sehen, wie sich sein Kiefer bewegte, als er mit den Zähnen knirschte.

»Ich habe Ihnen doch gesagt, dass Sie den Job nicht annehmen sollen«, knurrte er.

»Machen *Sie* immer, was andere Leute Ihnen sagen?«, fragte ich.

Es war die richtige Frage, denn er hatte keine Antwort darauf.

Ich hörte Ellies Stimme hinter mir, also verließ ich das Zimmer und schloss die Tür.

»Ich hoffe, es ist in Ordnung, dass ich für heute Nachmittag einen Termin vereinbart habe«, sagte sie. »Für die Installierung der Gegensprechanlage. Sie wird immer an sein, damit Sie hören können, falls mein Vater hinfallen sollte oder einen Hustenanfall bekommt oder was auch immer. Um Ihre Privatsphäre zu haben, können Sie das Gerät so einstellen, dass er nicht hören kann, was Sie tun oder sagen. Lassen Sie sich von dem Installateur zeigen, wie das funktioniert. Sie müssten ihn hier reinlassen und auch in Ihr Haus.«

»Okay«, sagte ich. »In Ordnung.«

Aber natürlich war es nicht in Ordnung. Es war ein Live-Feed von Chester Wheeler in Echtzeit, rund um die Uhr, bis in mein Zuhause.

Andererseits war es das, womit ich mich einverstanden erklärt hatte.

Ellie schenkte mir ein nervöses Lächeln, als sie dort vor der Tür stand, auf jeder Seite ein Koffer, dessen Räder tief in diesem ungeheuerlich zotteligen Teppich versanken.

»Lassen Sie mich Ihnen mit den Koffern helfen«, bot ich an.

»Danke, es geht schon. Ich komme klar. Versprechen Sie mir nur …«

Doch dann schien sie nicht mehr weiterreden zu wollen oder zu können.

»Was?«, fragte ich. »Sagen Sie es mir.«

»Er wird es Ihnen schwer machen. Er wird versuchen, Sie zu vergraulen. Aber bitte bleiben Sie zumindest so lange, wie Sie zugesagt haben. Ich habe sonst keine Option.«

»Machen Sie sich keine Sorgen«, sagte ich. »Ich verspreche es. Auch wenn es schwierig wird, für uns beide, ich werde bleiben, bis Sie zurückkommen.«

Sie atmete so tief und erleichtert aus, dass es klang, als hätte sie bis dahin ihren Atem angehalten.

Dann gab sie mir eine schnelle Umarmung, zog ihre Koffer durch die Tür und ließ mich mit dem furchtbarsten Mann auf der Welt allein. Zumindest war er das meiner noch beschränkten Erfahrung zufolge. Doch trotzdem, selbst mit ein paar Jahrzehnten mehr auf dem Buckel wäre ich wahrscheinlich niemandem begegnet, der Chester Wheeler von diesem Ehrenplatz vertreiben könnte.

* * *

Eine Weile lang durchstöberte ich die verschriebenen Arzneifläschchen, stellte sie in einer Reihe auf und verglich die Informationen darauf mit denen auf Ellies Liste.

Sie hatte recht gehabt. Es war verwirrend.

Gerade als ich alles zu verstehen begann, fiel mir die offensichtlichste, wichtigste Frage von allen ein: Hat er an diesem Morgen schon seine Tabletten genommen?

Ich zog mein Handy aus der Tasche und rief Ellie an.

An den Hintergrundgeräuschen hörte ich sofort, dass sie noch im Auto war.

»Lewis«, sagte sie. »Kann ich zurückrufen, wenn ich am Flughafen bin?«

»Ja, natürlich. Aber es ist nur eine ganz kurze Frage. Ich wollte nur wissen, ob er schon seine Morgentabletten genommen hat.«

»Ja, hat er. Tut mir leid, das hätte ich Ihnen sagen sollen.«

»Kein Problem. Danke. Kein Rückruf nötig. Das war alles, was ich wissen wollte.«

Ich legte auf und hörte sofort Chester, der mich von seinem Schlafzimmer aus rief.

»Ich will einen Drink!«, brüllte er.

Ich ging an seine Tür.

»Ich bringe Ihnen ein Glas Apfelsaft«, bot ich an.

Sein Gesicht verzog sich verächtlich.

»Nein, einen *Drink*! Einen richtigen. Ein Männergetränk. Typisch Schwuchtel – nicht mal zu wissen, was ein richtiger Mann trinkt. Im Schrank ist Whiskey.«

Ich atmete tief durch und ließ die Beleidigung an mir abgleiten. Oder zumindest versuchte ich es.

»Ich bin mir nicht sicher, ob Sie Whiskey trinken dürfen«, wandte ich ein.

»Ellie lässt mich Whiskey trinken.«

»Ellie hat mir schon gesagt, Sie würden Stein und Bein schwören, dass sie Sie alles Mögliche tun ließe, auch wenn das nicht stimmt.«

»Ich bin kein Kind mehr! Seit wann *lassen* mich andere Leute Dinge tun? Ich sollte über mein Leben selbst bestimmen können.«

»Ich befolge nur Anweisungen.«

»Sicher«, erwiderte er. »Ich verstehe. Genau das hat Adolf Eichmann auch gesagt.«

Ich atmete noch mehrmals tief durch und gab mir alle Mühe, gelassen zu bleiben. In diesem Augenblick beschloss ich spontan, dass dies der beste Weg sein würde, mich gegen Chester durchzusetzen. Je mehr er versuchen würde, mich aus dem Gleichgewicht zu bringen, desto gelassener würde ich sein.

»Ich mache Ihnen einen Vorschlag«, sagte ich. »Ich habe gerade mit Ellie gesprochen. Sie ist noch im Auto. Geben wir ihr ein paar Minuten, um zum Flughafen zu kommen und einzuchecken. Ich gehe erst mal durchs Haus und öffne die Vorhänge und Fenster. Lassen wir ein bisschen Licht herein und lüften das Haus mal gut durch. Und dann rufe ich Ellie an, um zu hören, ob Sie einen Whiskey trinken können. Und wenn sie Ja sagt, prima. Dann gibt es Happy Hour.«

Ich wollte ihn nicht darauf hinweisen, dass es erst Vormittag war. Denn was spielte das in seinem Zustand für eine Rolle? Ich sollte mich hier nicht einmischen. Wenn einem nur noch zwei oder drei Monate auf der Erde blieben, war es doch egal, um wie viel Uhr man sich einen Drink genehmigte.

»Lassen Sie die Vorhänge dort, wo sie sind«, befahl er.

»Nein. Tut mir leid. Wir entscheiden uns für Licht und frische Luft.«

»Ich hasse Licht und frische Luft.«

»Ah ja. Aber ich nicht. Und wenn Sie aufhören, sich darüber zu beschweren, dann rufe ich Ellie an und versuche, den Drink für Sie genehmigt zu bekommen. Wenn Sie lieber meckern, weil Sie in stickiger Luft im Dunkeln herumsitzen wollen, dann muss ich annehmen, dass sie Ihnen keinen Whiskey erlaubt.«

Er bedachte mich mit einem Blick, den ich nur als hasserfüllt beschreiben kann.

»Das wird die reinste Hölle«, sagte er. »Habe ich recht?«

»Ich würde mal sagen, wir sind schon da.«

Ich machte mich auf den Weg durch das Haus, um Licht hereinzulassen. Als ich eines der vorderen Fenster öffnete, strömte kühle Luft ins Zimmer. Die Straßengeräusche, die ins Wohnzimmer drangen, waren eine willkommene Erinnerung daran, dass dort draußen eine Welt war, mit Menschen, die lebten und ihrem Alltag nachgingen.

Ich öffnete ein Küchenfenster, um quer durchzulüften, dann ging ich zurück zu Chester und schob ihn mit seinem Rollstuhl in das Licht hinaus.

»Es ist eiskalt hier«, beschwerte er sich, als er neben der Couch saß.

»Ich bringe Ihnen eine Decke.«

»Ich will keine Decke.«

»Sie haben doch gerade gesagt, Ihnen sei es kalt.«

»Ich will hier nicht mit einer Decke auf dem Schoß oder über den Schultern sitzen wie ein gebrechlicher, alter Mann.«

Aber du bist ein gebrechlicher, alter Mann, dachte ich, doch behielt diese Beobachtung für mich.

»Dann bringe ich Ihnen eine Jacke.«

»In Ordnung.«

Als ich in seinem Schlafzimmerschrank nachsah, fand ich nur Hemden. Danach öffnete ich mehrere Türen im Flur, aber dahinter waren nur Regale mit abgenutzter Bettwäsche, alten Handtüchern und einem Bügelbrett.

»Es wäre sehr hilfreich, wenn Sie mir sagen könnten, wo ich eine Jacke finde«, rief ich ihm zu.

»Diese ganze Sache war doch Ihre Idee«, rief er zurück.

Ich entdeckte den Kleiderschrank schließlich neben dem Wohnzimmer und nahm eine königsblaue Daunenjacke heraus. Wieso hatte Chester so ein Faible für Königsblau?

Er machte keine Anstalten, sich vorzubeugen oder seine Arme auszustrecken, damit ich ihm die Jacke überziehen konnte, also legte ich sie ihm einfach über die Schultern, einschließlich der Rückenlehne des Rollstuhls.

In diesem Moment sah er zu mir auf. Nur für den Bruchteil einer Sekunde hatte ich das Gefühl, einen tiefen Einblick in sein Unglücklichsein zu bekommen, ein Ort, der mir normalerweise verwehrt war. Als er meinen Blick bemerkte, schloss er dieses Fenster zu seinem Inneren schnell wieder.

»Wann haben Sie sich zuletzt rasiert, Chester?«

Seine Wangen und sein Kinn waren mit unregelmäßigen langen, grauen Bartstoppeln bedeckt.

»Ich weiß nicht«, sagte er. »Wen kümmert's?«

»Ich glaube, Sie würden sich besser fühlen, wenn ich Sie rasieren würde.«

»Ich will aber nicht, dass Sie mich rasieren. Ich will nicht, dass Sie mich anfassen. Außerdem kann ich mich selbst rasieren.«

Warum hast du dich dann nicht rasiert?, dachte ich. Wieder behielt ich es für mich.

»Gut«, sagte ich.

Ich schob ihn in das winzige, beengte Badezimmer. Dort war kaum genug Platz für uns beide gleichzeitig.

Als ich dort hinter seinem Rollstuhl stand, sah ich mich selbst im Spiegel, und das brachte mich völlig aus dem Gleichgewicht. Wenn du unerwartet einen Blick auf dein Spiegelbild erhaschst, ist es so, als würdest du dich selbst von außen sehen.

Ich wusste nicht mehr, wen ich dort ansah.

Ich wusste, wer ich vor erst so kurzer Zeit gewesen war. Ein Software-Entwickler. Ein Gutverdienender. Ein Lebenspartner. Jemand, der für einen Umzug nach Kalifornien gespart hatte. Aber wer war ich jetzt? Ich hatte keine Ahnung. Ich war … verloren.

»Was ist?«, fragte Chester. »Sie haben sich jetzt genug im Spiegel bewundert. So ein hübsches Mädchen sind Sie nun auch nicht.«

Ich wandte meine Aufmerksamkeit zurück auf die Aufgabe vor mir und vergrub diese persönliche Krise so tief wie möglich.

Ich nahm zwei Handtücher von der Ablage und legte ihm eins auf den Schoß und das andere um den Hals. Dann durchsuchte ich das Schränkchen über dem Waschbecken, bis ich Rasierschaum und einen altmodischen Rasierer fand.

»Wie soll ich das mit dem Wasser anstellen?«, fragte er. »Ich kann das Waschbecken nicht erreichen.«

Ich zwängte mich aus dem Badezimmer und ging in die Küche. Ich öffnete ein paar Schränke und nahm die größte Schüssel heraus, die ich finden konnte. Ich füllte sie im

Spülbecken bis zur Hälfte, dann reichte ich sie ihm durch die geöffnete Badezimmertür.

Er fasste nach der Schüssel, doch bevor ich sie losließ, merkte ich, dass sie für ihn zu schwer war. Ich half ihm, sie auf seinem Schoß abzustellen.

»Ich mach das schon«, sagte er.

»In Ordnung. Viel Spaß.«

Etwas nervös ließ ich ihn mit seiner Aufgabe allein.

Ich zog mich in das kühle Wohnzimmer zurück, von wo aus ich Ellie ein zweites Mal anrief.

»Tut mir leid, ich bin's schon wieder«, sagte ich. »Sind Sie noch im Auto?«

»Nein, ich habe es gerade der Autovermietung zurückgebracht.«

»Darf er einen Whiskey trinken?«

»*Einen*«, sagte sie bestimmt. »*Einen* Drink darf er haben. Es besteht schon ohne Alkohol die Gefahr, dass er aus dem Rollstuhl fällt und sich verletzt.«

»Ich verstehe«, sagte ich. »Danke.«

»Also ...«, begann sie, »läuft es ... bisher okay?«

»Ich denke schon. Ich habe die Vorhänge aufgezogen und lüfte im Haus etwas durch.«

»Und er hat deswegen nicht getobt?«

»Ich habe ihm gesagt, dass ich Sie wegen dem Drink fragen würde, wenn er aufhört, sich zu beschweren.«

Eine kurze Stille trat ein, die ich instinktiv als schlechtes Zeichen wertete.

»Sie können diese Sache besser, als Ihnen bewusst ist«, sagte sie. »Ich glaube, Sie werden wirklich gut zurechtkommen.«

»Noch eine Frage. Kann ich mir auch einen Drink genehmigen? Ich könnte jetzt wirklich einen gebrauchen.«

»Tun Sie, was nötig ist, um bei diesem Job nicht noch am Ende den Verstand zu verlieren.«

Ich füllte zwei große Gläser Whiskey ein und brachte Chester zurück ins Wohnzimmer. Jetzt, wo er frisch rasiert war, wirkte er gepflegter und schien sich in seiner Haut wohler zu fühlen.

Ich schob ihn mit seinem Rollstuhl neben die Couch und reichte ihm ein Glas.

»Na, fühlt sich das nicht besser an?«, fragte ich ihn, nachdem ich mich gesetzt und selbst einen großen Schluck aus meinem Glas genommen hatte.

»Was fühlt sich besser an?«

»Frisch rasiert zu sein.«

»Was kümmert's mich, ob ich rasiert bin oder nicht?«

Ich merkte, dass meine Versuche, mich mit ihm zu unterhalten, die Sache für uns beide nicht besser machte. Aber hatte ich das nicht schon die ganze Zeit gewusst?

Er kippte seinen Whiskey mit ein paar großen Schlucken hinunter. Dann rülpste er und hielt mir sein leeres Glas entgegen. Ich nahm es.

»Ich muss mal pinkeln«, sagte er.

Mir wurde mulmig.

»Ich bin mir nicht sicher, wie wir …«

»Ich will nicht, dass Sie mir irgendwie nahe kommen. Kein Hinsehen und kein Anfassen. Ich schaffe es allein. Bringen Sie mir nur die Bettpfanne, dann können Sie rausgehen. Aber wenn ich groß muss, dann müssen Sie mir aufs Klo helfen, und das ist nichts, auf das ich mich freue, das können Sie mir glauben.«

»Da geht es mir wie Ihnen«, erwiderte ich. »Das können *Sie mir* glauben.«

Der Installateur, der die Gegensprechanlage einbauen sollte, kam um etwa dreizehn Uhr.

Nach einer Zankerei wegen Apfelsaft hatte Chester sich in sein Schlafzimmer zurückgezogen. Man sollte nicht meinen, dass zwei Leute sich ernsthaft über so etwas wie Apfelsaft streiten könnten, aber Chester und ich hatten das geschafft.

Die Kurzversion lief etwa so: Chester hatte gesagt, ich hätte seinen Apfelsaft mit Leitungswasser verdünnt und er würde kaum nach etwas schmecken. Ich hatte erwidert, das würde er sich einbilden. Und hier der Spoiler: Ich weiß, wer recht hatte, nämlich ich. Ich war schließlich dabei gewesen und hatte den Apfelsaft in das Glas geschüttet, direkt aus der Flasche. Nichts war verdünnt worden. Fall erledigt.

Der Installateur trug ein blaues Arbeitshemd, auf dessen Brusttasche »Dean« gestickt war. Er musterte mich von oben bis unten, als wolle er sich vergewissern, dass ich wirklich nicht Ellie war, bevor er mich nach ihr fragte.

»Sie musste nach Hause fahren, denn ihre Tochter bekommt ein Baby«, erklärte ich und ließ ihn hinein. »Das Schlafzimmer, in dem die Gegensprechanlage installiert werden soll, ist in dieser Richtung. Die andere Sprechanlage soll in mein Haus nebenan kommen.«

Er folgte mir durch den Flur und ich klopfte an die geschlossene Schlafzimmertür.

»Ich habe doch gesagt, Sie sollen mich in Ruhe lassen!«, schimpfte Chester.

Dean sprang einen Schritt zurück.

»Mit Vergnügen«, sagte ich. »Aber der Installateur für die Sprechanlage ist hier und muss hereinkommen, um … Sie wissen schon. Um seine Arbeit zu tun.«

Ich öffnete die Tür.

Chester saß am Fenster. Irgendwie hatte er es geschafft, die Vorhänge wieder zuzuziehen.

»Ich will keine Sprechanlage«, beschwerte er sich.

»Das steht eigentlich gar nicht zur Debatte. Ellie hat es angewiesen.«

»Dann reiße ich sie gleich wieder aus der Wand.«

Ich sah zu Dean, der mir einen fragenden Blick zuwarf.

»Bringen Sie die Anlage schön hoch oben an«, sagte ich.

»Ich will dieses verdammte Ding nicht. Ich will nicht, dass Leute herumschnüffeln und jedes Wort von mir abhören.«

»Das ergibt doch keinen Sinn«, sagte ich zu ihm.

»Es ergibt sehr wohl Sinn, dass man seine Privatsphäre haben will.«

»Aber tagsüber kann ich doch sowieso hören, was Sie sagen. Das ist für nachts, wenn Sie ganz allein hier sind. Dann gibt es nichts zu hören, es sei denn, Sie rufen nach Hilfe oder fallen aus dem Rollstuhl. Warum sollten Sie etwas sagen, wenn Sie allein zu Hause sind?«

Seltsamerweise gab Chester darauf keine Antwort.

Dean, der von der Warterei allmählich genug hatte, sagte: »Ich bringe die Anlage dann mal schön hoch oben an.«

Ich ging und überließ es den beiden, die Sache zwischen sich auszuhandeln.

* * *

Nachdem Dean seinen Job im Schlafzimmer trotz der Beschwerden seines Bewohners ausgeführt hatte, führte ich ihn zu meinem Haus.

»Junge, Junge, der ist 'ne Menge Arbeit, was?«, fragte Dean.

»Ja, er ist wirklich einmalig.«

»Ist er Ihr Vater?«

»Nein.«

»Großvater?«

»Nein, wir sind nicht verwandt. Es ist nur ein Job. Ich habe seiner Tochter versprochen, dass ich mich eine Woche lang um ihn kümmere.«

Mitten auf der Einfahrt blieb er plötzlich stehen.

»Eine Woche?«

»Genau.«

»Und danach?«

»Ich weiß nicht. Egal. Dann wird seine Tochter wieder bei ihm sein. Warum?«

Er sah mich zweifelnd an, dann zuckte er mit den Schultern und ging weiter.

»Es ist eine große Ausgabe für nur eine Woche. Ich meine, eine Gegensprechanlage installieren zu lassen.«

»Na ja, es ist *ihr* Geld«, sagte ich und öffnete die Haustür. »Ihre Entscheidung.«

»Sicher, sicher. Es klingt nur so, als hoffte sie, dass Sie den Job länger machen.«

Ich erwiderte nichts. Was hätte ich sagen sollen? Ich wunderte mich, warum mir dieser Gedanke nicht selbst gekommen war, ohne den klugen Rat von Dean, dem Sprechanlagen-Installateur.

* * *

Um 18 Uhr teilte ich Chester mit, dass ich nach Hause gehen würde. Er hatte gegessen und lag schon im Bett.

»Sie sollten aber bis sieben bleiben«, sagte er.

»Nun, das mache ich aber nicht. Ich habe genug für heute.«

»Das sage ich Ellie. Sie wird Ihr Gehalt kürzen.«

»Sie wird mir eine Medaille geben, weil ich es so lange ausgehalten habe.«

»Der Job ist von neun bis sieben«, wandte er wieder ein.

»Ich bin schon seit sieben Uhr heute Morgen hier.«

Dies ließ ihn verstummen. Und das war schon ein kleines Wunder.

* * *

Bis fast um Mitternacht lag ich wach und hörte, wie Chester sich im Bett hin und her wälzte. Außerdem schnarchte er wie eine Kettensäge, sobald er tief schlief, nur dann und wann von keuchenden und spuckenden Geräuschen unterbrochen.

Ich starrte an die Decke und fragte mich, wie ich diese Woche durchhalten sollte.

Bis etwas Seltsames passierte.

Chester begann zu reden. Nicht zu mir. Nicht, um mich zu ärgern, weil er wusste, dass ich zuhörte. Er sprach mit sanfter Stimme, als würde er mit jemandem im selben Zimmer reden.

Ich konnte nicht jedes Wort verstehen, doch ein paar Sätze hörte ich vollständig.

»Es ist okay, Liebling, geh wieder schlafen. Ich gehe schon, Sue. Ich kümmere mich um ihn.«

Danach etwas Unverständliches.

Dann: »Er will wahrscheinlich ein Glas Wasser. Geh nur zurück ins Bett.«

Unverständliches Murmeln, gefolgt von: »Ich sehe mit ihm im Schrank und unterm Bett nach. Mit einer Taschenlampe, damit er weiß, dass er sich nicht fürchten muss.«

Und dann, plötzlich, trat eine fast völlige Stille ein. Er musste sich zur Seite gerollt haben, denn die Kettensäge war verschwunden und wurde von leisen Atemgeräuschen ersetzt.

Schließlich musste auch ich in dieser Nacht irgendwann eingeschlafen sein.

Kapitel 5

Nächtliche Wiedergutmachungen

Als ich die Augen öffnete, war die Welt schon hell geworden.

Ich griff nach meinem Handy auf dem Nachttisch und rief Ellies Nummer an.

Sie nahm nach dem dritten Klingeln ab.

»Alles in Ordnung?«, fragte sie sofort.

»Ja, sicher. Ich habe nur eine Frage.«

»Okay. Puh. Gut. Das Baby ist da. Ein kleines Mädchen, 3200 Gramm schwer. Ich bin gerade noch rechtzeitig hier angekommen.«

»Wie schön«, sagte ich und meinte es auch. Obwohl mich Babys eigentlich nicht interessierten. Aber Ellie freute sich, also wollte ich mich mit ihr freuen. »Herzlichen Glückwunsch.«

»Danke. Was möchten Sie fragen?«

»Hat Ihr Vater ... jemals ... hat er vielleicht eine Art von ... Wahnvorstellungen?«

»Welche Wahnvorstellungen?«

»Zum Beispiel von der Art, dass er mit jemandem reden würde, der nicht da ist?«

»Oje. Bisher nicht, nein. Sie meinen, er hat bei hellem Tageslicht, mit geöffneten Augen, mit jemandem gesprochen, der nicht da war?«

»Nein, es war nachts. Ich habe ihn über die Sprechanlage gehört.«

»Oh, dann hat er nur im Schlaf geredet. Er quasselt immer vor sich hin, wenn er schläft. Das wollte ich Ihnen noch sagen.«

»Interessant.«

»Ich weiß nicht, ob es so interessant ist. Die meiste Zeit kann ich kein Wort von dem, was er sagt, verstehen.«

»Vielleicht, weil Sie nie mit einer Sprechanlage mit ihm verbunden waren. Dieses Ding könnte sogar aufnehmen, wenn eine Seite umgeblättert wird. Das Interessante daran ist: Im Schlaf scheint er … okay zu sein.«

»Ich kann Ihnen nicht folgen. Wie meinen Sie das?«

»Irgendwie sympathisch.«

Einen Augenblick lang kam keine Erwiderung.

Schließlich sagte sie: »Na ja, vielleicht steckt irgendwo tief in ihm ein angenehmer Mensch. Wenn Sie ihn finden können, sind Sie besser als ich.«

Dann musste sie das Gespräch beenden, um ihrer Tochter beim Stillen zu helfen.

* * *

Als ich zu Chester kam, war er in einer extrem schlechten Stimmung, selbst für seine Verhältnisse.

Unwillkürlich fragte ich mich, ob er an Verstopfung litt, weil er etwas zurückhielt, um den Augenblick hinauszuschieben, den wir beide so fürchteten.

»Wollen Sie einen Kaffee?«, fragte ich ihn.

»Natürlich will ich einen Kaffee«, erwiderte er. »Ich bin ja kein Wilder.«

Ich fragte nicht nach, weshalb er Kaffee mit Zivilisation assoziierte, sondern lenkte das Gespräch in eine völlig andere Richtung.

»Sie haben ein Urenkelkind«, sagte ich.

»Und?«

»Ich dachte nur, das würde Sie interessieren.«

»Ich habe bereits fünf«, sagte er. »Was macht ein weiteres für einen Unterschied?«

Er fragte nicht danach, ob es ein Junge oder ein Mädchen war oder wie viel das Baby wog. Er wollte nicht einmal wissen, ob das Kind gesund war. Er drängte mich nur zur Eile, ihm diesen verdammten Kaffee zu machen.

* * *

Nach dem Frühstück sprach er die gefürchteten Worte aus – den Satz, mit dem wir beide früher oder später gerechnet hatten, obwohl uns »später« sicher lieber gewesen wäre.

»Sie müssen mir aufs Klo helfen.«

»Okay«, sagte ich.

Mit einem kribbelnden Gefühl im Gesicht blieb ich schweigend sitzen.

Wir waren immer noch am Frühstückstisch, und er sah auf seinen Schoß hinunter, vermutlich, um nicht meinem Blick zu begegnen.

»Dann sollten wir wohl besser anfangen«, sagte ich.

Ich wollte diese unangenehme Sache so schnell wie möglich hinter mich bringen.

»Ich will, dass Sie sich die Augen verbinden«, sagte er.

Ich hatte in dem Moment keinen natürlichen Filter, also sagte ich das Erstbeste, was mir in den Sinn kam.

»Das ist das Dümmste, was ich je in meinem Leben gehört habe.«

»Das ist nicht dumm. Ich will nicht, dass Sie mich ansehen.«

»Ich werde Sie nicht ansehen.«

»Oh doch, das werden Sie.«

»Ich fühle mich nicht von jedem Mann auf diesem Planeten angezogen, Chester. Ich bin vierundzwanzig. Und Sie sind um die siebzig. Glauben Sie wirklich, ich hätte Interesse an Ihnen?«

»Ich bin erst neunundsechzig«, sagte er, immer noch mit gesenktem Blick.

»Die Frage steht trotzdem.«

»Sie sind ein Mann. Kein richtiger, aber trotzdem.«

»Ich werde das einfach ignorieren, weil wir Wichtigeres zu tun haben. Aber eine Frage. Haben Sie von Agostina verlangt, eine Augenbinde zu tragen?«

»Nein, natürlich nicht. Agostina ist eine Frau. Die sind zurückhaltender. Aber wenn Sie ein Mann sind, dann sehen Sie hin. Wenn ich mich um eine Frau kümmern sollte, selbst wenn sie viel älter als ich wäre …«

»Dann müsste sie um die hundertfünfzehn sein«, sagte ich in die Pause hinein.

»Jedenfalls, worauf ich hinauswill … ich wäre nicht hinter ihr her. Aber ich würde hinsehen. Wie kann man nicht hinsehen?«

»Das ist ja widerlich«, sagte ich. »Oh mein Gott, Chester. Sie haben gerade einen neuen Tiefpunkt erreicht.«

Ich schob meinen Stuhl nach hinten und es erschien sicher so, als wollte ich aufstehen und davonstampfen. Doch ich tat es nicht, denn da gab es noch … diese Situation. Dieses Problem, das gelöst werden musste.

Chester schien meine Abscheu nichts auszumachen.

»So sind Männer nun mal«, sagte er.

»*Ich* bin nicht so.«

»Wenn Sie ein richtiger Mann wären, würden Sie es vielleicht verstehen.« Er legte eine Pause ein, damit ich den Köder schlucken konnte. Als ich nicht anbiss, fügte er hinzu: »Aber ich soll wohl glauben, dass ein Schwuler weniger Lust hat als ein heterosexueller Kerl? Also das glaube ich kaum.«

»Ich bin mir sicher, dass Sie viele Dinge nicht glauben können, die wahr sind«, sagte ich. »Und dafür an alle möglichen Märchen glauben.« Ich stand auf und seufzte tief. »Aber los jetzt. Wir müssen das hinter uns bringen.«

Ich trat hinter ihn und zog ihn an den Griffen seines Rollstuhls rückwärts Richtung Badezimmer.

»Worauf haben wir uns jetzt geeinigt, was die Augenbinde angeht?«, fragte er ein wenig unsicher.

»Auf: Das ist das Dümmste, was ich je in meinem Leben gehört habe. Aber wenn Sie sich dadurch besser fühlen, kann ich zur Decke sehen und die Augen schließen.«

»Und Sie halten die Augen auch besser geschlossen«, sagte er, als ich ihn ins Badzimmer schob.

»Oh, Chester. Nichts lieber als das.«

Nachdem wir uns ins Badezimmer gequetscht hatten, hielt ich ihm meinen Arm hin und versuchte, ihn aus dem Rollstuhl zu ziehen. Es war schwieriger als am Abend zuvor, als ich ihm ins Bett geholfen hatte. Vielleicht lag es daran, dass er sich in diesem Fall nur auf einen weichen, sicheren Platz sinken lassen konnte. Jetzt aber musste ich ihn auf seine Füße bringen, und das ziemlich stabil. In diesem Moment wurde mir zum ersten Mal durch und durch bewusst, wie schwach und hilflos er eigentlich war.

Als wir ihn schließlich ziemlich stabil auf die Füße gebracht hatten und er sich an meinem Arm festhielt, drehte ich ihn vorsichtig zur Toilette um.

»Okay, das ist der unangenehme Teil«, sagte er. »Sie müssen mich halten, während ich meine Hose runterziehe.«

»Wie soll ich Sie halten?«

»Legen Sie Ihre Arme um mich, unter den Achseln.«

»Während ich zur Decke sehe und die Augen geschlossen halte.«

»Genau.«

Es war sicher alles andere als eine leidenschaftliche Umarmung, als ich meine Arme um Chester legte, den Kopf Richtung Decke gestreckt, mit geschlossenen Augen.

Ich spürte, wie er unterhalb meines Griffs an seinem Reißverschluss herumfummelte. Es war wahrscheinlich der peinlichste, unangenehmste Augenblick, den ich bis dato erfahren hatte.

Schließlich hörte ich das leise Geräusch, als seine Hose über seine Knie rutschte.

»Jetzt senken Sie mich ab«, wies er mich an.

»Müssen Sie nicht Ihre Unterhose runterziehen?«

»Nein.«

»Warum nicht?«

»Weil ich keine trage.«

Ich seufzte tief.

»Natürlich nicht«, sagte ich.

Instinktiv blickte ich nach unten, um ihn abzusenken.

»Nicht hinsehen!«, brüllte er.

»Sorry. Macht der Gewohnheit. Ich sehe normalerweise hin, wenn ich etwas tue.«

»Na ja, dann machen Sie's eben mal nicht.«

Ich lehnte mich vor, immer noch in unserer Umarmung, und ließ sein beträchtliches Gewicht nieder. Chester war ein schwerer Mann und in diesem Moment zitterte jeder Muskel meines Körpers vor Anstrengung. Kurz darauf hörte ich ihn erleichtert seufzen, als er sich auf dem Toilettensitz niederließ.

»Okay, jetzt können Sie gehen«, sagte er barsch.

»Können Sie sich selbst abwischen?«

Es war eine furchtbare Frage, wegen der furchtbaren Möglichkeit, dass die Antwort Nein lauten könnte.

»Natürlich kann ich mich selbst abwischen. Für wie schwach halten Sie mich denn? Mensch, Lewis. Ich bin noch nicht tot. Jetzt raus hier!«

Mit großer Erleichterung zog ich die Tür hinter mir zu.

* * *

Ich blieb an diesem Abend länger da, weil wir uns *Monday Night Football* anschauten. Zum Ausgleich würde ich am nächsten Tag später kommen. Chester saß in seinem Rollstuhl und rief etwas über die Buffalo Bills, was mir seltsam vorkam, weil das Spiel noch gar nicht begonnen hatte.

Zum Anpfiff brachte ich ihm ein Bier – nur eines – und dann zog ich mich in die Küche zurück, um in der Mikrowelle Popcorn zu machen.

Als ich zurückkam, schlug er sich gerade vor Begeisterung auf die Schenkel.

»Habe ich etwas verpasst?«, fragte ich und reichte ihm die Schüssel mit Popcorn.

»Was interessiert Sie das? Sie sehen sich doch überhaupt kein Football an.«

»Woher wollen Sie das wissen?«

»Ach, kommen Sie schon, Lewis.«

Mein Stiefvater war ein großer Football-Fan gewesen. Als ich ein Kind war, saß er bei jedem Spiel gebannt vor dem Fernseher, brüllte den Bildschirm an und trank Bier. Ich sah viele Spiele mit ihm an und lernte die Regeln, um eine Bindung zu ihm aufzubauen, aber erreichte mein Ziel letztendlich doch nicht. Doch ich hatte nicht die Absicht, persönliche Details aus meiner Vergangenheit mit Chester zu teilen.

Etwa drei Meter von seinem Rollstuhl entfernt setzte ich mich auf die Couch.

»Wer ist unser Favorit?«, fragte ich.

Er wandte kurz seinen Blick von dem Spiel ab und sah mich mit zusammengekniffenen Augen an.

»*Mein* Favorit ist Dallas. Sie können mögen, wen Sie wollen.«

Bevor ich etwas erwidern konnte, regte er sich plötzlich über einen seitlichen Pass auf und warf eine Handvoll Popcorn Richtung Bildschirm.

»Foul!«, brüllte er mit seiner rauen Stimme. »Das war keine Abwehr, das war ein Angriff!«

Er folgte seiner Aussage mit einer weiteren Handvoll geworfenem Popcorn.

Ich sah zu, wie das Popcorn vom Bildschirm abprallte und auf den zotteligen Teppichboden rollte, dann griff ich nach der Fernbedienung und stellte den Ton ab.

»Hey!«, rief Chester. »Was soll das? Stellen Sie den Ton wieder an!«

»Gleich«, sagte ich.

»Nein, jetzt! Ich sehe mir das an.«

»Und wenn Sie sich das Spiel weiter ansehen wollen, hören Sie mir jetzt besser zu. Denn vorher stelle ich den Ton nicht wieder an.«

»Was denn? Schnell!«

»Sie werfen kein Popcorn auf den Teppich.«

»Ich kann machen, was ich will. Es ist mein Haus.«

»Aber ich bin derjenige, der es sauber machen muss.«

»Also machen Sie es sauber. Dafür werden Sie schließlich bezahlt.«

Sein Blick folgte nervös dem Geschehen auf dem Bildschirm. Dann wurde die Übertragung des Spiels kurz für einen Bier-Werbespot unterbrochen und seine Miene entspannte sich etwas.

»Nein«, sagte ich bestimmt.

»Sie können nicht Nein sagen. Es ist Ihr Job.«

»Oh, das kann ich sehr wohl. Ich kann es und ich tue es. Es ist so, Chester. Tun Sie sich einen Gefallen und hören Sie gut zu. Wenn Sie ein netter Kerl wären, der jede Hilfskraft anstellen könnte, die er wollte, dann hätten Sie mehr Macht. Aber so ist es nicht. Ich bin so ziemlich die letzte Chance, die Ihnen bleibt. Glauben Sie ernsthaft, Ellie würde mich entlassen? Auf wessen Hilfe könnte sie dann noch hoffen?«

»*Wessen*?«, äffte er mich nach.

»Ja, wessen. Das nennt sich korrekte Grammatik. Sollten Sie mal probieren. Hören Sie, Chester. Wir machen es in Zukunft so: Ich mache den Boden sauber, wenn dort etwas unbeabsichtigt gelandet ist. Aber wenn Sie absichtlich Essen auf den Boden werfen, lasse ich es da. Ich lasse es da, bis es verschimmelt und Ameisen, Kakerlaken und Mäuse auftauchen, die es fressen. Oder, wenn Ihnen das lieber ist, ich kann es dieses Mal sauber machen, falls Sie mir hoch und heilig versprechen, das nie wieder zu tun. Sollten Sie das Versprechen brechen, dann bleibt das Essen beim nächsten Mal auf dem Boden und kann sich in Ihren Zottelteppich einwachsen. Was vielleicht gar nicht mal das Schlimmste für diesen Teppich wäre. Und außerdem, es wurde kein Foul wegen Regelverstoß ausgerufen, weil der Ball ohnehin uneinholbar war.«

Ich hielt inne, doch Chester sagte nichts. Er saß nur schweigend da. Ich musste ihn sprachlos gemacht haben. In seinem Fall ein ganz besonderes Ereignis.

Streich dir diesen Tag im Kalender an, dachte ich.

Das Spiel ging weiter und ich stellte den Ton wieder an.

In diesem Augenblick klingelte mein Handy. Es war Ellie, wie ich auf dem Display sah. Ich stand auf und ging in die Küche.

»Läuft alles okay?«, fragte sie.

»Ja, ziemlich okay. Er dachte gerade, er hätte hier das Sagen, aber ich habe mich gegen ihn durchgesetzt. Ich weiß ja, dass Sie mich unterstützen, damit er keinen Blödsinn anstellt.«

»Hundertprozentig«, sagte sie. Ich hörte ein Zögern in ihrer Stimme, eine leichte Nervosität. »Ich habe nur gerade gedacht …«

Jetzt kommt's, dachte ich, obwohl ich eigentlich nicht wusste, was es war, das da kommen sollte.

»… es wäre so schön, wenn ich nicht zurückfliegen müsste und Sie bei ihm bleiben könnten.«

»Sicher«, sagte ich und unterdrückte ein spöttisches Lachen. »Für *Sie* vielleicht.«

»Aber ich habe schon die Gegensprechanlage installieren lassen.«

In Gedanken verneigte ich mich vor Dean, dem Installateur, für seine ausgezeichnete Wahrnehmung.

»Das fühlt sich etwas passiv-aggressiv an«, sagte ich.

»Tut mir leid. Würden Sie es sich wenigstens mal überlegen?«

»Genau so bin ich in diesen Schlamassel erst hineingeraten.«

»Es kann ja nichts schaden, es sich zu überlegen.«

»Okay«, sagte ich. »Ich kann die Absage bis zu Ihrem nächsten Anruf aufschieben. Hey. Kann ich Ihnen eine Frage stellen? Ich würde nur gern wissen, warum er so immobil ist. Ich musste ihn heute Morgen auf die Toilette heben und – wow. Ich meine, ich weiß, dass er schwach ist, aber ich dachte, jemand mit Krebs müsste nur am Arm abgestützt werden und könnte sich so langsam fortbewegen. Aber dies scheint …«

»Er ist in seiner Wirbelsäule«, sagte sie.

»Der Krebs?«

»Ja. Unter anderem. Seine Wirbelsäule ist mit Tumoren durchsetzt.«

»Oh.«

Ich wusste nicht, wie ich darauf reagieren sollte.

»Ich melde mich in zwei Tagen wieder«, sagte sie. »Um zu hören, wie Sie sich entschieden haben.«

Sie beendete schnell den Anruf, bevor ich ihr erneut sagen konnte, dass meine Entscheidung bereits feststand.

Ich steckte mein Handy ein und kehrte zu Chester ins Wohnzimmer zurück.

Als ich mich auf die Couch setzte, sprach er plötzlich. Der Ton seiner Stimme klang ungewohnt. Beinahe … demütig. Oder zumindest einsichtig.

»Ich werde nicht mehr mit Popcorn werfen. Also … wenn Sie das Popcorn auf dem Boden auflesen könnten …«

»Sicher«, sagte ich. »Jetzt, wo wir abgemacht haben, dass es das Letzte war, was absichtlich auf dem Teppich gelandet ist, kümmere ich mich drum.«

Ich ließ mich auf Händen und Knien auf diesem furchtbaren Teppich nieder und zupfte ein Korn nach dem anderen heraus.

In gewisser Weise setzte es mich in eine entwürdigende Position. Aber in anderer, bedeutenderer Hinsicht war es ein triumphaler Augenblick für mich. Denn ich hatte diese Runde gewonnen und wir beide wussten das.

* * *

In dieser Nacht war ich so müde, dass ich sofort einschlief, trotz Chesters Drehen und Wenden, Keuchen und Röcheln.

Dann – nach 1 Uhr, wie mich die Anzeige auf dem Wecker kurz darauf informierte – weckte er mich mit einem einzigen Wort.

»Nein!«

Es war nicht die Art von »Nein«, die man schreit, um ein Desaster abzuwenden. Nicht, wie wenn jemand in einem Horrorfilm dem Monster »Nein!« im Sinne von »Nein, töte mich nicht!« zubrüllt. Es klang eher wie die entschieden vehemente Antwort auf eine Ja-oder-Nein-Frage, die ich nicht gehört hatte.

Ich setzte mich auf, schaltete das Licht an und starrte ein paar Sekunden lang auf die Gegensprechanlage, doch Chester schien nichts mehr zu sagen zu haben.

Ich schaltete das Licht aus und versuchte wieder einzuschlafen.

Gerade als ich die Decke über meine Schultern gezogen und mich in meine Schlafposition gerollt hatte, hörte ich einen deutlichen Satz von ihm. Es war unheimlich, wie klar und deutlich dieser Satz klang, mit einer ernsten, ruhigen Stimme gesprochen.

»Ich habe seine Briefe an dich gefunden.«

Ich lag noch eine oder zwei Stunden lang wach. Allerdings hatte der schlafende Chester keine Worte mehr übrig, die er in meinen einstmals ruhigen, privaten Wohnraum werfen konnte.

Kapitel 6

IM FALSCHEN HAUS

Zur vereinbarten Uhrzeit kam ich zu Chesters Haus und sah ins Schlafzimmer hinein.

Chester war hellwach. Er lag auf dem Rücken und starrte an die Decke, dann wanderte sein Blick zu mir.

Zu meiner großen Überraschung lächelte er.

Ich kann es ehrlich gesagt nicht als ein glückliches, echtes Lächeln beschreiben, sondern eher als etwas, das er aufgesetzt hatte. Die Mühe, die ihn das kostete, schien hier und dort durch diese Maske hindurch. Trotzdem, wir reden hier über Chester Wheeler, und immerhin war es ein Lächeln.

»Oh, Lewis«, sagte er. »Hallo. Guten Morgen.«

Sprachlos lehnte ich mich an den Türrahmen und ließ das erst mal auf mich wirken. Ich spürte, wie sich meine Stirn in Falten legte, weil ich mich so sehr anstrengte, mir daraus einen Reim zu machen.

»Entschuldigung«, sagte ich. »Ich muss im falschen Haus gelandet sein. Ich suche einen Chester Wheeler. Kennen Sie ihn vielleicht?«

»Sehr witzig. Mensch, Lewis. Ich kann es Ihnen aber auch nie recht machen. Sie wollen, dass ich nett bin, aber wenn ich nett sein will, machen Sie mir das Leben schwer.«

»Ich habe nichts gegen Ihren Sinneswandel. Ich möchte nur wissen, woher das so plötzlich kommt. Und Sie können nicht sagen ›Weil ich ein netter Kerl bin‹, denn Sie geben ja selbst zu, dass Sie keiner sind.«

»Ich habe nie gesagt, ich sei nicht nett.«

»Oh, tut mir leid. Ich muss Sie mit jedem anderen Menschen auf dem Planeten verwechselt haben.«

* * *

Ich briet für ihn zum Frühstück Speck. Er mochte weder Speck mit Eiern noch Speck mit Toast – nur Speck.

Ellie hatte an diesem Morgen am Telefon klargemacht, dass er essen könnte, was auch immer er wollte. Alles, was ihn glücklich machte. Er musste sich nicht gesund ernähren, weil er keine Zukunft mehr hatte.

Und wieder hatte sie mich gefragt, ob ich es mir überlegt hätte, den Job fortzuführen. Aber sie hatte schnell aufgelegt, bevor ich ihr sagen konnte, dass ich es mir bereits überlegt hatte und meine Antwort nach wie vor Nein war.

»Hat Ellie gesagt, wann sie zurückkommt?«, fragte er mich mit vollem Mund.

»In fünf oder sechs Tagen, wenn ich darauf bestehe. Aber sie hofft eigentlich, dass ich länger bleibe und sie nicht zurückkommen muss.«

»Das sollten Sie tun.«

Ich blickte ihn misstrauisch an. »Was sollte ich tun?«

»Sie sollten bleiben.«

Ich klatschte mit meiner Handfläche so fest auf den Tisch, dass er zusammenzuckte.

»Okay, Chester«, sagte ich. »Was ist los?«

»Nichts. Ich will nur nett sein.«

»Ganz ohne Hintergedanken?«

»Na ja …«, sagte er nur.

Er nippte an seinem Kaffee, sein Blick huschte fast nervös zur Decke.

»Kommen Sie schon, Chester«, drängte ich. »Früher oder später kommt es sowieso raus. Also spucken Sie's schon aus.«

»Ich hatte gehofft, Sie könnten mir einen Gefallen tun.«

»Ich hab's gewusst!«, rief ich und klatschte meine Hand wieder auf den Tisch. »Ich wusste, dass es für Ihre Nettigkeit einen Grund gibt. Warum ich? Warum haben Sie nicht Agostina gefragt? Sie hat Sie monatelang betreut, ich bin erst seit zwei Tagen hier.«

»Agostina kann nicht Auto fahren.«

»Ich verstehe. Sie müssen wohin gefahren werden. Na ja. Das klingt nicht so übel. Wohin soll ich Sie fahren?«

»Arizona«, antwortete er.

Ich dachte ehrlich, er würde einen Witz machen. Es klang nach Chesters typischem, übertriebenem Stil von Humor. Ich lachte und stand auf, um mir eine zweite Tasse Kaffee zu nehmen. Vermutlich würde er gleich sagen, wohin er wirklich wollte. Zu den Niagarafällen oder zu einem alten Freund am anderen Ende der Stadt. Vielleicht nach Williamsville oder Cheektowaga.

»Heißt das also Nein?«, fragte er nach einer Weile.

Ich setzte mich wieder, trank einen Schluck Kaffee und sah ihm dabei zu, wie er die letzte Scheibe Speck aß.

»Ich warte immer noch darauf zu hören, wohin Sie wollen.«

»Wie jetzt, sind Sie etwa taub?«, fragte er, wieder ganz der alte Chester. »Führe ich denn Selbstgespräche? Ich habe es doch gerade gesagt. Arizona.«

»Das war kein Witz?«

»Nein. Warum sollte ich über so etwas Witze machen?«

»Sie wollen also, dass ich Sie nach Arizona fahre.«

»Mal ehrlich, Lewis, haben Sie schlechte Ohren?«

»Niemand fährt von Buffalo nach Arizona.«

»Ich könnte darauf wetten, dass es jemand mal gemacht hat.«

»Das sind wahrscheinlich über dreitausend Kilometer.«

»Und? Leute fahren solche Strecken.«

»Also ich nicht. Sollte ich Sie nach Arizona bringen, was ich nicht vorhabe, dann würden wir ein Flugzeug nehmen.«

»Wir können kein Flugzeug nehmen«, erwiderte er so nüchtern und sachlich, als würde sich das von selbst verstehen.

»Warum nicht?«

»Weil …« Er zögerte kurz. »Man kann nicht fliegen, wenn man Lungenkrebs hat.«

»Oh. Tja, ich werde trotzdem nicht bis nach Arizona fahren.«

»Das hätte ich mir denken können«, sagte er. »Dass ich von Ihnen keinen Gefallen erwarten kann.«

Da er mittlerweile sein Frühstück beendet hatte, wollte ich zu den nächsten Tagespunkten übergehen.

»Sie sollten jetzt mal unter die Dusche.«

»Von mir aus«, erwiderte Chester. Er schien einen bockigen Teenager zu imitieren, der so knappe und unkooperative Antworten wie möglich gab.

»Ich gehe ins Bad und bereite alles vor.«

Chester hatte in den etwa achtundvierzig Stunden, seitdem ich mich um ihn kümmerte, noch nicht geduscht, aber ich hatte Anweisungen erhalten. Ellie hatte einen Gartenstuhl aus Plastik in die Duschkabine gestellt. Meine Aufgabe war, Chester ins Badezimmer zu schieben und ein riesiges Badetuch um ihn zu legen, unter dem er sich aus seiner Kleidung schälen konnte. Danach musste ich ihm aufhelfen, wobei er immer noch das

Badetuch um sich gewickelt hatte, und ihn auf den Plastikstuhl setzen. Ich sollte das Wasser anstellen, es aber an dem kleinen Schalter am oberen Ende des Brauseschlauchs unterbrechen, sodass Chester das Wasser anstellen konnte, nachdem ich das Zimmer verlassen und er das Badetuch entfernt hatte.

Ich schob ihn ins Badezimmer, stellte die Dusche ein und ließ ihn einen Augenblick allein, während ich aus dem Schrank im Flur ein extragroßes Badetuch holte.

»Es ist einfach scheiße«, rief er mir hinterher.

»Was ist scheiße?«

»Ich werde bald sterben.«

Ich kam mit dem Badetuch zurück und blieb im Türrahmen stehen. Er blickte mich mit einem Ausdruck in den Augen an, den ich nur als hasserfüllt beschreiben kann.

»Natürlich ist es scheiße, dass Sie bald sterben werden«, sagte ich. »Und das tut mir aufrichtig leid.«

»Das habe ich nicht gemeint.«

»Oh. Was haben Sie dann gemeint?«

Ich wickelte das große Badetuch um ihn.

»Ich warte draußen im Flur«, sagte ich.

»Danke. Ich finde nur, dass mir mein letzter Wunsch erfüllt werden sollte. Es ist scheiße, dass ich nicht mal das bekomme.«

Ich trat in den Flur, bevor ich ihm antwortete.

»Da … stimme ich Ihnen zu.«

»Wirklich?«

»Ja, ich denke schon. Ich meine … ein letzter Wunsch, dagegen gibt es nichts einzuwenden. Es sei denn, der Wunsch ist, nach Arizona gefahren zu werden. Von mir.«

»Sie werden noch Gewissensbisse bekommen, wenn ich nicht mehr da bin.«

»Wahrscheinlich nicht«, erwiderte ich. »Ich kann es gerade über mich bringen, den Notruf zu wählen oder Sie wieder in den Rollstuhl zu setzen, falls Sie herausfallen sollten.«

Doch noch während ich dies sagte, wusste ich, dass er vielleicht recht hatte. Eines Tages in der Zukunft würde ich vielleicht nachts nicht schlafen können, weil ich daran dachte, wie ich die Chance verpasst hatte, den letzten Wunsch eines sterbenden Mannes zu erfüllen. Selbst wenn besagter Mann Chester Wheeler war. Würde ich es bereuen?

»Haben Sie sich schon ausgezogen?«, fragte ich, weil ich es so schnell wie möglich hinter mich bringen wollte.

»Ich habe grade erst mein Hemd ausgezogen. Ich brauche noch ein bisschen.«

»Okay«, sagte ich. »Ich kann warten.«

Mit verschränkten Armen lehnte ich mich an die Wand und war mir vage bewusst, dass ich eine Abwehrhaltung eingenommen hatte.

»Was ist eigentlich in Arizona?«, fragte ich einen Augenblick später.

»Meine Ex-Frau.«

»Ah. Um mit der Sache endgültig Frieden zu schließen, was?«

»So was in der Art.«

»Das Telefon wäre eine gute Alternative.«

»Dann könnte ich ihr Gesicht nicht sehen.«

»Wir könnten eine Verbindung über Skype oder Zoom herstellen.«

»Nein, könnten wir nicht. Da würde sie nicht zustimmen. Sie würde auflegen, wenn ich sie überraschen würde.«

»Warum glauben Sie dann, dass sie einem Besuch in Person zustimmen würde?«

Er gab keine Antwort. Doch sein Schweigen verriet mir die Antwort.

»Ooh«, sagte ich gedehnt. »Jetzt verstehe ich's. Ein Überraschungsbesuch. Sie wollen von mir nach Arizona gefahren werden, damit Sie Ihre Ex-Frau *überfallen* können.«

»Ich bin so weit«, sagte er, aber meinte damit wahrscheinlich nicht den Überfall.

Ich trat wieder ins Badezimmer. Bis auf seine nackten Schultern und seine Unterschenkel war Chester mit dem riesigen gelben Badetuch bedeckt. Als wäre sie zu dünn, hatte seine Haut eine seltsam milchig weiße Farbe. Sie war eigenartig durchscheinend, diese Haut. Wie die weichen, verschwommenen Details hinter einem beschlagenen Fenster konnte ich Chesters Venen unter der Hautoberfläche sehen.

»Okay, jetzt hebe ich Sie hoch«, sagte ich.

Er hielt sich an meinem Arm fest und ich zog ihn hoch, während ich meine freie Hand dazu benutzte, das Badetuch so gut es ging um seinen Körper gewickelt zu halten.

Dann führte ich ihn rückwärts in die Duschkabine und er ließ sich so plötzlich und fest auf den Plastikstuhl plumpsen, dass eine große weiße Pobacke entblößt wurde.

Ich wandte den Blick ab und reichte ihm die Duschbrause und ein Stück Seife.

»Jetzt gehen Sie«, wies er mich an.

An der Badezimmertür kam mir spontan eine Frage in den Sinn.

»Ist ihr Name Sue? Der Name Ihrer Ex?«

»Ja. Woher wissen Sie das?«

Ich lüge nur selten, aber hier konnte ich nicht anders.

»Ellie hat sie mal erwähnt.«

Er wollte sicher nicht hören, dass ich dabei war, ein Puzzle aus Geheimnissen zusammenzusetzen, die er im Schlaf verraten hatte.

Ich zog die Tür hinter mir zu. Vom Wohnzimmer aus rief ich wieder Ellie an.

»Ist alles in Ordnung?«, fragte sie sofort atemlos.

»Er will von mir nach Arizona gefahren werden.«

Sie klang kein bisschen überrascht.

»Ach, das«, murmelte sie.

»Ich glaube, er will eine Art Frieden mit seiner Ex schließen.«

»Das will nur einer von den beiden.«

»Ich werde ihn nicht fahren.«

»Ich verstehe. Das habe ich auch nicht von Ihnen erwartet. Ich hätte nie so viel von Ihnen verlangt. Mir geht es nur um die notwendige Pflege.«

»Aber ich hatte gar nicht gewusst, dass Menschen mit Lungenkrebs nicht fliegen dürfen.«

»Ich auch nicht«, sagte sie. »Aber Sie sollten vielleicht wissen, dass mein Vater eine Todesangst vor dem Fliegen hat.«

»Das war also wahrscheinlich gelogen.«

»Vielleicht. Ich weiß es nicht. Haben Sie es abgelehnt?«

»Ihn zu fahren, meinen Sie?«

»Ja.«

»Natürlich.«

»Was genau ist dann das Problem?«

Ihre Frage überrumpelte mich. Ich stotterte herum, denn ich kannte die Antwort darauf selbst nicht.

»Ich glaube«, begann ich, als meine Zunge wieder funktionierte, »ich habe ein schlechtes Gewissen. Ich habe abgelehnt und jetzt habe ich Schuldgefühle. Ich meine … es ist der letzte Wunsch eines Mannes, der nicht mehr lange zu leben hat. Verstehen Sie?«

»Ich würde mir deswegen keine allzu großen Vorwürfe machen«, sagte Ellie. »Sie tun auch so schon viel mehr für ihn, als irgendjemand anderes bereit ist zu tun.«

In diesem Augenblick hörte ich, wie das Wasser im Badezimmer abgestellt wurde.

»Wow, er duscht wirklich nicht lange«, wunderte ich mich laut.

»Wenn Sie ihn überhaupt dazu bringen können, sich zu duschen.«

»Ich sollte besser los«, sagte ich und vergaß, dass er beim Abtrocknen allein sein wollte.

Erst nach unserem Gespräch fiel mir ein, dass ich sie auf ihre Rückkehr hätte ansprechen können, weil ich nicht länger als abgemacht bleiben wollte – und ich hatte die Gelegenheit verpasst, weil ich abgelenkt gewesen war.

Ich setzte mich auf die Armlehne der hässlichen Couch und gab in den Internetbrowser meines Handys die Frage »Kann jemand mit Lungenkrebs fliegen?« ein.

Ich klickte auf den ersten Artikel in den Suchergebnissen.

Die Antwort war ein eindeutiges Ja.

* * *

Ich habe nicht vor, jemanden mit diesem Teil der Geschichte zu täuschen, aber ich weiß nicht, wie ich über die folgenden Geschehnisse am besten berichten kann.

Als ich am nächsten Morgen aufwachte, ging ich zum Haus nebenan und fand Chester tot in seinem Bett.

Allerdings ist das nicht passiert.

In Wirklichkeit ging ich an diesem Abend nach Hause, schlief ein, und das, was ich gerade beschrieben habe, war ein lebhafter Traum. Aber was für ein Traum! So vollkommen realistisch, so detailliert. Während das Geschehen ablief, war ich davon überzeugt, dass es real war und genau so passierte. Normalerweise haben Träume seltsame, unwirkliche Elemente an sich, auch wenn man das vielleicht erst bemerkt, wenn man aufgewacht ist und sich die Einzelheiten noch mal durch den Kopf gehen lässt. Doch dieser Traum glich der nüchternen Realität des wachen Lebens bis aufs Haar.

Die Bilder und Geräusche des Traums sind immer noch in mein Gehirn gebrannt. Selbst jetzt noch kann ich, wenn ich meine Augen schließe, den Anblick von Chesters totem

Antlitz sehen, unrasiert, den Mund leicht geöffnet, während die Leichenstarre seiner leiblichen Überreste mächtig wird. Noch jetzt kann ich die abgestandene, schale Luft in seinem Schlafzimmer riechen und den Schock in meinem Magen spüren, den diese Entdeckung auslöste.

Ich hatte all die Gedanken und Gefühle, die jeder andere in dieser Situation auch gehabt hätte. Meine Gedanken wirbelten in alle möglichen Richtungen, bis sie schließlich versickerten.

Ich muss Ellie anrufen. Nein – na ja, schon, aber zuerst muss ich … wen genau anrufen? Den Notruf wählen? Aber es ist kein Notfall, denn der Mann ist bereits tot. Vielleicht sollte ich nur die Polizei verständigen, es melden, damit sie jemanden schicken …? Nein, vielleicht ruft man die Polizei gar nicht, wenn jemand eines natürlichen Todes stirbt. Vielleicht nur das Beerdigungsinstitut, damit sie seine Leiche abholen. Hat Ellie mir die Nummer eines Beerdigungsinstituts dagelassen? Ich muss die Nummern durchgehen, die sie mir aufgeschrieben hat.

Oder vielleicht sollte ich sie doch zuerst anrufen, bevor ich etwas anderes mache.

Und dann hatte ich den deutlichsten, eindringlichsten Gedanken von allen.

Warum habe ich ihn nicht einfach nach Arizona gefahren?

Okay, es stimmt nicht hundertprozentig, dass der Traum vollkommen realistisch gewesen sei. Im wirklichen Leben hatte ich ihm die Gelegenheit auf seinen Roadtrip nicht direkt verweigert, denn es war noch kaum Zeit vergangen. Wäre er wirklich in dieser Nacht gestorben, dann hätte der Tod ihm diese Gelegenheit genommen. Ich hätte ihm nur eine positive Antwort verweigert, was zumindest ein Anzeichen dafür gewesen wäre, dass mir sein Bedürfnis nach einer Klärung einer wichtigen Beziehung aus der Vergangenheit nicht egal war. Und das war schlimm genug.

Doch zurück zu dem, was ich im Traum fühlte.

Ich stand dort vor seinem Bett, sah auf sein nun für immer starres Gesicht mit den geöffneten Augen und dachte: *Was hätte es dir ausgemacht, ihn dorthin zu fahren?*

Sicher, niemand wollte mit Chester Wheeler Zeit verbringen, wenn es sich vermeiden ließ. Aber ich hatte schon eingewilligt, hier zu sein. Auf die eine oder andere Weise würde ich die nächsten Tage sowieso mit ihm verbringen. Wäre die Fahrt schlimmer als die dumpfige, schwach müffelnde Welt, die er sich hinter geschlossenen Türen geschaffen hatte?

Plötzlich klang der Trip eher nach einer Verbesserung.

Es war sein letzter Wunsch.

Und ich werde keine zweite Chance bekommen.

Natürlich hatte ich völlig unrecht, denn in diesem Moment wachte ich auf. Dort saß ich nun, in meinem Bett im Dunkeln, und bekam diese zweite Chance.

Eine Weile lang blieb ich unbeweglich sitzen, weil mir davor graute, zu Chester hinüberzugehen. Vielleicht war es eine Prophezeiung. Und wenn ich dort hinginge …

Ich wollte den Gedanken nicht zu Ende führen.

Ich konnte kein Schnarchen durch die Sprechanlage hören, also stand ich auf und zog mich schnell an. Obwohl es erst halb sechs Uhr morgens war, ging ich in der Dunkelheit zu Chesters Haus und öffnete die Tür mit meinem Schlüssel.

Ich streckte den Kopf durch seine Schlafzimmertür und horchte, doch hörte nichts. Nicht einmal das rhythmische Geräusch seines Atems. Ich schaltete das Licht im Flur an, aber sein Bett lag noch immer im Dunkeln. Also atmete ich einmal tief durch und machte das Deckenlicht im Schlafzimmer an.

Sofort kam er geifernd zu Bewusstsein, streitlustig wie immer.

»Verdammt, Lewis!«, brüllte er. »Ich habe geschlafen. Was machen Sie so früh hier? Wie spät ist es?«

»Sorry«, entschuldigte ich mich. »Ich wollte nur nach Ihnen sehen.«

Ich öffnete den Mund, um ihn nach den Details dieser von ihm vorgeschlagenen Reise zu fragen. Mit welchem Auto würden wir fahren? Mit meinem? Hatte er ein Auto? Wäre es für so eine lange Reise geeignet? Wo würden wir unterwegs übernachten? Wer würde für all das zahlen?

Dann klappte ich meinen Mund wieder zu und sagte nichts dergleichen.

»Machen Sie das Licht aus und lassen Sie mich in Ruhe. Ich will weiterschlafen.«

»Natürlich. Ich mache schon mal Kaffee für nachher, wenn Sie wach sind.«

Im Dämmerlicht schlüpfte ich in die Küche, wo ich den Kaffee zubereitete.

Dann setzte ich mich an den Tisch, trank eine Tasse und dachte nach.

Ich war noch nicht so weit, ihm meine Gedanken zu dieser Sache zu verraten, denn ab dann gäbe es kein Zurück mehr.

Doch selbst in diesem Niemandsland der Möglichkeiten kann man sagen, dass ich bereits wusste, wie sich dieser Teil der Geschichte entwickeln würde.

Kapitel 7

AUFKLEBER

Als ich am nächsten Morgen aufwachte, starrte ich zuerst eine Weile an die Zimmerdecke, in Gedanken versunken. Dann nahm ich mein Handy vom Nachttisch und rief Ellie an.

»Hey«, meldete ich mich.

»Hey«, erwiderte sie.

Zwischen uns hatte sich eine überraschende Vertrautheit entwickelt.

»Also«, begann ich. Ich zögerte, bevor ich fortfuhr. »Ich will nicht sagen, dass ich es tatsächlich tun werde. Ich kann nichts versprechen, daher legen Sie mich bitte nicht darauf fest. Ich habe nur eine Frage. Mal angenommen, ich würde einwilligen, ihn nach Arizona zu fahren – welchen Wagen würden wir nehmen? Ich möchte mein eigenes Auto nur ungern mit so vielen Kilometern belasten. Hat er vielleicht ein zuverlässiges Auto?«

»Oh«, sagte sie, offenbar überrascht. »Ich wusste gar nicht, dass Sie sich das überlegen wollten. Das ist sehr nett von Ihnen.«

»Mir fällt eigentlich kein Grund ein, weshalb eine lange Autofahrt schlechter sein sollte, als mit ihm in diesem feucht-kalten Haus zu sitzen und nichts zu tun.«

»Da haben Sie wohl recht«, sagte sie. »Ich denke mal, Sie würden sein Winnebago nehmen.«

»Chester hat ein Wohnmobil? Wo?«

»Er hat einen Stellplatz, aber ich weiß nicht genau, wo. Das müssten Sie ihn fragen.«

»Ist es verkehrstüchtig?«

»Ich glaube schon. Er hat sich sehr penibel darum gekümmert. Mehr als um seine Familie, das können Sie mir glauben. Aber es muss mindestens zwölf Jahre alt sein.«

»Wir könnten es von einem Mechaniker durchchecken lassen, denke ich. Wer würde das Benzin zahlen?«

»Ich würde für Ihre Ausgaben aufkommen.«

»Interessant. Dann werde ich mir das wohl überlegen müssen.«

»Das ist sehr nett von Ihnen«, sagte sie wieder.

»Aber ich kann es noch nicht mit Sicherheit sagen.«

»Es ist nett von Ihnen, dass Sie es überhaupt in Erwägung ziehen.«

»Na ja«, sagte ich. »Es ist schließlich der letzte Wunsch eines alten Mannes. Ich weiß nicht, wie ich das ablehnen könnte.«

»Überlegen Sie es sich und sagen Sie Bescheid, wenn Sie sich entschieden haben.«

Ich bestätigte ihr, dass ich das tun würde, bevor wir das Gespräch beendeten.

Ich stand auf, zog mich an und ging nach nebenan zu Chesters Haus, obwohl ich früher dran war als nötig. Doch wenn ich früher anfing, würde ich am Abend früher gehen können, was schon jetzt verlockend klang.

Im Haus angekommen, sah ich zuerst ins Schlafzimmer.

Chester lag mit hinter dem Kopf verschränkten Händen auf dem Bett und blickte zur Zimmerdecke. Sein Gesichtsausdruck … ich weiß nicht, wie ich ihn beschreiben soll. Fast wie von jemandem, der *nicht* alles und jeden auf diesem Planeten hasste.

Er wandte sich zu mir – und lächelte. Und kein aufgesetztes Lächeln, unter dem Stress und Hass lag. Nein, es war ein richtiges, echtes Lächeln.

»Ich habe Sie unterschätzt, Lewis«, sagte er.

»Ich kann nicht folgen.«

»Ich freue mich, dass Sie mich nach Arizona bringen wollen.«

»Das habe ich nie gesagt.«

»Sie haben gesagt, dass Sie es sich überlegen werden.«

»Wann habe ich das gesagt?«

»Gerade vor ein oder zwei Minuten.«

Langsam drang die Erkenntnis zu mir durch, gefolgt von einem furchtbaren Schreck.

»Verdammt«, fluchte ich. »Oh nein. Ich hätte die Sprechanlage richtig einstellen sollen, damit ich Sie hören kann, aber Sie mich nicht.«

»Viel Glück damit«, sagte er. »Noch haben Sie es nicht hinbekommen.«

»Nun, wenn Sie mich gehört haben, wissen Sie aber auch, dass ich mich noch nicht entschieden habe.«

»Aber Sie werden sich dazu entscheiden. Das weiß ich. Denn es ist der letzte Wunsch eines alten Mannes und Sie wissen nicht, wie Sie das ablehnen könnten.«

»Wissen Sie, was interessant ist?«, fragte ich ihn. »Sie haben gemerkt, dass ich ein anständiger Mensch bin, und nun haben Sie keine Skrupel, das gegen mich zu verwenden.«

»Was immer mich nach Arizona bringt«, erwiderte Chester.

* * *

Etwa zwanzig Kilometer von der Stadt entfernt stand ich auf dem Parkplatz von einer Art Karosseriewerkstatt – oder vielleicht war es auch ein Schrottplatz. Die Anlage erschien verlassen und

84

ich wartete darauf, dass jemand meine Anwesenheit bemerken würde.

Chester saß noch auf dem Beifahrersitz meines Autos, das im Leerlauf hinter mir stand. Ihn ins Auto zu bugsieren, war nicht einfach gewesen, das können Sie mir glauben.

Plötzlich ertönte die Hupe und ich fuhr vor Schreck zusammen.

Ich wirbelte herum – natürlich war es Chester gewesen, der gehupt hatte.

»Lassen Sie das!«, rief ich. »Benehmen Sie sich doch mal eine Minute.«

Als ich mich wieder herumdrehte, stand ich einem dunkelhaarigen Mann namens Marshall direkt gegenüber. So stand es jedenfalls auf der Brusttasche seines Arbeitshemdes. Früher war ich nicht ständig Männern begegnet, deren Namen auf ihre Hemden genäht waren. Mein Leben hatte sich offenbar geändert.

»Hey«, sagte ich.

»Hey«, erwiderte er und wischte sich die Hände mit einem blauen Lappen ab. Er blickte an mir vorbei und winkte meinem Beifahrer zu. »Sie sind 'n Freund von Chester?«

»›Freund‹ ist vielleicht etwas übertrieben«, erwiderte ich und er lachte.

Er schien zu jung zu sein, um ein Geschäft wie dieses zu besitzen. Ich schätzte, dass er in seinen Dreißigern war. Vielleicht gehörte der Laden seinem Vater. Oder er war schon in jungen Jahren sehr zielstrebig gewesen. Oder vielleicht verbrachte ich auch einfach nur zu viel Zeit damit, kleine Details wie dieses zu analysieren, auch wenn sie überhaupt keine Rolle spielten. Sehen Sie, was mein Gehirn mit mir anstellt?

»Ich wollte mit Ihnen über Chesters Winnebago reden«, sagte ich.

Er sah mich argwöhnisch an, als würde er nicht ganz schlau aus mir.

»Die meisten Leute rufen an, wenn sie was besprechen wollen.«

»Ich wollte es mit eigenen Augen sehen.«

»Also gut«, sagte er.

Er drehte sich um und lief los. Ich folgte ihm.

Dann blieb er so plötzlich stehen, dass ich fast in ihn hineingerannt wäre.

»Kommt er auch?«, fragte er und wies mit einer Kopfbewegung zu meinem Auto.

»Chester? Nein, ich habe seinen Rollstuhl nicht dabei. Es war so eine Arbeit, ihn ins Auto zu setzen, da werde ich ihn erst wieder heraushieven, wenn wir zu Hause sind.«

Er schüttelte den Kopf und ging weiter.

Über seine Schulter hinweg fragte er mich: »Ihn hat's schlimm erwischt, was?«

»Sehr schlimm«, antwortete ich.

Er führte mich zu einem riesigen, offenen Metallgebäude an der Rückseite, das wie ein massiver, aufgeputschter Carport aussah. In dem Gebäude standen vier Wohnmobile in verschiedenen Zerfallsstadien.

»Es is' dieses hier«, sagte er.

Er deutete auf den Winnebago und als Erstes fiel mein Blick auf die zwei Aufkleber an der hinteren Stoßstange. Auf ihnen stand:

ACHTUNG: Ich bremse für niemanden und Kaputte Hupe – Mittelfinger funktioniert.

»Also die kommen ab«, sagte ich sofort.

»Na ja«, erwiderte Marshall. »So is' Chester nun mal.«

»Ja, leider. Wie alt ist dieses Ding?«, fragte ich, weil ich mich nicht mehr daran erinnern konnte, was Ellie gesagt hatte.

»Ungefähr zwölf Jahre.«

»Ist es verkehrstüchtig?«

»Jep, is' in ziemlich gutem Zustand.«

»Auch für eine lange Strecke? Er will von mir bis nach Arizona gefahren werden.«

»Ooh«, sagte er gedehnt. »Sue, oder? Mit ihr hatte er immer noch offene Fragen. Das wird kein spaßiges Wiedersehen, so viel kann ich Ihnen sagen. Aber ja, ich denke, die Fahrt lässt sich schaffen. Der Winnie wird wahrscheinlich das kleinste Ihrer Probleme sein. Die letzten zwei Jahre stand er aber nur hier rum, also wär's Ihnen wohl lieber, wenn ich das Öl wechsle und 'nen kompletten Sicherheitscheck mache.«

»Ja, auf jeden Fall.«

»Er hat vor etwa zwei Jahren neue Bremsen und Reifen einbauen lassen. Der Winnie hatte schon 'ne Menge Kilometer auf dem Buckel, also hab ich vorsichtshalber auch 'nen Austauschmotor eingebaut. Er hat gesagt, er will durchs ganze Land fahren. Wollte alles seh'n. Und dann? Dann kam seine Diagnose. 'ne Affenschande war das. Wirklich Pech. Wegen mir ist er zum Arzt und hat seinen Brustkorb röntgen lassen. Ich hab gesagt: ›Chester, jedes Mal, wenn du herkommst, hustest du dir die Lunge aus'm Leib. Lass das mal untersuchen.‹ Und jetzt hab ich 'n schlechtes Gewissen.«

»Trotzdem besser, es zu wissen«, sagte ich.

»So hab ich die Sache auch gesehen.«

»Sie sind also ein Freund von ihm?«

»›Freund‹ is' vielleicht etwas übertrieben«, erwiderte er.

Daraufhin konnten wir uns beide ein höhnisches Grinsen nicht verkneifen.

»Sehen Sie sich's nur von innen an«, sagte er. »Ich komm gleich zurück.«

Die Fahrertür war nicht abgeschlossen. Ich stieg ein und blickte mich um. Im Fahrerhaus musste ich den Kopf einziehen, aber als ich den Wohnbereich des Ungetüms betrat, konnte ich aufrecht stehen, ohne an die Decke zu stoßen.

Da wir in dieser großen metallenen Flugzeughalle – mangels eines besseren Wortes – standen, war es ziemlich düster.

Zwei Sofas standen an den Innenwänden, mit einem hässlichen, orange karierten Stoff bezogen. Sie ließen sich wahrscheinlich zu Betten ausziehen. Die Verkleidung und Schränke schienen aus hellem Holz zu sein, aber vielleicht war es nur ein Imitat. Es gab einen winzigen Kochbereich und eine Sitzecke mit Tisch. Am hinteren Ende des Gefährts verbarg sich hinter einer Falttür ein winziger Schlafbereich, der aus nicht viel mehr als einem schmalen Bett bestand.

Bevor ich den Schlafbereich sah, hatte ich kurz davorgestanden, diese ganze Fahrt abzublasen. Es hatte mich plötzlich schockiert, als mir bewusst wurde, dass ich mit Chester eine Woche lang in diesem kleinen Gefängnis festsitzen würde, ohne ihm entkommen und abends nach Hause gehen zu können. Aber hier war nun eine Tür, die ich hinter mir zuziehen konnte. Und außerdem würde ich jederzeit rausgehen und ihn im Winnebago lassen können, um einen freien Kopf zu bekommen.

Und vielleicht könnte ich ein Zelt mitbringen. Falls er mir sehr auf die Nerven ginge, könnte ich weggehen und mich außer Hörweite draußen schlafen legen. Andererseits war das nicht möglich – was, wenn er mich brauchte oder hinfiel? Vielleicht sollten wir zwei Handys mitnehmen. Meins und ... hatte er überhaupt eins?

Ich machte mir eine geistige Notiz, Ellie danach zu fragen.

Ich öffnete eine weitere Tür und entdeckte ein Mini-Badezimmer einschließlich Dusche. Für mich wäre es in Ordnung, aber Chester würde ich dort nicht hineinbekommen, da es zu klein für uns beide war. Wir würden für ihn auf Raststättentoiletten zurückgreifen müssen. Oder vielleicht könnte er einfach die Bettpfanne benutzen. Und wie sollte er duschen? Würde er auf unserer Fahrt einfach immer verwahrloster werden?

So viele Fragen und so viel Furcht vor den Antworten.

Als ich aus dem Wohnmobil stieg, wartete Marshall schon auf mich.

»Gute Größe für zwei Leute«, sagte er. »Aber natürlich hängt's von den zwei Leuten ab. Können Sie es aushalten, dadrin tagelang mit Chester eingepfercht zu sein?«

»Ich kann eigentlich nirgends mit ihm tagelang eingepfercht sein. Hier wird es wohl nicht schlimmer als in seinem Haus sein. Aber diese Autoaufkleber müssen weg.«

* * *

»Kommt gar nicht infrage«, rief Chester. »Das lasse ich nicht zu.«

Wir hatten gerade den Parkplatz verlassen und fuhren zurück zur Stadt.

»Das ist nicht verhandelbar«, erwiderte ich. »Ich bin der Fahrer, also werden die Leute denken, es seien meine Aufkleber. Sie werden das für meine Einstellung halten.«

»Es ist *meine* Einstellung und Sie können die Aufkleber nicht abmachen.«

»Okay«, sagte ich. »Dann fahren wir halt nicht. Ich hatte sowieso schon überlegt, wie ich da rauskommen kann.«

Mehrere Kilometer fuhren wir schweigend weiter.

Ich spürte, wie sich Chesters Aura änderte. Sein Stimmungswechsel, das Zügeln seiner Wut, ließ sich fast mit Händen greifen. Es war verstörend, so völlig im Einklang mit jemandem wie ihm zu sein.

»Okay«, sagte er so laut, dass ich aufschrak. »Okay, in Ordnung. Dann machen Sie sie halt ab. Aber sobald wir zurück sind, kaufen Sie zwei Aufkleber, genau wie diese, und kleben sie wieder an.«

»Da haben Sie nicht den Hauch einer Chance, Chester. Auf keinen Fall. Ich gebe Leuten, die so einen Mist produzieren, kein Geld.«

»Ich bezahle die Aufkleber und Sie kleben sie an.«

»Nein. Ich will mit der Sache nichts zu tun haben.«

»Können Sie mich wenigstens dahin schieben, damit ich die Aufkleber selbst anbringen kann?«

»Ich weiß nicht, Chester. Vielleicht. Können wir uns zuerst auf die Aufgabe konzentrieren, die vor uns liegt? Wir müssen mit diesem Gefährt den ganzen Weg nach Arizona schaffen, und zurück. Können wir uns über Ihre scheußlichen Autoaufkleber Gedanken machen, wenn wir wieder zu Hause sind?«

»Die Aufkleber sind nicht scheußlich«, murmelte er. »*Sie* sind scheußlich.«

»Chester, wie alt sind Sie noch mal? Sie klingen wie ein Fünfjähriger.«

Er grummelte und flüsterte nuschelnd etwas vor sich hin, aber sagte während des restlichen Wegs nach Hause kein Wort mehr.

Es war eine herrliche Wohltat.

* * *

Anna fuhr mich zu der Werkstatt, um das große Gefährt abzuholen.

Es waren zwei Tage vergangen. Marshall hatte angerufen und mir mitgeteilt, dass er das Wohnmobil komplett geprüft hatte und es für so verkehrstüchtig hielt, dass er es selbst in Begleitung seiner Frau und seines Babys fahren würde.

»Weißt du, was mich beeindruckt hat?«, fragte Anna. Sie ließ ihre Fingerspitzen gegen das Lenkrad klopfen. »Du hast gerade eine Entscheidung getroffen. Hast nicht endlos hin und her überlegt. Normalerweise …«

»Ich habe verstanden«, unterbrach ich sie. »Du hast mir mein Verhalten sehr deutlich klargemacht.«

»Oh, tut mir leid. Habe ich dir wehgetan?«

Ich war kurz davor, ihr mit »Nein, überhaupt nicht« zu antworten. Doch dann bemerkte ich, dass ich ihr die Wahrheit sagen sollte, weil sie eine Freundin war.

»Es hat ein bisschen wehgetan, ja.«

»Es scheint aber geholfen zu haben.«

»Nein, am Ende hat etwas anderes geholfen.« Ein paar Sekunden lang sah ich schweigend auf die vorbeiziehende Landschaft. Wollte ich diese Geschichte überhaupt jemandem erzählen? »Weißt du noch, wie du gesagt hast, ich würde Entscheidungen immer ewig vor mir herschieben? Dass ich immer erst alle Eventualitäten abwägen würde, aber wir gar nicht wissen, wie sich etwas entwickelt. Nun … wie sich herausgestellt hat, stimmt das nicht so ganz. Ich habe lebhaft und realistisch geträumt, Chester sei gestorben und ich hätte ihn nicht nach Arizona gefahren. Und im Traum habe ich gewusst, dass ich die falsche Entscheidung getroffen hatte.«

Sie gab mir keine direkte Antwort, sondern nickte nur. Als würde sie über meine Worte nachdenken und ihren eigenen Gedanken darüber zustimmen.

»Ich habe eine Frage«, begann sie dann.

Ich rechnete mit einer Frage zu einem bedeutenden Thema, zum Beispiel, welchen Weg man in dieser komplizierten Welt einschlagen sollte.

»Warum hast du einen Spachtel dabei?«

Ich blickte auf das Utensil, das neben meinem Fuß auf dem Boden lag.

»Ich glaube, ich habe dir noch nicht von den Aufklebern erzählt.«

* * *

Ich schabte. Und schabte. Und schabte. Und ich schaffte nur, diese verdammten Dinger zu zerkratzen und an den Ecken abzubrechen. Der Kleber war wie Zement und ich wollte nicht zu fest drücken, denn Chester würde außer sich vor Wut sein – nicht ganz unberechtigt –, wenn ich die Stoßstange seines Wohnmobils zerkratzte.

Marshall und Anna standen über mich gebeugt da und sahen aus, als wollten sie mich anfeuern.

»Mist, die kleben wirklich fest, was?«, stellte Anna fest.

»Sie sind genauso stur wie ihr Besitzer«, erwiderte ich.

Marshall hatte eine potenziell gute Idee. »Wär's nicht einfacher, zwei Aufkleber drüberzukleben? Vielleicht finden Sie was, mit dem Sie beide leben können.«

Ich hörte mit dem Schaben auf und erhob mich. Die Sonne brannte heiß auf meinem Nacken, selbst an einem kühlen Herbsttag wie diesem. Mein Rücken schmerzte von der gebückten Haltung und als ich meine Hände auf mein Kreuz legte, um mich zu dehnen, stach ich mich aus Versehen mit dem Schaber.

»Etwas, mit dem Chester *und* ich leben könnten?«, fragte ich. »Ich glaube nicht, dass so etwas existiert.«

»Er will, dass du ihn fährst«, sagte Anna, »also sollte es vielleicht deine Entscheidung sein und ihm bleibt keine Wahl.«

»Aber wenn Chester keine Wahl hat, wird er mir die ganze Zeit damit in den Ohren liegen. Außerdem will ich mit diesen Aufklebern nicht mal bis zu seinem Haus fahren.«

»Ach, komm schon«, sagte Anna. »Ist das nicht ein bisschen übertrieben?«

»Ich weigere mich einfach, in irgendeiner Hinsicht, egal wie unbedeutend, mit Chester verwechselt werden zu können.«

»Ich habe Isolierband«, schlug Marshall vor. »Ich könnte einen Streifen über die Aufkleber kleben, damit Sie nach Hause fahren können.«

Und weg war er, wahrscheinlich, um das Isolierband zu holen.

»Ich kaufe dir zwei Aufkleber«, sagte Anna, »dann sehen wir uns bei dir zu Hause.«

»Aber … wo bekommt man eigentlich Autoaufkleber?«

»Ich weiß nicht. Ich sehe auf meinem Handy nach.«

»Welche willst du kaufen?«

»Ich weiß nicht. Spielt das eine Rolle?«

»Nimm irgendwas Neutrales«, bat ich sie.

»Willst du diese Gelegenheit wirklich nicht nutzen, um ihn ein bisschen zu ärgern?«

»Nein, wirklich nicht.«

»Okay«, sagte sie. »Vertrau mir. Ich kümmere mich drum.«

Sie sprang in ihr Auto und fuhr davon, als Marshall mit einer Rolle silberfarbenem Isolierband zurückkam. Mit ein paar Streifen überklebte er die provokanten Sprüche.

»Haben Sie schon mal so einen gefahren?«, fragte er, als er wieder aufstand.

»Nein, noch nie.«

»Oder irgendwas sonst, das größer als ein Auto war?«

»Nein.«

»Dann sollte ich Ihnen besser erst ein paar Sachen erklären, bevor Sie losfahren.«

* * *

Mit Marshall auf dem Beifahrersitz neben mir saß ich am Steuer und manövrierte das riesige Gefährt auf einen orangefarbenen Verkehrskegel zu, den er auf den Kiesboden gestellt hatte.

»Also, Sie können nicht wenden wie mit Ihrem Auto«, erklärte er. »Sie müssen ein ganzes Stück am Kegel vorbeifahren. Stellen Sie sich vor, der Kegel wäre der Bordstein und Sie müssten rechts abbiegen. Lenken Sie nach links, nur ein kleines bisschen, weil Sie in einer echten Verkehrssituation auch keinen Platz hätten, weit auszuscheren. Denken Sie dran, wie breit dieses Ding is'. Sehen Sie den eingesetzten Spiegel unten im rechten Außenspiegel? Damit sehen Sie den Bordstein. Oder in Ihrem Fall den Kegel. Fahren Sie weiter dran vorbei, als Sie es für notwendig halten, und dann erst wenden Sie.«

Ich manövrierte das Wohnmobil vorsichtig weiter und behielt den Kegel im Rückspiegel im Blick, als ich langsam daran vorbeifuhr. Ich fuhr weiter. Und weiter. Und weiter. Schließlich drehte ich das riesige Steuerrad nach rechts, um den Kegel zu umfahren … und stieß ihn sofort um.

Ich hielt an und ließ meinen Kopf in die Hände sinken.

»Es braucht nur ein wenig Übung«, sagte Marshall tröstend.

»Es ist nicht nur das«, sagte ich durch meine gespreizten Finger. »Ich habe gedacht, ich wüsste schon genau, warum diese Reise ein Albtraum werden kann. Aber jetzt stellt sich heraus, dass noch ein ganz anderer Grund dazukommt, der mir überhaupt nicht bewusst gewesen war. Ich muss einen verdammt riesigen Winnebago fahren!«

»Sie fahren ja die größte Strecke auf dem Highway«, sagte er. »Wenn Sie auf dem Highway sind, sieht die Sache schon ganz anders aus. Bleiben Sie mit dem Winnie einfach auf der rechten Spur und das war's schon. Versuchen Sie's noch mal.«

Er sprang aus dem Fahrerhaus und stellte den Verkehrskegel auf. Ich fuhr in einem großen Bogen um den Parkplatz und näherte mich wieder der Stelle. Dieses Mal fuhr ich ein Stück weiter an dem Kegel vorbei und lenkte noch mehr nach links. Ich wendete und … warf den Kegel wieder um.

Marshall öffnete die Beifahrertür.

»Noch einmal«, munterte er mich auf. »Dieses Mal schaffen Sie's.«

Ich drehte noch eine Runde um den Parkplatz und machte wieder eine Wendung nach rechts um den Kegel, dieses Mal übertrieb ich meine Taktik deutlich. Es funktionierte. Der Kegel blieb unberührt.

Marshall kam wieder an die Beifahrertür.

»In der echten Welt hätten Sie nie so viel Platz, um nach links auszuscheren«, sagte er. »Aber keine Sorge. Sie können nach Hause fahren, aber schön langsam. Lassen Sie sich nicht beirren, wenn andere Fahrer hupen. Einfach ignorieren. Wenn Sie zu Hause angekommen sind, haben Sie den Bogen raus.«

Ich fuhr auf die Straße und hatte ein so mulmiges Gefühl im Magen, wie es bisher nur Chester hatte verursachen können.

* * *

Anna wartete schon vor meinem Haus auf mich. Ich nahm an, dass sie sich wohl nicht auf die Suche nach Autoaufklebern gemacht hatte.

Ich fuhr an den Bordstein und hielt an. Sofort löste sich eine riesige Anspannung in mir und ich atmete erleichtert auf.

Ich schaltete den Motor aus, zog die Handbremse und stieg aus.

»Mensch, Lewis«, rief sie mir zu. »Warum hast du so lange gebraucht?«

Als ich auf der Straße stand und sie entgeistert anstarrte, spürte ich das Zittern in meinen Beinmuskeln – war es die körperliche Anstrengung oder der psychische Stress?

»Machst du Witze?«, rief ich. »Hast du mal versucht, so ein Ding zu fahren?«

»Nein. Warum? War es schwierig?«

»Ich habe noch nie so eine Angst auf der Straße gehabt wie eben.«

»Na ja, du hast's ja geschafft«, sagte sie. »Hier.«

Sie reichte mir eine kleine, flache Papiertüte.

»Jetzt sag nicht, dass du Zeit gehabt hast, Aufkleber zu kaufen«, wunderte ich mich.

»Wow. Du weißt wirklich nicht, wie lange du weg warst.«

Ich griff in die Tüte und zog einen Aufkleber mit dem Wort ›Coexist‹ heraus. Ich glaube, einige kennen diesen Aufkleber, auf dem verschiedene religiöse Symbole als Buchstaben verwendet das Wort für ›Zusammenleben‹ bilden.

Ich blickte sie argwöhnisch an und wollte sie fragen, ob sie wusste, in was sie mich da hineinritt, aber dann beschloss ich, zuerst den anderen Aufkleber anzusehen.

Als ich den Aufkleber aus der Tüte zog, musste ich lachen, ich konnte nicht anders. Vielleicht war es all die Anspannung, die sich nun entlud, keine Ahnung.

Auf dem Aufkleber stand: LIEBER GUTMENSCH ALS UNMENSCH.

Ich sah wieder zu Anna.

»Das nennst du ›ziemlich neutral‹?«

»Ach, komm schon«, sagte sie. »Du willst ihn doch wenigstens ein bisschen ärgern.«

»Du verstehst es nicht«, widersprach ich ihr. »Du kannst dir nicht vorstellen, wie er reagiert, wenn man ihn provoziert. Und ich bekomme es ja dann ab.«

»Aber … er sitzt doch im Rollstuhl, oder?«

»Ja. Und?«

»Also kann er nur an Orte, an die du ihn bringst, oder?«

»Ich denke schon.«

»Dann schieb ihn direkt an die Beifahrertür und nicht an die Rückseite dieses Dings.«

»Interessant«, sagte ich. »Du glaubst, ich komme damit auf der gesamten Fahrt durch?«

»Wer weiß? Aber er will diesen Trip, also wird er die Klappe halten. Wenn er dir das Leben schwer machen will, drohe ihm einfach damit, sofort umzukehren. Ich bringe die Aufkleber für dich an, geh du nur rein und packe für deine große Fahrt.«

Ich ging ins Haus und ließ die Schlüssel des Wohnmobils auf die Kommode im Flur fallen, dann machte ich mich direkt auf den Weg zur Dusche.

Ewig lange blieb ich unter dem heißen Wasser stehen, um den Stress wegfließen zu lassen. So versuchte ich, mich von der traumatischen Heimfahrt mit dem Winnebago zu erholen.

Und das, was noch vor mir lag? Daran versuchte ich nicht zu denken.

Kapitel 8

Was vor mir lag

Als die FedEx-Lieferung kam, war ich gerade dabei, Kleidung und andere Habseligkeiten in das Ungetüm von Wohnmobil zu packen.

Mein Herz sank, als ich aus dem Wagen stieg, um zu dem Fahrer zu gehen. Ich wusste, was für eine Lieferung es war, von wem sie kam und was sie enthielt. Es war buchstäblich die einzige Sache, die noch zwischen uns und unserer Abfahrt stand.

Was bedeutete, dass es jetzt wirklich so weit war.

Ich unterschrieb schnell und öffnete das Päckchen schon auf dem Weg ins Haus.

Genau, was ich erwartet hatte. Eine Kreditkarte mit Ellies Namen und ein einfaches Handy für Chester.

Chester saß vor dem Fernseher und sah sich seine Seifenoper an. Ich weiß, er scheint nicht der Typ dafür zu sein, doch er liebte seine Nachmittags-Soaps.

Sein Blick fiel auf das Päckchen.

»Ist es das?«

»Ja«, antwortete ich und hörte die Enttäuschung in meiner Stimme. »Das ist es.«

»Fahren wir los!«

»Vielleicht morgen früh.«

Er schaltete mit der Fernbedienung den Ton des Fernsehers ab und als er losschrie, erreichte seine Stimme sicher einen dreistelligen Dezibel-Bereich.

»Nein, nicht morgen, Lewis! *Jetzt!* Wir müssen *jetzt* fahren!«

»Aber es ist schon Nachmittag.«

»Es ist erst dreizehn Uhr. Wir könnten acht oder neun Stunden fahren, bevor wir zum Schlafen anhalten müssen.«

»Warum die große Eile, Chester? Ich verstehe es nicht.«

»Dann sind Sie einfach unglaublich dumm«, warf er mir entgegen.

»Dumm ist es, so mit jemandem zu reden, der einem einen Gefallen tut und der jederzeit seine Meinung ändern kann. Jetzt regen Sie sich mal ab und erklären es mir.«

»Ich hätte nicht gedacht, dass das nötig wäre.«

»Aber es ist so.«

Er schwieg lange. Er hatte die Hände auf die Räder seines Rollstuhls gestützt und seine Ellenbogen nach außen gestreckt, als wollte er gleich losfahren. Als könnte er sich ganz aus eigenen Kräften in den Südwesten rollen.

»Die Eile …«, begann er. Seine Stimme klang jetzt völlig anders, demütig und bescheiden. »… kommt daher, dass … ich nicht weiß, wie viel Zeit mir noch bleibt.«

Ich spürte sofort mein schlechtes Gewissen, weil ich nicht daran gedacht und ihn gezwungen hatte, es auszusprechen. Die Vorstellung, der nächste Tag könnte nicht selbstverständlich sein, war mir so fremd, dass sie einfach nicht in meinem Gedächtnis hängen bleiben wollte.

»Okay«, sagte ich. »Gut. Lassen Sie mich noch mal die Packliste prüfen und dann können wir losfahren.«

* * *

Die erste unangenehme Überraschung: Chester wollte sich während der Fahrt mit mir unterhalten.

Es war komisch, denn im Haus hatte er mich meistens komplett ignoriert. Okay, ›komisch‹ ist das falsche Wort, denn was sein Gesprächsthema betraf, war es eher tragisch.

Zu allem Unglück bombardierte er mich mit seiner Frage, noch bevor wir die Fernstraße erreicht hatten. An mir lief der Angstschweiß nur so herunter, während ich das riesige Wohnmobil durch den Straßenverkehr steuerte.

»Eins habe ich nie am Schwulsein verstanden …«, begann er.

Instinktiv trat ich auf die Bremse und blieb mitten auf der Straße stehen. Der Typ hinter uns drückte fest und lange auf die Hupe.

»Das kann nicht Ihr Ernst sein, Chester«, sagte ich.

»Falsches Wort?«

»Das ganze Thema ist falsch.«

Ich fuhr wieder los, als der Fahrer von hinten an uns vorbeizog und als Zugabe noch einmal die Hupe betätigte. Wir fuhren auf einer guten, breiten Straße mit zwei Spuren in jede Richtung. Ich hatte ihn also nicht direkt aufgehalten. Einer von denen, die sich immer lautstark artikulieren müssen, dachte ich. Genau wie Chester.

»Ist das ein Wort, das ich nicht benutzen soll, oder was?«

»Ich würde es vermeiden«, sagte ich und versuchte mich trotz meiner Gereiztheit auf die Straße zu konzentrieren. »Ich meine … ich muss es nicht vermeiden. Aber *Sie* sollten es.«

»Sehen Sie?«, sagte er. »Sie machen genauso Unterschiede.«

»Wie kommen Sie darauf?«

»Weil Sie etwas tun dürfen und ich nicht.«

Ich atmete erleichtert auf, als ich die Fernstraße vor uns entdeckte. »Es ist eine Beleidigung, wenn *Sie* das Wort benutzen. Wenn *wir* es benutzen, ist es ein Wort, das wir uns wieder angeeignet haben.«

»Ich habe keine Ahnung, was das bedeutet«, wehrte er schroff ab.

»Nein, natürlich haben Sie das nicht, wie auch?«

Ein paar herrliche Sekunden lang fuhren wir schweigend weiter. Ich warf immer wieder einen Blick in die Rückspiegel, in der Hoffnung, dass niemand direkt neben mich fuhr. Dieses verdammte Gefährt war so breit, dass es mich nervös machte.

Leider fuhr ständig jemand direkt neben mir.

»Aber zurück zu meiner Frage«, begann Chester wieder.

»Nein. Nicht zurück zu Ihrer Frage. Ich versuche, dieses Ding hier zu fahren, Chester. Ich bin total nervös, weil ich noch nie mit etwas in dieser Größe umgegangen bin. Also könnten Sie bitte einen Moment still sein und mich in Ruhe fahren lassen?«

Er machte eine Handbewegung, als würde er seine Lippen mit einem Reißverschluss schließen.

Aus dem Augenwinkel beobachtete ich, wie er aus dem großen Beifahrerfenster starrte. Er schien verletzt – und das, obwohl ich höflicher zu Chester gewesen war als er jemals anderen gegenüber.

Ich fuhr auf die Fernstraße auf, blieb auf der rechten Spur und dann ging es einfach geradeaus. Ein großer Teil meiner Anspannung löste sich. Marshall hatte recht gehabt. Sobald man auf dem Highway ist, sieht die Sache ganz anders aus.

»Okay«, sagte ich. »Ich werde das sicher bereuen, aber trotzdem. Was wollen Sie über LGBTQ-Leute wissen?«

Nennen Sie es Neugier. Nennen Sie es Dummheit. Oder vielleicht kannte ich ihn einfach gut genug, um zu wissen, dass es früher oder später zur Sprache kommen würde. Besser, es gleich hinter uns zu bringen.

»Also *so* würde ich die Frage nie stellen«, sagte er. »Ich weiß ja nicht mal, was all diese Buchstaben bedeuten.«

»Sie verstehen aber, was ich sage.«

»Stimmt. Ich glaube schon. Mehr oder weniger. Und übrigens, Sie können nicht den ganzen Weg bis Arizona auf der rechten Spur bleiben.«

»Warum nicht?«

»Weil wir zu langsam sind. All diese Autos, die sich in den Verkehr einfädeln. Das zieht die Fahrt zu sehr in die Länge.«

»Das macht doch kaum einen Unterschied. Seien Sie nicht so furchtbar ungeduldig. Ich will mit diesem Gefährt nicht öfter die Spur wechseln als absolut nötig.«

»Sie werden sich dran gewöhnen.«

»Wahrscheinlich. Jetzt lassen Sie mich bitte in Ruhe, bis das passiert ist.«

Ohne das geringste Zögern legte er sofort wieder los.

»Jedenfalls, was ich schon immer über … Leute wie Sie wissen wollte: Sie konnten doch schon ahnen, dass es Ihr Leben viel schwerer machen würde. Also … Ihre Art zu leben. Warum macht man das dann?«

Ein paar Hundert Meter fuhr ich schweigend weiter.

Dann fragte ich: »Sie denken, man hätte eine Wahl?«

»Oh, ich weiß, dass es so ist.«

»Sie sagen also, Sie hätten es sich ausgesucht, heterosexuell zu sein.«

»Nein, *das* sucht man sich nicht aus. Das ist einfach normal. Das ist nur die Norm.«

»Wie kann die eine Sexualität gewählt sein und die andere gottgegeben?«

»Ich weiß nicht, wie wir jetzt auf die Religion gekommen sind, aber es ist einfach, was es ist, mein Freund.«

»Sie sind unmöglich«, sagte ich. »Und ich bin nicht Ihr Freund.«

Daraufhin hatte er nichts einzuwenden, also fuhren wir schweigend weiter.

Da das Wohnmobil kein Navigationsgerät hatte, warf ich einen Blick auf mein Smartphone, das ich mit der geöffneten Karten-App in den Getränkehalter gestellt hatte. Ich versuchte herauszufinden, wie ich am besten auf die 90 Richtung Süden nach Erie in Pennsylvania kommen konnte, ohne einen Umweg nach Osten zu machen.

»Es stinkt mir, dass ich Ihnen eine ganz legitime Frage stelle«, sagte Chester, »und Sie sich nicht einmal damit auseinandersetzen wollen.«

»Da gibt es nicht viel auseinanderzusetzen«, sagte ich. »Wenn man erwachsen wird, fühlt man sich zu diesem oder jenem hingezogen. Das kann man nicht beeinflussen.«

»Man kann beeinflussen, auf was man reagiert.«

»Und ein abstinentes Leben ohne Liebe leben? Ist es das, was Sie vorschlagen? Warum sollte ich das tun?«

»Weil es so schwer ist. Sie wissen schon, das Schwulsein. Oder wie auch immer ich es nennen soll.«

»Ich habe eine andere Lösung, Chester. Schwul zu sein ist nicht schwer, es sei denn, man wird mit Homophobie konfrontiert. Wie wäre es also, wenn Sie nicht mehr so verdammt homophob wären, damit mein Leben glücklich und einfach wird und das Problem gelöst ist?«

»Sie brauchen mir ja nicht gleich den Kopf abzureißen.«

»Ich glaube wirklich, dass diese Reise viel, viel besser wird, wenn wir unsere Gespräche auf ein Minimum beschränken.«

Und erstaunlicherweise funktionierte das.

Wir fuhren stundenlang in herrlicher Stille weiter.

* * *

Die erste – und wahrscheinlich einzige – angenehme Überraschung war, dass die gleichmäßige Bewegung des Fahrens auf Chester einschläfernd wirkte.

An diesem Abend fuhren wir bis neun Uhr. Chesters Kopf war zur Seite gefallen und er sabberte leicht, während er leise schnarchte.

Als ich auf meinem Handy nach einem Campingplatz zum Übernachten suchte, war ich so müde wie nie zuvor. Und allmählich ging mir auf, dass nicht das Fahren das Problem war. Sicher, ein Wohnmobil zu steuern war eine Herausforderung, aber ich gewöhnte mich wirklich allmählich daran.

Was ich so anstrengend fand, war Chester. Und nicht nur unterwegs. Er erschöpfte mich schon seit Tagen, raubte meine Energie, ging mir auf die Nerven und zermürbte mich. Ich hatte es mir nur noch nicht selbst eingestanden. Ich hatte eine Mauer errichtet, um mein empfindliches Inneres vor ihm zu schützen, und tagelang so getan, als hätte er sie nicht bereits mehrmals täglich durchbrochen.

Als ich bei der Campingplatz-Verwaltung anhielt, wachte Chester prustend auf.

»Was? Wo sind wir?«, fragte er und wischte sich seine nasse Unterlippe an der Schulter seines Hemdes ab.

»Kurz hinter Indianapolis. Hätte ich mich dazu aufraffen können, noch eine halbe oder Dreiviertelstunde länger zu fahren, dann wären wir wohl bis nach Terre Haute gekommen.«

Er rieb sich die Augen und blickte sich um.

»Warum haben wir hier angehalten?«

»Um zu ... schlafen?«

»Das kostet doch nur Geld. Die nehmen bestimmt mehr als fünfzig Dollar pro Nacht. Sie hätten einfach auf einem Supermarkt-Parkplatz halten sollen. Das ist erlaubt, und es ist umsonst.«

»Ellie zahlt für diese Fahrt und ich glaube wirklich nicht, dass sie etwas dagegen hätte, dass wir eine Nacht auf einem einfachen Campingplatz verbringen. Nicht zuletzt ist es hier ruhiger als auf einem Parkplatz.«

»Reine Geldverschwendung«, beschwerte sich Chester.

»Meinetwegen. Wir sind jetzt hier und ich bin zu müde, um irgendwo anders hinzufahren. Bleiben Sie hier, ich gehe ins Büro und melde uns an.«

»Halt!«, rief er, bevor ich aus dem Fahrerhaus springen konnte.

»Was?«

»Ich muss dringend pinkeln.«

»Okay. Soll ich die Gardinen zuziehen und Ihnen die Bettpfanne bringen?«

»Das brauchen Sie nicht. Es ist dunkel draußen. Solange hier drin das Licht aus ist, sieht mich niemand.«

»Gut«, sagte ich. »Viel Spaß.«

»Aber gehen Sie zur Seitentür raus. Wenn Sie die Fahrertür nehmen, bleibt das Deckenlicht für ein paar Minuten an.«

Ich holte die Bettpfanne aus ihrem Platz hinter einer Klappe unter einem der Betten, gab sie ihm und entfernte mich schnell durch die Seitentür. Meine Beine fühlten sich nach der langen Fahrt wie Gummi an und ich spürte noch immer die geisterhaften Nachwirkungen der Vibrationen der Straße.

Ich musste mir kurz vorstellen, dass es bei meiner Rückkehr im Winnebago leicht nach Chesters Urin riechen würde – kein angenehmer Duft, wie ich bereits aus eigener Erfahrung wusste. Doch es war zu kalt, um die Fenster zu öffnen.

Vielleicht gab es irgendwo eine Abzugslüftung. Vage erinnerte ich mich daran, eine gesehen zu haben.

Falls nicht, war es nur ein weiterer von mehreren demütigenden Momenten, denen ich auf dieser Reise ausgesetzt war. Ich konnte nichts tun, außer die Zähne zusammenzubeißen und auf das Ende dieses Abenteuers zu warten.

* * *

Wir lagen im Dunkeln, Chester in einem der Einzelbetten im Hauptteil des Wohnmobils und ich in der Schlafkabine am hinteren Ende, in dieser leicht nach Urin riechenden Atmosphäre. Ich hatte die Falttür offen gelassen, für den Fall, dass er hinfiel oder anderweitig meine Hilfe brauchte. Diesen Fehler würde ich nicht noch mal machen.

Ich hatte gedacht, Chester würde schlafen, als er plötzlich etwas sagte.

»Ich weiß, dass Sie mich hassen. Aber trotzdem tun Sie das hier.«

Ich wartete ab, für den Fall, dass er auf diese Worte eine Art Dankeschön folgen lassen wollte, aber nichts weiter geschah.

»Ich hasse Sie nicht«, sagte ich. »Ich mag Sie nur nicht sonderlich. Ich finde Sie unsympathisch und unangenehm. Das ist ein Unterschied.«

»Nein, Sie *wollen* mich nur nicht mögen. Weil Sie glauben wollen, ich sei ein hasserfüllter Kerl und Sie ein Heiliger. Aber sobald ich Sie auf Ihre Lebensweise anspreche und Sie das ärgert, spüre ich, wie der Hass in Ihnen hervorkommt.«

»Es ist keine ›Lebensweise‹. Es ist nur, was ich bin. Und ich habe keinen Hass in mir«, fügte ich hinzu. Zumindest hoffte ich, dass das stimmte.

»Blödsinn«, sagte er. »Jeder hat Hass in sich.«

»Vielleicht sehen Sie die Welt nur aus einer Hass-Perspektive.«

»Ach was. Sie haben Hass in sich. Wenn ich Sie provoziere, spüre ich ihn.«

»Warum provozieren Sie mich dann?«

»Ich will, dass Sie es selbst sehen. Sie glauben, ich sei ein hasserfüllter Mann und Sie seien keiner. Ich will, dass Sie sehen, dass wir zwei gar nicht so verschieden sind.«

»Sagen Sie das nie wieder zu mir.« Ich erhob meine Stimme und spürte, wie meine Verachtung für ihn in mir hochstieg und herauskam. Dann merkte ich, dass er das absichtlich provozierte, und bemühte mich, meine Gefühle wieder in den Griff zu bekommen. »Ich bin kein bisschen wie Sie.«

»Reden Sie sich das nur ein«, sagte er.

Wir lagen eine Weile schweigend da und sicher schlief er ebenso wenig wie ich.

»Und auch wenn das stimmt«, sagte ich ohne Vorwarnung – ohne mich selbst vorzuwarnen –, »wenn wir beide Hass empfinden sollten. Sie hassen mich für das, was ich bin. Ich hasse Sie für die Dinge, die Sie sagen und tun. Ein riesiger Unterschied.«

»Kein Unterschied.«

»Es ist etwas völlig anderes. Sie könnten sich besser benehmen, wenn Sie wollten. Sie müssen kein schlechter Mensch sein.«

»Sie müssen nicht schwul sein. Wie ich gesagt habe, man hat die Wahl, und das weiß ich. Sie können vielleicht andere an der Nase herumführen, aber mich nicht.«

Ich kämpfte gegen dieses Gefühl in meinem Inneren an. Die Verachtung, die ich für ihn aufbrachte. Irgendwie schien dieses Wort leichter verdaulich zu sein.

Ich überlegte mir, draußen das Zelt aufzubauen, doch es war kalt und ich würde es ohne Licht nicht richtig hinbekommen. Und außerdem hatte ich genauso wie Chester das Recht, drinnen im Warmen zu sein, wenn nicht sogar mehr. Ich würde mich von ihm nicht verjagen lassen.

»Genug Gerede, schlafen Sie jetzt«, sagte ich.

»Sie sind derjenige, der es ein zweites Mal angesprochen hat.«

»Ich meine es ernst, Chester«, sagte ich. In meiner Stimme lag eine kalte, harte Warnung. »Genug jetzt.«

Vielleicht war er eingeschlafen, vielleicht auch nicht. Aber er hatte auf jeden Fall aufgehört, mit mir zu reden.

Kapitel 9

PERSÖNLICHES

Als wir am nächsten Morgen aufwachten, schien sich die Atmosphäre zwischen uns geändert zu haben. Aber nicht zum Positiven.

Vielleicht fühlte er sich mir gegenüber nicht anders als sonst auch. Wie sollte ich das wissen? Ich konnte nicht in seinen sturen Kopf hineinsehen und wollte es auch nicht. Aber für mich ... es lässt sich nur schwer erklären. Es schien so, als hätte ich in den letzten Tagen, seit ich mich um Chester kümmerte, meine Verachtung für ihn außen vor gelassen und das Ganze wie ein lästiges Spiel behandelt.

Doch jetzt fühlte es sich nicht mehr wie ein Spiel an. Jetzt war es persönlich geworden.

Aus reiner Bequemlichkeit hatte ich in meiner Unterwäsche geschlafen. Ich stand auf und bekleidete mich, Hose, T-Shirt und ein warmes Sweatshirt.

Währenddessen starrte Chester mich die ganze Zeit an.

»Wer ist nun derjenige, der eine Augenbinde braucht?«, fragte ich ihn.

»Ich habe Sie nicht *so* angesehen.«

»Wie haben Sie mich denn dann angesehen?«

»Ich versuche nur, aus Ihnen schlau zu werden.«

»Die Antwort liegt nicht in meiner Unterwäsche.«

»Wirklich nicht? Das scheint das entscheidende Puzzlestück bei euch zu sein.«

»Halten Sie die Klappe, Chester.«

Es kam hart und kalt. Und bestimmt. Mehr als beabsichtigt. Er verschloss sofort die Lippen.

Ich nahm eine Schachtel von Chesters Lieblings-Cornflakes aus der Schublade, es war im Grunde nur knuspriger Zucker. Als ich die Milch aus dem Mini-Kühlschrank holen wollte, sprach er vom Bett aus wieder zu mir.

»Ich will keine Cornflakes«, sagte er.

»Was wollen Sie dann?«

»Speck mit Eiern und Bratkartoffeln. Und Pfannkuchen. Und Toast.«

»Wir sind in einem Wohnmobil, Chester. Wir haben nichts so Aufwendiges dabei.«

»Ich will raus und in einem Restaurant frühstücken.«

Ich bewegte mich keinen Millimeter. Instinktiv führte ich meine Hand an die Stirn, um sie zu massieren. Plötzlich spürte ich fiese Kopfschmerzen hinter den Augen.

»Ich dachte, Sie wollten schnell weiterfahren, damit wir eine große Strecke schaffen.«

»Zuerst will ich ein richtiges Frühstück.«

»Sie verstehen schon, wie schwierig es für mich ist, Sie von hier in den Rollstuhl zu hieven und umgekehrt, oder?«

»Sie müssen mich sowieso rausbringen. Ich muss mal scheißen.«

»Chester …«

»Was?«

»Könnten Sie bitte wie ein normaler Mensch reden?«

»Oh, es tut mir so leid, Ihre Majestät. Habe ich Ihr delikates Feingefühl verletzt? Ich muss mal zur Toilette gehen. Ich habe Stuhldrang. Ich müsste mir mal die Nase pudern. Leute sagen nun mal ›scheißen‹, Lewis. Finden Sie sich damit ab.«

»Okay dann«, sagte ich. »Ich setze mich ans Steuer und dann machen wir uns auf die Suche nach einem Café, wo wir frühstücken und Sie die Toilette benutzen können.«

»Na also«, erwiderte er. »Sie erinnern sich daran, für wen Sie arbeiten.«

Ohne einen Kommentar setzte ich mich ans Steuer.

Am Abend zuvor hatte ich das Wohnmobil nicht an die Wasserleitung angeschlossen, und für den Strom hatten wir unseren Akku benutzt. Es war schon dunkel gewesen und ich war mir nicht sicher, wie es funktionierte. Und außerdem war es nur darum gegangen, zu schlafen.

Ich ließ Chester im Bett liegen und manövrierte das Wohnmobil langsam von unserem Platz zur Ausfahrt. Zurück auf der Straße, bog ich in östliche Richtung ab.

Chester hatte sich im Bett aufgesetzt und äugte aus dem Fenster.

»Sie fahren in die falsche Richtung«, sagte er.

»Nein, tu ich nicht.«

»Sie fahren nach Osten.«

»Ja, ich weiß.«

»Wir müssen nach Westen.«

»Nein«, erwiderte ich. »Wir fahren nicht nach Westen. Wir fahren zurück nach Buffalo.«

»Halt!«, rief er. »Halt, halt. Halten Sie mal an.«

Ich fuhr an den Bordstein und brachte das Ungetüm zum Stehen. Ich blieb unbeweglich sitzen und ließ ihn beginnen.

»Was tun Sie da, Lewis?«

»Ich sage Ihnen, was ich getan *habe*. Ich war dabei, einen sehr schlecht gelaunten, sehr unangenehmen Mann Tausende von Kilometern zu fahren, damit er seine Ex-Frau treffen kann. Ich wurde dafür bezahlt, mich um ihn zu kümmern, aber musste nur zehn Stunden in seinem Haus verbringen, dann konnte ich heimgehen. Der Rest war reine Gefälligkeit. Ich wollte nur helfen. Aber dann meinte dieser Mann, er könnte mich herumkommandieren, noch dazu ziemlich unverschämt, nur weil seine Tochter mir einen Lohn zahlt. Deshalb will ich jetzt nicht mehr weiterfahren. Diese Reise war rein freiwillig und kein Teil des Jobs. Ich bekomme dieselbe Bezahlung, ob ich fahre oder nicht. Also werden wir vor Einbruch der Dämmerung wieder zurück in Buffalo sein.«

Ich griff nach dem Schaltknüppel.

»Nein, warten Sie!«

Ich wartete.

»Ja?«, fragte ich schließlich.

»Fahren Sie nicht zurück.«

»Warum nicht?«

»Ich werde so was nicht mehr sagen.«

»Ich habe ein bisschen mehr erwartet.«

»Wie soll ich wissen, was Sie erwarten?«

»Sie werden es wissen, wenn Sie darüber nachdenken. Weil Sie ein menschliches Wesen sind. Zumindest irgendwo tief drin. Und Sie fangen besser damit an, den Zugang zu Ihrer menschlichen Seite zu finden, wenn Sie bis nach Arizona kommen wollen. Denken Sie nach, Chester. Was sollten Sie sagen?«

Mehrere Sekunden lang herrschte Stille.

Und dann: »Wahrscheinlich, dass … es mir leidtut?«

»Hm«, murmelte ich. »Nicht die überzeugendste Entschuldigung, die ich je gehört habe. Vielleicht sogar die am wenigsten überzeugende. Aber okay, wenn man bedenkt, woher sie kommt. Gehen wir frühstücken, bevor wir wieder weiter nach Westen fahren.«

* * *

In einem Vorort von Indiana hielten wir an einem kleinen Café an. Ich holte Chesters Rollstuhl vom Dach des Winnebagos und stellte ihn neben der Beifahrertür auf.

Und dann wäre mir Chester beinahe aus den Händen geglitten.

Ich hatte den Fehler gemacht, mich hinter ihn zu stellen, um ihn die zwei Metallstufen hinunterzubringen, doch ich hätte ihm gegenüberstehen sollen, mit gespreizten Beinen für einen stabilen Stand.

Außerdem hätte er ein bisschen kooperativer sein können. Weiß der Himmel, was ihn dazu gebracht hatte, sich vorzulehnen. Nur sein Griff um den Sicherheitsbügel neben den Stufen und mein Arm, mit dem ich von hinten seine Taille umfasst hielt, bewahrte ihn davor, den Boden unter den Füßen zu verlieren und vornüber mit dem Gesicht auf den asphaltierten Parkplatz des *Good Morning Coffee Shops* zu stürzen.

»Heilige Scheiße!«, schimpfte er, als er merkte, was er getan hatte.

Ich zog so fest ich konnte, um ihn wieder aufzurichten, doch sein Gewicht war zu weit nach vorn verlagert und ich war nicht stark genug, um ihn wieder ins Gleichgewicht zu bringen. Ich spürte, wie der Griff meiner Hand um den Sicherheitsbügel schwächer wurde und mein Arm um seine Hüfte wegzurutschen drohte.

Ich übertreibe nicht, wenn ich sage, dass ich in dieser Situation eine Miniaturversion davon erlebte, wie mein Leben noch einmal vor mir ablief.

Und dann, wie aus heiterem Himmel, kamen in diesem Augenblick zwei Männer mittleren Alters vorbei, die gerade das Restaurant verlassen hatten. Sie erkannten die Situation sofort und eilten uns zu Hilfe, indem sie sich mit beiden Händen gegen Chesters breite Schultern stützten.

»Danke«, sagte ich atemlos. »Fast wäre er mir abgerutscht.«

Zu dritt brachten wir ihn die letzte Stufe hinunter und halfen ihm in den Rollstuhl.

»Vielen Dank«, sagte ich zu meinen Helden. Ich war immer noch völlig außer Atem vor Anstrengung, Panik oder beidem. »Wirklich. Ich kann Ihnen nicht genug danken.«

Die beiden Männer winkten nur ab und gingen zu ihrem Auto, als wäre überhaupt nichts dabei gewesen. Ich nehme an, es war für sie auch wirklich überhaupt nichts dabei gewesen.

Ich ging um Chesters Rollstuhl herum und umfasste mit zitternden Händen die Griffe. Mein Herz schlug immer noch bis zum Hals, als ich ihn Richtung Tür schob.

»Das war eine saudumme Aktion«, murmelte er.

»Von mir?«, fragte ich und blieb stehen. »Ich bin nicht derjenige, der sich nach vorn gelehnt hat. Warum haben Sie das gemacht?«

»Das war keine Absicht, ich habe das Gleichgewicht verloren. Beim nächsten Mal gehen Sie auf die Stufen unter mir.«

»Ach nee!«, erwiderte ich.

Inzwischen hatten wir das Café erreicht und ich zog ihn rückwärts durch die Tür, wo wir direkt auf eine Kellnerin stießen. Sofort unterbrachen wir unser Gezanke.

Bevor ich Chester zur Männertoilette schieben konnte, wandte sie sich an uns. »Bleiben Sie zum Frühstück? Die Toiletten sind leider nur für Gäste.«

»Ja«, antwortete ich. »Wir bleiben zum Frühstück. Ein Tisch für zwei, bitte. Und zwei Tassen Kaffee und zwei Speisekarten. Wir sind gleich wieder da.«

Ich schob Chester in die Männertoilette.

Es war eine Einzeltoilette mit einem Vorraum und einer kleinen Kabine, was das Manövrieren erschwerte, also ließen wir den Rollstuhl vor der Tür stehen.

Ich fühlte mich immer noch zittrig und etwas geschwächt, aber ich schaffte es, ihn auf die Füße und in die Kabine zu bekommen. Ich hielt ihn in der unangenehmen Umarmung, während er sich darum kümmerte, seine Hose fallen zu lassen.

Selbstverständlich sah ich nicht hin.

Ich ließ ihn auf den Toilettensitz sinken, schloss die Tür und entfernte mich.

Während ich draußen vor der Männertoilette wartete, spürte ich, wie das Gewicht dieser Beinah-Katastrophe auf meinen Schultern lastete. Ich glaube, ich hatte zum ersten Mal gespürt, dass ich das Leben eines Menschen in den Händen hielt. Natürlich war mir bereits bewusst gewesen, dass er jeden Moment sterben könnte. Aber ich hatte angenommen, dass die Ursache Krebs sein würde und nicht ein dummer Fehler von mir.

Ich war derjenige, der die Polizei rufen müsste oder einen Rettungswagen. Ich würde Ellie anrufen und ihr die schlimme Nachricht überbringen müssen. Ich war für alles verantwortlich.

Schließlich, als ich das Rauschen der Toilettenspülung hörte, trat ich wieder ein.

»Sind Sie bereit?«, fragte ich.

»Ja.«

Ich ging mit geschlossenen Augen in die Kabine und hielt ihm meinen Arm hin, den er ergriff. Ich zog ihn auf die Beine, dann in die schon erwähnte unangenehme Umarmung.

»Verdammt!«, fluchte er.

»Was ist?«

»Meine Hose ist runtergefallen und ich komm nicht hin.«

»Was sollen wir machen?«

»Erst mal halten Sie die Augen geschlossen.«

»Gar kein Problem.«

»Dann greifen Sie nach unten, um sie zu fassen.«

»Wie kann ich gleichzeitig Sie festhalten und nach unten greifen?«

»Hier«, sagte er. »Da an der Stange halte ich mich fest. Warten Sie, ich stütze mich mit der anderen Hand an der Wand ab. Jetzt schnell, ich kann mich nicht lange halten.«

»Aber ich kann nichts sehen. Wie soll ich …«

»Schnell!«, brüllte er. »Ich rutsche schon ab.«

Mit nach wie vor geschlossenen Augen tauchte ich nach unten und tastete auf dem Fußboden herum. Dabei streifte ich Chesters haarige Wade, was verstörend genug war. Dann ging mir plötzlich auf, dass mein Gesicht wahrscheinlich alarmierend nah vor seinen Genitalien schwebte.

»Schnell!«, rief er wieder.

Ich tastete über den Boden, bis ich seine Schuhe lokalisiert hatte, weiter hoch, bis ich seinen Gürtel fühlte, und dann stand ich schnell auf, den Gürtel in der Hand. Ich stützte ihn unter der Achsel ab, während er nach seiner Hose griff und sie hochzog. Doch er ließ die Stange einen Sekundenbruchteil zu früh los, bevor ich ihn vollständig umfasst hatte, und wäre mir beinahe wieder weggerutscht.

Mit nur unvollständig hochgezogener Hose ließ ich ihn auf den Toilettensitz sinken und wir mussten die ganze Prozedur noch einmal von vorne beginnen.

»Ich werde nicht gut genug bezahlt für das«, sagte ich, als er endlich wieder angezogen war.

»*Sie*? Worüber beschweren *Sie* sich? Ich hatte gerade Ihr Gesicht zwischen den Beinen.«

»Und nicht, weil ich das gewollt hätte, so viel kann ich Ihnen sagen.«

Ich ließ ihn in den Rollstuhl sinken und wieder plumpste er etwas zu fest hinein, weil wir beide ziemlich erschöpft waren.

»Kommen Sie«, sagte ich, »wir haben es ja immerhin überlebt. Jetzt gönnen wir uns ein schönes Frühstück.«

Doch Chester schien nicht in der Stimmung für ein schönes Frühstück zu sein. Als ich ihn zu unserem Tisch schob, beschwerte er sich immer noch lautstark.

»Sie können einfach nicht verstehen, wie das meine Würde kränkt«, sagte er. »Ich meine, wenn man seine Hose heruntergelassen hat wie ich eben, dann muss alles glattgehen. Keine bösen Überraschungen, verstehen Sie?«

Ich setzte mich und nahm die Speisekarte.

»Es war nicht meine Schuld, dass die Hose runtergerutscht ist, Chester. Das war Ihre eigene.«

»Nun, Sie sind dazu da, mich bei solchen Sachen zu unterstützen.«

»Ich habe getan, was Sie gesagt haben.«

»Nächstes Mal helfen Sie mir einfach, mich zu bücken, damit ich mich vorbeugen und die Hose selbst aufheben kann.«

»Okay«, seufzte ich. »Ich wünschte, Sie hätten diese Idee schon dieses Mal gehabt.«

Bevor ich den Satz beendet hatte, war eine junge Bedienung an unseren Tisch gekommen. Sie mochte etwa siebzehn sein und war munterer, als es gut für sie war.

»Was wünschen Sie?«, fragte sie fröhlich.

Chester flippte völlig aus.

»Ein bisschen Privatsphäre zum Beispiel!«, fuhr er sie an. »Du kannst uns in Ruhe lassen! Wir unterhalten uns hier gerade!«

Das Mädchen wich zurück und rannte mehr oder weniger fort. Als ich ihr nachsah, bemerkte ich, dass alle anderen Gäste uns anstarrten.

»Lassen Sie es nicht an ihr aus!«, fuhr ich Chester an.

Doch es war bereits zu spät. Sie war weinend zur Küche gelaufen.

116

* * *

Wenige Minuten später kam ein Mann an unseren Tisch, vermutlich einer der Köche. Auf dem weißen T-Shirt und der weißen Schürze, die er trug, waren Fettflecken.

»Gibt es ein Problem?«

Chester nagte nur an seiner Unterlippe, worüber ich
erleichtert war.

»Mein Freund hier hat in einem schlechten Augenblick
die Beherrschung verloren«, erklärte ich. »Wir möchten die
Kellnerin um Entschuldigung bitten. Ich verspreche, dass es
dieses Mal besser abläuft, wenn Sie sie wieder hierherschicken.«

»Also, ich bitte nicht um Entschuldigung«, brummte
Chester in meine Richtung. »Und ich bin auch nicht Ihr
Freund.«

»Ich kann Ihre Bestellung aufnehmen«, sagte der Mann
bestimmt.

Er hatte offenbar die Situation erfasst und etablierte nun
deutlich seine Rolle als Beschützer der jungen Kellnerin.

Chester bestellte genau das, was er mir schon angekündigt
hatte: drei Spiegeleier, Bratkartoffeln, Speck, Pfannkuchen und
weißen Toast. Ich nahm ein Omelett, obwohl mir der Appetit
gründlich vergangen war.

Dazu kam noch ein Glas Apfelsaft für Chester, damit er
seine vielen Tabletten einnehmen konnte. Das Glas Wasser,
welches direkt vor ihm stand, schob er zur Seite.

* * *

Schweigend fuhren wir die ganze Strecke durch St. Louis, bis
ich schließlich diese vollkommene Stille unterbrach.

»Hören Sie mir mal zu, Chester«, sagte ich.

Ich konnte sehen, wie sich sein Kinn anspannte, doch er ließ mich reden.

»Es ist so. Ich glaube nicht, dass ich das weiterhin machen kann.«

»Was meinen Sie?«

»Ich meine, dass ich nächstes Mal ein Take-away bestellen sollte, wenn Sie es sich in den Kopf gesetzt haben, unbedingt etwas Besseres essen zu wollen. Dann hole ich es ab und wir können im Wohnmobil essen.«

»Oh«, sagte er. »Ich dachte, Sie meinten …«

»Ja. Ich weiß, was Sie gedacht haben.«

Wir fuhren durch eine sehr grüne, waldige Landschaft. Unberührt, zumindest dem Eindruck nach. Ein paar Kilometer zuvor hatte ich ein Schild für den Mark Twain National Forest gesehen, aber wir machten auf unserer Fahrt nun mal keine Abstecher.

»Es ist, weil ich die Kellnerin angebrüllt habe, oder?«, fragte er.

»Ja und nein. Ja, Sie haben sich furchtbar verhalten. Aber das ist nicht der Hauptgrund. Ich weiß, niemand hört solche Dinge gern, und ich will Sie nicht verletzen, aber Sie sind nicht mehr so beweglich wie früher.«

Er lachte los. Es klang bitter.

»Niemand ist mehr so beweglich wie früher, Lewis. Das werden Sie noch erfahren, wenn Sie nicht mehr in Ihren Zwanzigern sind.«

»Nein. Ich meine … Sie sind nicht mehr so beweglich, wie Sie es waren, als ich Ihnen zum ersten Mal auf die Toilette geholfen habe. Und wie viele Tage ist das jetzt her?«

Er antwortete nicht. Ich merkte, dass er auf meine Beobachtung innerlich reagierte, und dort drinnen konnte es nicht gut aussehen.

»Ich will Ihnen nicht Ihre Autonomie nehmen oder der Auslöser dafür sein, dass Sie sich hilflos fühlen«, fügte ich hinzu. »Ich will nur keine Verletzungen.«

»Ihre oder meine?«

»Ich will gar keine.«

»Und wenn ich … auf die Toilette muss?«

»Ich denke, ich könnte Ihnen die Bettpfanne bringen und mich dann entfernen. Wenn Sie genügend Zeit und Platz haben, können Sie sich hoffentlich selbst daraufsetzen.«

»Ich wollte Ihnen nur diese unangenehme Sache ersparen. Sie wissen schon, die Bettpfanne auszuleeren und hier durchlüften zu müssen und das alles.«

»Das ist nett von Ihnen. Aber ich glaube, das ist besser, als wenn sich jemand verletzt.«

Wir schwiegen einen Moment, während die tiefgrünen Bäume an uns vorbeizogen.

»Was glauben Sie, wann wir Phoenix erreichen?«, fragte er.

»Wahrscheinlich übermorgen. Aber wenn ich mich anstrenge, schaffe ich es vielleicht schon früher.«

»Okay«, sagte er. »Egal. Hauptsache, wir kommen an.«

»Und wieder zurück«, fügte ich hinzu.

»Wenn ich es nur bis dorthin schaffe«, sagte Chester, »bin ich schon zufrieden.«

Kapitel 10

Truthahngeräusche

Am Morgen wachte ich irgendwo westlich der Cherokee Nation in Oklahoma auf.

Trotz Chesters Einwänden hatten wir wieder auf einem Campinglatz haltgemacht, da Campingplätze Annehmlichkeiten wie Duschen und Waschbecken bieten. Aus Gründen, die ich nicht detailreich erklären will – was hoffentlich auch nicht nötig ist –, wollte ich die Bettpfanne nicht im Winnebago auswaschen müssen.

Die Klimaanlage lief auf Hochtouren und durch das Brausen hindurch hörte ich ein seltsames Geräusch, das ich nicht identifizieren oder beschreiben konnte. Vielleicht eine Art Getriller? Doch wegen der lauten Klimaanlage konnte ich mir nicht sicher sein.

Ich setzte mich im Bett auf und hob den Vorhang hoch.

Der Winnebago war von einem Meer aus wilden Truthähnen umgeben, ebenso die Campingwagen in unserer Nähe. Es waren locker Hunderte von Truthähnen. Obwohl ich weiter entfernt ausmachen konnte, wo die Schar endete, konnte man, wenn man nur auf die nähere Umgebung sah, das gruselige Gefühl bekommen, dass in diesem Teil des Landes der Boden vollständig von Truthähnen bedeckt sein musste.

Die männlichen Exemplare waren groß und dick und hatten einen Fächer aus kurzen, gleichmäßigen Schwanzfedern. Sie hatten bläuliche Köpfe mit leuchtend roten Kehllappen. Die Hennen waren dünner und unscheinbarer mit ihren hellroten Köpfen und dem schraffierten Muster am Ende ihrer Flügel.

Wie ein großes Team stießen sie gemeinsam ihre gurgelnden Geräusche aus, was das seltsame Hintergrundgeräusch erklärte.

Von meinem Platz in der winzigen Schlafkabine aus lehnte ich mich vor und öffnete die Falttür, die in den Hauptbereich führte.

»Chester«, sagte ich. »Das müssen Sie sehen!«

Er stöhnte und hob den Kopf.

»Was ist das für ein Lärm?«, fragte er schlaftrunken.

Er drehte sich zum Fenster neben seinem Bett und zog den Vorhang hoch. Leise vor sich hin grummelnd sah er kurz nach draußen, dann ließ er den Vorhang fallen und legte sich wieder hin.

»Wenn ich die Dinger nicht essen kann«, sagte er, »dann interessieren sie mich auch nicht.«

* * *

Eilig tranken wir unseren Kaffee und aßen unsere Cornflakes, dann versorgte ich Chester mit seinen Tabletten und Apfelsaft. Wir wollten keine Zeit verlieren, damit wir uns gleich an die Weiterfahrt machen konnten. Allerdings musste ich vorher aussteigen, um unseren Schlauch von der Wasserversorgung des Campingplatzes zu entfernen.

Die Truthähne hatten sich in der Zwischenzeit auf ein anderes Gebiet verzogen.

Vom Stellplatz neben uns winkte mir ein Mann freundlich zu. Er mochte um die dreißig sein und hatte langes Haar und einen Vollbart. Er sah aus wie ein Spät-Hippie, sogar Birkenstocksandalen hatte er an.

»Ich mag Ihre Autoaufkleber«, sagte er. »Echt cool.«

Ich wollte ihm signalisieren, den Mund zu halten, aber das wäre unhöflich gewesen. Außerdem war es ohnehin bereits zu spät.

Ich rollte den Schlauch zusammen und verstaute ihn hinter der Klappe unter dem Wohnbereich, dann kletterte ich wieder hinein. Chester saß auf dem Rand seines Ausziehbettes und beobachtete mich dabei, wie ich die Vorhänge hochzog.

»Los geht's«, sagte ich. »Wir müssen Sie auf den Beifahrersitz bringen, damit wir fahren können.«

»Warum kann ich nicht einfach hierbleiben?«

»Weil es hier keine Sicherheitsgurte gibt. Also los.«

Ich hielt ihm meinen Arm hin, aber Chester nahm ihn nicht.

»Na und? Fahren Sie einfach vorsichtig.«

»Ich fahre immer vorsichtig. Das Problem ist, dass ich nicht beeinflussen kann, wie die anderen fahren. Und ich kann eine Strafe kassieren, wenn meine Passagiere nicht angeschnallt sind. Jetzt kommen Sie schon, Chester. Wir müssen noch einige Kilometer schaffen. Halten Sie sich fest.«

Er ergriff meinen Arm und ich zog ihn auf die Beine.

Die Entfernung von seinem Bett zum Beifahrersitz betrug nur etwa drei Schritte. Aber diese drei Schritte waren schwierig und wurden jedes Mal anstrengender.

Als ich ihn zu seinem Platz führte, wobei ich sein Gewicht kaum halten konnte und er mir immer wieder wegzurutschen drohte, sagte er: »Ich dachte, Sie hätten die Autoaufkleber abgemacht.«

»Ja, das war der Plan. Aber sie hatten ziemlich festgeklebt, und ich wollte nicht Ihr Auto zerkratzen.«

Als ich mich auf den Fahrersitz setzte und anschnallte, beruhigte es mich ein wenig, dass ich ihm, genau genommen, die Wahrheit gesagt hatte. Ja, meine Worte waren vorsichtig ausgewählt, um einen falschen Eindruck zu erwecken – aber trotzdem wahr.

Ich schaltete den Motor an und ließ ihn einen Augenblick warmlaufen.

»Sehen Sie?«, sagte Chester. »Die Leute mögen diese Aufkleber. Sie sind lustig.«

»Von mir aus«, erwiderte ich. »Ich will nur näher an Arizona rankommen.«

»Da sind Sie nicht allein«, sagte er.

Also fuhren wir los.

Wir kurvten langsam durch den kleinen Ort, wo wir campiert hatten, weil die erlaubte Geschwindigkeit ungewöhnlich niedrig war. Fünfundzwanzig Stundenkilometer. Ich hatte schon immer vermutet, dass hinter ausgesprochen strengen Tempolimits Radarfallen steckten, also hielt ich mich an die Regel.

Der Karte auf meinem Smartphone zufolge hatten wir Cherokee Nation schon vollständig durchfahren, aber vielleicht lag direkt daneben noch eine andere unabhängige Nation. Jedenfalls schien es so, als wäre jede Person auf der Straße dieses kleinen Ortes ein amerikanischer Ureinwohner.

Ich hoffte inständig, dass Chester den Mund halten würde. Doch mein Wunsch wurde nicht erfüllt.

»Land der Rothäute«, sagte er.

Ich wollte gerade erwidern, wie anstößig das war, doch er ließ mich nicht dazu kommen.

»Oh, ich weiß«, sagte er. »Sie finden das anstößig.«

»Ja. Aber es geht mir mit Ihnen oft so. Wollen Sie sagen, dass das für Sie ein Problem ist?«

»Ich denke nicht. Ich meine, beim ersten Mal haben wir sie untergekriegt.«

»Wollen Sie damit andeuten, sie sollten nicht hier sein?«

»Ich sage nur, dass es unser Land ist.«

»Dieser Teil des Landes gehört ihnen«, sagte ich und gab vor, mich mit den Nationen der Ureinwohner besser auszukennen, als ich es in Wirklichkeit tat. »Und früher hat ihnen das ganze Land gehört, dann wurde es von uns gewaltsam geraubt.«

»Und? Damit haben Sie es gerade erklärt. Es gehört uns.«

»Wenn also ein anderes Land, sagen wir mal Russland oder China, hier eindringen und unsere Armee besiegen würde, dann hätten sie sich unser Land anständig und ehrlich verdient und wir würden nicht mehr hierhergehören?«

»Niemand kann die amerikanische Armee besiegen«, erwiderte Chester. »Wir haben die stärkste, am besten ausgerüstete Armee der Welt.«

»Ich glaube, es wäre besser, wenn wir nicht reden«, sagte ich nur.

Er verstummte und fünfzehn oder zwanzig Minuten später war er wieder eingeschlafen und sein Kopf zur Seite genickt.

Doch er sagte noch etwas.

Etwa eine Stunde westlich von Oklahoma City, nicht weit vom Texas Panhandle, den nördlichen Texas-Staaten, entfernt, sprach Chester im Schlaf sehr deutlich einen Satz.

»Von allen Männern in der Welt, warum musste es ausgerechnet Mike sein?«

Ich wartete und horchte, aber er sagte nichts mehr.

* * *

Chester schlief den ganzen Tag, während ich fuhr, was eine Wohltat war.

Tatsächlich verlief dieser Tag sehr positiv.

Das Beste war die angenehme Überraschung, die der Südwesten für mich bereithielt. Ich hatte noch nie zuvor eine rote Felslandschaft gesehen und war völlig verzaubert. Ich wünschte, ich könnte es besser erklären, aber es lässt sich nur schwer in Worte fassen. New Mexico hat einen Platz tief in meinem Herzen gefunden und es auf eine Art erfüllt, die sich leichter fühlen als beschreiben lässt.

Ich war müde von all der Fahrerei – und müde im Allgemeinen –, aber ich konnte von dieser roten Felslandschaft nicht genug bekommen. Und die Kaktusse! Oder … Kakteen, sollte ich wohl sagen. Und die tief zerklüfteten Gebirgsketten am Horizont. Immer wieder war ich so begierig darauf zu sehen, was sich hinter der nächsten Kurve befand, dass ich quer durch Albuquerque fuhr und dann immer weiter. Und Chester schlief die ganze Zeit. Was sehr nützlich war, denn diese neu entdeckte Landschaft ließ sich ohne ihn so viel besser genießen.

Aber bald wurde es zu dunkel, um viel erkennen zu können, und ich fuhr aus Sicherheitsgründen lieber am hellen Tag, also verließ ich die Fernstraße und parkte für die Nacht auf einem … warten Sie's ab … Supermarkt-Parkplatz.

Selbst an diesem am wenigsten malerischen aller Orte konnte ich im Hintergrund noch schwach die Silhouette des dramatischen Tafelbergs erkennen, oberhalb der optischen Beleidigung, die dieses kastenförmige Einkaufszentrum darstellte. Irgendwie hatte es etwas Tröstliches.

Ein Blick in die Karten-App auf meinem Smartphone verriet mir, dass wir nur noch etwa vier Stunden von Phoenix entfernt waren. Ich erwog kurz, die vier Stunden durchzufahren, aber sah ein, dass das in meinem erschöpften Zustand nicht sicher war.

Chester wachte nicht auf. Ich verstellte seinen Sitz nach unten, sodass er mehr oder weniger flach lag. Er sollte nicht mit einem schmerzenden Rücken aufwachen müssen, weil er zu lange in einer sitzenden Haltung geschlafen hatte.

Ich zog die Vorhänge zu und schloss die Türen ab. Jetzt war ich bereit, in meine Schlafkabine zu klettern und einzudämmern.

Plötzlich durchfuhr mich der Gedanke, dass Chester schon furchtbar lange geschlafen hatte, tiefer als üblich. Und ohne zu schnarchen.

Mit einem mulmigen Gefühl im Magen stieg ich in die Fahrerkabine und hielt zwei Finger unter seine Nase. Sofort spürte ich die Luft seines Atems. Ich seufzte erleichtert auf und ging ins Bett.

* * *

Mitten in der Nacht weckte mich ein helles Licht auf, das durch den Vorhang schien.

Ich setzte mich auf und dachte: *Genau deshalb solltest du auf einem Campingplatz übernachten und nicht auf einem öffentlichen Parkplatz.*

Ich zog den Vorhang ein wenig zur Seite, um zu sehen, woher das störende Licht kam.

Es war der Mond.

Sobald ich bemerkte, dass es der Mond war, störte mich das Licht nicht mehr. Plötzlich war das Licht wunderschön. Noch eine angenehme Überraschung.

Der Mond hing über der Silhouette des Tafelbergs und erschien größer, als ich ihn je zuvor gesehen hatte. Es war ein Vollmond. Die Luft war so klar, dass ich die einzelnen Täler, Krater oder Seen, oder wie sie genannt werden, erkennen konnte. Ich bin kein Mondexperte, aber genoss als Laie trotzdem diesen Anblick.

Das Licht des Mondes enthüllte überraschend viele Details dieses Tafelbergs, der mehr Farben und Zerklüftungen besaß, als mir in der Dunkelheit bewusst gewesen war.

Es war so wunderschön, dass ich beinahe Chester aufgeweckt und ihm zugerufen hätte: »Das müssen Sie sich ansehen!«

Ich tat es natürlich nicht. Es ging hier ja um Chester. Und
einen Vollmond kann man nicht essen.

Aber selbst wenn es nicht um Chester gegangen wäre,
hätte ich es nicht getan. Mir war klar, dass die Schönheit dieser
mondbeschienenen Nacht eine persönliche Sache sein konnte,
die jemand anderen vielleicht nicht so sehr beeindruckte wie
mich. Und außerdem war es mitten in der Nacht. Es war … ich
tastete nach meinem Handy und tippte auf den Bildschirm. Es
war kurz nach drei Uhr nachts. Ich lag noch eine Weile wach
und sah den Mond an, als mir allmählich klar wurde, dass ich
wahrscheinlich nicht wieder einschlafen würde.

Ich stand auf, stieg in meine Jeans, zog ein frisches T-Shirt
an und setzte mich wieder hinters Steuer, mein Smartphone
stellte ich im Becherhalter auf. Ich hatte die Adresse von Chesters
Ex-Frau in die Karten-App eingegeben und die virtuelle Zielnadel
erschien auf dem Bildschirm, mit dem Titel ›Sues Haus‹.

Vielleicht könnte ich dort sogar ankommen, bevor Chester
aufwachte.

Und dann würde er die Augen öffnen und fragen: »Wo sind
wir?«, und ich könnte sagen: »Wir sind da.«

Doch Chester kam prustend wieder halbwegs zu
Bewusstsein, als ich den Motor anließ. Es war eigentlich eine
Erleichterung. Er hatte äußerst lange geschlafen und ich hatte
mir allmählich Sorgen gemacht, dass er in ein Koma gefallen
sein könnte oder sonst etwas.

»Was?«, fragte er. »Was ist los?«

»Wir fahren«, antwortete ich.

»Oh. Gut.«

Und dann war er wieder eingeschlafen.

Kapitel 11

ANGEKOMMEN

Ich dachte, die rotfelsige Landschaft von Arizona würde in der Hässlichkeit einer Großstadt untergehen, wenn wir Phoenix erreichten, doch ich hatte mich getäuscht. Sicher, die Landschaft um uns herum füllte sich schnell mit großen Gebäuden und Ampeln. Doch das Haus, nach dem wir suchten, befand sich in einem Vorort im Südosten der Stadt – eine Ansiedlung von Reihenhäusern, hinter denen die Schönheit des Südwestens aufragte wie die Kulisse eines Filmsets.

Ich warf einen Blick auf mein Smartphone, wo eine wunderbare Nachricht auf dem Bildschirm angezeigt wurde.

»Ziel erreicht.«

Das einstöckige Haus war im Stil einer Ranch erbaut und in hellgrüner Farbe verputzt. Vor dem Haus befanden sich ein geteerter Fußweg und eine Einfahrt. An den Stellen, wo ich grünen Rasen erwartet hätte, fiel mein Blick auf graue Kieselsteine. Vielleicht gab es so etwas wie einen grünen Rasen hier in Phoenix, Arizona, gar nicht.

Es war gerade erst sieben Uhr morgens, also zu früh, um die Bewohnerin des Hauses – oder die Bewohner – aufzuwecken.

Und außerdem schlief Chester noch. Ich parkte am Straßenrand, zog die Vorhänge herunter und streckte mich auf einer Couch aus, um zu versuchen, noch etwas Schlaf nachzuholen.

* * *

Ich hatte noch nicht lange geschlafen, als Chester aufwachte.

»Was ist los?«, fragte er scharf. »Wo sind wir?«

»Wir sind da«, antwortete ich.

Ich fühlte mich stolz, denn es war schon eine bedeutende Leistung, den Großteil des Landes in einem alten Winnebago zu durchqueren, mit einem alten Chester auf dem Beifahrersitz. Ich konnte es kaum glauben, dass ich das geschafft hatte.

»Das ist es«, sagte er und klang zunehmend panisch. »Das ist das Haus.«

Ich setzte mich im Bett auf.

Sein Sitz war noch flach zurückgeklappt, aber Chester hatte den Kopf gehoben und den Vorhang am Beifahrersitz etwa zwei Zentimeter zur Seite geschoben. Gerade weit genug, um mit einem Auge hinauszuspähen.

»Ja«, bestätigte ich. »Das ist das Haus.«

»Heilige Scheiße.«

Chester schien in seiner Panik zu versinken wie in einem tiefen Meer. Ich sah vor meinem inneren Auge, wie das Wasser über ihm zusammenschlug und ihn verschluckte.

»Sie klingen nicht sehr erfreut darüber, dass wir hier sind«, sagte ich. »Sie wollten doch hierherkommen, oder? Ich meine, war das nicht der Sinn dieser ganzen Aktion?«

»Ja«, räumte Chester ein. »Sicher. Aber jetzt sind wir tatsächlich hier.«

Ich seufzte und zog den Vorhang neben mir ein winziges Stückchen hoch.

Eine Frau kehrte die Veranda. Aus dieser Entfernung war ihr Gesicht nicht deutlich erkennbar, doch sie schien nicht alt genug, um vor Jahren mit Chester verheiratet gewesen zu sein. Doch vielleicht war sie auch nur besser gealtert als er – wie wohl die meisten Menschen – oder ich würde die Sache anders sehen, wenn ich vor ihr stand. Falls das jemals geschehen sollte.

Sie blickte immer wieder zu unserem Winnebago herüber, weil sie sich wahrscheinlich fragte, warum er vor ihrem Haus geparkt war.

Ich ließ den Vorhang wieder fallen und fühlte mich beinahe schuldig, auch wenn ich nicht wusste, warum. Na ja … das stimmt nicht so ganz. Ich hatte Chester Wheeler zurück in ihren Dunstkreis gebracht. Und damit tat man niemandem einen Gefallen.

»Ist das Ihre Ex-Frau?«, fragte ich Chester.

»Ich bin mir nicht sicher«, antwortete er.

»Wie können Sie sich nicht sicher sein? Sie waren mit ihr verheiratet. Sie haben drei gemeinsame Kinder.«

»Aber ich habe sie seit zweiunddreißig Jahren nicht mehr gesehen«, wandte er ein. »Leute verändern sich. Aber ja. Ich glaube, das könnte sie sein.«

Ich wartete auf einen Vorschlag, was wir als Nächstes tun sollten, doch er schwieg.

»Gehen wir also hin?«, fragte ich ihn schließlich nach mehreren Minuten.

»Das kann ich nicht«, erwiderte er, immer noch im Panikmodus.

»Eine ganz schön lange Fahrt, um das dann nicht zu tun.«

»*Sie* sollten hingehen«, sagte er.

»Oh nein. Auf keinen Fall, Chester. Das ist jenseits meiner Gehaltsklasse. Dies ist Ihre Sache. *Sie* haben das gewollt. Jetzt ist die Zeit gekommen, also tun Sie's.«

»Aber es wird so lange dauern, mich hier rauszubringen und in den Rollstuhl zu setzen, und dann wird sie mich sehen und vielleicht weggehen.«

»Wenn sie Sie nicht sehen will, können wir sie nicht dazu zwingen.«

»Sie wird mich nicht sehen wollen.«

»Ich wünschte, Sie hätten diese Erkenntnis schon gehabt, bevor wir in dieser Rostlaube über dreitausend Kilometer gefahren sind.«

»Hey!«

»Was?«

»Mein Winnebago ist keine Rostlaube.«

»Ist das jetzt wirklich unser Hauptproblem?«

Wieder setzte Stille ein.

Ich merkte allmählich, dass ich selbst aktiv werden musste, damit etwas passierte. Zumindest, um die Sache ins Rollen zu bringen. Schon der Gedanke daran war mir zuwider und nein, das gehörte nicht zu meinem Job. Aber ich wollte dafür sorgen, dass wir nicht den ganzen Weg umsonst zurückgelegt hatten.

»Okay, machen wir's so«, schlug ich Chester vor. »Ich gehe raus und rede mit ihr, um zu erfahren, ob sie bereit ist, hierherzukommen oder warten will, bis ich Sie in den Rollstuhl gesetzt habe. Ich werde mal vorfühlen, wie die Situation ist.«

Keine Antwort.

»Erde an Chester, hören Sie mich?«

»Danke«, sagte er mit belegter Stimme.

Es war verblüffend, dieses Wort aus Chesters Mund zu hören. Er hatte es noch nie zuvor zu mir gesagt.

Ich öffnete die Seitentür und trat hinaus.

Die Luft war überraschend warm, wenn man bedenkt, dass es erst … na ja, eigentlich hatte ich keinen blassen Schimmer, wie spät es war und wie lange ich geschlafen hatte. Aber da es Herbst war, hatte ich mit dieser Hitze am Morgen nicht gerechnet.

Die Frau blickte sofort auf.

Ich ging den Pfad entlang zum Haus, während sie auf der Veranda ein paar Schritte auf mich zukam.

Aus der Nähe konnte ich sehen, dass sie wahrscheinlich in ihren Sechzigern war. Ihre Haarfarbe, die ich aus weiterer Entfernung für Platinblond gehalten hatte, war in Wirklichkeit Grau, in Weiß übergehend. Sie trug einen flotten Kurzhaarschnitt. Die Fältchen um ihre Augen und Mundwinkel verrieten mir, dass sie in ihrem Leben die Stirn gerunzelt und sowohl gelacht als auch geweint hatte … eben die ganze Gefühlspalette des Lebens.

Seltsamerweise lächelte sie, als ich näher kam. Bevor ich den Mund öffnen konnte, um etwas zu sagen, gab sie ein kurzes Lachen von sich.

»Was ist so lustig?«, fragte ich. Seltsam, dass wir uns nicht zuerst begrüßten.

»Das würde jetzt verrückt klingen«, antwortete sie.

Ebenso wie Chester hatte sie eine raue, tiefe Stimme, als hätte sie ihr Leben lang geraucht. Aber ich stand ihr nahe genug, um es zu bemerken. Und sie roch nicht nach Zigaretten. Stattdessen nahm ich den Duft eines leichten, blumigen Parfums wahr.

»Wetten nicht?«, sagte ich.

»Nun, ich habe schon den ganzen Morgen zu diesem großen, alten Winnebago hingesehen. Und irgendwie fast erwartet, dass mein Ex plötzlich aussteigen würde. Verrückt, ich weiß, aber er hat immer davon gesprochen, dass er sich einen großen Winnebago wie diesen hier anschaffen wollte. Und als ich dann einen völlig Fremden gesehen habe, war ich so was von erleichtert.«

»Oh«, murmelte ich. »Da habe ich schlechte Nachrichten.«

Sie stützte sich auf ihren Besen. Plötzlich hatte ihre Miene einen düsteren und harten Ausdruck angenommen.

»Sagen Sie das bloß nicht.«

»Es tut mir leid.«

»Chet ist wirklich dadrin?«

»Ich fürchte, ja.«

»Warum zum Teufel haben Sie ihn hierhergebracht?«

Ich hätte darum herumreden oder das Thema behutsam ansprechen können. Aber aus Furcht, sie könnte sich abwenden, fuhr ich sofort schweres Geschütz auf.

»Es war sein letzter Wunsch«, sagte ich.

Sie sagte nichts. Auf ihren Besen gestützt stand sie da und alle möglichen Gedanken und Gefühle schienen ihr durch den Kopf zu ziehen.

Also sprach ich weiter.

»Ich weiß, dass ich Ihnen damit keinen Gefallen tue, und es tut mir leid. Jetzt noch mehr als vorher. Aber wenn man gebeten wird, für jemanden etwas zu tun, das sein Leben vollkommen machen wird, bevor er stirbt – wie kann man dazu Nein sagen?«

Die Frau sah mich argwöhnisch an und mehrere Sekunden lang hielt ich ihrem Blick stand. Sie schien mich auf eine Art zu deuten, aus der ich nicht ganz schlau wurde.

»Sie scheinen ein netter Kerl zu sein«, sagte sie.

»Danke« erwiderte ich, weil ich nicht wusste, wie ich darauf reagieren sollte.

»Früher oder später wird er Sie kleinkriegen.«

»Er versucht es. Aber offenbar bin ich zäher, als ich aussehe.«

»Das müssen Sie auch«, erwiderte sie. »Wie kommt es, dass Sie ihn begleiten?«

»Ellie hat mich als seinen Pfleger angestellt.«

»Oh«, sagte sie. »Ellie. Und sie hat mir nicht mal erzählt, dass er krank ist. Aber sie weiß, dass sie seinen Namen besser nicht in meiner Anwesenheit erwähnen sollte. Sind Sie sicher, dass er wirklich nicht mehr lange hat? Nicht dass er das nur erfindet, um seinen Willen zu bekommen.«

»Da bin ich mir sicher, ja. Er ist in ziemlich schlechter Verfassung.«

»Was hat er?«

»Krebs.«

»Welche Art von Krebs?«

»Er ist überall. Es hat in seiner Lunge angefangen, aber inzwischen hat es sich ausgebreitet.«

In der folgenden Stille fiel mir auf, dass ich fast wortgetreu Ellies Erklärung übernommen hatte.

»Was will er von mir?«, fragte sie schließlich. Ihre tiefe Stimme klang hart.

»Eine Art Frieden schließen, nehme ich an. Ich glaube, er will einfach reden.«

»Warum ist er nicht selbst hergekommen?«

»Das kann er nicht. Er sitzt im Rollstuhl. Es ist einiges an Aufwand, ihn aus dem Wohnmobil zu bekommen, und er muss geschoben werden.«

Ich sah, wie ihre Augen sich verdunkelten. Sie hatten eine dunkelblaue Farbe, diese Augen. Ich entdeckte in ihnen etwas, das ich mochte, und das war sehr angenehm. Obwohl ich nicht genau wusste, was, war das Gefühl ausgeprägt und unmissverständlich.

»Ist es wirklich so schlimm?«

»Es ist sehr schlimm«, bestätigte ich.

»Na ja.« Sie schwieg ungewöhnlich lang, dann sagte sie: »Wenigstens macht es das leichter, vor ihm wegzulaufen. Ich hätte ihn lieber nicht in meinem Haus, tut mir leid, aber so ist es. Sie könnten mit ihm in den Garten kommen. Aber nur, wenn er sich benimmt. Nur ein lautes Wort, nur eine Beleidigung, dann können Sie ihn gleich wieder in dieses Ungetüm laden und weiterfahren.«

134

»Dagegen ist nichts einzuwenden«, sagte ich.

»Okay. Ich weiß, ich werde das noch bereuen, aber gehen Sie ihn holen.«

Ich warf einen Blick über meine Schulter. Chester spähte vom Beifahrersitz aus unter dem Vorhang mit einem Auge hinaus.

Bevor ich ging, stellte sie mir noch eine Frage: »Hätten Sie mich nicht wenigstens vorwarnen können?«

»Er hat gedacht, Sie würden Nein sagen, wenn er Sie vorher gefragt hätte.«

»Da hat er richtig gedacht.«

Ich ging zurück an die Straße und betrat den Winnebago durch die Seitentür.

»Wie ist es gelaufen?«, fragte Chester mich sofort.

»Wir gehen zu ihr.«

* * *

»Wir dürfen nur in den Garten«, sagte ich, als ich ihn über den Pfad schob, »nicht ins Haus.«

»Das kommt mir ein bisschen kleinlich vor.«

Sue war von der Veranda verschwunden, als ich Chester aus dem Winnebago brachte und in seinen Rollstuhl setzte, doch sie hatte die Seitentür zum Garten geöffnet.

»Chester«, sagte ich. »Sie sollten mir eine Medaille dafür verleihen, dass ich sie überhaupt dazu gebracht habe, dieser Sache hier zuzustimmen.«

»Okay, tut mir leid.«

Wieder eine verblüffende Bemerkung von Chester. Erst »danke« und jetzt »tut mir leid«, beides ausgesprochen, als sei es womöglich auch so gemeint. Ich hätte ausführlicher über diese Wende der Ereignisse nachgedacht, wenn ich die Zeit dazu gehabt hätte. Doch in diesem Augenblick fand das Leben einfach statt.

»Und Sie müssen sich benehmen, sonst müssen Sie gehen.«

»Ich benehme mich immer.«

»Soll das ein Witz sein?«

»Was? Nein. Was meinen Sie?«

»Wenn Sie glauben, dass Sie sich gut benehmen, dann haben wir ein Problem, Chester. Sie benehmen sich nie gut. Können Sie das wirklich nicht sehen?«

»Okay, definieren Sie ›benehmen‹.«

»Kein Geschrei. Kein Fluchen. Sie müssen höflich zu ihr sein.«

»Und wenn nicht? Dann wirft sie uns raus?«

»Genau das.«

»Okay. Ich versuch's.«

Ich blieb abrupt stehen. Der Fußpfad hatte eine leichte Steigung und ich musste mich gegen den Rollstuhl stemmen, damit er nicht auf mich zurückrollte.

»Versuchen Sie es nicht nur, Chester. Tun Sie's.«

»Woher soll ich wissen, wie das geht?«

»Das werden wir wohl gleich herausfinden«, sagte ich. »Sagen Sie gleich am Anfang, was Sie loswerden wollen, denn das könnte ein sehr kurzes Treffen werden.«

* * *

Erst nach einiger Zeit kam Sue zu uns in den Garten hinterm Haus. Es war so viel Zeit vergangen, dass ich mich bereits gefragt hatte, ob sie nicht vielleicht ins Auto gesprungen und abgehauen war.

Sie brachte einen bernsteinfarbenen Glaskrug und drei Gläser, die sie auf den Tisch zwischen uns stellte. Wir saßen unter einer Markise, die wohltuenden Schatten spendete.

»Ich dachte, ihr möchtet vielleicht etwas Wasser«, sagte sie.

Dann setzte sie sich und sah Chester an. Und Chester sah sie an. Der Augenblick zog sich in die Länge. Niemand sprach ein Wort.

Ich bedankte mich und schenkte uns zwei Gläser mit eiskaltem Wasser ein.

Es war eine Art Bewährungsprobe, da Chester kein Wasser trank. Seine Reaktion auf das Getränkeangebot würde ein guter Indikator dafür sein, wie sich dieses nächste Kapitel meines Lebens entwickeln könnte.

Er nahm das Glas und trank einen großen Schluck, dann stellte er es auf der Armlehne seines Rollstuhls ab. Die Lehne war schmal und der Boden unter uns aus Stein, also schnappte ich schnell das Glas und stellte es wieder auf den Tisch.

Chester und Sue starrten sich immer noch an und sagten kein Wort.

»Wie kommt es, dass es zu dieser Jahreszeit hier noch so warm ist?«, begann ich.

Meine Frage unterbrach diesen tranceartigen Zustand und ich war erleichtert, als Sue den Blick ihrer dunkelblauen Augen von Chester abwandte und zu mir sah.

»Sie waren noch nie in Arizona, oder?«, fragte sie mich.

»Nein. Ich bin noch nie weiter westlich als Chicago gekommen.«

»Das merkt man.«

Eine Stille trat ein, doch nicht für lange. Chester öffnete den Mund.

»Ich weiß, ich sehe furchtbar aus«, sagte er. »Du kannst es genauso gut einfach sagen. Ich weiß, dass du es denkst. Und dass du es sagen wolltest. Also sag's.«

»Ich wollte das nicht sagen«, erwiderte sie.

»Ich bin um hundert Jahre gealtert, seit wir uns das letzte Mal gesehen haben.«

»Du bist um genauso viele Jahre gealtert wie ich.«

»Man würde es nicht denken, wenn man uns ansieht.«

Sie wollte gerade etwas erwidern, doch Chester kam ihr zuvor.

»Ist er dadrin?«

Er machte eine Kopfbewegung zum Haus.

Sie lachte schallend auf. »Glaubst du das wirklich?«

»Was sollte ich denn glauben?«

»Herzchen, dieser Mann und ich sind seit 1996 geschieden.«

»Oh«, murmelte Chester. Ich konnte sehen, wie sich seine Miene veränderte, als er die Information verdaute. »Na ja, ich kann nicht sagen, dass es mich freut, das zu hören.«

»Du freust dich total, das zu hören. Gib's zu.«

»Nein. Wirklich nicht. Dafür hast du unsere Ehe in die Luft gejagt. Ich finde, es ist sogar noch schlimmer, wenn alles umsonst in die Brüche gegangen ist.«

»Es überrascht mich, dass Ellie dir nicht wenigstens das erzählt hat.«

»Ich frage sie nicht nach dir. Und sie sagt von sich aus nichts.«

»Gut.«

»Bevor ich krank wurde, habe ich sie kaum gesehen. Es ist schließlich nicht so, als hätte ich noch eine Familie.«

An ihrer Miene und ihrem Blick konnte ich erkennen, dass sie bereits die Geduld verlor. Was auch immer ihre guten Eigenschaften waren, Geduld gehörte mit Sicherheit nicht dazu. *Das muss damals vielleicht ein Paar gewesen sein*, dachte ich.

»Sag schon, warum du hier bist, Chet.«

Chester starrte auf seinen Schoß und sagte nichts.

»Jetzt mal im Ernst, Chet«, sagte sie und ihre Stimme erhob sich. »Du bist den ganzen Weg von Buffalo hierhergekommen, um mir etwas zu sagen. Also, worum geht's?«

»Ich weiß nicht«, antwortete Chester.

Plötzlich schien unserem Treffen die ganze Luft ausgegangen zu sein, emotional gesprochen. Hatte er tatsächlich diesen ganzen Weg zurückgelegt, ohne eine Vorstellung davon zu haben, was er sagen wollte? Oder hatte er einfach Angst, jetzt, da er ihr direkt gegenübersaß? Was Chester betraf, war es kaum möglich, eine Vermutung anzustellen.

»Das kann jetzt nicht dein Ernst sein«, ging sie ihn an.

Und das war's. Alle Schranken waren gefallen und es hatte sich plötzlich zu einem Kampf entwickelt.

»Es ist schwer«, schrie er. »Was soll ich sagen? Du bestimmst, dass ich höflich sein muss, weil du mich sonst rauswirfst. Wie sage ich einer Frau, dass sie mein Leben ruiniert hat, und bleibe dabei höflich?«

»Du hast über dreitausend Kilometer zurückgelegt, um mir etwas zu sagen, das du mir schon zigmal vorgeworfen hast? Das klingt verrückt. Oder zumindest würde es das bei jedem anderen. Bei dir war es wohl nicht anders zu erwarten.«

»Du hast dich kein bisschen verändert!«

»Du auch nicht! Außer, dass du hundert Jahre älter aussiehst!«

»Okay, genug!«, rief ich.

Ich stand auf, stellte mich zwischen die beiden und streckte meine Arme aus, wie doppelte Halteschilder. Es war eine Warnung. Und ich hatte keine Ahnung, warum, aber sie schienen die Warnung ernst zu nehmen.

»Das ist schnell eskaliert«, sagte ich. »Wir machen es also so: Ich gehe mit Chester in den Winnebago zurück. Und dann versuche ich herauszufinden, was er Ihnen sagen wollte. Und das sagt er dann, wenn wir zurückkommen.«

»Das will ich aber nicht«, erwiderte Sue. »Ich will ihn hier nicht, das habe ich nie gewollt.«

»Okay. Gut. Dann komme ich allein zurück und sage es Ihnen.«

Das war's also. Im Handumdrehen hatte ich mich in das Geschehen eingeklinkt.

Und selbstverständlich würde ich diese Entscheidung bald bereuen.

Kapitel 12

DIE ABSPALTUNG

Es kostete mich große Mühe, Chester wieder ins Wohnmobil zu bringen. Ich setzte ihn auf die Couch und steckte ihm zwei Kissen hinter den Rücken.

Nachdem ich mir sicher war, dass er gemütlich saß, hielt ich ihm eine Standpauke.

»Was zum Teufel war das eben, Chester? Großer Gott! Was ist los mit Ihnen?«

»Mit mir? Geben Sie nicht mir die Schuld. Sie hat angefangen.«

»Sie hat angefangen? Wissen Sie nicht, dass ich dabei war? ›Ich weiß, dass du denkst, ich sehe furchtbar aus. Ich weiß, dass du es denkst. Ich weiß, dass du es sagen willst. Also sag's! Sag's! Sag's!‹« Ich baute mich direkt vor ihm auf und schmetterte es noch ein weiteres Mal heraus. »Sag's!«

Er drückte mich mit seiner fleischigen Hand weg.

»Rücken Sie mir nicht auf die Pelle, Lewis!«

»Ganz genau so muss sie sich gefühlt haben. Sie fragt, warum Sie den ganzen Weg hierhergekommen sind. Und dann wissen Sie es nicht.«

»Es dauert, bis man seine Gedanken zusammenbekommt, wenn es um so was geht.«

»Wir sind *dreieinhalb Tage* lang gefahren!«

Inzwischen hatte ich alle Hemmungen verloren und schrie so laut, dass mein Hals schmerzte. Ich überlegte kurz, ob sogar seine Ex-Frau im Haus mich gehört hatte.

»Ich dachte, ich wüsste es«, sagte er ungewöhnlich leise. »Ich dachte, ich hätte es im Kopf, aber dann, bei ihr, war alles durcheinander. Ich konnte keinen klaren Gedanken fassen.«

Ich setzte mich auf die Couch ihm gegenüber. Und plötzlich spürte ich mit aller Wucht, wie müde ich war. Es war keine normale Müdigkeit. Ich war vollkommen erschöpft. Ausgelaugt. Erledigt.

»Sie sitzen ihr jetzt nicht gegenüber«, sagte ich.

»Ich glaube, ich will einfach nur wissen, warum.«

»Okay. Gut. Ich gehe zu ihr und sage ihr, dass Sie wissen wollen, warum.«

»Moment! Ich habe vielleicht noch mehr.«

»Darüber können Sie nachdenken, während ich weg bin.«

Ich schaltete den Generator ein und stellte die Klimaanlage auf zweiundzwanzig Grad, damit Chester in dieser metallenen Sauna nicht an Hitzschlag sterben würde, während ich weg war.

Ich sortierte auf dem Tisch sorgfältig seine Tabletten, legte sie in eine kleine Schüssel und gab ihm ein Glas Apfelsaft.

»Hier, nehmen Sie Ihre Tabletten«, sagte ich.

Dann stieg ich aus dem Wohnmobil hinaus in die Wüstenhitze.

Ich ging über den Fußpfad und klopfte an ihre Haustür.

Nach ein paar Sekunden wurde der Vorhang zur Seite gezogen. Als sie mich sah, entspannte sich ihre Miene und sie ließ mich herein.

»Tut mir leid«, entschuldigte ich mich, als ich ihr Wohnzimmer betrat. »Ich weiß, das war ein schlechter Auftritt.«

»Jetzt können Sie sich vorstellen, wie es war, mit ihm zu leben.«

»Ich lebe seit einer Woche mehr oder weniger mit ihm. Ich weiß schon, wie es ist.«

»Mein aufrichtiges Beileid.«

Kommentarlos verschwand sie und ich setzte mich auf die Couch und wartete. Das Haus war kühl und blitzblank sauber. Sein Stil war entweder retro oder hatte sich seit den Sechzigern nicht geändert. Jede Menge weißes Leder und Türkis. Aber was auch immer ich von ihrem Geschmack hielt, ich kam nicht umhin, all diese Sauberkeit zu bewundern.

Sie sah zu mir ins Wohnzimmer herein und hielt eine große Flasche Jim Beam hoch.

»Möchten Sie etwas Stärkeres als Wasser?«

»Es ist noch früh«, wandte ich ein, obwohl ich wirklich gern etwas getrunken hätte.

»Ich weiß. Und ich trinke normalerweise tagsüber keinen Alkohol. Nicht, dass Sie das denken. Aber alle Jubeljahre einmal gibt es einen Tag, der eine Ausnahme von der Regel erlaubt. Und ein Tag, an dem mein Ex-Mann hierherkommt, ist so eine Ausnahme. Und Sie – Sie sehen wirklich erschöpft aus.«

»Ich bin …«, ich suchte nach einer passenden Beschreibung, »… müde bis auf die Knochen. Ich spüre die Erschöpfung überall. Und es ist nicht nur körperlich, obwohl es das auch ist. Es war einfach eine harte Woche.«

»Ist das also ein Ja?«

»Ja.«

Sie brachte zwei Gläser und schenkte sich und mir je drei fingerbreit Whiskey ein, dann setzte sie sich neben mich auf die Couch.

»Tut mir leid, dass ich ihm bei diesem ›Überfall‹ auf Sie geholfen habe«, sagte ich. Ich meinte es aufrichtig und konnte es selbst hören, dass das in meiner Stimme durchkam. »Ich wollte keine Schuldgefühle haben, wenn er nicht mehr da ist.«

»Einmal lasse ich jedem etwas durchgehen«, erwiderte sie. »Also alles gut. Aber nur einmal.«

Ich nahm einen großen Schluck Whiskey. Er wirkte schnell. Die Kombination aus dem Whiskey und meiner Erschöpfung verlieh mir das seltsame Gefühl, eigentlich gar nicht zu existieren.

»Er hat etwas gesagt, als wir wieder im Wohnmobil waren«, begann ich. »Es kam mir ziemlich aufrichtig vor. Und das ist selten bei ihm. Ich kann es sicher nicht Wort für Wort zitieren, aber es war etwa so: Er hätte gedacht, er wüsste, was er sagen wollte, aber dann, als er tatsächlich bei Ihnen war, bekam er es in seinem Kopf nicht mehr zusammen. Er konnte in diesem Augenblick nicht klar denken.«

»Das ergibt wohl Sinn. Aber Sie waren mit ihm im Winnebago. Konnte er dann wieder klar denken?«

»Er hat gesagt, dass er nur wissen will, warum.«

Sie nahm einen großen Schluck Whiskey und schien aus dem Fenster zu sehen, doch ihr Blick schweifte in die Ferne.

»Die Frage nach dem Warum lässt sich nicht einfach beantworten.«

»Ich glaube, man fährt nicht über dreitausend Kilometer, um einfache Fragen zu stellen.«

Sie reagierte mit einem langsamen Achselzucken.

»Ich habe mich verliebt«, sagte sie. »Leute verlieben sich. Besonders, wenn sie in ihrer Ehe nicht glücklich sind.«

Wir tranken schweigend weiter. Ich schüttete den Whiskey viel zu schnell herunter. Ich hatte noch nichts gegessen und auch nicht annähernd genug geschlafen. Und als ich auf mein Glas blickte, war es plötzlich schon wieder leer.

»Nun«, sagte ich. Ich versuchte aufzustehen und wäre fast wieder auf die Couch geplumpst, hätte sie nicht nach mir gegriffen. »Ich brauche Schlaf«, fügte ich hinzu. »Ich gehe schlafen. Und ich erzähle ihm, was Sie gesagt haben. Ich kann kaum glauben, dass das vielleicht alles war.«

»Dass was alles war?«

»Ich meine, er stellt Ihnen eine Frage und Sie geben ihm eine kurze Antwort. Die meisten Leute fahren für so was nicht durch das halbe Land, oder?«

»Das kommt auf die Leute an«, erwiderte sie. »Aber ich bezweifle, dass das alles war.«

Sie stand auf und brachte mich zur Tür.

»Legen Sie sich etwas hin«, sagte sie. »Und … ich mache Lammragout. Das hatte ich ohnehin vor, schon vor dem ›Überfall‹. Damit will ich sagen, dass Sie herzlich eingeladen sind. Kommen Sie um sieben. Chet ist nicht willkommen, aber ich stelle ihm einen Teller zusammen, damit er im Winnebago essen kann.«

»Okay«, sagte ich. »Unter diesen Umständen würde ich sagen, dass Sie sehr gastfreundlich sind.«

Ich trat aus dem Haus und ging über den Fußpfad zum Winnebago.

Chester sprang mich sofort an, jedenfalls im übertragenen Sinn.

»Was hat sie gesagt?«

Mir war klar, dass es sich zu einer großen Sache auswachsen würde, sobald ich es ihm erzählte – mit noch mehr Fragen, noch mehr Antworten und vielen weiteren Wegen über diesen Fußpfad in der Wüstenhitze.

Daher sagte ich nur: »Ich erzähle es Ihnen, nachdem ich etwas geschlafen habe.«

Ich berichtete ihm kurz von unseren Plänen für das Abendessen und legte mich auf eine Couch, denn die Klimaanlage in der Schlafkabine funktionierte nicht gut.

Und es gab nichts, was er dagegen tun konnte.

* * *

Chester weckte mich auf. Wie ich später erfahren sollte, war es sechs Uhr abends.

»Hey, Dödel!«, rief er von der Schlafcouch auf der anderen Seite.

»Was? Warum wecken Sie mich, Chester?«

»Weil Sie sonst das Abendessen verschlafen.«

»Oh.«

Ich setzte mich auf und blinzelte.

Ich fühlte mich so benebelt, als hätte mir jemand im Schlaf den Kopf mit Watte ausgestopft. Ich war immer noch müde.

Ein Blick auf meine Armbanduhr verriet mir, dass es sechs Uhr war.

»Ich hätte noch eine halbe Stunde länger schlafen können.«

»Ich dachte, Sie würden vielleicht duschen wollen.«

»Eine Stunde lang?«

»Sie müssen mir noch erzählen, was sie gesagt hat.«

»Stimmt, ja«, murmelte ich. Ich rieb meine Augen und versuchte, mein Gehirn in Gang zu setzen. »Okay. Es wird aber keine halbe Stunde in Anspruch nehmen. Sie hat gesagt, dass sie sich verliebt hat. Und dass Leute sich nun mal verlieben. Insbesondere, wenn sie in ihrer Ehe nicht glücklich sind.«

»Dann fragen Sie, was für einen Grund sie hatte, so verdammt unglücklich zu sein.«

»Ich glaube, das ist sinnlos.«

»Was soll das heißen, ›sinnlos‹? Und warum sollten *Sie* das beurteilen können? Fragen Sie sie einfach.«

»In Ordnung. Ich frage sie beim Abendessen.«

»Nein, jetzt.«

»Nein, beim Abendessen, Chester. Sie können mich nicht derart herumkommandieren. Diese ganze Sache hat überhaupt nichts mit meinen eigentlichen Aufgaben zu tun, und Sie sollten mir eigentlich dankbar sein, dass ich das alles überhaupt mache.«

Dieses Mal blieb der neue Chester versteckt. Kein Anzeichen von Dankbarkeit.

Als ich aufstand, mich streckte und in die Dusche gehen wollte, ließ er nicht locker.

»Warum haben Sie gesagt, es sei sinnlos, das zu fragen?«

»Weil es ziemlich offensichtlich war, was sie gesagt hat.«

»Also? Klären Sie mich auf. Was hat sie gesagt?«

Ich hielt inne und wandte mich von der winzigen Duschkabine ab, dann setzte ich mich Chester gegenüber. Ich beugte mich vor, stützte mich mit den Ellenbogen auf den Knien ab und warf ihm einen ernsthaften Blick zu. Ich sah ihm direkt ins Gesicht. Er wandte seine Augen ab.

»Lassen Sie mich nur etwas aufklären«, sagte ich. »Verstehen Sie wirklich nicht, dass Sie ein bösartiger, gedankenloser, schwieriger Mensch sind?«

»Jeder ist bösartig und schwierig.«

»Ah. Das ist also die Abspaltung.«

»Die was?«

»Sie denken, alle anderen seien genauso schrecklich, wie Sie es sind.«

»Na ja, das sind sie.«

»Ich gehe unter die Dusche.«

»Moment«, hielt er mich auf.

Ich wollte gerade aufstehen, doch ich hielt inne und wartete.

»Sie sagen also, ich sei der Grund dafür gewesen, dass sie unglücklich war.«

»So ziemlich das, ja.«

»Und Sie wollen sie nicht einmal fragen, was sie damit gemeint hat?«

»Doch, ich werde sie fragen. Beim Abendessen. Aber … seien Sie nicht überrascht, wenn es das ist, was ich gerade gesagt habe.«

Ich stand auf und wandte mich wieder Richtung Dusche.

»Moment«, unterbrach mich Chester wieder.

Ich verlor die Beherrschung.

»Halten Sie mich nicht ständig auf!«, fuhr ich ihn an. »Die Welt dreht sich nicht nur um Sie und Ihre frühere Ehe, Chester. Ich will jetzt duschen.«

»Ich wollte nur sagen, dass Sie vergessen haben, den Wassererhitzer anzustellen.«

»Oh«, gab ich von mir und fühlte mich wie ein Ballon, aus dem die Luft herausgelassen wird. »Das.«

»Ja, das.«

»Wie lange dauert es, bis das Wasser heiß ist?«

»Länger, als Sie Zeit haben.«

»Na gut. Dann dusche ich eben kalt.«

Die kalte Dusche war kein angenehmes Erlebnis. Doch danach war ich wenigstens hellwach.

* * *

Kurz bevor ich das Wohnmobil verlassen konnte, ließ Chester die folgende Bombe platzen.

»Ich brauche die Bettpfanne.«

»Oh«, sagte ich. Ich bemerkte, dass ich dieses kurze Wort sehr häufig benutzte.

Einen Moment lang blieb ich einfach auf der Stufe stehen in der Hoffnung, dass er die Bettpfanne doch nicht benötigen würde.

»Okay. Ich hole sie«, sagte ich schließlich.

»Aber kommen Sie zurück und leeren Sie sie aus. Ich will nicht damit hier herumsitzen. Sie müssen sie ausleeren, die Fenster öffnen und den Ventilator anstellen.«

Ich seufzte tief und all die Luft, die ich je eingeatmet hatte, schien aus meinen Lungen zu strömen.

»Machen Sie das nur, um mein Abendessen zu sabotieren? Weil ich ins Haus gehen kann und Sie nicht?«

»Nein, ich brauche die Bettpfanne wirklich.«

»Aber ich habe mich gerade fertig gemacht. Warum haben Sie nicht gefragt, bevor ich unter die Dusche gegangen bin?«

»Da wusste ich noch nicht, dass ich sie brauchen würde.«

Ich seufzte wieder, stieg zurück in den Winnebago, holte die Bettpfanne aus der Klappe unter Chesters Schlafcouch und reichte sie ihm.

»Sie können mich anrufen, wenn Sie fertig sind«, sagte ich.

»Wie kann ich Sie von hier aus anrufen?«

»Mit dem Handy, das Ellie Ihnen speziell für solche Zwecke gekauft hat.«

»Ich weiß nicht, wie dieses Ding funktioniert.«

»Das ist kein Kunststück, Chester.«

Ich nahm das Handy aus der Fahrerkabine, wo ich es aufgeladen hatte, und brachte es ihm.

»Hier. Meine Nummer ist gespeichert. Sie müssen nur auf die Anruftaste drücken.«

»Ich mag diese neuen Geräte nicht.«

»Sie müssen sie auch nicht mögen. Sie müssen nur auf die Anruftaste drücken.«

»Und was, wenn ich es nicht hinbekomme?«

»Sie können vielleicht das Fenster hinter sich erreichen, um es zu öffnen.«

»Gut. Ich rufe mit dem Ding an.«

Ich bewegte mich wieder zur Tür, doch er wollte mich noch nicht gehen lassen.

»Ich brauche wirklich die Bettpfanne, aber es ist trotzdem unfair, dass Sie ins Haus dürfen und ich nicht.«

»Es ist ein Beispiel dafür, dass Handlungen Konsequenzen haben.«

»Ich habe keine Ahnung, was das bedeutet.«

»Warum überrascht mich das nicht? Es bedeutet, dass Leute, die nett und höflich sind, mehr Einladungen zum Abendessen bekommen als Leute, die gemein und unhöflich sind. Aber betrachten Sie es mal von einer anderen Seite. Sie haben Ihre erste Chance mit ihr vermasselt. Jetzt gehe ich hin und versuche, für Sie eine zweite zu bekommen.«

»Das klingt schon besser. Und Sie bringen mir was von dem Ragout mit?«

»Wenn sie mir etwas gibt. Und sie hat gesagt, dass sie das machen will.«

»Klopfen Sie an, bevor Sie reinkommen. Falls ich gerade die Bettpfanne benutze.«

»Nun, da würde ich nicht reinplatzen wollen. Das mache ich.«

Ich ging schnell raus, bevor ihm noch etwas einfiel, mit dem er mich aufhalten konnte.

Als ich über den mir mittlerweile vertrauten Fußpfad ging, merkte ich, dass ich schon wieder völlig erschöpft war. Chester konnte einem eine Menge Lebensenergie rauben. Könnte ich sie irgendwo auftanken, bevor ich ihn wiedersehen musste?

Vielleicht hatte seine Ex-Frau etwas Lebensenergie für mich übrig.

Kapitel 13

EHRGEFÜHL

An die Küchenwand gelehnt beobachtete ich Sue dabei, wie sie das Ragout umrührte. Hinter der Glastür des Ofens wurde ein runder, knuspriger Laib Brot aufgewärmt. Von allen Seiten war ich von wundervollen Aromen umgeben.

»Sie sehen immer noch erschöpft aus«, bemerkte Sue. »Konnten Sie ein bisschen schlafen?«

Sie trug ein weites, fließendes Gewand im Kimono-Stil. Türkisfarben. Entweder wollte sie sich mit der Einrichtung abstimmen oder vielleicht mochte sie die Farbe auch einfach nur. Und das war eigentlich ziemlich sicher.

»Ich habe geschlafen. Dann hat Chester mich herumgescheucht und anschließend war ich wieder erschöpft.«

»Diesen Effekt hat er auf andere auch. Ellie hat vielleicht gedacht, Sie könnten es aushalten, weil Sie noch jung sind.« Sie hob den Blick und taxierte mich von oben bis unten. »Ach Gottchen, Sie sind ja noch ein Baby. Wie alt sind Sie denn? Zwanzig?«

»Vierundzwanzig.«

»Der Fluch des Älterwerdens. Jeder sieht für mich wie ein Kind aus. Ist nicht böse gemeint. Ich will Ihnen nicht Ihr Erwachsensein absprechen, wenn ich Sie als Baby bezeichne. Es ist eher ein Seitenhieb auf mich selbst, weil ich das genaue Gegenteil bin.«

»Schon gut«, erwiderte ich. »An manchen Tagen fühle ich mich wirklich wie ein Baby, als hätte ich nicht die geringste Ahnung vom Leben.«

»Wissen Sie, ich bin siebenundsechzig Jahre alt und selbst ich fühle mich an manchen Tagen, als hätte ich nicht die geringste Ahnung vom Leben. So ungern ich Ihnen das auch sage. Ich hoffe, Sie haben nicht erwartet, dass sich das eines Tages legen wird.« Wieder traf mich ihr prüfender Blick. »Wie haben Sie sich noch mal dazu breitschlagen lassen, diesen Job zu machen?«

»Ich habe das Geld gebraucht.«

Sie nickte entschlossen, als hätte meine Antwort sie wider Erwarten zufriedengestellt. »Das kann ich verstehen. Ich glaube, das ist die einzige Antwort, die für mich Sinn ergibt. Aber trotzdem. Es gibt noch viele andere Jobs, mit denen Sie Geld verdienen können.«

»Das stimmt sicher. Ich konnte diese Jobs nur nicht finden. Der Arbeitsmarkt ist schlecht. Mir wurde fristlos gekündigt und in weniger als einem Monat habe ich meine beiden Mitbewohner verloren.«

Sie schnalzte leise mit der Zunge und holte die große Flasche Jim Beam vom Vortag aus dem Schrank.

»Das haben Sie sich verdient«, sagte sie.

Sie schenkte mir eine großzügige Menge ein, dann füllte sie ihr eigenes Glas.

»Ich habe gerade bemerkt, dass ich Sie noch nicht nach Ihrem Namen gefragt habe«, sagte sie.

»Stimmt. Ja, es war ein ungewöhnliches Kennenlernen. Ich bin Lewis.«

»Lewis«, wiederholte sie. Es klang fast anerkennend, als hätte sie über den Namen nachgedacht und ihn für würdig befunden. »Auf Ihre Gesundheit, Lewis.«

Sie hob ihr Glas.

»Ich mache mir vor allem Sorgen um meine Nerven.«

»Auf Ihre Gesundheit, körperlich und mental.«

Wir stießen an und kippten die Gläser in einem Zug herunter.

Es half tatsächlich ein wenig. Lag es an den guten Wünschen oder am Whiskey? Wahrscheinlich war beides im Spiel.

Sie nahm einen tiefen, blau-weißen Porzellanteller aus dem Schrank, der so groß war, dass ich nicht wusste, ob er zum Essen oder zum Servieren verwendet wurde. Mit einer Schöpfkelle füllte Sue Ragout auf den Teller.

»Das können Sie zu ihm bringen«, sagte sie. »Moment. Ich schneide noch ein großes Stück Brot für ihn ab. Chet liebt frisch gebackenes Brot. Aber ich brauche meinen Teller zurück.«

»Natürlich bekommen Sie Ihren Teller zurück. Der ist übrigens sehr hübsch.«

Ich nahm ihr den heißen Teller ab und hielt ihn vorsichtig am Rand fest.

Sie holte das Brot aus dem Ofen und schnitt das Endstück ab, etwa ein Viertel des gesamten Brotes. Vorsichtig legte sie das dicke Brotstück auf den Schüsselrand und nahm einen Suppenlöffel, den sie in dem Ragout versenkte.

»Den Löffel brauche ich auch wieder.«

»Sie haben mein Wort«, sagte ich feierlich. »Ich übernehme persönlich die Verantwortung dafür, dass Sie Ihren Teller und Ihren Löffel zurückbekommen.«

Sie lehnte sich vor und tätschelte auf eine mütterliche Art meine Wange. Es kam überraschend, war mir aber keinesfalls unwillkommen.

»*Sie* mag ich«, sagte sie.

Ich bemerkte, wie sie das erste Wort des Satzes betonte.

»Ich komme gleich wieder«, sagte ich. »Wenn ich Glück habe.«

Da ich keine Hand frei hatte, öffnete sie für mich die Haustür. Dann folgte sie mir zur Straße, wahrscheinlich, um für mich auch die Tür des Wohnmobils zu öffnen.

Es dämmerte schon, aber es war noch sehr warm. Hinter ein paar Bergen war der Himmel hell und stahlblau, was einen umwerfenden Kontrast ergab.

»Nett von Ihnen, dass Sie mir helfen, trotz des Risikos, Ihren Ex zu treffen«, flüsterte ich.

»Reiner Eigennutz. Ich will nicht, dass mein Teller zu Bruch geht.«

Als sie die Hand nach dem Türgriff des Wohnwagens ausstreckte, hielt ich sie auf.

»Warten Sie«, sagte ich.

»Was ist?«

»Klopfen Sie an. Es könnte sein, dass er gerade die Bettpfanne benutzt.«

»Ach du lieber Gott!«, sagte sie leise.

Sie klopfte an die Tür.

»Kommen Sie nur, Lewis«, dröhnte Chesters Stimme von innen. »Die Luft ist rein.«

Die Vorhänge des Winnebagos waren immer noch unten und Sue blieb hinter der Tür stehen, damit Chester sie nicht sehen konnte, als sie öffnete.

Ich stieg vorsichtig die Stufen hoch und stellte den Teller auf der Küchentheke ab. Als ich wieder zur Tür ging, um sie zu schließen, war Sue verschwunden. In der Dunkelheit konnte ich undeutlich erkennen, wie sie ihre Veranda betrat.

Ich stellte den Klapptisch auf und servierte Chester seine Mahlzeit.

»Sie haben die Bettpfanne also doch nicht gebraucht«, sagte ich.

»Nein, ich brauche sie noch. Ich wollte nur warten, bis ich wirklich so weit bin. Sie wissen schon. Bis es dringend rausmuss. Damit ich nicht so lange auf der Pfanne sitzen und drücken muss.«

»Große Güte, Chester!«

»Was ist jetzt?«

»Zu viel Information.«

»Sie sind so ein Weichei. Haben Sie für mich eine zweite Chance mit ihr bekommen?«

»Noch nicht. Wir haben gerade erst angefangen zu reden.«

»Worüber?«

»Nicht über Sie«, antwortete ich.

Und ich trat aus dem Wohnmobil.

So einfach ließ er mich selbstverständlich nicht gehen. Den ganzen Weg zum Haus warf er mir seine Worte hinterher, die ich zum Glück kaum verstehen konnte, als ich einfach weiterging.

* * *

»Das ist unglaublich gut«, sagte ich anerkennend. »Ich kann mich ehrlich nicht mehr daran erinnern, wann ich zuletzt eine hausgemachte Mahlzeit hatte.«

Wir aßen in ihrem winzigen Esszimmer, mit Kerzen auf dem Tisch und Besteck aus echtem Silber.

»Was haben Sie denn die ganze Zeit gegessen?«

»Sandwiches, Pizza. Alles, was günstig ist. Andererseits … meine Freundin Anna hat mich zweimal ins Restaurant eingeladen.

Es war mir unangenehm, dass sie alles bezahlen musste, daher habe ich nur Nudeln bestellt.«

»Nudeln im Restaurant sind nicht dasselbe wie eine hausgemachte Mahlzeit.«

»Wahrscheinlich nicht«, gab ich zu. »Aber immerhin eine warme Mahlzeit.«

Ich nahm einen weiteren großen Schluck Whiskey. Die Kombination aus viel gutem Protein und Alkohol auf einen vollen Magen veränderte mein Empfinden. Natürlich war ich nicht weniger müde, aber trotz meiner Erschöpfung fühlte ich mich irgendwie mehr geerdet und verankert im Hier und Jetzt.

»Ist Anna Ihre Partnerin?«, fragte sie.

Es klang nicht so, als wollte sie mich aushorchen. Sie schien nur mehr über mich erfahren zu wollen, also erzählte ich ihr mehr.

»Nein, Anna ist nur eine gute Freundin. Ich habe keine Partnerin. Ich hatte einen Partner, aber er hat mich überraschend verlassen.«

»Sie sind schwul«, stellte sie fest.

Sie klang ein klein wenig schockiert, was meiner neu entdeckten Gelassenheit einen leichten Schlag versetzte.

»Ja. Warum? Macht es Ihnen etwas aus?«

»Um Gottes willen, nein. Nicht mir. Das ist mir völlig egal. Ich habe nur gedacht, dass … Chet ein Problem damit hätte.«

»Oh, das hat er.«

»Und er macht Ihnen deshalb das Leben schwer.« Es war eine Feststellung, keine Frage.

»Bei jeder Gelegenheit.«

»Das überrascht mich nicht.«

»War er immer schon so?«

»Früher nicht. Zu Beginn unserer Beziehung hat er solchen Dingen nicht viel Aufmerksamkeit geschenkt. Aber nach dieser

Sache mit Mike ... na ja. Sie wissen, wie es ist. Wenn man etwas so sehr ablehnt, will man, dass alle anderen es auch ablehnen.«

Ich ließ meinen Löffel auf den beinahe leeren Teller fallen und er landete viel lauter, als ich erwartet hätte.

»Warten Sie«, sagte ich. »Noch mal. Welche Sache mit Mike?«

Ich bemerkte, dass sie leicht errötete.

»Oh, Sie wissen das mit Mike nicht. Na ja ... natürlich nicht. Jetzt im Nachhinein ist es mir klar. Warum würde er Ihnen so etwas erzählen? Was habe ich mir gedacht? Ich frage mich, warum ich ihn gerade so gedankenlos verraten habe. Vielleicht, weil ich so verdammt wütend auf ihn bin.«

»Wollen Sie mir erzählen, dass Chester ein ... Erlebnis mit diesem Mann hatte?«

»Nein, nein. So war es nicht. Zwischen den beiden ist nichts *passiert*. Er hat Mike nur so sehr vergöttert. Ich glaube, es hat ihm Angst eingejagt. Es hat ihn dazu gebracht, ein bisschen über sich selbst nachzudenken. Ich glaube nicht, dass es irgendwas zu bedeuten hatte. Manchmal liebt man jemanden einfach. Na und? Aber er war richtig besessen von dieser Sache.«

Sie verstummte. Schweigend kratzte ich die letzten Reste von meinem Teller.

Ich erinnerte mich an etwas, das Chester gesagt hatte.

Man hat die Wahl und das weiß ich. Sie können vielleicht andere an der Nase herumführen, aber mich nicht.

Als ich aufsah, merkte ich, dass Sue mich beobachtet hatte.

»Ich würde zu gern wissen, was Sie gerade denken«, sagte sie.

»Mir war nur eben ein Gedanke gekommen.«

»Wollen Sie ihn mit mir teilen?«

»Er hat ein paar Mal durchblicken lassen, dass er denkt, Schwulsein sei eine Entscheidung. Und er ist richtig stur, wenn es um das Thema geht. Als wäre er völlig überzeugt und nichts könnte ihn umstimmen.«

»Weil er denkt, er hätte eine bewusste Entscheidung getroffen, davon Abstand zu nehmen. Stimmt. Aber ich glaube nicht, dass das passiert ist. Denn wenn er wirklich schwul gewesen wäre, wäre das Thema immer wieder aufgetaucht.«

»Natürlich. Wenn man davon weglaufen kann, ist man nicht schwul.«

Sie erzählte mir ein wenig mehr über Mike.

Ich brannte darauf, es zu erfahren, aber ich hätte nicht gefragt, denn schließlich ging es mich nichts an. Ich hatte bereits ein schlechtes Gewissen, weil ich etwas wusste, das Chester mir offensichtlich vorenthalten wollte.

»Sie waren zusammen im Krieg«, sagte sie.

»Im Zweiten Weltkrieg?«

»*Im Zweiten Weltkrieg?* Herrje, wie alt sollen wir denn sein? Die meisten Männer aus dem Zweiten Weltkrieg sind mittlerweile tot oder mindestens Ende neunzig.«

»Tut mir leid. In Korea?«

»Noch ein Versuch.«

»Es kann nicht Operation Wüstensturm gewesen sein.«

»Einen haben Sie ausgelassen.«

»Vietnam.«

»Bingo. Sie waren zusammen in Vietnam und Chet hatte mehr Angst, als er zugegeben hätte. Mike dagegen ist eher jemand, der die Regie übernimmt, und er kümmerte sich um Chester. Er rettete ihm zweimal das Leben.«

»Zweimal?«

»So ein Zufall, was? Jedenfalls habe ich angenommen, dass das alles war – die Kriegsgeschichte. Es war nichts Romantisches. Wenn einem zweimal das Leben gerettet wird, dann blickt man zu seinem Retter auf und er bekommt eine übergroße Bedeutung.«

»Ja«, sagte ich. »So etwas verzerrt die Gefühle.«

»Ich glaube, mehr war das nicht. Ich habe leider keinen Nachtisch gemacht, aber Sie können Cookies haben, gekaufte.«

»Vielen Dank, aber ich bin pappsatt«, erwiderte ich.

Einen Moment lang schweigen wir. Meine Gedanken kehrten immer wieder zu den Enthüllungen aus Chesters früherem Leben zurück. Etwas daran ließ die Welt mehr Sinn ergeben.

Plötzlich hörten wir ein Hupen von der Straße.

Erst sagten wir kein Wort, dann blickten wir uns an.

»Ist das der Winnebago?«, fragte sie.

»Ich weiß nicht. Ich habe noch nie die Hupe gehört.«

»Wirklich? Sie sind mit diesem Ding von Buffalo, New York, bis nach Phoenix gefahren und haben kein einziges Mal die Hupe benutzt? Sie sind ganz und gar nicht wie Chester, das kann ich Ihnen sagen.«

»Danke. Das ist das schönste Kompliment, das ich je bekommen habe.«

Ein weiteres kurzes Hupen ertönte und wieder sahen wir einander an.

»Das kann er nicht sein«, sagte ich. »Ich glaube nicht, dass er die Hupe überhaupt erreichen kann.« Wieder eine kurze Stille. Dann fügte ich fast instinktiv hinzu: »Aber ich gehe besser nachsehen.«

Ich ging heraus und lief über den Fußpfad, der mir schon allzu vertraut geworden war. Es fühlte sich an, wie durch ein Raum-Zeit-Portal zu gehen – von der vernünftigen, angenehmen Welt zu dieser anderen, die ich mit Chester teilen musste.

Während ich noch lief, hupte es wieder. Es kam definitiv von dem Winnebago.

Ich riss die Seitentür auf und wurde sofort von dem Gestank überwältigt.

Nicht zum ersten Mal, seit ich diesen Job angefangen hatte, tat ich mir selbst ein bisschen leid. Warum konnte ich nicht in einer sauberen, wohlduftenden Welt mit Lammragout, Kerzenlicht und gutem Whiskey bleiben, mit Leuten, die nicht scheußlich waren?

Wo wir beim Thema ›scheußlich‹ waren, Chester saß noch genau da, wo ich ihn zurückgelassen hatte, direkt neben der jetzt unaussprechlichen Bettpfanne, die Hose hochgezogen, aber verrutscht. Er hielt einen dieser Stockgreifer, mit denen man Dosen von hohen Regalen holen konnte. Er lehnte sich vor und wollte damit wieder die Hupe erreichen. Ich erwischte ihn gerade noch, bevor er ein viertes Mal hupen konnte.

Ich schnappte die Bettpfanne und leerte sie in der Toilette aus, dann stellte ich die verschmutzte Pfanne draußen auf den Bordstein. Ich rannte umher, öffnete die zwei Dachlüfter und drehte die Abluftventilatoren auf, so schnell ich konnte.

Als das getan war, wandte ich mich mit meiner miserablen Laune Chester zu.

»Her damit«, schnauzte ich ihn an und nahm den Stock. »Wo haben Sie das Ding überhaupt gefunden?«

»Direkt unter der Couch. In derselben Klappe wie die Bettpfanne.«

»Warum haben Sie mich nicht auf dem Handy angerufen?«

»Ich bin mit dem verdammten Ding nicht zurechtgekommen.«

»Ich gehe wieder zurück«, sagte ich.

Ich machte einen Versuch, zur Tür zu gelangen.

»Warten Sie. Gibt sie mir eine zweite Chance?«

»Ich weiß es noch nicht.«

Wieder versuchte ich zu gehen.

»Noch was. Gibt es auch Nachtisch?«

»Sie hat nichts gemacht, aber sie hat gekaufte Cookies.«

»Bringen Sie mir ein paar mit«, forderte er.

Ich erwiderte nichts und ging schnell, bevor er noch mehr sagen konnte.

Ich schob die ungewaschene Bettpfanne unter die Karosserie des Winnebagos. In diesem Moment konnte ich mir das nicht antun. Vielleicht würde Sue mich später ihren Gartenschlauch benutzen lassen, oder ich könnte den Duschschlauch des Wohnmobils benutzen. Nachdem ich meine guten Sachen ausgezogen hatte.

Wieder ging ich durch das Portal auf dem Fußpfad, aber jetzt wenigstens in meine bevorzugte Richtung.

Ich öffnete die Tür und lugte hinein.

»Sue?«

Ich betrat die Häuser anderer Leute nicht, ohne mich vorher anzumelden. Das war mir schon als Kind beigebracht worden.

»Kommen Sie nur rein. Alles in Ordnung?«

»Ja. So ziemlich, bis auf mein Leben. Nur ein kleiner Bettpfannen-Notfall. Jetzt brauche ich nur ein Waschbecken, wo ich mir die Hände blutig waschen kann.«

»Erste Tür links«, sagte sie.

Sie klang nicht gerade schockiert. Andererseits, sie hatte Kinder aufgezogen, rief ich mir in Erinnerung. Die Gewissheit, dass ich nicht der erste Mensch war, der unangenehme und unhygienische Jobs für hilflose Mitmenschen ausführen musste, ließ mich besser fühlen. Und ich würde ganz sicher auch nicht der letzte Mensch sein, der so etwas machte.

Als ich zum Tisch zurückkam, hatte sie mir schon einen weiteren Drink hingestellt.

»Sie werden heute vor meinem Haus übernachten müssen«, sagte sie. »Sie haben zu viel getrunken.«

»Sagt die Frau, die mir all den Alkohol einschenkt.«

»Sie sind ohnehin zu müde, um sicher fahren zu können.«

»Das stimmt.«

»Sie machen solche Dinge also für ihn, ganz egal, wie er Sie behandelt?«

Ich setzte mich und nippte an dem Whiskey. Auf dem Tisch stand ein Teller mit Cookies und ich machte mir eine geistige Notiz, Chester ein paar davon mitzubringen.

»Na ja«, begann ich. »Es ist mein Job. Ich wusste, wie er ist, als ich eingewilligt habe. Ich könnte jederzeit aufhören, wenn ich das wollte, aber ich müsste zuerst Ellie genug Zeit geben, einen Ersatz für mich zu finden. Das gehört sich einfach. Und wie ich meinen Job erledige, liegt an mir, nicht an ihm. Er kann sich benehmen, wie er will, solange ich eine Verpflichtung habe, werde ich einen todgeweihten Mann nicht ohne sanitäre Grundversorgung lassen.«

»Und wie kommt es, dass Sie als Schiedsrichter zwischen mir und Chet fungieren?«

»Ich denke, das ist dasselbe. Ich habe versprochen, das für ihn zu tun. Ihm zu helfen, Frieden zu schließen. Also tue ich's. Es muss mehr dazu gehören, als nur zu fahren. Jeder Idiot kann fahren.«

Sie erwiderte zunächst nichts. Nach ein paar Sekunden blickte ich auf und sah, dass sie mich beobachtete. Ich fühlte mich unbehaglich, also griff ich zu dem Teller und nahm zwei Cookies, obwohl ich gesagt hatte, ich sei pappsatt.

»Sie sind ein guter Mensch«, sagte sie schließlich.

»Wie jeder andere auch, denke ich.«

»Nein.« Es klang bestimmt. »Nein, Sie sind nicht wie jeder andere auch. Sie haben ein größeres … Verantwortungsgefühl. Oder Ehrgefühl, würde ich fast sagen. Es ist inspirierend. Sie haben mich inspiriert. Wenn Sie all das für Chet tun können, egal, wie schrecklich er sich benimmt, dann kann ich ihn auch anhören. Kommen Sie am Morgen mit ihm vorbei. Wir können im Garten frühstücken und es noch mal versuchen.«

* * *

Chester schlief, doch als ich hereinkam, rührte er sich sofort und rappelte sich auf.

»Wie ist es gelaufen?«

»Gut«, sagte ich. »Hier, ich habe ein paar Cookies mitgebracht.«

Ich hielt ihm die in eine Papierserviette eingewickelten Cookies hin.

»Danke. Aber was ich wirklich will, ist zu hören, dass sie wieder mit mir reden wird.«

»Morgen. Frühstück im Garten. Sie ist bereit, sich anzuhören, was Sie ihr zu sagen haben. Vermasseln Sie es dieses Mal nicht.«

»Meine Güte!«, sagte er, was ein bisschen zahm für Chester klang. »Lewis. Sie bewirken Wunder.«

Zugegeben, ich genoss das Kompliment zuerst einen Moment lang, bevor ich es bescheiden zurückwies.

»Sie ist eine vernünftige Frau«, sagte ich. »Da braucht es keine Wunder.«

Doch irgendwo tief in mir bezweifelte ich das. Ein kleines Alltagswunder war es auf jeden Fall gewesen.

Kapitel 14

VOREINGENOMMEN

Als ich am nächsten Morgen aus der Schlafkabine kam, sah ich, dass Chester sich in einem Handspiegel betrachtete. Er musste in einer der Schubladen gewesen sein, die Chester erreichen konnte. Ich verstand nicht, weshalb er einen Handspiegel mitgebracht hatte, wenn doch ein Spiegel über dem Waschbecken war, aber ich war an diesem Morgen ohnehin ein bisschen ahnungslos. Wahrscheinlich war ich noch nicht richtig aufgewacht.

»Sie müssen mir einen Gefallen tun«, verlangte er, als er mich sah.

»Das hängt von dem Gefallen ab.«

»Können Sie eine Rasur für mich vorbereiten wie am ersten Tag, als Sie bei mir waren? Und dann möchte ich eine Schüssel mit warmem Wasser, Seife, Waschlappen und ein Handtuch und frische Kleidung. Ich muss mich waschen, so gut es möglich ist mit nur einer Schüssel Wasser.«

»Wie eine Katzenwäsche, aber trotzdem gründlich.«

»Ja. Genau so. Ich habe schon lange nicht mehr geduscht.«

»Wie wahr, wie wahr«, murmelte ich und seufzte.

»Und natürlich brauche ich auch meine Zahnbürste. Können Sie das für mich tun?«

»Natürlich. Es ist mir ein Vergnügen.«

Meine positive Reaktion schien ihn etwas zu überraschen, aber er gab keinen Kommentar ab.

Ich legte ihm ein Handtuch über den Schoß und brachte ihm Rasierschaum und ein Rasiermesser, dann füllte ich eine Schüssel mit Wasser und stellte sie neben ihn.

»Muss ich mich mit kaltem Wasser rasieren?«, fragte er, fast wieder ganz der alte Chester. »Oder haben Sie diesmal daran gedacht, den Wassererhitzer anzustellen?«

»Ich habe daran gedacht. So einen Fehler macht man nicht zweimal. Ich gehe jetzt unter die Dusche und wenn ich fertig bin, mache ich alles für Ihre Katzenwäsche bereit, dann verdünnisiere ich mich.«

»Danke«, sagte er.

Schon wieder bedankt er sich, dachte ich. In Gedanken vergab ich Pluspunkte für den neuen, verbesserten Chester.

Als ich mich zur Dusche umwandte, sagte er: »Vielleicht könnten Sie mit Sue einen Kaffee trinken, während ich mich fertig mache.«

»Dafür ist es noch etwas früh, ich will sie nicht aufwecken. Aber ich kann einen Spaziergang machen.«

»Danke«, sagte er wieder.

Ich vergab noch einen Pluspunkt und dachte: *Wow. Es läuft fantastisch.*

* * *

Wie sich etwas später herausstellte, waren im Haus die Vorhänge schon aufgezogen und ich konnte Sue sehen, die in ihrer Küche herumwerkelte. Mit ihrem Teller und Löffel ausgerüstet, machte ich mich auf den Weg zu ihrem Haus. Sie sah mich und winkte mir zu, bevor sie an die Tür kam.

»Na endlich sehen Sie mal ausgeruht aus«, sagte sie.

»Ich habe lange geschlafen.«

»Kaffee?«

»Ja, bitte.«

Ich folgte ihr in die Küche und setzte mich hin. Auf dem Tisch hatte sich eine langhaarige Kalikokatze niedergelassen, die mich ausdruckslos anstarrte.

»Milch und Zucker?«, fragte Sue.

»Schwarz ist in Ordnung.«

Sie stellte eine Tasse vor mich und verscheuchte die Katze vom Tisch, dann setzte sie sich mir gegenüber. Sie wirkte etwas nervös und ich konnte es ihr nicht verdenken.

»Wollen wir Wetten abschließen, wie es heute Morgen laufen wird?«, fragte sie.

»Also ich wette, dass dieses Treffen nicht so ein Desaster wie gestern wird.«

»Wo ist er jetzt?«

»Er macht sich im Wohnmobil gerade fertig. Er wollte sich rasieren und gründlich waschen, daher denke ich, dass es weniger katastrophal wird. Es ist ungewöhnlich, dass er sich Gedanken über den Eindruck macht, den er bei anderen Leuten hinterlässt. Jetzt ist er schon so weit, dass er auf der körperlichen Ebene nicht anecken will. Wir werden sehen, ob sich das auch auf den gefürchteten Moment überträgt, wenn er den Mund öffnet.«

»Drücken wir die Daumen«, sagte sie und trank einen Schluck Kaffee.

Mir fiel plötzlich auf, wie ungewöhnlich wohl wir uns miteinander fühlten, nachdem wir uns gerade mal vierundzwanzig Stunden lang kannten. So, als würde ich eine Verwandte besuchen, die ich schon lange nicht mehr gesehen hatte. Und ehrlich gesagt, das war ein seltsames Gefühl jemandem aus Chesters Vergangenheit gegenüber.

»Also, wegen dieser Sache, die ich Ihnen gestern erzählt habe …«, begann sie.

Eine Erklärung, worauf sie anspielte, war nicht nötig.

Ich gab ihr das Handzeichen, meine Lippen zu verschließen.

»Danke«, sagte sie. »Es ist sehr persönlich für ihn und es würde ihn aufregen, wenn er es wüsste. Ich verstehe eigentlich immer noch nicht, warum ich es erwähnt habe.«

»Er bringt in Ihnen den Impuls hervor, auf ihn loszugehen und ihn zu verletzen«, erwiderte ich. »Sie haben genug von seinen Kränkungen und es ist schwer, nicht zurückzuschlagen.«

»Das ist eine gute Beobachtung.«

Sie nippte schweigend an ihrem Kaffee und einen Moment lang schien sie mit ihren Gedanken weit entfernt zu sein. Plötzlich raffte sie sich auf und kam in die Gegenwart zurück, als würde sie gerade wach.

»Na ja, egal«, sagte sie. »Ich sollte mich mal um die Waffeln kümmern.«

Ich blieb sitzen, während sie sich an die Arbeit machte.

Nach ein paar Minuten klingelte mein Handy.

Im ersten Augenblick war ich überrascht, denn es war mir gar nicht bewusst gewesen, dass ich das Handy eingesteckt hatte. Ich zog es aus meiner Hemdtasche und warf einen Blick auf den Bildschirm.

Der Anrufer war ein gewisser Chester Wheeler.

»Sieh mal einer an«, sagte ich zu Sue. »Wer hätte das gedacht? Chester hat herausgefunden, wie sein Handy funktioniert.«

»Ist das schwierig?«, fragte sie vom Herd aus.

»Nicht für Sie oder mich.«

Ich nahm den Anruf an.

»Wow, Chester«, sagte ich statt einem ›Hallo‹. »Sie benutzen ja Ihr Handy!«

»Holen Sie mich ab«, sagte er. »Ich bin bereit.«

* * *

Als ich es geschafft hatte, ihn in seinen Rollstuhl zu bugsieren und in den Garten zu schieben, war der Tisch schon für drei Leute gedeckt.

Mitten auf dem Tisch stand ein Servierteller mit hausgemachten Waffeln, umrahmt von Sirup, Honig, zwei Arten von Marmelade und einer Kanne, vermutlich mit Kaffee.

Ich schob Chester gerade an den Tisch, als Sue mit einer Schüssel Würstchen aus dem Haus trat.

»Wow, Chester«, sagte sie zu ihm. »Ganz aufgeputzt.«

Er gab nur ein grummelndes Geräusch von sich.

Mir fiel auf, wie häufig an diesem Morgen anerkennende Bemerkungen über Chester gemacht worden waren. *Wow, Chester. Sieh mal einer an. Chester tut etwas.* Es erinnerte ein wenig an die Art, in der man mit einem Kind spricht – wenn man ein Kind für etwas lobt, das für einen normalen Erwachsenen keine außerordentliche Leistung darstellt.

In der Zwischenzeit hatte Sue begonnen, das Essen auf den Tellern zu servieren.

»Ich dachte, wir könnten vielleicht einfach essen. Zuerst, meine ich«, sagte sie. »Und danach reden, sodass nichts unser Frühstück verderben kann.«

»Aha, du gehst also davon aus, dass ich etwas verderben werde«, warf Chester ein.

»Chester«, sagte ich bestimmt. »Wir machen es, so wie sie will. Erstens ist es ihr Haus. Und was mich betrifft … mir würde schon die Anspannung einer ernsten Unterhaltung ausreichen, um mir den Appetit zu verderben.«

»Natürlich«, erwiderte er, »weil Sie eine Tunte sind.«

Mit einem leicht schuldbewussten Gesichtsausdruck verstummte er. Als ich ihn ansah, bekam ich das Gefühl, dass er wahrscheinlich wirklich versucht hatte, sich anständig zu verhalten. Und der Druck, etwas zu tun, das so ganz und gar nicht in seiner Natur lag, musste in ihm ein Chaos ausgelöst haben.

Sue und ich tauschten einen Blick aus, aber wir sagten nichts.

Wir begannen mit dem Frühstück.

Nach ein paar Minuten ohne ein Wort entschied ich mich für ein wenig Small Talk.

»Wie lange wohnen Sie schon hier in diesem Haus?«, wandte ich mich an Sue.

Chester antwortete an ihrer Stelle.

»Siebenunddreißig Jahre«, sagte er, leise und etwas ruppig. »Das weiß ich, weil ich das Haus gekauft habe. Und dann hat sie es mir weggenommen, mitsamt Kindern und dem Hund.«

»Chester, ich schwöre …«, begann ich. Ich stand kurz davor, ihn verbal niederzumachen, und er schien es zu wissen. »Soll ich Sie sofort wieder ins Wohnmobil bringen? Dann können wir gleich heimfahren, wenn Sie sich nicht benehmen können.«

Er schwieg. Und, was noch bedeutsamer war, er blieb still.

Und dann herrschte eine unbehagliche Stille zwischen uns allen, bis auch der letzte Krümel des Frühstücks aufgegessen war.

* * *

Sue stand auf und begann, den Tisch abzuräumen. Instinktiv sprang ich auf, um ihr zu helfen. Mit Marmeladengläsern und Sirupflaschen in der Hand folgte ich ihr in die Küche.

»Wollen Sie immer noch wetten, dass es weniger desaströs wird?«, fragte sie mich über die Schulter.

»Es läuft nicht so gut, wie ich gehofft hätte, nein.«

»Das ist ziemlich untertrieben.«

»Er zerbricht schnell unter Druck.«

»Ja, das tut er«, bestätigte sie.

»Falls Sie das Ganze abblasen wollen, kann ich es verstehen.«

»Nein, ich versuch's«, erwiderte sie. »Er hat offenbar nicht mehr lange, also ist es nicht so, als würde ich ihn wiedersehen. Geben wir ihm eine letzte Chance, seinem Ärger Luft zu machen.«

Wir ließen die Sachen auf der Küchentheke stehen, und als wir zurückgingen, fühlte es sich an, als würden wir in unser eigenes Verderben laufen. Zumindest für mich. Doch so, wie ich Sue einschätzte, ging es ihr sicher ähnlich.

Wir setzten uns zu ihm an den Tisch, und Sue legte ohne Umschweife los.

»Okay, Chet. Du bist diesen ganzen Weg hierhergekommen, um mir zu sagen, was dich beschäftigt. Also raus damit.«

Seltsamerweise starrte Chester zunächst nur auf seine Beine und schwieg.

Verdammt, er tut es schon wieder, dachte ich. *Wieder sein* »*Ich weiß nicht*«.

Doch dann hob er den Blick und sah sie an. Er öffnete den Mund und die Worte, die herauskamen, klangen überraschend bescheiden und leise.

»Warum hast du mir meine Kinder weggenommen, obwohl du gewusst hast, wie sehr ich sie geliebt habe?«

Sue ließ sich in ihren Stuhl zurücksinken.

»Erstens«, sagte sie, »waren es *unsere* Kinder. Nicht *deine*. Und von deiner Liebe haben sie nicht gerade viel gespürt. Johnny und Danny sagen, sie hätten dich seit fast zwanzig Jahren nicht mehr gesehen, und zu Ellie hast du erst wieder Kontakt, seit du krank wurdest.«

Eine lange Stille trat ein, die Chester nicht ausfüllte.

Er warf mir einen verzweifelten Blick zu. Ich hatte das Gefühl, dass er von der Situation überfordert war und etwas Unterstützung benötigte.

»Mit Verlaub«, sagte ich zu Sue, »Sie sind seiner Frage schon ausgewichen.«

»Sieh einer an«, schnappte sie zurück. »Jetzt mischen Sie sich auch noch ein.«

»Vielleicht habe ich etwas falsch verstanden«, erklärte ich. »Aber gestern habe ich mich noch freiwillig als eine Art Vermittler angeboten, was mich natürlich zum größten Idioten auf der Welt macht. Aber da schien es Ihnen beiden noch ganz recht zu sein.«

Der Augenblick zog sich hin, viele Sekunden lang, vielleicht eine volle Minute. Ich konnte regelrecht sehen, wie sie ihre Gedanken verarbeitete. Sie schien ihre Gereiztheit ordentlich verpackt in eine Schublade legen zu wollen, um sie bei einer anderen Gelegenheit wieder hervorholen zu können.

»Okay. Also. Warum ich die Kinder genommen habe? Weil ich Angst hatte, sie bei dir zu lassen. Wir haben es mit dem Besuchsrecht versucht, falls du das nicht mehr weißt und etwas anderes behaupten willst. Aber du warst verbittert, und du hast viel getrunken …«

Er schnitt ihr das Wort ab.

»Ich war verbittert und habe viel getrunken, weil du mein Leben ruiniert hast. Schließlich hast du mich für einen anderen Mann verlassen.«

»Das verstehe ich«, wandte sie ein. »Aber das Ganze wurde einfach gefährlich. Die Geschichte ändert nichts daran, wie leicht ein Unfall hätte passieren können.«

»Na toll!«, sagte Chester. »Du ruinierst einem Mann das Leben und dann verweigerst du ihm seine eigenen Kinder, weil er sich darüber aufregt.«

Sue schlug so fest mit der Faust auf den Tisch, dass wir alle zusammenzuckten. Sie schien sogar selbst über sich erschrocken zu sein. Angespannt sah ich auf die Glasoberfläche des Tisches und fragte mich, ob sie noch zersplittern würde.

»Jetzt hör mir mal gut zu, Chet Wheeler. Du hältst mal die Klappe und hörst mir einmal in deinem kleinen, armseligen Leben zu. Das war keine Entscheidung, die ich auf die leichte Schulter genommen habe. Als Johnny von einem Besuch bei dir nach Hause kam, erzählte er mir, dass du den ganzen Tag getrunken hättest und dann mit ihm im Auto gefahren wärst, ich weiß nicht mehr, wohin. Und du bist über eine rote Ampel gefahren und hättest beinahe einen Unfall verursacht. Er war völlig verängstigt. Du weißt, wie sensibel er ist. Er hatte wochenlang Albträume.«

»So viel hatte ich gar nicht getrunken«, entgegnete Chester.

»Genug, um über eine rote Ampel zu fahren! Und außerdem fährt man seine Kinder nicht durch die Gegend, wenn man auch nur einen Tropfen getrunken hat.«

Stille. Chester starrte wieder auf seine Beine. Dies hielt überraschend lange an.

Schließlich sagte er leise: »Du hast mir meinen Hund weggenommen.«

»Sie war nicht dein Hund«, sagte Sue laut. »Sie war unser Familienhund. Die Kinder haben sie geliebt und es hätte ihnen das Herz gebrochen, sie zu verlieren, besonders mitten in einer Scheidung. Und außerdem hatte sie es auch verdient, in Sicherheit zu sein.«

»Toll«, sagte Chester. »Na toll. Das ist einfach großartig. Also habe ich alles verloren. Und Mike hat es bekommen.«

Ich spürte ein kribbelndes Gefühl um meine Ohren. Dann bemerkte ich, dass ich stand, aber ich hatte nicht gemerkt, dass ich aufgestanden war.

Ich wandte mich an Sue.

»Sie haben ihn für Mike verlassen?«

Ich sah, wie ihr Gesicht rot anlief. Sie sagte nichts.

»Einen Augenblick«, fiel Chester ein. »Augenblick. Was wissen Sie über Mike? Sue, hast du ihm von Mike erzählt?«

Sie ignorierte ihn und blickte zu mir auf. Obwohl sie verlegen war, sah ich eine Wendung ihrer Stimmung ins Sarkastische.

»Da haben Sie ja gut dichtgehalten, Verräter«, sagte sie.

»Stimmt. Tut mir leid. Aber … Sie haben ihn für Mike verlassen?«

»Sie sind ein bisschen voreingenommen, meinen Sie nicht?«

»Stimmt. Tut mir leid. Vielleicht. *Aber Sie haben ihn für Mike verlassen?*«

»Können wir bitte weitermachen?«

»Nein. Können wir nicht. Das ist eine schockierende Neuigkeit.«

»Ja, für *Sie!*«, schrie sie. »Außer Ihnen weiß es jeder hier schon seit Jahrzehnten.«

Ich ließ mich in meinen Stuhl fallen.

»Das ist wirklich heftig. Haben Sie hinter Chesters Rücken mit ihm geschlafen?«

»Ja«, sagte Chester. »Das hat sie.«

»Das ist so …«

»Warum wissen Sie von Mike? Was hat sie Ihnen erzählt?«, fragte Chester mich. Dann, an Sue gewandt: »Warum hast du ihm von Mike erzählt?«

»Nun«, sagte Sue. »Das war sehr interessant, aber ich denke, wir sind ans Ende dieser Episode von *Spaß mit dem Ex* gekommen. Ihr beide geht jetzt besser.«

Es war ihr Haus und ihre Entscheidung. Ich stand auf und schob Chester zum Wohnmobil zurück.

»Sie hat uns wegen Ihnen rausgeworfen«, sagte er auf dem Fußpfad.

»Ja, tut mir leid. Es war so ein Schock. Ich wusste nicht, wie ich reagieren sollte.«

»Und das«, sagte Chester, »ist wahrscheinlich das Einzige, was Sie und ich gemeinsam haben.«

Kapitel 15

GRAUTÖNE

Den größten Teil des Vormittags verbrachten Chester und ich im Wohnmobil, mit heruntergezogenen Vorhängen und eingeschalteter Klimaanlage, die uns stürmisch kalte Luft um die Ohren blies. Wir würden wohl bald eine Tankstelle aufsuchen müssen, weil wir auch ohne zu fahren den Generator so stark nutzten, dachte ich flüchtig.

Zunächst redeten wir nicht viel.

»Oh, Sie müssen Ihre Tabletten einnehmen«, sagte ich plötzlich und sprang auf, um die Tabletten und den Apfelsaft zu holen.

»Ich will sie nicht«, erwiderte Chester.

»Nehmen Sie sie trotzdem ein.«

»Nur die Schmerzmittel.«

»Sie brauchen alle Ihre Tabletten.«

»Das brauche ich wirklich nicht.«

Ich setzte mich ihm gegenüber und versuchte, Blickkontakt zu ihm aufzunehmen. Vergebens.

»Beantworten Sie mir eine Frage, Chester. Wollen Sie am Leben bleiben?«

»Ich werde nicht am Leben bleiben«, antwortete er. »Zu spät, um das zu ändern.«

»Wollen Sie so lange am Leben bleiben, wie Sie können?«

»Bisher, weil ich hierherkommen wollte. Aber jetzt sind wir … hier. Also …«

Es schmerzte, dies zu hören. Er hatte absichtlich nicht gesagt, dass er erledigt hätte, weswegen er gekommen war – denn das hätte nicht gestimmt. Und es war meine Schuld. Ich war der Grund, weshalb sie uns rausgeworfen hatte.

»Es ist so«, sagte ich. »Ich möchte Sie bitten, es trotzdem zu tun. Denn ich habe Ellie versprochen, dafür zu sorgen, dass Sie Ihre Tabletten einnehmen.«

»Und? Sie wird es nicht erfahren.«

»Aber *ich* weiß es.«

Chester seufzte nur.

Ich nahm dies als gutes Zeichen, also stand ich auf und holte die Tabletten.

»Sollen wir einfach hierbleiben, oder was?«, fragte Chester. »Ich habe keine Ahnung, was wir eigentlich machen.«

»Ich auch nicht. Aber ich glaube, es zahlt sich vielleicht aus, wenn wir ihr ein bisschen Zeit geben, sich abzuregen. Etwas später gehe ich zum Haus und sehe, ob sie mit mir reden will.«

Mit einer Handbewegung wischte ich die Tabletten in eine kleine Schale und füllte ein Glas mit Apfelsaft. Ich gab Chester beides und beobachtete ihn, während er eine Tablette nach der anderen schluckte. Es schien ihn Mühe zu kosten. Offenbar fiel ihm das Schlucken schwerer als vorher.

»Danke«, sagte ich, nachdem er die letzte Tablette geschluckt hatte.

Er stellte das Schälchen und das leere Glas auf den Klapptisch neben ihm.

»Ich habe meine Tabletten gestern nicht genommen«, sagte er.

Ich durchforstete mein Gehirn nach einer Erinnerung an den vorigen Morgen. Vage erinnerte ich mich daran, dass ich ihm die Tabletten gegeben und ihn dann allein gelassen hatte. Warum hatte ich das getan? Ellie hatte mich gewarnt und gesagt, ich würde dableiben und ihm dabei zusehen müssen, wie er die Tabletten einnahm, weil er sie ansonsten womöglich in die Topfpflanzen versenken könnte.

»Sie haben überhaupt keine genommen?«

»Die Schmerzmittel schon.«

»Was haben Sie mit den restlichen Tabletten gemacht?«

»Sie sind unter dem Sofakissen.«

Ich war mir nicht sicher, wie ich darauf reagieren sollte. Sollte ich mit ihm schimpfen, weil er seine Tabletten versteckt hatte, oder ihm dafür danken, dass er mit der Wahrheit herausgerückt war? Ich öffnete den Mund, aber Chester unterbrach mich, bevor ich etwas sagen konnte.

»Was hat sie Ihnen über Mike erzählt?«

»Nicht sehr viel.«

»Nein, ehrlich, Lewis. Ich frage Sie als Freund.«

Das machte eine holprige Landung.

Ich fand nicht, dass wir Freunde waren, und war mir nicht sicher, ob er das in diesem kritischen Augenblick wirklich dachte. Aber das sagte ich nicht. Ich schwieg.

»Sie müssen mir wirklich sagen, was sie Ihnen erzählt hat. Bitte.«

Bitte. Das war neu. Ein weiterer Punkt für den neuen Chester.

»Sie hat erzählt, dass Sie zusammen im Krieg waren und er Ihnen zweimal das Leben gerettet hat. Dass Sie im Krieg größere Angst hatten, als Sie zugegeben hätten, und Mike eher die

Führung übernahm und sich um Sie gekümmert hat. Und dass Sie zu ihm aufgesehen hätten.«

»Das ist alles, was sie gesagt hat? Dass ich zu ihm aufgesehen hätte?«

Ich konnte nicht anders, ich musste einfach mit der Wahrheit herausrücken.

»Nein, eigentlich nicht. Sie hat gesagt, Sie hätten ihn so sehr geliebt, dass es Sie beunruhigt hätte. Wegen … Sie wissen schon … Ihrer Gefühle.«

Zuerst sagte er gar nichts. Wir saßen nur still dort im Wind der Klimaanlage.

Dann sagte er plötzlich: »Warum hat sie das getan?«

»Aus Wut, nehme ich an.«

»Na ja, sie hat es wieder geschafft. Ich hätte nicht gedacht, dass sie mich noch mehr verletzen könnte als vor all diesen Jahren. Doch sie hat es wieder geschafft. Also machen Sie schon und bringen es hinter sich.«

»Was soll ich hinter mich bringen?«, fragte ich.

»Sie wissen schon.«

»Ich weiß es wirklich nicht.«

»Sagen Sie schon, dass ich genauso schwul bin wie Sie. Machen Sie ruhig Ihre Witze darüber.«

»Ich glaube nicht, dass Sie schwul sind.«

»Doch, das tun Sie.«

»Nein, wirklich nicht.«

Ich wartete auf irgendeine Reaktion von ihm, doch er starrte wie üblich nur auf seine Beine. Plötzlich hob er den Blick und wandte den Kopf ab, als würde er aus dem Fenster sehen, doch die heruntergezogenen Vorhänge versperrten die Sicht.

Interessanterweise hatte er im Zusammenhang mit sich selbst das Wort ›schwul‹ benutzt und nicht die beleidigenden Worte, die er für mich übrighatte. Ich behielt meine

Beobachtung für mich, denn ich dachte nicht, dass es helfen würde. Er würde es ohnehin nicht verstehen.

»Manchmal liebt man jemanden einfach«, sagte ich. »Vielleicht fühlt es sich romantisch an, vielleicht auch nicht. Nur Sie können das wissen. Aber manchmal kann ein Mensch einfach nur die Ausnahme von der Regel sein und es muss nicht das bedeuten, was Sie denken. Insbesondere, wenn jemand Ihnen das Leben rettet und Sie in einer furchtbaren Situation wie dieser beschützt. Das führt dazu, dass Ihre Gefühle in Bezug auf diese Sache verwirrt werden. Hatten Sie jemals diese Art von Gefühlen für andere Männer?«

»Nein, natürlich nicht. Nur für Mike.«

»Dann glaube ich nicht, dass Sie schwul sind.«

»Aber vielleicht hatte ich nie solche Gefühle für andere Männer, weil es meine bewusste Entscheidung war, nicht so zu empfinden.«

»Nein, so funktioniert das nicht. Sie können sich entscheiden, Ihren Gefühlen nicht nachzugeben, aber was auch immer Sie entscheiden, die Gefühle waren schon da. Es erklärt aber, warum Sie sich so sicher waren, es wäre eine bewusste Entscheidung. Und es ist irgendwie gut, das zu wissen.«

Ich wartete ab, doch er schien nichts mehr zu sagen zu haben. Das Gespräch schien beendet zu sein.

»Ich werde mal bei ihr anklopfen und sehen, ob sie mit mir reden will«, sagte ich und stand auf.

»Eine Sache verstehe ich immer noch nicht«, unterbrach Chester mich.

»Was verstehen Sie nicht?«

»Warum Sie mich deswegen nicht aufgezogen haben. Die ideale Gelegenheit, mich zu verspotten und mir zu sagen, ich sei genau all das, was ich an Ihnen kritisiert habe. Und Sie lassen die Gelegenheit einfach verstreichen.«

»Ja.«

»Aber ich habe es mit Ihnen getan.«

»Aber ich bin nicht wie Sie«, sagte ich. »Das versuche ich Ihnen schon die ganze Zeit zu erklären. Nicht jeder ist gemein und hasserfüllt. Ich bin nicht so. Und ich hoffe, dass ich es auch nie sein werde.«

Ich ging zur Tür und als ich sie aufschwang, schlug mir die brütende Ofenhitze von Phoenix entgegen.

»Warten Sie«, rief Chester.

»Ich verliere allmählich die Geduld.«

»Warum?«

»Weil Sie mich jedes Mal aufhalten, wenn ich rausgehen will.«

»Ich muss noch etwas sagen, bevor Sie gehen.«

»Was? Wir lassen die ganze kalte Luft raus.«

»Ich weiß zu schätzen, was Sie gerade gesagt haben, in gewisser Hinsicht. Aber ich glaube es nicht. Sie haben es nur gesagt, um als der bessere Mensch dazustehen. Ich glaube, dass es eine Lüge war.«

»Was genau daran halten Sie für eine Lüge? Aber bevor Sie etwas sagen: Es war keine Lüge. Weil ich Sie nicht anlüge.«

»Sie haben mich angelogen, was die Autoaufkleber betrifft.«

»Wann haben Sie die Aufkleber gesehen?«

»Als wir letztes Mal getankt haben. Im Seitenspiegel auf meiner Seite habe ich gesehen, wie sie im Fenster der Tankstelle widergespiegelt wurden.«

»Oh«, murmelte ich. Was ich in letzter Zeit häufig sagte, wie ich schon erwähnt hatte. »Na ja, ich habe nicht gelogen. Nicht direkt. Ich habe gesagt, ich hätte sie nicht abgemacht. Und das stimmt. Die Aufkleber sind nur über die alten geklebt. Okay, gut. Ich habe gelogen, was die Autoaufkleber betrifft. Aber das war nichts wirklich Wichtiges. Was von dem, was ich gerade gesagt habe, halten Sie für eine Lüge?«

»Dass das, was Sue Ihnen gesagt hat, nicht bedeuten würde, dass ich schwul bin. Ich glaube, Sie denken das nicht wirklich.«

»Da liegen Sie falsch«, erwiderte ich, während ich bereits in der Hitze zerfloss. In diesem Augenblick konnte ich es nicht mehr abwarten, nie mehr diese Art von Hitze erleben zu müssen. Vielleicht war Kalifornien keine gute Idee gewesen. »Der Grund, warum ich das denke … Sie werden Probleme haben, das zu verstehen. Ich denke das, weil ich nicht alles entweder schwarz oder weiß sehe. Anziehung ist kein Nullsummenspiel.«

»Ich hasse es, wenn Sie in Rätseln sprechen.«

»Es ist nicht alles oder nichts. Das meine ich. In der Sexualität eines Menschen kann es Grautöne geben.«

»Sie haben recht«, sagte er und für den Bruchteil einer Sekunde dachte ich, ich wäre zu ihm durchgedrungen. »Verstehe es aber immer noch nicht ganz.«

Ich schüttelte den Kopf, trat hinaus und zog die Tür hinter mir zu.

Dieses Mal rief er mir nicht nach.

Als ich in der brütenden Hitze über den Fußpfad lief, spürte ich, dass ich dieser Sache allmählich überdrüssig wurde.

Sue spülte das Frühstücksgeschirr ab. Ich konnte sie durch das Küchenfenster sehen. Doch als sie mich entdeckte, drehte sie nur den Kopf weg.

Ich ging an die Tür und klopfte.

»Was wollen Sie, Lewis?«, rief sie.

»Reden Sie wieder mit mir?«

»Nein.«

»Sie haben gerade gesagt ›Was wollen Sie, Lewis?‹. Und ›Nein‹. Das ist schon mal ein Anfang. Vielleicht können wir das noch ausweiten.«

Sie verschwand von ihrem Platz an der Spüle. Einen Moment später öffnete sie die Tür, doch nur einen Spalt weit.

»Wissen Sie noch, wie ich gesagt habe, dass ich einmal jedem etwas durchgehen lasse?«

»Ja, das weiß ich. Aber was genau habe ich falsch gemacht? Ich war nur geschockt, sonst nichts.«

»Sie waren voreingenommen.«

»Aber das war meine erste spontane Reaktion. Was hätte ich tun sollen?«

»Sie hätten den Mund halten können.«

»Im Nachhinein, ja. Das wäre ein guter Plan gewesen.«

Sie lächelte ein winziges bisschen und ich merkte, dass sie versuchte, sich ihr Lächeln zu verkneifen. Es gelang ihr nicht.

»In Ordnung«, sagte sie. »Na gut. Dann kommen Sie rein.«

* * *

»Das war nicht mein bester Moment«, gab sie zu.

Dann ließen wir dies zwischen uns hängen, während wir am Küchentisch saßen und ich überlegte, ob es irgendetwas gab, das ich sagen könnte, ohne Probleme zu bekommen.

»Wenn er Frieden schließen will«, fügte sie hinzu, »dann sollte er das wirklich mit Mike regeln und nicht mit mir.«

»Ich verstehe nicht, warum Sie das sagen.«

»Es ist, als ob … er hat Mike so sehr geschätzt, dass er es mir eigentlich nicht vorwerfen konnte, dass ich mich in ihn verliebt hatte. Für ihn war es eben völlig normal, dass jeder Mike lieben musste, aber nicht ihn. Doch er hat Mike vorgeworfen, dass er mich nicht abgewiesen hat. Dass er mich einfach genommen hat, als ich mich ihm angeboten hatte.«

»Okay«, sagte ich.

»Sie sagen nicht gerade viel.«

»Ich praktiziere gerade, meinen Mund zu halten, wo wir eben darüber geredet haben. Wissen Sie, wo Mike jetzt ist?«

»Ja, ich weiß, wo er wohnt. Wir halten losen Kontakt miteinander. Er wohnt in Los Angeles, am Venice Beach. Das können Sie gerade noch gebrauchen, was? Noch eine lange Fahrt, um einem weiteren schlüpfrigen Friedensschluss hinterherzujagen, den er vielleicht bekommt, vielleicht aber auch nicht.«

»Ja. Aber wenn man schon so viel investiert hat …«

»Ich mache es so«, sagte sie. »Ich schreibe Chet eine Entschuldigung. Für alles, was an der Sache wirklich meine Schuld war. Für all die Situationen, in denen ich besser hätte handeln können, wie ich im Rückblick weiß. Ich gebe Ihnen den Brief für ihn. Und ich schreibe Ihnen Mikes Adresse auf, damit ihr beide weiterfahren könnt.«

»Ich denke, es würde mehr bedeuten, wenn sie von Ihnen in Person käme.«

»Ich würde wahrscheinlich keinen Ton herausbringen.«

»Sie könnten ihm die Entschuldigung vorlesen.«

Im ersten Moment zeigte sie keine Reaktion, dann sagte sie: »Unter einer Bedingung. Nur wenn er verspricht, die ganze Zeit kein Wort zu sagen.«

Ich stand auf.

»Mal sehen, ob ich das mit ihm aushandeln kann.«

* * *

»Wir brauchen Benzin«, sagte ich, als ich wieder in den Winnebago stieg.

Emotional komplexere Themen wollte ich im Augenblick erst mal außen vor lassen, bis ich selbst so weit war.

»Wie viel haben wir noch?«

»Bald nur noch ein Viertel des Tanks. Und Sie haben gesagt, der Tank müsste mindestens zu einem Viertel gefüllt sein, damit der Generator sich nicht ausschaltet.«

»Ich muss also auf den Beifahrersitz?«

Es schien ein riesiger Aufwand für eine Fahrt von vielleicht nur einem oder zwei Kilometern zu sein.

»Ich fahre einfach vorsichtig«, sagte ich.

Ich ließ mich auf den Fahrersitz plumpsen und als ich unseren Platz am Straßenrand verließ, kam es mir vor, als hätten wir wochenlang dort gestanden. In diesem Augenblick konnte ich mich beinahe nicht mehr an mein Leben vorher erinnern, vor diesem Platz am Straßenrand. Und das, an was ich mich erinnerte, fühlte sich seltsam unwirklich an.

»Also, erzählen Sie mir, was dadrinnen passiert ist?«, fragte Chester, nachdem wir eine oder zwei Straßen gefahren waren. »Oder wollen Sie mich einfach hängen lassen?«

»Sie hat vor, eine Entschuldigung an Sie zu schreiben.«

»Für was genau?«

»Alles, was sie bereut, nehme ich an. Ich habe sie dazu überredet, Ihnen die Entschuldigung vorzulesen, damit Sie sie aus erster Hand bekommen. Ich denke nicht, dass es so viel bedeuten würde, wenn es nur Wörter auf einem Blatt Papier wären.«

Er erwiderte nichts.

Ich hielt an der erstbesten Tankstelle an und benutzte Ellies Kreditkarte. Der Tank des Winnebago war riesig und es dauerte eine Ewigkeit, bis er voll war.

Von dem Pflaster stiegen flirrende Hitzewellen auf und ich spürte, wie mir unter meinem Hemd der Schweiß über den Oberkörper lief. War es so heiß, dass sich das Benzin von selbst entzünden könnte?

Allem Anschein nach nicht.

Ich stieg wieder ein, drehte die Lüftungen im Armaturenbrett so, dass sie auf mein Gesicht zielten, und ließ die Klimaanlage auf Hochtouren laufen.

Chester brummelte etwas, doch wegen der lauten Klimaanlage verstand ich kein Wort.

»Was haben Sie gesagt, Chester?«

183

»Ich habe gesagt, dass eine Entschuldigung eigentlich schön wäre.«

»Die Sache hat allerdings einen Haken. Sie dürfen nichts sagen.«

»Das hätte ich wissen können. Es gibt immer einen Haken.«

Ich legte den Gang ein und wir fuhren zurück zu unserem Platz vor dem Haus.

»Ist die Entschuldigung Ihnen die Sache wert?«

»Ich denke schon. Wann machen wir das?«

»Ich weiß nicht.«

»Sie haben nicht gefragt?«

»Sie scheint es selbst noch nicht zu wissen. Sie muss ihre Gedanken erst in Worte fassen und hat wohl keine Ahnung, wie lange sie dafür braucht.«

»Was machen wir dann jetzt?«, fragte er.

Er klang wie ein ungeduldiges Kind, das »Sind wir gleich da?« fragt.

»Ich denke mal, wir warten«, antwortete ich.

»Ich hasse es zu warten.«

»Uns bleibt wohl nichts anderes übrig … ob Sie es mögen oder nicht.«

Kapitel 16

VERZEIHUNG

»Mir. Ist. So. Langweilig!«, rief Chester und hätte mit dem letzten Wort beinahe einen Hörsturz bei mir verursacht.

»Kein Grund, so zu schreien«, sagte ich.

Wir saßen einander gegenüber im Wohnwagen und ich las auf meinem Smartphone ein E-Book. Es war Abend und wir warteten schon seit Stunden, daher konnte ich seinen Standpunkt verstehen.

»Aber ich sitze schon tagelang untätig hier rum. Was glauben Sie, wie lange sie für diese verdammte Sache noch braucht?«

»Ich denke, so lange, wie es nötig ist. Und da Sie schon seit zweiunddreißig Jahren auf eine Entschuldigung warten, können Sie doch sicher noch ein kleines bisschen länger Geduld haben.«

»Aber ich weiß nicht, was ich mit mir anfangen soll. Ich kann nicht stundenlang mein Handy anstarren, wie Sie es tun.«

»Ich lese ein Buch«, korrigierte ich ihn.

»Nein, tun Sie nicht. Sie starren auf Ihr Handy.«

Ich seufzte und ließ meine Hände sinken. Der Plan, trotz seiner Ablenkungen einfach weiterzulesen, funktionierte nicht.

Ich streckte meinen Arm aus und zeigte ihm den Bildschirm meines Smartphones.

»Hm«, murmelte er. »Das ist ja merkwürdig.«

»Haben Sie nicht daran gedacht, ein Buch mitzubringen?«

»Ein was? Sie und Ihre neumodischen Ideen.«

»Ich verstehe nicht, wie man stolz darüber Witze machen kann, dass man sich weigert zu lesen. Was tun Sie denn zu Hause?«

»Ich sehe fern.«

Ich blickte mich um. Irgendwo hatte ich einen Fernseher gesehen. Ich entdeckte ihn an einer Halterung über der Küchentheke.

»Wie nennen Sie das?«, fragte ich und zeigte mit dem Daumen auf das Gerät.

»Einen Fernseher. Aber ich kann ihn nicht benutzen, weil er nicht angeschlossen ist.«

»Was macht er dann dort?«

»Wenn Sie auf einem Campingplatz parken, haben Sie normalerweise alle Anschlüsse und können fernsehen.«

»Sie haben doch gesagt, Campingplätze seien Geldverschwendung und es sei besser, auf einem Supermarkt-Parkplatz zu schlafen.«

»Es sei denn, man will fernsehen.«

Seufzend schloss ich den E-Reader auf meinem Smartphone.

»Was ist?«, fragte er. »Warum seufzen Sie und verdrehen die Augen?«

»Weil ich jedes Mal, wenn ich mit Ihnen ein Gespräch führen will, das Gefühl bekomme, Sie führen mich im Kreis herum.«

Auf seinem Gesicht zeichnete sich ein verstörter Ausdruck ab und er öffnete den Mund, um mir eine Erwiderung entgegenzuschleudern. Wahrscheinlich hätte ich sie nicht gemocht, aber ich bekam keine Gelegenheit, es herauszufinden.

Ein lautes Klopfen an der Seitentür ließ uns beide gleichzeitig aufschrecken. Ich schwöre, wir hätten nicht überraschter reagieren können, wenn jemand einen Gewehrschuss neben unserem Fenster abgefeuert hätte. Es ergab keinen Sinn. Wir hatten stundenlang gewartet und jetzt, da endlich etwas passierte, waren wir so sehr mit unserem Blödsinn beschäftigt, dass wir nicht damit gerechnet hatten.

Ich öffnete die Tür.

Es war dunkel dort draußen auf der Straße, aber im Licht des Wohnmobils konnte ich Sues Gesicht gut sehen. Sie wirkte anders als sonst, zögerlicher und etwas aus dem Gleichgewicht gebracht.

»Wollt ihr zu mir kommen?«, fragte sie und die Unsicherheit in ihrer Stimme entsprach ihrem Äußeren. »Oder soll ich reinkommen, oder …«

»Wenn es Ihnen nichts ausmacht, kommen Sie gern in den Wagen«, sagte ich. »Es ist ein großer Aufwand, ihn hier raus- und reinzubekommen, und ich habe das Gefühl, dass es mit jedem Mal gefährlicher wird.«

Ohne einen Kommentar trat sie ein.

Sie sah zu Chester, der ihren Blick nicht erwiderte.

Ich beugte mich über ihn und flüsterte drei Worte in sein Ohr.

»Kein. Einziges. Wort.«

»Wo kann ich mich hinsetzen?«, fragte Sue mich.

»Sie könnten sich neben mich setzen, aber das Licht funktioniert hier nicht. Das Licht im Fahrerhaus ist gut.«

Ich hütete mich davor, ihr einen Platz in Chesters Nähe vorzuschlagen.

»Mit dem Rücken zu euch und dem Blick zur Straße?«

»Nein, die Sitze lassen sich verstellen.«

Ich sprang auf und versuchte, den Beifahrersitz so einzustellen, dass er in unsere Richtung zeigte, aber es war nicht so einfach, wie es laut Anleitung erschien. Der Hebel ließ sich nur schwer bewegen und ich ächzte und stöhnte, bis es mir schließlich gelang.

»Hier«, sagte ich, als der Sitz mehr oder weniger in Chesters Richtung wies.

Sie setzte sich.

Sie hielt mehrere Blätter Papier in den Händen, aber ich konnte nicht erkennen, wie viel Text auf ihnen war, hand- oder maschinenbeschrieben, einseitig oder doppelseitig.

»Ich dachte, Sie hätten gesagt, das Licht hier sei gut.«

»Oh. Tut mir leid.«

Ich beugte mich vor und schaltete das Deckenlicht ein. Es blendete stark und ich sah, wie sie blinzelte.

»Ja, das wird funktionieren«, sagte sie. »Bereit?«

»Schon seit Stunden«, warf Chester ein.

Ich warf ihm einen warnenden Blick zu. Und schob zur Sicherheit noch eine mündliche Warnung hinterher.

»Chester …«

Er verstummte.

»Okay«, sagte sie. »Los geht's. Chet. Die ersten Sätze klingen nicht nach einer Entschuldigung. Aber bitte sei geduldig, bis ich mein Argument vorgebracht habe, bevor du sauer wirst und meinst, ich würde das hier nicht ernst nehmen.

Von unserem ersten Date an bis zu unserer Scheidung hast du mich jeden Tag verletzt. Es waren überwiegend kleine Dinge. Spitze Bemerkungen aus deinem Mund, die dazu führten, dass ich mich unsichtbar und bedeutungslos fühlte. Und so bist du immer noch. Aber es ist meine Aufgabe, anderen beizubringen, wie ich behandelt werden will. Heute weiß ich das, aber zu dem Zeitpunkt wusste ich das noch nicht. Wir wussten nicht, wie wir miteinander reden sollten. Zwischen uns fand keine richtige Kommunikation statt. Andererseits, ich kannte deine Eltern und meine, und daher weiß ich nicht, wer uns gute

Kommunikation hätte beibringen können. Man kann niemandem etwas beibringen, von dem man selbst nichts versteht.«

Sie hielt kurz inne, rutschte unbehaglich auf ihrem Sitz herum, kratzte sich am Kopf. Ich hatte den Eindruck, dass ihr Unbehagen weder mit dem Sitz noch mit einem Juckreiz zu tun hatte.

Sie räusperte sich und fuhr fort.

»Ich wusste nicht, wie ich meine Bedürfnisse mitteilen oder meine Meinung äußern konnte, also verdrängte ich alles, immer und immer wieder, bis es zu viel wurde. Und dann, als sich alles entladen hat, verletzte ich auch dich. Aber die Verletzung, die von mir kam, war groß.

Ich will sagen, dass ich es nicht beabsichtigt hatte, aber das ist nur die halbe Wahrheit. Es war kein reiner Zufall, dass ich mich mit einem anderen einließ. Andererseits war es auch nicht so, dass ich eines Morgens aufgewacht wäre und gedacht hätte: ›Heute will ich Chet das Herz aus dem Leib reißen.‹ Ich weiß, ich tat es am Ende, aber das war nicht mein Ziel gewesen.

Wenn einem etwas Schlimmes passiert, kann man sich damit verrückt machen. Das weiß ich leider aus eigener Erfahrung – und nicht nur, was uns betrifft. Man lässt sich die Sache wieder und wieder durch den Kopf gehen. Nach einer Weile fühlt man sich einem Nervenzusammenbruch nahe.

Was ich getan habe, war verkehrt. Ich konnte nichts daran ändern, dass ich mich in einen anderen verliebt hatte, also entschuldige ich mich dafür nicht. Aber wie man damit umgeht, das ist wieder etwas anderes. Ich hätte dir sofort sagen sollen, dass die Ehe für mich nicht funktioniert und ich die Trennung will. Noch bevor etwas zwischen Mike und mir passierte. Und es gibt nicht wirklich eine Entschuldigung dafür, dass ich das verpasst habe. Es ist aber ein Gespräch, vor dem man Angst hat, und jedes Mal, wenn man daran denkt, dieses Gespräch zu führen, sagt einem diese Stimme im Kopf, man könnte es noch am nächsten Tag tun. Also habe ich es nie getan, und du musstest es auf die harte Tour allein herausfinden, und dafür bitte ich aufrichtig um Entschuldigung. Es war reine Feigheit von mir und es tut mir leid, dass ich dich durch meine Feigheit verletzt habe.«

Sie hielt inne und ich erwiderte ihren Blick mit einem anerkennenden Nicken.

Als sie wieder auf ihren Brief blickte, dachte ich: *Wow. Dafür hat sich das Warten gelohnt.*

»Was die Kinder und den Versuch betrifft, sich irgendwie einvernehmlich zu trennen, konnte ich nicht mit deiner Wut umgehen, aber das klingt nach einer Ausrede und ich versuche, mich nicht herauszureden. Ich hatte Angst vor dir. Aber andererseits hätte ich dir viel Leid erspart, wenn ich mutiger gewesen wäre.

Es hilft wahrscheinlich nicht, wenn ich das sage, aber ich glaube, ich habe aus all diesen Fehlern gelernt. Heutzutage bin ich fast zu mutig und zu direkt, aber das kam natürlich zu spät, um deine Situation zu verbessern.

Ich weiß, dass du ans Ende deiner Lebenszeit gelangst, daher vergebe ich dir all die kleinen Verletzungen und ich hoffe, dass du mir die eine große Verletzung vergeben kannst. Ich bestehe aber nicht darauf. Ich biete dir meine Vergebung an, ob du sie erwiderst oder nicht, denn es ist meine letzte Gelegenheit, und zu einem späteren Zeitpunkt könnte es vielleicht zu spät sein.«

Sie blickte auf, aber sah weder Chester noch mich direkt an. Auf ihrem Gesicht zeichnete sich tiefe Verlegenheit ab.

Sie hielt eines der Blätter in die Höhe.

»Und dann steht hier: ›Deine Ex Susan‹. Aber das musste ich wohl nicht vorlesen, weil du ja direkt hier vor mir sitzt. Es gibt wohl keinen Zweifel, von wem der Brief ist.«

Sie verstummte und der Augenblick zog sich sehr leise, sehr lange dahin. Ich sagte nichts, weil mir das nicht zustand. Und

Chester schwieg, weil er die strenge Anweisung bekommen hatte, den Mund zu halten.

Er blickte nach unten auf seine gefalteten Hände und knetete seine Finger, als erforderte diese Aktivität seine volle Konzentration.

»Ich gehe dann mal«, sagte Sue und erhob sich.

»Ich bringe Sie zur Tür.«

Was im Grunde eine alberne Bemerkung war, da die Tür sich weniger als drei Schritte entfernt befand.

Wir traten in der Dunkelheit auf den Gehweg und ich zog die Tür hinter uns zu. Die Luft war noch überraschend warm.

»War das so in Ordnung?«, fragte sie mich.

»Ich finde, Sie haben das hervorragend gemacht.«

»Danke. Ich mag diese nicht wertende Seite an Ihnen.«

»Eigentlich habe ich gerade beurteilt, wie Sie sich verhalten haben, und finde, dass es hervorragend war. Ist es nicht irgendwie komisch, dass wir mit positiver Bewertung nie ein Problem haben?«

»So sind wir Menschen, was? Seine Reaktion hätte ich aber nicht erwartet.«

»Wie meinen Sie das?«

»Er hat überhaupt nichts gesagt.«

»Ist das ein Witz?«

»Nein. Warum sollte es ein Witz sein?«

»Sie haben extra angeordnet, dass er auf keinen Fall ein Wort sagen sollte.«

»Ach, stimmt ja«, gab sie zu.

Sie gab mir ein kleines Blatt Papier.

»Was ist das?«

»Mikes Adresse in Venice Beach.«

»Oh, danke.«

Ich verstaute die Adresse sicher in meiner Hemdtasche.

»Werden Sie hinfahren?«

»Ich weiß noch nicht. Ich habe das Thema noch gar nicht zur Sprache gebracht.«

»Aber Sie sagen es ihm, oder?«

»Ja. Und wenn er dort hinwill, dann fahren wir, und wenn nicht, dann nicht. Aber bitte tun Sie mir einen Gefallen und warnen Sie Mike nicht vor, okay? Lassen Sie uns ihn überfallen, wie wir Sie überfallen haben. So macht es viel mehr Spaß.«

»Was Sie nicht sagen … Sie bleiben die Nacht noch hier und fahren dann am Morgen, stimmt's?«

»Ich denke, das wird das Beste sein.«

»Vielleicht können Sie mich anrufen, wenn Sie wieder zu Hause sind? Damit ich weiß, dass alles gut geklappt hat.«

»Ich habe gar nicht Ihre Nummer.«

»Geben Sie mir Ihr Handy.«

Ich reichte es ihr und sie tippte ihre Nummer in meine Telefonliste.

»Hier«, sagte sie und gab mir das Handy zurück. »Jetzt haben Sie sie. Gute Fahrt!«

Dann kehrte sie zu ihrem Haus zurück.

Als ich wieder in das Wohnmobil stieg, war Chester immer noch sprachlos. Nach wie vor hielt er den Blick auf seine Hände gesenkt, die er knetete und rieb.

»Ist alles in Ordnung?«, fragte ich.

»Nein.«

»Wollen Sie darüber reden?«

»Nein.«

Doch dann, nur ein paar Sekunden später, tat er es trotzdem.

»Wegen mir hat sie sich bedeutungslos gefühlt«, sagte er. Seine Stimme klang … wie nie zuvor. Es lässt sich nicht beschreiben. »Ich habe sie nie für bedeutungslos gehalten. Für mich war sie alles. Aber das habe ich ihr nicht gesagt. Ich habe sie nicht spüren lassen, dass sie alles für mich war. Ich habe nur Dinge zu ihr gesagt, die sie sich bedeutungslos fühlen ließen.

Und ihr Angst gemacht. Und dann konnte ich ihr nicht einmal sagen, dass es mir leidtut. Sie hat um Entschuldigung gebeten, aber ich durfte nichts sagen.«

»Merken Sie sich das«, sagte ich. »Warten Sie hier.«

Was natürlich eine lächerliche Aussage ist, wenn jemand nicht laufen konnte. Ich sagte an diesem Abend ständig alberne und lächerliche Sachen, noch mehr als sonst.

Ich rannte die Stufen hinaus in die Nacht und sprintete zu Sues Haus. Atemlos klopfte ich an die Tür.

Als sie öffnete, wirkte Sue genervt.

»Was ist denn noch? Tut mir leid, aber Sie müssen zugeben, dass das vor einer Minute ein perfekter Abschied war. Und jetzt entwickelt sich das zu einem Besuch, der niemals endet.«

»Chester will Ihnen etwas sagen.«

»Ich dachte, wir hätten beschlossen …«

»Sue«, unterbrach ich sie. »Ich weiß. Aber das müssen Sie hören. Glauben Sie mir.«

Sie seufzte tief.

»Ich hoffe für Sie, dass das stimmt«, erwiderte sie.

Dann folgte sie mir zurück an die Straße.

Als wir den Winnebago betraten, knetete Chester immer noch seine Hände. Doch als er merkte, dass Sue wieder da war, sah er auf, direkt in ihr Gesicht, und sie wandte ihren Blick nicht ab.

»Sagen Sie ihr genau das, was Sie mir eben gerade erzählt haben«, ordnete ich an. »Keine Ausflüchte.«

Er sah sie immer noch direkt an und sie wandte immer noch nicht den Blick ab.

»Ich habe dich nie für bedeutungslos gehalten«, sagte er zu ihr. »Für mich ist die Sonne aufgegangen, wenn ich dich angesehen habe. Du warst alles für mich. Aber das habe ich dich nicht spüren lassen. Wegen mir hast du dich bedeutungslos gefühlt. Und ich habe dir Angst gemacht. Wahrscheinlich, weil ich selbst die ganze Zeit so viel Angst hatte. Ich weiß nicht, warum diese zwei Dinge zusammenpassen, aber es scheint so zu sein. Ich glaube es.«

»Ich auch«, sagte sie.

Er sah wieder auf seine Hände hinunter und ich bekam das seltsame Gefühl, dass er versuchte zu verschwinden. Und dass er vielleicht sogar Erfolg damit hatte.

Wir blieben neben der Tür stehen, Sue und ich, für den Fall, dass er noch etwas sagen würde. Er hatte nicht ausdrücklich »Es tut mir leid« gesagt, aber es schienen keine Worte mehr zu kommen. Und der Ton und die Absicht der Nachricht waren ziemlich deutlich gewesen.

Als es offensichtlich war, dass er nichts mehr hinzufügen wollte, beugte Sue sich vor, legte ihre Hände an seine Schläfen und gab ihm einen leichten Kuss auf die Stirn.

»Egal, wie viel Zeit dir noch bleibt«, sagte sie leise zu ihm, »pack so viel Leben hinein, wie du kannst.«

Sie tätschelte meine Wange, als sie an mir vorbeiging.

Dann schlüpfte sie aus der Tür und war verschwunden.

Kapitel 17

GANZ DER ALTE CHESTER

Am nächsten Morgen stellte sich heraus, dass Chester doch nicht über Nacht zu einem anderen Mann geworden war. Eine solche Verwandlung wäre wohl zu viel erwartet gewesen.

Zunächst war er in einer ruhigen und fast gedämpften Stimmung, aber auch ein bisschen wehleidig.

»Ich bin müde, Lewis«, sagte er, als ich ihn auf den Beifahrersitz hob.

Mir war nicht klar, wie das sein konnte, da er sich tagelang kaum bewegt hatte. Aber ich stellte seine Beschwerde nicht infrage, da ich selbst gesund war.

Er schien trotzdem meine Gedanken lesen zu können.

»Es ist, weil ich hin und her bewegt werde«, erklärte er.

»Dann machen wir das jetzt nicht mehr so oft.«

Ich schnallte ihn an, setzte mich auf den Fahrersitz und ließ den Motor laufen.

»Und weil ich mich selbst auf die Bettpfanne heben muss.«

»Ich kann das machen, wenn es nötig ist.«

»Ich hasse es, Sie darum bitten zu müssen.«

»Wir tun einfach, was nötig ist«, erwiderte ich.

Ich fuhr los und folgte der Wegbeschreibung durch die Stadt zum Highway I-10, obwohl ich wusste, dass Chester eine große Entscheidung zu treffen hatte, bevor wir die Fernstraße erreichten. Wir fuhren tatsächlich bereits Richtung Westen, in die gegensätzliche Richtung unserer Heimat. Aber das musste jetzt nicht erwähnt werden.

»Ich habe Schmerzen«, sagte er.

»Die Schmerztabletten werden gleich wirken.«

»Ich bekomme nicht genug Schmerzmittel. Es würde helfen, wenn ich mehr Tabletten nehmen könnte.«

»Erstens kann ich das nicht ohne die Einwilligung Ihres Arztes entscheiden. Und zweitens gehen uns die Tabletten aus, bevor wir zu Hause sind, wenn Sie mehr nehmen.«

»Vielleicht kann Doktor Walker telefonisch ein Rezept für eine Apotheke auf unserer Strecke ausstellen, wenn Sie in der Praxis fragen.«

»Das ist vielleicht machbar, aber sehen wir erst mal, wie Sie sich fühlen, wenn Ihre Morgendosis angeschlagen hat.«

»Ja. Okay. So ein langer Weg nach Hause. Was glauben Sie, wie lange wir brauchen?«

»Es kommt darauf an. Wir haben ein paar Entscheidungen zu treffen.«

»Aber mindestens drei Tage«, sagte er.

»Wahrscheinlich eher vier.«

»Vielleicht hätten wir einfach fliegen sollen.«

»Sie haben gesagt, Leute mit Lungenkrebs dürften nicht fliegen.«

»Oh. Stimmt.«

Er drehte den Kopf und sah aus dem Fenster, während Phoenix an uns vorbeizog. Wir waren auf der Route 60 Richtung Westen und ich sah auf der Karte auf dem Bildschirm meines Handys den I-10 näher kommen. Wir mussten uns noch für eine Richtung entscheiden, bevor wir ihn erreichten.

»Das hat nicht gestimmt«, gab er zu. »Ich weiß nicht, ob Leute mit Lungenkrebs fliegen dürfen. Vielleicht ist es nicht erlaubt, aber ich weiß es nicht. Niemand hat jemals zu mir gesagt, ich dürfte nicht fliegen.«

»Falls Sie nach Hause fliegen wollen, kann ich Sie in ein Flugzeug setzen. Sie brauchen es nur zu sagen und ich kann allein zurückfahren.«

»Nein, das geht nicht. Ich kann Sie nicht allein die ganze Strecke nach Hause fahren lassen.«

Am liebsten hätte ich laut aufgelacht. Ich hätte ihm gern gesagt, dass er den Wert seiner Gesellschaft überschätzte, aber ich beherrschte mich.

»Ich würde schon zurechtkommen«, sagte ich nur.

»Außerdem, wie sollte ich vom Flughafen aus heimkommen?«

»Mit einem Taxi? Oder Shuttle? Oder mit einem Bus, da gibt es wahrscheinlich eine Rollstuhlverladehilfe.«

»Okay«, sagte er. »Okay. Ich habe schon wieder gelogen. Ich habe Angst vor dem Fliegen. Und Sie hören damit jetzt auch auf. Jeder hat vor irgendetwas Angst.«

An der letzten Ausfahrt vor dem Highway I-10 fuhr ich ab und in eine Seitenstraße hinein, wo ich eine Parklücke fand. Leider schien er zu denken, ich hätte angehalten, um ihm eine Standpauke zu halten, was ihn nur noch umso kampflustiger machte.

»Sie lügen auch«, sagte er. »Versuchen Sie nicht, mir was anderes zu erzählen. Sie hätten diese Aufkleber nicht anbringen sollen. Sie sind lächerlich. Ich sollte nicht in meinem eigenen Wohnmobil mit diesen Aufklebern durch die Gegend fahren müssen. So was Peinliches.«

»Wenn Sie wollen, mache ich sie jetzt gleich ab.«

»Na ja, eigentlich ist es egal. Sie sind der Fahrer. Es lässt Sie schlecht dastehen, nicht mich. Ich sage nur, dass es falsch war, das zu tun.«

Ich hätte ihn korrigieren und sagen können, dass es Anna gewesen war und nicht ich. Doch ich hatte keinen Versuch unternommen, sie davon abzuhalten. Daher wäre es eine unehrliche Ausrede gewesen.

»Sie haben recht«, gab ich zu. »Das hätte ich nicht tun sollen.«

Das schien ihn kurz zu verwirren, doch dann war er sofort wieder kampflustig. Zu sagen, dass mein Schuldeingeständnis ihn nicht beschwichtigt hatte, wäre eine Untertreibung gewesen.

»Sehen Sie, das ist Ihr Problem, Lewis. Es ist einfach völlig abnormal. Wenn jemand Sie wegen so was angeht, sollten Sie sich verteidigen, kämpfen.«

»Ich will aber nicht kämpfen.«

»Ich weiß«, sagte er. »Das ist merkwürdig. Irgendwas stimmt nicht mit Ihnen.«

Wir blieben schweigend sitzen, während ich überlegte, wie ich meine wichtige Frage formulieren sollte.

»Warum fahren wir nicht?«, fragte er.

»Sie müssen sich für eine Richtung entscheiden, bevor wir auf den I-10 fahren.«

»Wow, jetzt sind Sie aber wirklich durcheinander, Lewis. Wir müssen Richtung Osten, um heimzukommen.«

Wo wir gerade bei dem Thema waren, ich hatte bemerkt, dass ihm unsere Richtung nicht bewusst war. Es wäre ein Einfaches gewesen, sich an dem Winkel der Morgensonne zu orientieren. Wenn die Sonne am Morgen hinter dir steht …

»Genau, nach Hause geht's Richtung Osten. Aber Sie müssen entscheiden, ob Sie vorher noch einen weiteren Halt einlegen wollen. Sie sind hergekommen, um Frieden zu schließen, stimmt's?«

»Ja, und das ist passiert.«

»Mit Sue. Aber es könnte noch ein weiterer Friedensschluss auf Sie warten.«

Mit gerunzelter Stirn grübelte er etwa drei Sekunden über meine Äußerung nach.

Dann sagte er: »Ich hoffe, Sie beziehen sich auf meine Kinder.«

»Nein, nicht Ihre Kinder.«

»Ich will nicht mit Ihnen über ihn reden, Lewis. Das geht Sie nichts an. Wann bekommen Sie es in Ihren dicken Schädel, dass diese Sache Sie nichts angeht?«

»Wir müssen nicht darüber reden. Ich will nur wissen, ob ich Sie für einen kurzen Besuch dort vorbeibringen soll, bevor ich Sie nach Hause fahre.«

»Wo denn, Lewis? Benutzen Sie Ihren Verstand. Wir wissen nicht mal, wo er ist.«

Ich zog das Stück Papier aus meiner Hemdtasche, doch anstatt es ihm zu geben, hielt ich es nur zwischen den Fingern meiner rechten Hand.

»Ich weiß, wo er ist«, sagte ich.

Diese einfache Aussage brachte eine Stille – und zwar eine lange Stille – nach sich.

Er wandte sein Gesicht zum Fenster ab und sah hinaus. Ich drehte die Klimaanlage bis zum Anschlag auf, denn ich hatte das Gefühl, dass dies eine Weile dauern könnte.

* * *

Sechs Minuten später beschloss ich, dass ich wohl selbst die Stille unterbrechen müsste. Ich hatte in regelmäßigen Abständen hin und wieder einen Blick auf mein Handy geworfen, also meine ich wirklich sechs Minuten, wenn ich von sechs Minuten rede.

Nach vier Minuten hatte ich mein Smartphone genommen und die Adresse in Venice Beach eingegeben. Es war über sechshundert Kilometer entfernt, eine Fahrzeit von etwa sechseinhalb Stunden.

»Also, was meinen Sie?«, fragte ich Chester. »Ich denke mal, dass es so oder so Zeit ist, weiterzufahren. Nicht, dass noch der Motor überhitzt wird, wenn wir hier im Leerlauf sitzen und die Klimaanlage so lange an ist. Und wenn ich sie abstelle, zerfließen wir vor Hitze. Zeit für eine Entscheidung.«

»Wohin müssten wir fahren?«

»Nach Venice Beach.«

»Wo zum Teufel ist das denn? In Italien?«

»Nein, nicht das. Bei Los Angeles.«

»Wie lange dauert die Fahrt von hier?«

»Vielleicht sieben Stunden mit einem Halt, um zu essen und zu tanken.«

Nach dieser kurzen logistischen Diskussion verfiel er wieder in Schweigen.

Als ich ihn gerade zu weiteren Worten animieren wollte, kam er mir zuvor.

»Ich nehme an, Sie schlagen das nicht ohne einen Hintergedanken vor.«

»Was für einen Hintergedanken sollte ich haben?«

»Sie wissen schon.«

»Nein, ich weiß es nicht.«

»Sie wollen, dass ich meine Gefühle erkunde, damit Sie mir erzählen können, ich sei genauso veranlagt wie Sie.«

»Chester«, sagte ich. »Jetzt hören Sie mal gut zu. Es ist mir so was von gleichgültig, was Sie für wen empfinden. Ich biete Ihnen an, Sie dort hinzufahren. Sonst nichts. Sie müssen mir nicht erzählen, was passiert oder wie Sie sich fühlen. Ich werde keinen Kommentar abgeben. Ich frage Sie nur, ob Sie dort hingefahren werden wollen. Ja oder nein. Es war nicht meine Idee.«

»Was meinen Sie damit? Wessen Idee war es dann?«

»Sue hat es vorgeschlagen. Sie meinte, Sie hätten diesen Friedensschluss mit ihm noch mehr nötig als mit ihr.«

»Warum sagt sie so etwas?«

»Sie hat gesagt, dass sie dachte, Sie hätten es ihm mehr vorgeworfen als ihr. Sie hätten angenommen, dass jeder Mike lieben würde, also hätten Sie ihr kaum die Schuld daran gegeben, ihm es aber vorgeworfen, dass er auf ihr Angebot eingegangen war.«

»Das … stimmt tatsächlich«, sagte Chester. »Aber ich kann da nicht hin. Ich kann ihn nicht treffen. Oder mit ihm reden. Ich wüsste nicht, was ich sagen sollte. Und es ist nicht in Ordnung, dass Sie mich dazu drängen.«

Das brachte mich auf hundertachtzig. Meine Stimme wurde laut.

»Ich dränge Sie zu gar nichts, Chester! Wenn Sie wollen, dass ich Sie dorthin bringe, mache ich das. Wenn Sie lieber nach Hause wollen, fahre ich Sie nach Hause. Das Einzige, wozu ich Sie dränge, ist endlich eine Entscheidung zu treffen, solange wir noch einen funktionierenden Motor haben!«

In der Stille, die auf meine Tirade folgte, hörten wir die Motorengeräusche der Autos auf dem Highway, die uns daran erinnerten, wo wir jetzt sein sollten. Ob auf dem I-10 nach Westen oder zurück in die Richtung, aus der wir gekommen waren, wir mussten auf die Straße.

»Was würden Sie an meiner Stelle zu ihm sagen?«, fragte Chester mich.

Es war eine völlige Kehrtwende von der Aussage, die Sache mit Mike ginge mich nichts an und sei etwas, über das ich nicht reden dürfte. Ich wies ihn nicht darauf hin, denn ich hatte das Gefühl, dass er allmählich Fortschritte machte.

»Ich würde ihn einfach konfrontieren, wie Sue. Nur vielleicht weniger … aggressiv. Fragen Sie ihn, warum es so abgelaufen ist. Versuchen Sie ehrlich zu sagen, wie es sich für Sie angefühlt hat.«

»Ich kann ihm doch nicht sagen, wie ich mich gefühlt habe.«

»Ich meine in Bezug darauf, dass er Ihnen Ihre Frau weggenommen hat.«

»Oh. Das meinen Sie. Na ja. Vielleicht könnte ich das tun. Aber ich weiß nicht, es klingt schwierig.«

»Die besten Dinge im Leben sind meistens schwierig«, sagte ich.

Ich hoffte, das würde ihn aufwecken. Warum hoffte ich immer noch? Keine Ahnung.

»Ich weiß es immer noch nicht.«

Ich musste daran denken, wie Anna in diesem italienischen Restaurant explodiert war, weil ich keine Entscheidung treffen konnte. Endlich hatte ich verstanden, wie frustrierend das sein konnte.

Anstatt mit Worten zu reagieren, legte ich den Gang ein, vollführte in dieser Seitenstraße eine umständliche Wendung in drei Zügen und fuhr dann Richtung Highway. Chester beobachtete alles, während er schockiert schwieg.

Ich folgte dem I-10 Richtung Westen.

»Was machen Sie da, Lewis?«

»Ich fahre.«

»Sie zwingen mich jetzt also dorthin?«

»Ich zwinge Sie zu gar nichts. Sie können jederzeit sagen, dass ich umkehren soll, und dann mache ich das. Aber einer von uns musste etwas tun, und es sah nicht so aus, als ob Sie derjenige wären.«

Offenbar hatte Chester darauf keine Erwiderung parat.

Ich beobachtete den Kilometerzähler, um zu sehen, wie weit wir kommen würden.

Nach über siebzehn Kilometern meldete er sich zu Wort.

»Drehen Sie um.«

Ich war enttäuscht, aber ließ es mir nicht anmerken.

In nur zweihundert Metern Entfernung war eine Ausfahrt. Ich fuhr auf die rechte Spur und schaltete den Blinker nach rechts ein.

Kurz bevor ich auf die Abbiegespur fuhr, um die Ausfahrt zu nehmen, fing er in einem Anflug von Panik wieder an zu reden. Es gab einen erneuten Sinneswandel.

»Nein, nicht abbiegen! Fahren Sie weiter.«

Ich schaltete den Blinker aus und wir fuhren weiter.

* * *

Wir sprachen kein Wort, bis wir den Colorado erreichten, der den Übergang von Arizona nach Kalifornien markierte. Die Staatsgrenze befand sich tatsächlich mitten in einem Fluss.

An dieser Stelle konnte ich endlich glauben, dass er mich nicht mehr zum Umkehren auffordern würde.

»Ich denke, Sie haben eine gute Entscheidung getroffen«, sagte ich anerkennend.

Chester gab nur einen brummenden Laut von sich.

»Ich bin froh, dass ich etwas gesagt habe, das bei der Entscheidung helfen konnte.«

»Haben Sie nicht.«

Es war ganz der alte Chester und es hätte mich nicht enttäuschen sollen. Zu dem Zeitpunkt hätte ich daran gewöhnt sein sollen. Aber es ist hart, wenn man einen kleinen Erfolg einheimst und dann sieht, wie er einem wieder durch die Finger rinnt.

»Meinetwegen«, gab ich zurück.

»Nein, nicht ›meinetwegen‹. Etwas, das Sue gesagt hat, hat mir bei der Entscheidung geholfen.«

»Was hat sie gesagt?«

»Erinnern Sie sich nicht mehr?«

»Sie hat eine Menge gesagt, Chester.«

»Direkt, bevor sie aus dem Wohnmobil ausgestiegen ist. Sie hat gesagt, egal, wie viel Zeit mir noch bleibt, ich soll so viel Leben hineinpacken, wie ich kann.«

»Stimmt«, sagte ich und beobachtete, wie der Fluss unterhalb des Highways an uns vorbeizog. »Ich erinnere mich jetzt. Das war ein guter Rat.«

* * *

Ich drängte ihn nicht zum Reden. Ich sprach selbst nicht viel.

Doch zwischen Blythe und Indio dehnte sich dieses weite, karge Gebiet der kalifornischen Wüste aus. Anders als das Wüstengebiet von New Mexico oder Arizona war es keine rotfelsige Landschaft, und obwohl ich den Anblick angenehm fand, fesselte er mich optisch nicht so sehr. Die Wüste war überwiegend sandfarben, mit niedrigem, struppigem Gebüsch.

Das Fahren war eintönig geworden.

Als wir etwa die Hälfte dieser Landschaft durchquert hatten, schien er plötzlich aus sich herauszugehen.

»Was, wenn er abscheulich zu mir ist?«, fragte er.

Bevor ich etwas sagen konnte, redete er weiter.

»Was, wenn er sagt, ich sei ein großer Haufen Scheiße und ich sei ihm so oder so immer völlig egal gewesen?«

»Nun. Das würde wehtun.«

»Glauben Sie?«

»Ich glaube, das würde für den Rest Ihres Lebens schwer auf Ihnen lasten. Was meinen Sie, wie viele Wochen das etwa sein werden?«

Überraschenderweise empörte er sich nicht. Er verzog einen Mundwinkel zu einem sarkastischen Halbgrinsen.

»So gesehen habe ich eigentlich wenig zu befürchten«, sagte er.

»Ich sag Ihnen, was ich davon halte, Chester. Da Sie mich nach meiner Meinung gefragt haben.« *Kreuz dir diesen Tag im Kalender an*, dachte ich. »Selbst wenn er Sie verletzt, wird es weniger schmerzen, als auf dem Sterbebett zu liegen und zu denken: ›Verdammt, ich hab es nicht mal versucht.‹ Bei der ersten Variante sind Sie von ihm angewidert und enttäuscht. Bei der zweiten Variante von sich selbst. Und sich selbst zu enttäuschen ist das Schlimmere.«

»Ich bin daran gewöhnt«, sagte er.

Es war ein überraschendes Eingeständnis aus Chesters Mund. Ich wollte ihn nicht mit falschem Mitleid verhätscheln oder ihm sagen, dass es nicht stimmte, obwohl wir es beide besser wussten.

Ich ereiferte mich ein wenig.

»Dann gewöhnen Sie es sich ab, Chester. Gewöhnen Sie es sich einfach verdammt nochmal *ab*.«

Er gab ein wegwerfendes Schnauben von sich.

»Dafür ist es ein bisschen spät. Meinen Sie nicht?«

»Ja. Das ist es, Chester. Es ist ein bisschen spät. Aber es ist nicht *zu* spät. Woher ich das weiß? Ich sag's Ihnen. Weil Sie noch nicht tot sind.«

Ich erwartete eine spöttische, verächtliche Reaktion. Und seine Widerworte.

Doch Chester sagte gar nichts.

Kapitel 18

Im Blick

Ich würde gern sagen können, dass ich nicht gewusst hatte, dass der I-10 mitten durch das Zentrum von Los Angeles führte, aber das stimmte nicht. Ich wusste es – irgendwie schon. Ich hatte es auf meiner App gesehen, doch dieser Tatsache nicht viel Beachtung geschenkt. Weshalb sollte das von Bedeutung sein? Ich war ein Neuling, was das Fahren in L. A. betraf, und hatte nicht gewusst, dass man das Stadtzentrum vermeiden sollte, wenn es nur irgendwie ging.

Es war kurz vor eins am Nachmittag. Wenn man sich in der Gegend nicht auskannte, würde man um diese Uhrzeit nicht so viel Verkehr vermuten. Aber – Überraschung! In L. A. ist immer Rushhour. Jede verdammte Minute, jeden Tag.

Wir standen im Stau, Stoßstange an Stoßstange, und nichts bewegte sich. Dann und wann rollten wir ein paar Meter weiter, bis sich wieder nichts bewegte.

Meine Welt schien aus einem endlosen Meer von Bremslichtern zu bestehen.

Aber diese Bewegung wirkte nicht einschläfernd auf Chester, was bedauerlich war, gelinde gesagt.

Hin und wieder, wenn der Verkehr sich vorwärtsbewegte und ich ein wenig zu langsam anfuhr, tauchte wie aus dem Nichts ein Auto vor mir auf und drängte sich in die schmale Lücke, die ich für den Bruchteil einer Sekunde freigelassen hatte. Und zwar zentimetergenau.

Als es zum dritten Mal passierte, rief ich entnervt: »Die Fahrer hier sind völlig verrückt!«

»Sie tun nur, was sie müssen«, erwiderte Chester, als hätte er sein ganzes Leben lang in L. A. gelebt und wäre ein Experte für den Verkehr.

»Was für eine Einstellung ist denn das?«

»Das ist *meine* Einstellung.«

»Das lässt sich nicht bestreiten.«

»Es ist so ...«, begann er.

»Oh, gut. Noch mehr Mansplaining.«

»Mehr was?«

»Schon gut.«

»Es ist so«, begann er wieder. »Es herrscht eine Ellbogenmentalität hier auf den Straßen. Also müssen Sie tun, was Sie tun müssen. Wenn nicht, werden Sie von den anderen überrollt. Sie dürfen keine Schwäche zeigen.«

Ich wollte ihm sagen, wie idiotisch ich das fand und dass Leute wie er das Problem waren. Doch wozu wäre das gut? Es hätte mich nur wieder auf sein Level heruntergezogen.

»Sie hätten das schon bald herausgefunden«, sagte er, »wenn Sie mit Ihrem schwulen Freund hierhergezogen wären.«

Da wir uns keinen Zentimeter bewegten, wandte ich mich um und starrte ihn wütend an.

»Woher wissen Sie, dass Tim und ich hierherziehen wollten?«

»Ich habe gehört, wie Sie auf der Terrasse mit ein paar anderen Ihrer schwulen Freunde darüber geredet haben.«

Die spitzen Bemerkungen piekten wie Stachel in meiner Haut, aber noch ignorierte ich sie.

»Hierher wollten wir nicht ziehen. Wir hatten eher an Santa Barbara gedacht, oder vielleicht San Francisco.«

»San Francisco!«, rief er.

Natürlich war ich nicht überrascht. Sobald es mir über die Lippen gekommen war, war mir klar, dass ich den Auftakt gemacht hatte. Ich hätte es kommen sehen können.

»Das Mekka!«, zwitscherte er. »Das heilige, gelobte Land für Ihre Leute!«

Ich schlug mit der flachen Hand so fest auf das Armaturenbrett, dass er zusammenzuckte.

»Okay, das reicht, Chester! Was stimmt mit Ihnen nicht? Sie haben mir hier im Winnebago gesagt, dass Sie mich immer und immer wieder aufgezogen hätten, weil ich schwul bin, aber ich dann die Gelegenheit nicht ergriffen hätte, Sie genauso zu behandeln. Und jetzt tun Sie es immer noch?«

Daraufhin schien er sich in sich zurückzuziehen und verstummte. Und natürlich war es eine Wohltat und Erleichterung.

Etwa zwanzig Minuten später, als wir vier oder fünf Kilometer weitergekrochen waren, meldete er sich kleinlaut zu Wort.

»Was glauben Sie, wann wir bei diesem Verkehr etwa ankommen?«

»Bei unserem Tempo wahrscheinlich irgendwann nächsten Monat«, erwiderte ich.

* * *

Eine Stunde später hatten wir es bis westlich des Stadtzentrums geschafft, wo sich der Verkehr etwas ausdünnte. Wir fuhren mit einem Tempo von fünfzig Stundenkilometern und es fühlte sich an wie fliegen.

Ich nahm die Abkürzung zur 187, was nur ein anderer Name für den Venice Boulevard war. Von da aus war es eine gerade Strecke bis zum Strand, laut der Karten-App weniger als elf Kilometer.

»Wie lange noch?«, fragte Chester.

»Nicht mehr lange. Wir sind fast da.«

»Vielleicht sollten wir umkehren.«

»Sie machen wohl Witze. Bitte sagen Sie, dass das nicht ernst gemeint ist.«

»Sie haben gesagt, Sie würden jederzeit umkehren, wenn ich Sie darum bitte.«

»Nach allem, was wir gerade durchgemacht haben, um hierherzukommen?«

Er antwortete nicht und ich fuhr kontinuierlich weiter.

Ein oder zwei Minuten später sagte er: »Ich habe Angst, Lewis.«

»Ich weiß. Das kann ich Ihnen nicht verdenken.«

»Wirklich nicht?«

»Natürlich nicht. In Ihrer Situation ginge es mir sicher genauso. Aber ich denke, Sie sollten es tun. Ich werde Sie nicht dazu zwingen, aber ich fahre Sie zu seinem Haus und dort können wir eine Weile sitzen bleiben, um zu überlegen, ob Sie es schaffen.«

Keine Antwort.

Inzwischen waren wir in Venice angelangt, da war ich mir ziemlich sicher, denn die Gegend hatte sich verändert. Es lag eine gewisse Atmosphäre in der Luft. Eine Atmosphäre, wie ich sie noch nie erlebt hatte. Es war … ich weiß nicht, wie ich es beschreiben soll. Es war wie ein informeller Zirkus, der spontan auf der Straße auftrat.

Die Straßen waren bevölkert mit Leuten – zu Fuß, auf Inline-Skates oder Skateboards. Leute, die kostümierte Hunde Gassi führten, und solche, die einhändig Rad fuhren, ein

Surfboard unter dem freien Arm. Die Gebäude waren mit bunten Graffiti und Wandbildern bedeckt und es war kaum zu erkennen, wo das eine endete und das andere anfing. Wenn man seinen Blick hob, sah man überall Palmen. Wenn man ihn senkte, sah man Obdachlosenzelte, überall.

»Hier kann Mike nicht wohnen«, sagte Chester.

»Das tut er aber.«

»Aber das hier ist eine Hippie-Gegend. Mike ist doch kein Hippie.«

»Sue hat mir die Adresse gegeben. Sie hat gesagt, sie stehen noch miteinander in Kontakt.«

»So genau wollte ich es nicht wissen«, wehrte er ab.

Ich bog nach links in eine kleine Straße ein, wie die Wegbeschreibung mich anwies. Es schien sich um eine Sackgasse zu handeln und mir war unwohl bei dem Gedanken, hier zu wenden, weil die Straße so schmal war.

»Ihr Ziel befindet sich neunzig Meter entfernt auf der rechten Straßenseite«, las ich Chester vom Bildschirm meines Smartphones vor.

»Nein, das kann es nicht sein.«

»Doch, das ist es.«

Wir rollten an einen Zaun heran. Wahrscheinlich befand sich dahinter ein Haus, doch außer einer Dachlinie konnte ich nichts erkennen. Der etwa zwei Meter hohe Holzzaun war in satten Lilatönen mit einem detailreichen Wandbild bemalt, auf dem mehrere Augenpaare und Himmelskörper abgebildet waren, die das Weltall darstellen sollten. Der bemalte Zaun war so lang, dass er den größten Teil der Straße entlangführte, und ich vermutete, dass sich dahinter mehr als nur ein Haus befand.

»Sicher, dass es das ist?«

»Ganz sicher.«

»Ich glaube nicht, dass ich das tun kann.«

»Bleiben Sie eine Weile sitzen, bevor Sie sich entscheiden.«

Ich stellte den Motor ab und zog die Handbremse an. Dann ging ich durch den Winnebago und öffnete alle Fenster. Der Ozean war so nahe, dass ich ihn riechen konnte, und die Luft, die durch die geöffneten Fenster drang, war kühl. Es tat so gut.

Ich setzte mich auf die Couch auf der Fahrerseite – normalerweise Chesters Platz – und schloss die Augen.

Nach ein, zwei Minuten hörte ich Chester fragen: »Was? Ich kann Sie nicht hören.«

»Ich habe nichts gesagt, Chester.«

»Nicht Sie. Ich habe mit diesem Mann gesprochen.«

Ich sah niemanden. Es beunruhigte mich etwas. Begann Chester, Dinge zu sehen, die nicht da waren? Ich trat in die Fahrerkabine und von dort aus konnte ich einen kleinen Mann mit schütterem Haar sehen, sein Gesicht dicht am Fahrerfenster. Es alarmierte mich, doch ich ließ mir nichts anmerken.

Ich steckte den Schlüssel in die Zündung und ließ das Fenster ein Stück herunter.

»Kann ich Ihnen helfen?«

»Ich weiß, wer Sie sind«, sagte er.

»Das bezweifle ich.«

»Glauben Sie mir. Sie sind einer von denen, die in Umzugswagen herkommen und Leuten die Häuser ausrauben. Die Nachbarschaftswache hat uns vor Ihnen gewarnt.«

Einen Augenblick lang starrte ich ihn nur an und wunderte mich. Ich wunderte mich über … so viele Dinge.

Ich drehte mich zu Chester um, der nur mit den Schultern zuckte.

»Das ist er aber nicht«, stellte ich fest. »Oder?«

»Um Himmels willen, nein.«

Ich wandte mich wieder dem kleinen, merkwürdigen Mann zu.

»Das ist kein Umzugswagen. Das ist ein Wohnmobil.«

»Was tun Sie dann hier in dieser Straße? Sie wohnen nicht hier.«

»Wir sind hier, um Mike zu besuchen.«

»Sie sind hier, um Mikes Haus auszurauben?«

»Nein, wir sind nicht hier, um Mikes Haus auszurauben. Wir wollen niemanden ausrauben. Wir möchten nur mit ihm reden.«

»Also sind Sie Cops.«

Allmählich wurde ich gereizt.

»Nein, sind wir nicht. Welche Cops würden in einem Wohnmobil auftauchen?«

»Undercover Cops, die verdeckt arbeiten.«

»Wir sind gar keine Cops. Es ist nicht illegal, an einer Straße zu parken, auch wenn man nicht dort wohnt. Und nicht ungewöhnlich. Wir sind nur hier, um Mike zu sehen.«

»Mike ist nicht zu Hause«, erwiderte er. Sofort zeichnete sich ein erschrockener Ausdruck auf seinem Gesicht ab, als hätte er gerade versehentlich Einbrechern die Schlüssel zu Mikes Haus übergeben. »Aber er kann jede Minute zurückkommen.«

Er führte diese »Ich habe dich im Blick«-Geste aus. Zwei Finger wie zum Friedenszeichen gespreizt, mit denen er zuerst auf seine Augen, dann in meine Richtung zeigte.

Er schlängelte sich davon, doch einmal blickte er über seine Schulter und wiederholte die Blick-Geste. Dann verschwand er durch eine Toröffnung in dem verrückten Zaun. Ich hatte den Eingang gar nicht bemerkt, so vollkommen war er in das Wandgemälde integriert.

»Ich glaube, ich sollte mal nachsehen, ob Mike zu Hause ist«, schlug ich vor.

»Dieser Typ hat gerade gesagt, er sei nicht da.«

»Stimmt, aber auf den ist doch kein Verlass. Vielleicht hat er das nur behauptet, weil er dachte, wir seien Cops.«

»Aber dann hat er gesagt, Mike könnte jede Minute zurückkommen.«

»Weil er gedacht hat, wir seien Einbrecher.«

»Wir können unmöglich beides zugleich sein.«

»Erzählen Sie ihm das mal.«

Ich öffnete die Fahrertür, um auszusteigen.

»Warten Sie«, rief Chester.

Dieses Mal überraschte es mich nicht im Geringsten. Ich hatte mich endlich daran gewöhnt. Noch halb drinnen, schon halb draußen hielt ich einfach inne und verkniff mir ein Seufzen.

»Was wollen Sie sagen, falls er zu Hause ist?«

»Wahrscheinlich nur, dass ich jemanden mitgebracht habe, den er früher mal kannte und der ihn besuchen möchte.«

Ich wartete, vielleicht eine ganze Minute lang, in der Stille. Denn theoretisch könnte er immer noch verlangen, dass wir wieder umkehrten. Das hatte ich ihm versprochen.

Er sagte nichts, also trat ich auf die Straße. Ich fand das seltsame, versteckte Tor und ging hindurch.

Drei Häuser befanden sich hinter dieser Mauer, alle aus Holz, uralt und kurios. Ein einfacher, ungeteerter Fußweg gabelte sich in drei Richtungen. Ich sah die Hausnummer auf meinem Handy nach, dann blickte ich wieder auf. Der kleine Mann beobachtete mich von seinem Fenster aus.

Ich folgte dem Fußweg bis zu Mikes Veranda.

Das Haus bestand aus verwittertem, unlackiertem Holz. Die Fenster auf der Verandaseite waren klein und rund wie Bullaugen. Mobiles aus Treibholz und Muscheln hingen vom Dach der Veranda und an einem Kleiderbügel in der Ecke trocknete ein Neoprenanzug. Er schien nicht mehr tropfnass zu sein, aber auf den verfaulten Holzbrettern unter dem Anzug war noch ein Wasserfleck zu sehen.

Ich sah mich nach einer Klingel um, bevor ich bemerkte, dass ich direkt neben einem asiatischen Gong stand. Mit dem

Klöppel, der neben dem Gong hing, schlug ich dagegen, und das Geräusch war viel lauter, als ich erwartet hatte. Ich spürte die wellenartigen Vibrationen in meinem Trommelfell.

Dann wartete ich. Und wartete.

Mike war nicht zu Hause.

Auf dem Weg zurück beobachtete der kleine Mann mich den ganzen Weg bis zum Tor.

* * *

»Wie spät ist es?«, fragte Chester.

Da es so schwierig war, ihn zu bewegen, saß er noch immer auf dem Beifahrersitz. Wir hatten schon fast eine Stunde lang gewartet.

Ich zog mein Handy aus der Brusttasche und tippte darauf.

»Kurz nach vier.«

»Wie lange wollen wir noch warten?«

»Ich weiß nicht. Ich denke mal, bis mindestens sechs. Er ist wahrscheinlich bei der Arbeit.«

»In seinem Alter?«

»Nicht jeder kann es sich leisten, in Rente zu gehen.«

»Rufen Sie mal bei meinem Arzt an, um nach mehr Schmerztabletten zu fragen.«

»Dafür ist es jetzt zu spät. Ich muss das morgen früh machen.«

»Warum zu spät? Es ist nicht mal vier Uhr.«

»Hier in Kalifornien, aber zu Hause in Buffalo ist es gleich sieben.«

»Oh«, murmelte Chester. »Das hatte ich ganz vergessen.«

»Ich bin mir nicht sicher, ob sie in der Praxis überhaupt mit mir reden würden. Ich meine … natürlich würden sie mit mir reden, aber ich weiß nicht, ob ich ein Rezept bekommen könnte. Ich sollte Ellie anrufen, und sie könnte bei Ihrem Arzt nachfragen.«

Als ich keine Reaktion erhielt, öffnete ich das Adressbuch im Handy, um Ellies Nummer zu finden.

»Lewis«, flüsterte Chester plötzlich, seine Stimme voller Panik.

»Was ist?«

»Da ist er. Da ist er, Lewis. Ich würde ihn überall erkennen.«

Ich setzte mich schnell auf und blickte aus dem Fenster, doch konnte niemanden sehen. Also öffnete ich die Seitentür und stieg aus.

Ich fühlte mich etwas überrumpelt, so als wäre ich gerade aus einem tiefen Schlaf aufgewacht. Irgendwie hatte mich Mikes Auftauchen überrascht. Ich weiß, wie unsinnig das klingt. Ich hätte damit rechnen sollen, natürlich. Aber ich hatte in diesem scheinbar endlosen Wartezustand gesteckt und daher nur erwartet, noch länger zu warten.

Ich fand mich einem Mann gegenüber, der gerade Richtung Tor gegangen sein musste, bevor ich ihm den Weg abgeschnitten hatte. Er blieb stehen und ein paar Sekunden lang standen wir nur dort auf dem schmalen Gehweg und sahen einander an.

Obwohl er wahrscheinlich in Chesters Alter war, hätte ich ihn auf Ende fünfzig geschätzt. Sein Haar reichte ihm bis zum Kragen und war an den Spitzen gelockt. Es war immer noch dunkel, nur von ein paar grauen Strähnen durchzogen. Er trug ausgeblichene Jeans und unter den zweifach aufgerollten Ärmeln seines weißen Hemdes waren dicht behaarte Unterarme. Sein zerfurchtes Gesicht war gebräunt. Er war um einiges größer als ich, gut über ein Meter achtzig.

»Mike?«

Er neigte leicht den Kopf, so wie es ein Hund macht, der etwas nicht versteht.

»Kennen wir uns?«

»Nein, aber ich habe jemanden mitgebracht, der Sie sehen möchte. Jemanden, den Sie kennen. Sie haben ihn lange nicht mehr gesehen, aber ich glaube, Sie werden sich an ihn erinnern.«

Ich ging mit ihm an die Beifahrertür, wo Chester saß, vor Angst wie gelähmt.

Wir schwiegen kurz, dann sagte Mike: »Sorry, ich weiß nicht ...«

Ich gab Chester mit einer Handbewegung zu verstehen, dass er die Fensterscheibe herunterlassen sollte, doch er hob nur ratlos die Hände. Natürlich, so ging das nicht.

Ich rannte zur Fahrerseite, zog den Schlüssel aus meiner Tasche und sprang auf den Sitz, um die Zündung anzulassen.

Ich wartete, doch Chester ließ die Scheibe an seiner Seite nicht herunter. Er war immer noch wie gelähmt, also tat ich es für ihn.

»Sorry«, sagte Mike durch das geöffnete Fenster. »Sie müssen mir auf die Sprünge helfen.«

»Mike«, sagte Chester. Er klang atemlos und leise. »Ich bin's, Chet.«

»Chet?«, fragte Mike. Am Ton seiner Stimme war deutlich zu erkennen, dass er es für unmöglich hielt.

Dann verstummte er. Und rührte sich nicht. Die Zeit schien stillzustehen, die ganze Welt.

»Chet?«, fragte er wieder. »Chet Wheeler? Bist du das wirklich? Ich hätte dich fast nicht erkannt. Was ist mit dir passiert?«

Ich konnte ihm ansehen, dass er diese letzte Frage bereute. Die Worte waren einfach so herausgekommen und er zuckte zusammen, als es geschah, doch es war zu spät.

»Krebs«, antwortete Chester.

Er klang, als versuchte er, nicht zu weinen, doch es war nur ein einziges Wort und vielleicht hatte ich mich getäuscht.

»Ich hätte nie gedacht, dass ich dich noch einmal sehen würde.«

»Na ja, ich auch nicht.«

»Willst du reinkommen? Du wirst nicht etwa versuchen, mich abzumurksen?«

»Das Ein- und Aussteigen fällt mir wirklich schwer«, erwiderte Chester. »Ich sitze im Rollstuhl.«

»Vielleicht könnten wir beide zusammen Sie rausbringen«, schlug ich vor.

»Oder ich könnte einfach einsteigen«, sagte Mike. »Da du mich offenbar nicht um die Ecke bringen könntest, selbst wenn du es noch so sehr wolltest.«

Er verschwand vom Fenster, öffnete die Seitentür und betrat das Wohnmobil.

»Gehen Sie, Lewis«, sagte Chester zu mir. »Das hier ist etwas zwischen mir und Mike. Da können Sie nicht dabei sein.«

»Gut. Kein Problem. Rufen Sie einfach an, wenn ich zurückkommen soll.«

Ich wollte gerade aussteigen, als er es wieder tat.

»Warten Sie.«

»Was ist?«

»Drehen Sie meinen Sitz herum, sonst kann ich ihn nicht sehen.«

»Das kann ich auch tun«, warf Mike ein. »Zeig mir nur, wie.«

»Ja, okay«, sagte Chester. »Jetzt aber weg, Lewis.«

Ich trat auf die Straße und ging los.

Und nahm es ihm kein bisschen übel.

Kapitel 19

COOL

Ich ging zum Strand, der nicht weit entfernt war, um einen Spaziergang an der Promenade zu machen. Das heißt, eigentlich war es keine Promenade. Nicht so, wie ich mir eine vorstelle. Promenaden sollten aus Holzplanken gemacht sein, oder? Nein, dies war nur eine breite, flache Asphaltstraße, auf der keine Autos fuhren.

Auf der einen Seite Läden, auf der Strandseite Straßenhändler, unter Schirmen oder quadratischen Sonnendächern. Überall Zelte und improvisierte Behausungen aus blauen Zeltplanen. Palmen, so weit das Auge reichte.

Und dann die Straßenkünstler. Tänzer, Jongleure und Akrobaten, die Saltos schlugen. Ein Gitarrenspieler, dessen Instrument wahrscheinlich sonst in seinem Wohnzimmer stand. Eine Geigenspielerin, die in einem Sinfonieorchester hätte auftreten können, wenn das Leben gerechter wäre.

Ich lief auf den sandigen Strand und blieb stehen. Ich sah – zum ersten Mal in meinem Leben – auf den Pazifischen Ozean und lauschte dem rhythmischen Geräusch der sanften, niedrigen Wellen. Dann ließ ich mich mit dem Hinterteil in den Sand plumpsen und blieb eine Weile einfach sitzen.

Ich zog mein Handy aus der Tasche, um Ellie anzurufen.

Sie nahm beim zweiten Klingeln ab.

»Lewis«, sagte sie ein wenig atemlos. »Gott sei Dank! Ich habe schon seit Tagen nichts von Ihnen gehört.«

»Tut mir leid. Hätte ich öfter anrufen sollen? Wir sind unterwegs.«

»Also *das* weiß ich auch«, erwiderte sie. »Ich wusste, dass Sie es nach Phoenix geschafft haben, weil ich die Zahlungen auf der Karte gesehen habe. Und außerdem habe ich mit meiner Mutter geredet.«

»Tut mir leid, falls Sie sich Sorgen gemacht haben. Sie hätten mich jederzeit anrufen können.«

»Nicht direkt Sorgen«, wiegelte sie ab. »Ich weiß nur gern, wie der Stand der Dinge ist. Ich vertraue darauf, dass Sie es mir sagen, wenn es etwas gibt, das ich erfahren sollte.«

Als sie diesen letzten Satz beendete, hörte ich hinter meiner linken Schulter eine Stimme.

»Hey, Kumpel?«

Ich blickte mich um und sah einen ungepflegten jungen Mann über mir stehen. Er mochte vielleicht siebzehn sein und schien sich seit mindestens einem Jahr weder rasiert zu haben noch waren ihm die Haare geschnitten worden.

Ich deutete auf das Handy, um ihm zu verstehen zu geben, dass ich beschäftigt war. Er nickte und sagte nichts mehr, machte aber auch keine Anstalten zu gehen. Er stand nur dort herum und ich fühlte mich unbehaglich.

»Ist mit meinem Vater also alles in Ordnung?«, hörte ich Ellie fragen.

»Er kommt klar.«

»Ist er bei Ihnen? Kann ich mal mit ihm reden?«

»Er ist nicht hier. Er ist im Winnebago. Ich sitze gerade am Strand.«

»Am Strand? Was machen Sie am Strand?«

»Ich habe mich verdünnisiert, damit er in Ruhe mit Mike reden kann.«

Eine lange Stille trat ein.

Ich spürte, dass dieser Typ immer noch hinter mir herumstand, also riss ich den Kopf herum und starrte ihn wütend an. Meine Nachricht schien ihn nicht zu erreichen. Oder jedenfalls reagierte er nicht darauf.

»Mike … mein Stiefvater Mike?«

»Ja«, bestätigte ich. »Dieser Mike.«

»Das kommt jetzt unerwartet.«

»Ihre Mutter hatte die Idee. Das hat sie Ihnen wohl nicht erzählt? Sie reden gerade im Winnebago und ich habe einen Spaziergang gemacht, um nicht im Weg zu sein.«

»Klingt nach einem guten Plan. Sie sollten vielleicht gleich weitergehen, bis Sie aus dem Staat sind.«

Ich ignorierte diesen Einwurf.

»Also, weswegen ich anrufe: Er will mehr Schmerztabletten nehmen. Und diese Entscheidung kann ich nicht allein treffen. Aber ich muss sagen, dass er wahrscheinlich nicht übertreibt. Ich glaube wirklich, dass die Tabletten zu diesem Zeitpunkt seine Schmerzen kaum lindern können. Er macht eine schwere Zeit durch. Er wollte, dass ich seinen Arzt anrufe, aber ich kann mir nicht vorstellen, dass der Arzt einfach etwas verschreibt, weil ich danach frage. Ich bin kein Blutsverwandter. Ich dachte, Sie könnten anrufen, damit der Arzt ein Rezept an eine Apotheke auf unserer Strecke schicken kann.«

»Warum kann er nicht einfach mehr von den Tabletten nehmen, die er bereits hat? Also, wenn sein Arzt damit einverstanden ist.«

»Wenn wir das tun, gehen ihm die Tabletten aus, bevor wir zu Hause sind.«

»Okay. Ja, das kann ich machen. Ich rufe morgen früh dort an und gebe Ihnen dann Bescheid.«

»Danke, Ellie.«

»Wissen Sie vielleicht, wie es mit ihm und Mike läuft?«

»Keine Ahnung. Ich halte mich da raus.«

»Das ist wahrscheinlich das Beste. Ich rufe Sie morgen an.«

Wir verabschiedeten uns voneinander. Nach dem Gespräch sprang ich auf die Beine, um dem Typen hinter mir entgegenzutreten, was ich schon lange gewollt hatte.

»Was ist?«

»Hast du vielleicht etwas Kleingeld, Kumpel? Auch nur ein Dollar oder zwei würden schon helfen.«

»Nein«, sagte ich. »Tut mir leid. Ich habe kein Bargeld dabei.«

Es war eine glatte Lüge. Ich hatte etwas Geld in meiner Brieftasche. Das Geld, das mir von meinem letzten Gehaltsscheck und der Mietparty übrig geblieben war. Und wenn ich nach Hause kam, würde ich meine Miete zahlen müssen, daher hatte ich nicht vor, etwas davon abzugeben.

»Niemand hat heute noch Bargeld bei sich. Echt schade. Aber da bei dem Joghurtladen ist ein Geldautomat, da könntest du was abheben.«

»Nein, das kann ich nicht. Ich benutze nicht mal meine eigene Kreditkarte.«

»Oh, du hast jemandem die Kreditkarte gestohlen?«

»Nein, ich habe …«

»Alles cool. Ich urteile nicht.«

»Ich habe keine …«

»Keine Sorge, Kumpel. Ich versteh das. Du steckst in der Klemme, wie ich. Alles cool.« Er trat ein paar Schritte zurück, was eine Erleichterung war. Dann drehte er sich um und winkte mir zu. »Cool bleiben«, rief er.

Als ich dort stand und ihm nachsah, während er sich entfernte, dachte ich: *Sagt wirklich heute noch jemand ›cool bleiben‹?* Na ja, eine Person sagte es jedenfalls noch.

Ich setzte mich wieder in den Sand.

Ich beobachtete die Leute so lange, bis mir niemand mehr interessant vorkam. Oder beziehungsweise, bis mir alle gleich interessant vorkamen, was sie wiederum uninteressant machte. Dann las ich auf dem Bildschirm meines Smartphones ein Buch, bis ich mich zu fragen begann, wie lange der Akku wohl noch halten würde.

Ich stand auf und kaufte an einem Imbiss ein Falafel-Sandwich, das ich im Stehen aß, um keinen Sand darauf zu bekommen.

Dann setzte ich mich wieder an den Strand.

Ich fühlte mich irgendwie verlassen und ziellos.

Meine Gedanken wanderten zu Tim. War er irgendwo in der Nähe, glücklich mit seinem neuen Leben in Kalifornien, mit unseren gemeinsamen Freunden? Hatte er eine neue Beziehung? Würde ich je begreifen können, was bei uns schiefgelaufen war? Würde dieser Aspekt, der ihn vertrieben hatte, diese Schwäche, die ich noch identifizieren musste, auch meinen nächsten Versuch ruinieren, eine glückliche Beziehung zu führen?

Und dann, die schwierigste Frage von allen.

Warum durchquerte ich das ganze Land, um jemandem zu helfen, Frieden mit seiner Vergangenheit zu schließen, wenn ich meine eigene Vergangenheit kaum verstand?

Ich hatte wirklich düstere Gedanken an diesem Abend.

* * *

Es waren Stunden vergangen. Buchstäblich Stunden.

Die Sonne hatte sich tiefer und tiefer über den Ozean am Horizont gesenkt, bis sie schließlich ganz verschwunden war. Die Straßenlichter an der Promenade gingen an und leuchteten in den Fenstern der Läden hinter mir.

Ich sah in meinem Handy nach, um mich zu vergewissern, dass das Anrufsignal nicht ausgestellt oder zu leise war, und öffnete die Liste der vor Kurzem eingegangenen Anrufe. Niemand hatte versucht, mich zu erreichen.

Ich überlegte, ob Chester sein neues Handy nicht fand oder irgendwie verlernt hatte, es zu benutzen.

Allmählich machte ich mir Sorgen. Was, wenn es wirklich schlecht lief? Und ich hatte ihn zu dem Treffen gedrängt.

Ich beschloss zurückzugehen, um selbst nachzusehen.

Als ich in Mikes Straße einbog, konnte ich aus der Entfernung perfekt in den Winnebago hineinsehen. Die Vorhänge waren immer noch zur Seite gezogen und alle Lichter im Wohnmobil angeschaltet. Ich konnte Mikes Hinterkopf sehen. Mike saß auf der Couch auf der Beifahrerseite. Die Sicht auf Chesters Gesicht war mir versperrt.

Ich war müde, also setzte ich mich auf den Boden, an einen Laternenpfosten gelehnt, mit dem Rücken zum Wohnmobil. Ich schloss die Augen, was in dieser Gegend vielleicht keine gute Idee war.

Dann passierte etwas.

Sicher weiß ich, dass eine Autotür zugeschlagen wurde, ich mit dem Kopf herumruckte und Mike sah, der aus dem Winnebago kam und durch das Tor in dem seltsamen Zaun ging. Nicht sicher bin ich mir, ob Mike das Wohnmobil nur Sekunden, nachdem ich die Augen geschlossen hatte, verlassen hatte oder ich eingeschlafen war, ohne es zu bemerken.

Das Handy klingelte in meiner Tasche. Es war Chester.

»Hey, Chester«, meldete ich mich.

»Ich brauche die Bettpfanne. Beeilen Sie sich. Sind Sie weit weg?«

»Nein, überhaupt nicht.«

»Gut. Beeilen Sie sich. Ich habe ihn weggeschickt. Weil ich die Bettpfanne benutzen muss, aber das habe ich ihm nicht gesagt. Das wäre zu peinlich gewesen.«

»Ich komme sofort.«

Ich trabte über die Straße und stieg in das Wohnmobil.

»Oh, gut«, sagte Chester. »Da sind Sie ja. Sie müssen mich woanders hinfahren.«

»Ich dachte, Sie …«

»Nicht hier. Ich kann es nicht hier.«

Ich ließ den Motor an und versuchte, uns aus dem Gebiet zu bringen.

Die folgenden Minuten waren für mich äußerst stressig. Für Chester sicher auch, aber in diesem Augenblick musste ich mich ganz auf mich selbst konzentrieren.

Die Straße war schmal, wie ich wohl schon erwähnt hatte. Mittlerweile waren die Anwohner von der Arbeit nach Hause gekommen und ihre Autos waren auf jeder Seite geparkt. Ich benötigte unzählige Züge, um das schwerfällige Gefährt im Zeitlupentempo zu wenden, und rechnete bei jeder Bewegung beinahe damit, einen Aufprall zu hören. Was, wenn Autos kämen, während ich die Straße versperrte? Was, wenn Chester es nicht mehr länger halten konnte?

Unterdessen war Chester immer blasser geworden und seine Miene angespannter.

Als ich uns endlich aus den geparkten Autos herausmanövriert hatte und losfahren konnte, bog ich um die nächste Ecke und blieb im Halteverbot stehen. Hoffentlich würde die Politesse Mitleid mit uns haben, sollte eine vorbeikommen. Ich sprang auf, um die Vorhänge zuzuziehen, aber er hielt mich auf.

»Keine Zeit«, sagte er. »Helfen Sie mir.«

Ich half ihm, die Hose herunterzuziehen, und hob ihn etwas an, damit ich die Bettpfanne unter ihn schieben konnte. Zunächst versuchte ich es mit geschlossenen Augen.

»Nein«, sagte er. »Nicht wegsehen. Das verlangsamt Sie nur.«

Als ich ihm auf die Bettpfanne half, sagte er: »Ich weiß, dass Sie nicht *so* hinsehen.«

»Ist das alles? Soll ich Sie jetzt allein lassen?«

»Papier«, verlangte er.

Ich eilte in die Toilettenkabine und zog die Toilettenrolle so hastig von der Wand, dass ich fast den Halter abgebrochen hätte. Ich drückte die Rolle in seine ausgestreckte Hand, dann trat ich aus der Seitentür ins Freie.

An den Winnebago gelehnt, wartete ich und versuchte, wieder Atem zu schöpfen.

Ich musste nicht lange warten, denn wenig später klopfte er von innen an die Fensterscheibe.

Nachdem ich die Bettpfanne ausgeleert und gereinigt hatte, wusch ich lange meine Hände, bevor wir mit weit geöffneten Fenstern in die Nacht hineinfuhren.

»Danke«, sagte Chester.

»Kein Problem. Das ist schließlich mein Job.«

»Ich konnte es nicht dort in dieser Straße. Was, wenn er aus irgendeinem Grund zurückgekommen wäre? Vielleicht, um noch etwas zu sagen.«

»Das kann ich verstehen.«

»Es ist beschämend, nicht mal mehr allein aufs Klo gehen zu können. Ich fühle mich nicht mehr wie ein richtiger Mann.«

»Na ja, Sie sind aber trotzdem noch einer.«

»Ich fühle mich nicht so.«

»Vielleicht sollten Sie dieses Wort nicht so eng definieren.«

Schweigend fuhren wir zurück zum Highway I-10.

»Sollen wir durch das Stadtzentrum zurückfahren?«, fragte ich ihn.

»Woher soll ich das wissen?«

»Um diese Uhrzeit kann wirklich nicht so viel Verkehr sein.«

»Keine Ahnung. Aber ich würde gern aus L. A. rauskommen, bevor wir zum Schlafen anhalten müssen.«

»Ja. Das schaffe ich.«

Ich fuhr auf den I-10 Richtung Osten auf. Es fühlte sich gut an, sich wieder fortzubewegen. Vor allem, weil es nach Hause ging.

Ich ließ die Fensterscheibe auf meiner Seite hochfahren.

»Ellie ruft morgen Ihren Arzt an, wegen der Schmerzmittel.«

»Danke«, sagte er.

Er hatte immer noch nicht die Fensterscheibe auf seiner Seite hochgefahren. Die einströmende Luft schlug ihm ins Gesicht, ließ seine Hängebacken flattern und zerzauste seine Haare. Doch er lehnte sich dem Luftstrom entgegen, wie ein Hund, der einen Ausflug im Auto genießt.

»Ist es gut gelaufen?«, fragte ich ihn.

»Ich will nicht darüber reden«. Er sprach laut, doch vermutlich nur wegen des Fahrtwinds. »Ich dachte, das hätte ich schon klargemacht.«

»Sie müssen nicht darüber reden«, beschwichtigte ich ihn. »Ich frage nur – und Sie müssen nicht antworten, wenn Sie nicht wollen –, ob Sie froh sind, es getan zu haben.«

Er fuhr seine Fensterscheibe hoch. Die plötzliche Stille war verblüffend.

»Ja, ich glaube schon.«

»Gut.«

»Danke, dass Sie mich so gedrängt haben. Ich fand Sie deshalb erst unerträglich, aber jetzt bin ich froh, dass Sie so eine verdammte Nervensäge sind.«

»Das ist meine besondere Begabung«, sagte ich.

Dann gelangten wir näher an das Stadtzentrum heran und steckten sofort in einem dichten Stau fest.

226

* * *

Wir verbrachten die Nacht auf dem Parkplatz eines Supermarktes in El Monte, oder vielleicht war es auch West Covina.

Ich versuchte nicht, Chester zu bewegen, denn es wäre für uns beide zu viel gewesen. Also öffnete ich nur seinen Gurt, ließ seinen Sitz herunter, bis er einigermaßen flach war, und legte eine Decke über ihn.

Ich war erschöpft und ging direkt ins Bett, ohne zu duschen oder mich auszuziehen. Ohne mir die Zähne zu putzen. Ich legte mich auf die Couch auf der Fahrerseite, damit ich ihn im Blick hatte, falls es ein Problem gab.

Innerhalb von wenigen Sekunden musste ich eingeschlafen sein.

Ich wurde von Chesters Worten aufgeweckt.

»Er ist mit Ihnen einer Meinung«, sagte er.

Ich nahm an, dass er wieder im Schlaf sprach, also ignorierte ich es.

Kurz darauf fragte er leise: »Reden Sie nicht mit mir, Lewis? Oder schlafen Sie?«

Ich setzte mich auf meiner Schlafcouch auf und blinzelte, während ich darauf wartete, dass meine Augen sich auf das trübe Licht einstellten.

»Ich habe geschlafen«, erwiderte ich.

»Tut mir leid.«

»Kein Problem. Worüber ist er mit mir einer Meinung?«

»Legen Sie sich wieder hin, sonst habe ich das Gefühl, Sie würden mich anstarren.«

Ich legte mich auf den Rücken und verschränkte meine Finger hinter dem Kopf. Das Licht über mir war ausgeschaltet, aber daneben befand sich ein kleines rotes LED-Licht, um den Schalter im Dunkeln besser zu finden. Ich fixierte meinen Blick darauf, während er sprach.

»Er glaubt nicht, dass das mit mir etwas zu bedeuten hatte. Es schien für ihn keine große Sache zu sein. Es hätte nur am Krieg gelegen und an meinen Gedanken, weil er mich beschützt hatte. Er hat gesagt, es hätte in seinem Leben ein paar Männer gegeben, die er geliebt hat. Aber wahrscheinlich nicht mich. Das hat er nicht direkt gesagt, aber ich nehme es an. Es würde ihm jedenfalls keine Sorgen machen, weil er immer gewusst hat, dass er an Frauen interessiert ist.«

»Wow«, sagte ich anerkennend. »Sie haben wirklich mutige Themen angeschnitten. Ich bin beeindruckt.«

»Eines will ich wissen, Lewis. Warum habe ich mein ganzes Leben damit zugebracht, mir deswegen Sorgen zu machen?«

»Tut mir leid«, sagte ich. »Ich würde Ihnen helfen, wenn ich könnte, aber ich kenne die Antwort darauf wirklich nicht.«

Eine Weile lang lagen wir schweigend in der Dunkelheit.

Dann fragte ich: »Hat er aufgeklärt, warum er Ihnen so wehgetan hat?«

»Die Sache mit Sue, meinen Sie?

»Ja, das.«

»Irgendwie schon. Er hat sich immer wieder dafür entschuldigt, was passiert ist. Er hat gesagt, er hätte nach seiner Rückkehr aus Vietnam viele Drogen genommen. Harte Drogen. Und das hätte ihn immer mehr von seinem Gewissen abgeschnitten. Es war seltsam für mich, das zu hören, weil ich immer dachte, er sei ein so mutiger Typ, dass es ihn überhaupt nicht betroffen hätte, was in Vietnam passiert war.«

»Niemand ist dermaßen mutig«, sagte ich.

»Manche Leute imitieren es verdammt gut.«

»Das stimmt«, erwiderte ich. »Manche Leute imitieren es verdammt gut. Aber es ist trotzdem nur eine Imitation.«

Ich lag noch eine Weile länger wach, für den Fall, dass er noch etwas sagen wollte. Doch er sagte in dieser Nacht nichts mehr und ich glitt schließlich wieder in den Schlaf.

Kapitel 20

DER GEWINN

Als wir am nächsten Morgen aufwachten, war Chester sehr ruhig und bewegte sich nur langsam. Doch andererseits verhielt ich mich genauso, und mir ging es im Allgemeinen gut. Wahrscheinlich war er emotional erschöpft. Selbst ich war das, obwohl nicht meine eigene Vergangenheit so unsanft geöffnet und ausgebreitet worden war.

»Wie wär's mit einem schönen, großen Frühstück?«, fragte ich ihn, nachdem er seine Morgentabletten genommen hatte.

Er erschien unbeeindruckt.

»Ich könnte es direkt an Ihren Platz bringen«, fügte ich hinzu.

»Fragen Sie mich in einer Stunde noch mal«, erwiderte er. »Ich habe Probleme mit meiner Verdauung. Aber halten Sie ruhig irgendwo an und holen etwas für sich.«

»Nee, geht schon«, sagte ich. »Ich habe Müsliriegel und Erdnüsse im Handschuhfach. Ich habe heute nur das Ziel, zu fahren. Viele, viele Kilometer. Ich denke, wir wollen beide bald wieder nach Hause kommen.«

»Amen.«

»Ich fahre aber vielleicht mal durch einen Starbucks Drive-in.«

»Meinen Sie?«

Ich verstand nicht, worauf er hinauswollte.

»Ja.«

»Ich denke nicht.«

»Erklären Sie es mir, Chester. Ich bin zu müde, um Rätsel zu lösen.«

»Sie kennen diese Barrieren, unter denen man durchfahren muss, um zum Bestellschalter zu kommen?«

Plötzlich verstand ich, was er meinte.

»Wir sind zu hoch.«

»Die Barrieren sind im Allgemeinen etwa zwei Meter hoch. Wir haben eine Höhe von über dreieinhalb Metern.«

»Gut. Dann parke ich und gehe rein. Kann ich Ihnen etwas mitbringen?«

»Ja, holen Sie mir einen schwarzen Kaffee. Oder nein, holen Sie mir einen dieser modischen Kaffees mit aufgeschäumter Milch, aber einen, der nach Kakao schmeckt. Wie heißen die noch mal?«

»Ein Caffè Mocha?«

»Der ist es. Holen Sie mir einen riesigen.«

»Man lebt nur einmal«, sagte ich.

Ich erinnerte mich an Sues Rat und er wahrscheinlich auch.

»Und ich muss mich beeilen«, fügte er hinzu.

* * *

Ich nahm die Abfahrt zum I-15-Highway, um weiter Richtung Norden zu gelangen.

Er bemerkte es sofort.

»Das ist aber nicht die Strecke, die wir gekommen sind«, sagte er.

»Stimmt. Ich hätte nicht gedacht, dass Sie so genau aufpassen.«

»Ich bemerke alles«, sagte er.

»Gut zu wissen.«

»Warum nehmen wir eine andere Strecke?«

»Weil Phoenix nicht in unserer Richtung liegt. Es ist zu weit im Süden. Der kürzeste Weg nach Hause verläuft diagonal quer durchs Land und beginnt jetzt.«

»Führt uns das durch Las Vegas?«

Er bemerkte also doch nicht alles und hatte sich überschätzt. Denn auf dem Schild zum I-15 hatte sehr klar und deutlich gestanden: ›I-15 Norden, Las Vegas‹.

»Absolut.«

»Ich wollte schon immer mal Las Vegas sehen.«

»Am Tag ist es nicht ideal, aber jedenfalls fahren wir direkt durch.«

»Das macht mir nichts aus«, sagte er. »Ich will nur sagen können, dass ich es gesehen habe.« Er blickte ein paar Sekunden lang aus dem Fenster, dann fügte er hinzu: »Ich weiß nur nicht, wem ich es sagen sollte.«

Wir schwiegen, und aus irgendeinem Grund dachte ich, die Stille könnte anhalten.

»Ich hatte vor, das ganze Land zu bereisen«, sagte er. »Alles, was irgendwie sehenswert ist. Ich habe sogar einen Austauschmotor einbauen lassen.«

»Ich weiß. Marshall hat es mir erzählt.«

»Oh. Marshall. Stimmt. Ich hatte ganz vergessen, dass Sie ihn kennengelernt haben. Ich bin immer wieder hingegangen, um ihm über die Schulter zu schauen. Wollte zuschauen, wie mein Motor eingebaut wurde. Und ich habe wie wild gehustet, bis er schließlich zu mir sagte: ›Mensch, Chester. Lass dich besser mal untersuchen, bevor du deine Lunge über meinen ganzen

Hof aushustest.‹ Und das war der Anfang vom Ende. Keine einzige Reise konnte ich mehr unternehmen.«

»Sie haben auf der Fahrt nach Arizona schon ein paar interessante Dinge gesehen. Und dann auf der Strecke nach Venice Beach.«

»Ja, aber ich habe die ganze Strecke bis nach New Mexico durchgeschlafen, und in Arizona habe ich sowieso früher gelebt. Lassen Sie mich nicht Vegas verschlafen, okay? Wecken Sie mich auf, wenn nötig. Ich mache nur für ein paar Minuten die Augen zu.«

Er senkte seinen Sitz hinunter und seufzte, dann schloss er die Augen.

Ich fuhr durch Victorville und Barstow und gelangte gerade zum Naturschutzgebiet Mojave National Preserve. Er hatte die ganze Strecke kein Wort gesagt und ich nahm einfach an, dass er schlief.

Dann, ohne die Augen zu öffnen, sagte er plötzlich: »Es tut mir leid, was ich zu Ihnen gesagt habe.«

Er hielt die Augen vermutlich absichtlich geschlossen. Vielleicht aus demselben Grund, aus dem er mich in der vorigen Nacht gebeten hatte, liegen zu bleiben, damit er nicht das Gefühl hatte, dass ich ihn ansah, wenn er sprach.

»Sosehr ich das zu schätzen weiß, Chester, aber Sie müssen schon etwas genauer sagen, was Sie meinen.«

»Ich meine, dass ich Sie verbal angegriffen habe, weil Sie schwul sind.«

»Sie waren einfach müde nach der ganzen Sache in Phoenix«, wiegelte ich ab.

»Nicht nur das letzte Mal. Ich meine jedes Mal, wenn das passiert ist.«

Ich war ziemlich verblüfft und wusste nicht, was ich sagen sollte.

»Das bedeutet mir viel, Chester. Danke.«

Ich fügte nicht ›ausgerechnet von Ihnen‹ oder ›und das aus Ihrem Mund‹ hinzu, doch ich dachte es.

Aber ganz im Ernst, es war ein bedeutsamer Augenblick.

* * *

Als ich die Hotels sah, die sich über dem Las Vegas Strip auf-türmten, beugte ich mich zur Seite und rüttelte Chester am Arm.

Er wachte prustend auf, wie immer.

»Was? Was machen Sie, Lewis? Ich wollte schlafen.«

»Sie haben gesagt, ich soll Sie aufwecken, wenn wir in Vegas sind.«

»Ach ja, Vegas«, sagte er in einem völlig veränderten Ton. Er setzte sich auf und blickte sich mit großen Augen um. »Da, da ist das Hotel, das wie eine Pyramide geformt ist. Und dort, das New-York-Hotel, mit der Freiheitsstatue und allem. Und der Eiffelturm. Wow, Lewis. Ich wollte so gern hierherkommen. Das ist genau meine Art von Stadt.«

Komischerweise sagte er das genau in dem Augenblick, in dem ich merkte, dass Vegas so gar nicht meine Art von Stadt war. Aber schließlich war dies Chester Wheeler. Hatte ich wirk-lich gedacht, wir hätten viele Gemeinsamkeiten, die sich nur irgendwo versteckt hielten?

»Fahren Sie vom Highway ab, Lewis. Ich möchte Sie um einen Gefallen bitten.«

Ich war nicht begeistert von der Idee, aber ich fuhr aus der nächsten Abfahrt.

»Was soll ich tun?«

»Ich gebe Ihnen einen Vierteldollar, damit Sie am Glücksspielautomaten eine Runde für mich spielen.«

»Es wird aber furchtbar schwierig sein, dieses riesige Gefährt auf einem von diesen Parkplätzen abzustellen, meinen Sie nicht auch?«

»Manche haben Stellplätze für Lkws oder sogar ganze Lkw-Parkplätze.«

»Ja, aber welche?«

»Das Zirkus-Hotel hat einen. Ich weiß das, weil ich dorthin wollte, bevor ich krank wurde.«

Wir standen sowieso an einer roten Ampel, also gab ich das Hotel – von dem ich dachte, dass er es meinte – in die Karten-App ein, um die Wegbeschreibung zu bekommen.

Die Fahrt durch Las Vegas war verrückt. Alles war in Bewegung, überall wo man hinsah. Neonlichter blitzten auf und rotierten, selbst bei Tageslicht, und auf LED-Bildschirmen rauschten grelle, bewegliche Videoszenen vorbei. Ich konnte es kaum fassen, dass der Verkehr nicht ständig stockte, weil die Fahrer zu abgelenkt waren.

Während wir noch darauf warteten, dass dieses ewige Rotlicht umschaltete, hatten drei Fahrer offenbar genug vom Warten und fuhren einfach über die rote Ampel.

Ich warf einen Blick zu Chester und fragte mich, ob ich es sagen sollte.

»Die Fahrer hier sind völlig verrückt!«

»Ja«, bestätigte er. »Dieses Mal stimme ich Ihnen zu.«

* * *

Auf dem Lkw-Parkplatz des Hotels schloss ich den Winnebago an den Strom an, damit die Klimaanlage ohne eingeschalteten Motor laufen konnte, während ich weg war.

»Sind Sie sicher, dass Sie nichts zu essen haben wollen?«

»Ich weiß nicht. Noch nicht. Vielleicht ein Sandwich. Sie könnten es in den Kühlschrank legen, für später. Oder nein. Nur wenn Sie an etwas vorbeikommen. Es ist mir egal.«

Es sah Chester gar nicht ähnlich, so desinteressiert zu sein, wenn es ums Essen ging, aber ich erwähnte das nicht. Er hatte gesagt, er hätte Verdauungsprobleme, warum sollte ich ihn also drängen?

Er gab mir den Vierteldollar.

Ich verließ das Wohnmobil und überquerte in der heißen Nevada-Sonne den Parkplatz.

Als ich das Casino des Hotels betrat, wurde ich geradezu überwältigt von den flackernden Neonlichtern und dem Lärm der vielen verschiedenen Videospiele. In dem fensterlosen Casino konnte man nicht erkennen, ob es Tag oder Nacht war, und es lag eine Mischung aus Zigaretten, Alkohol und ungewaschenen Menschen in der Luft.

Ich machte mich nicht auf die Suche nach einem Café oder Verkaufsstand. Wir hatten im Wohnmobil genug Lebensmittel und ich könnte Chester später ein Sandwich machen. Ich wollte nur hier raus. Zurück auf die Straße und nach Hause.

An der ersten Reihe von Spielautomaten blieb ich stehen. Sie machten mich fast blind mit ihren aufflackernden, grellen Lichtern, die sicher stark genug waren, um bei empfindlicheren Menschen Anfälle auszulösen.

Ich warf Chesters Vierteldollar in eine Maschine, zog den Hebel und beobachtete, wie sich die Symbole drehten und schließlich stehen blieben. Sieben. Sieben. Zitrone.

So, das war's also. Der Vierteldollar war weg und alles für nichts. Aber so funktionieren Glücksspiele nun mal.

Ich wollte gerade gehen, als ich neben der Tür einen Geldwechselautomaten entdeckte. Ohne Zögern zog ich einen Zwanziger aus meiner Brieftasche. Kostbare finanzielle Rücklagen für die Miete. Aber es kam nicht darauf an. Zu

Hause würde ich mit dem Lohn von Ellie meine Miete bezahlen können.

Ich steckte den Geldschein in den Automaten und er spuckte Vierteldollarstücke aus. Achtzig Stück. Ich schüttete sie in einen dieser Pappbecher, die hier herumstanden, bedruckt mit Werbung für das Steakhaus des Hotels.

Mit dem Becher voller Münzen kehrte ich zum Wohnmobil zurück. Ich machte das Stromkabel ab und verstaute es, dann öffnete ich die Fahrertür und setzte mich.

»Was ist das?«, fragte Chester und versuchte, in den Pappbecher zu sehen.

Ich reichte ihm den Becher.

»Ich habe gewonnen?«

»Alles, was im Becher ist«, flunkerte ich. »Es ist nicht viel, aber es ist ein Gewinn.«

»Ich kann es nicht fassen, dass ich gewonnen habe.«

»Fassen Sie es ruhig«, sagte ich.

»Ich hatte einen Gewinn wirklich nötig.«

»Ich weiß. Jetzt wollen wir aber heimfahren.«

* * *

Erst als wir Utah erreichten, unterhielten wir uns wieder richtig.

»Ich mag Utah«, sagte er. »Hier sind Hügel und Berge. Es ist nicht flach. Ich hasse flache Landschaften.«

»Na, dann sind Sie genau am richtigen Ort.«

»Führt dieser Highway über die Rocky Mountains?«

»Nein, aber wir fahren in die Richtung. Der I-15 führt nördlich nach Idaho und Montana. Wenn wir etwas weiter nach Utah reingefahren sind, biegen wir ab auf den I-70 und der führt durch Colorado. Und dort sind dann definitiv die Rockies, ja.«

»Gut«, sagte er. »Ich wollte schon immer mal die Rockies sehen. Lassen Sie nicht zu, dass ich sie verschlafe, okay?«

Er verstaute in dem Fach an der Beifahrertür den Pappbecher mit den Münzen, den er viele Kilometer lang im Schoß gehalten hatte. Dann stellte er seinen Sitz zurück und schloss die Augen.

»Ich kann es immer noch nicht fassen, dass ich gewonnen habe«, sagte er. »Ich gewinne nie etwas.«

»Jetzt können Sie das aber nicht mehr sagen.«

»Stimmt.«

Innerhalb von Minuten war er eingeschlafen und schnarchte.

* * *

Ellie rief mich um etwa ein Uhr an. Ich stellte sie auf Lautsprecher.

»Also, ich habe bei seinem Arzt angerufen und warte noch auf einen Rückruf. Er meldet sich normalerweise später am Tag, wenn die Apotheken schon geschlossen haben. Es sei denn, Sie finden eine Nachtapotheke. Sei's drum. Wenn mein Vater nach ein paar mehr Schmerztabletten fragt, geben Sie sie ihm einfach. Wir werden es klären, bevor ihm die Tabletten ausgehen. Ich übernehme die Verantwortung für die Änderung der Dosis.«

»Definieren Sie ›ein paar mehr‹.«

»Vielleicht drei statt zwei Tabletten?«

»Er hat es heute Morgen eigentlich gar nicht erwähnt.«

»Okay. Aber falls es morgen zur Sprache kommt, geben Sie ihm drei.«

»Sind Sie sich sicher, dass es ungefährlich ist?«

»Wenn sie ihm zwei verschreiben, dann wird es nicht tödlich sein, wenn er drei Tabletten nimmt, da bin ich mir sicher. Ihm bleibt nicht mehr genug Zeit, um süchtig zu werden. Und

237

außerdem, was bedeutet ›ungefährlich‹? Er wird bald sterben. Was er braucht, ist eine Schmerzlinderung.«

Ich warf einen Blick auf Chester, dem aus dem Mundwinkel Speichel auf die Schulter tropfte, während er schlief.

»Hospize geben Unmengen von Tabletten aus, wenn Patienten zu Hause betreut werden«, fügte Ellie hinzu. »Einen ganzen Medikamentencocktail, und wenn eine Dosis tödlich ist, nun … es waren Sterbepatienten.«

»Wir sollten uns das mit dem Hospiz überlegen, wenn wir nach Hause kommen.«

»Stimmt. Ich denke, es ist Zeit. Ich rufe Sie morgen früh wieder an.«

»Danke.«

Als ich auflegte, war Chester immer noch nicht aufgewacht.

* * *

Ich hätte an diesem Tag nicht so lange fahren sollen, aber rückblickend betrachtet bin ich froh, dass ich es getan hatte.

Ich fuhr, bis die Sonne sich am sehr späten Nachmittag tief neigte.

Wir waren in Colorado angelangt, irgendwo zwischen Grand Junction und Denver.

Als ich mit dem Winnebago um eine lange Kurve kam, fiel zum ersten Mal mein Blick auf sie. Die Rocky Mountains. Ihre schneebedeckten Gipfel setzten sich wie weiße Perlen von dem marineblauen Nachmittagshimmel ab, weiter unten schattigere Abschnitte und buschige Gebirgsausläufer. Ich musste unbedingt irgendwo anhalten.

Nach zwei oder drei Kilometern entdeckte ich einen Rastplatz, der zugleich ein Aussichtspunkt zu sein schien.

Ich schüttelte Chester sanft, um ihn aufzuwecken.

»Ich bin müde, Lewis«, sagte er.

»Ich weiß. Aber Sie wollten doch die Rocky Mountains sehen.«

»Sind wir da?«

Es schien ihn große Anstrengung zu kosten, wieder zu Bewusstsein zu kommen.

»Nicht genau dort, aber an einer Stelle, von der aus wir sie gut sehen können.«

Er öffnete die Augen und blickte sich um, bis er sie entdeckte.

Eine Weile lang starrte er nur, ohne ein Wort zu sagen. Ich blickte auch zu dem Gebirge hin.

Dann sagte er: »Das ist das Schönste, was ich je in meinem Leben gesehen habe.«

Und damit sank er wieder zurück in den Schlaf.

Ich wollte nicht mehr zurück auf die Straße. Ich war den ganzen Tag gefahren und so erschöpft, dass eine Weiterfahrt wahrscheinlich nicht ungefährlich gewesen wäre.

Ich zog die Vorhänge herunter und bereitete mir ein Sandwich zu. Ich aß es auf der Couch und zog den Vorhang neben mir wieder ein kleines Stück hoch, damit ich beim Essen das Gebirge sehen konnte.

Dann putzte ich mir die Zähne, zog meine Schuhe aus und legte mich hin. Es war noch nicht dunkel, aber trotzdem schlief ich sofort ein.

* * *

Da ich so früh eingeschlafen war, wurde ich am folgenden Morgen sehr früh wach. Es war noch keine vier Uhr.

Chester war nicht aufgewacht.

Ich öffnete meine Augen und wartete, bis sie sich auf das trübe Licht einstellten, das vom Parkplatz aus durch die Vorhänge in das Wohnmobil schien.

239

Chesters Kopf war in Richtung Fahrersitz gerollt, als ob ich auf diesem Platz sitzen und er mich anstarren würde. Seine Augen und sein Mund waren geöffnet.

Und in diesem Moment wusste ich es bereits.

Ich stand auf und hielt zwei Finger unter seine Nasenlöcher. Kein Atem. Ich legte meine Hand auf seine Stirn. Seine Haut war unnatürlich kühl.

Aber wie gesagt, ich hatte es bereits gewusst.

»Mach's gut, Chet«, sagte ich.

Es war ein merkwürdiges Gefühl, so überrascht zu sein.

Ich hatte von Anfang an gewusst, dass er im Sterben lag. Und doch, in diesem Augenblick, auf diesem Rastplatz in Colorado, als ich dort mit dem saß, was von ihm übrig geblieben war, wurde mir klar, dass ich mit seinem Tod nicht gerechnet hatte.

Das menschliche Hirn ist ein sehr seltsamer Ort. Und das ist wirklich alles, was ich dazu sagen kann.

Kapitel 21

Es ist okay, Liebling

Ich stand draußen im Dunkeln, auf einem Hügel über dem Rastplatz. Ich war hier hochgestiegen, um Handyempfang zu bekommen.

Ich hatte keine Ahnung, wie viel Uhr es bei Ellie war, weil ich nicht wusste, wo sie wohnte. Irgendwie hatte ich sie nie danach gefragt und hatte sie immer zu passenden Uhrzeiten angerufen.

Dies war keine passende Uhrzeit. Selbst wenn sie in der Eastern-Time-Zone lebte, wäre es dort erst 6 Uhr morgens.

Ich rief sie trotzdem an.

Sie ging beim ersten Klingelton ran. Seltsam.

»Lewis«, sagte sie. »Was ist los? Was ist passiert?«

Jeder weiß wohl, dass Anrufe zu ungewöhnlichen Uhrzeiten nichts Gutes bedeuten.

»Ich habe schlechte Neuigkeiten, Ellie.«

»Mein Vater ist gestorben.«

Bevor ich es bestätigen konnte, hörte ich sie mit jemandem im Zimmer reden. Mit ihrem Ehemann? Hatte sie einen? Ich hatte sie nie danach gefragt. Es gab so viele Dinge, nach denen ich sie nie gefragt hatte.

»Es ist okay, Liebling. Geh wieder schlafen. Lewis ist am Apparat. Mein Vater ist gestorben, deshalb ruft er an. Nein, ich habe gesagt, mein Vater ist gestorben. Aber es ist okay.« Dann schien sie zurückzukommen und sprach direkt ins Telefon. »Tut mir leid, Lewis. Was wollten Sie gerade sagen?«

»Ich weiß eigentlich nicht, was ich jetzt machen soll.«

»Ist er im Winnebago?«

»Ja.«

»Na ja, da bin ich auch keine Expertin. Oder vielleicht hätte ich eine Idee, wenn das nicht gerade passiert wäre und ich … Aber ich glaube, ich würde an Ihrer Stelle sofort zu einem Krankenhaus fahren. Vielleicht direkt in die Notaufnahme? Und dann … sagen Sie einfach, was passiert ist. Im Krankenhaus sollten sie wissen, was zu tun ist, oder? Ich meine, Menschen sterben da manchmal, also haben sie dort Leichenhallen. Oder nicht?«

»Ich denke schon«, erwiderte ich. »Ich musste bisher nie darüber nachdenken.«

Im Osten hing ein heller Mond über den Bergen. Seit ein paar Tagen nahm er ab, doch er war groß. In der Dunkelheit konnte ich den weißen Schein der schneebedeckten Gipfel ausmachen. Es war wunderschön und gleichzeitig ein wenig unheimlich.

Dieses Bild werde ich nie vergessen. Ich kann es immer noch sehen, wenn ich die Augen schließe.

»Rufen Sie mich an, wenn Sie mit ihm angekommen sind. Geben Sie ihnen meine Nummer, oder ich kann dort anrufen. Ich kümmere mich um die Einzelheiten, wie die Einäscherung und Überführung nach Hause.«

»Zu Ihnen? Wo wohnen Sie?«

»Nein, nicht hierher. Ich wohne mit meiner Tochter in Akron, aber er wollte, dass seine Asche in Buffalo beigesetzt wird. Er hat ein Grabstück neben meinen Großeltern. Ist alles okay? Das muss verstörend für Sie gewesen sein.«

»Ehrlich gesagt, weiß ich gar nicht, wie ich mich fühle. Ich glaube, es ist noch nicht richtig bei mir angekommen.«

»Wo sind Sie gerade?«

»Colorado. Irgendwo westlich von Denver.«

»Schaffen Sie es, allein nach Hause zu fahren? Wenn Sie wollen, können Sie dieses Monstrum zu einem Gebrauchtwagenhändler bringen und das Geld für einen Flug nach Hause verwenden. Mir würde es nichts ausmachen.«

Aber Chester würde es etwas ausmachen, dachte ich.

»Ich kann zurückfahren, das ist kein Problem.«

»Ich möchte Ihnen etwas sagen, Lewis. Ich will es Ihnen schon seit einiger Zeit sagen und vielleicht wollen Sie es nicht hören. Vielleicht lehnen Sie es ab, aber bitte hören Sie mir zu.«

Ich schloss meine Augen und die blassen Berge vor mir verschwanden. Angespannt erwartete ich ein unangenehmes Gespräch.

»Sie sind wirklich gut«, sagte sie. »Ich weiß, dass Sie das wahrscheinlich nicht wahrhaben wollen, aber es ist so. Sie sind gut darin, sich um schwierige Leute zu kümmern. Es ist wie ein Talent, und zwar ein seltenes. Es war ein Segen für unsere Familie, und ich bin mir sicher, dass es dort draußen noch andere Familien gibt, die Ihnen sehr dankbar wären. Nur etwas, das Sie sich vielleicht mal überlegen können.«

Ich öffnete meine Augen wieder.

»Die meisten Familien würden einen zertifizierten Pflegehelfer wollen.«

»Und? Dann lassen Sie sich zertifizieren.«

»Ich wüsste nicht einmal, wie das funktioniert.«

»Es sollte nicht allzu schwierig sein, das herauszufinden.«

Ich schüttelte diese ganze Sache wieder von mir ab, weil sie recht gehabt hatte. Ich lehnte es ab. Es war etwas, das ich nicht hören wollte.

»Ich muss jetzt los«, sagte ich. »Und ein Krankenhaus finden. Sie hören bald wieder von mir. Mein herzliches Beileid.«

Dieser letzte Satz schien sie zu überraschen und sie war um eine Antwort verlegen.

»Ich kannte ihn nicht sehr gut«, sagte sie. »Sie kannten ihn vielleicht besser als ich.«

Ich konnte die eigentliche Botschaft in diesen Sätzen heraushören. Sie teilte mir mit, so höflich wie möglich, dass die Sache sie nicht berührte. Oder zumindest kaum.

Es war nicht meine Aufgabe, ihr vorzuschreiben, dass es sie berühren sollte. Genauso wenig konnte sie von mir verlangen, dass es mich nicht berühren sollte.

Vielleicht würde es sie später noch einholen, dann würde sie überrascht sein.

Vielleicht wir beide.

»Ich muss jetzt los«, wiederholte ich.

»Vielen Dank für alles, Lewis. Ich sende Ihnen einen Scheck. Sie haben für mich die Kastanien aus dem Feuer geholt. Sie haben meiner ganzen Familie sehr geholfen.«

Ich verabschiedete mich kurz.

Dann machte ich mich im Mondlicht auf den langen Weg den Hügel hinunter, um etwas zu tun, mit dem ich nie in meinem Leben gerechnet hätte.

* * *

Ich musste ihn die ganze Strecke bis nach Denver fahren.

Instinktiv wollte ich mich beeilen. Sicher muss ich nicht erklären, wieso, zumindest hoffe ich das. Doch ich zwang mich, das Tempolimit einzuhalten, weil ich wirklich nicht von einer Polizeistreife angehalten werden wollte.

Können Sie sich das vorstellen? Die Polizei hält einen Raser an und dann stellt sich heraus, dass er in seinem Winnebago eine Leiche bei sich hat. Ich meine, so etwas ist sicherlich schon irgendwann passiert. Aber ich wollte nicht, dass es mir passierte. Ich stellte den Fahrtregler ein und fuhr langsam. Die Fahrt dauerte etwa eine Stunde. Eine sehr unangenehme Stunde.

An diesem Morgen meines Lebens wurden Einzelheiten besprochen. So viele Einzelheiten. So viele Gespräche. So viel Papierkram, der zu erledigen war. Alles war unangenehm. Alles langweilig für jemanden, der nicht dabei war, da bin ich sicher. Ich bezweifle, dass es sich lohnen würde, jede einzelne Minute wiederzugeben, auch wenn ich mich genau an alles erinnern konnte.

Ich werde nur ein paar wichtige Punkte erwähnen.

Ich parkte bei der Notaufnahme und zwei Pfleger erklärten sich bereit, ihn aus dem Wohnmobil zu holen. Ich dachte, ich hätte ausdrücklich klargemacht, dass er bereits tot war, doch alles geschah so schnell. Rückblickend würde ich sagen, dass es ihnen zunächst wohl doch nicht klar gewesen war, sie es aber sicher schon bald herausgefunden hatten.

Während ich von einer emotional sicheren Distanz aus beobachtete, wie sie ihn auf eine Trage legten, rief ich Ellie an und teilte ihr mit, wo ich war. Ich gab ihr die Adresse und Telefonnummer des Krankenhauses und bettelte sie regelrecht an, dort anzurufen, damit ich in dieser Situation nicht allein war.

Dann folgte ich den Pflegern mit Chesters Leiche in die Notaufnahme. Ich setzte mich in ein Wartezimmer mit einem grellen, fluoreszierenden Licht. Und ich wartete. Und wartete. Und wartete. Vermutlich dauerte es so lang, weil um diese Zeit, außerhalb der üblichen Dienstzeiten, nur das Nachtpersonal arbeitete.

Nach etwa einer Stunde kam eine Krankenschwester, die sich vor mir aufbaute und mir sagte, dass ich alles falsch gemacht hätte.

»Das machen wir normalerweise nicht«, sagte sie.

Sie war so groß wie ein Berg, besonders aus meiner sitzenden Perspektive. Ihr graues Haar trug sie zu einem Zopf geflochten.

»Ich wusste nicht, was ich tun sollte. Es ist mir noch nie passiert, dass jemand in meiner Nähe gestorben ist.«

»Sie hätten ihn zum nächsten Beerdigungsinstitut bringen sollen«, rügte sie mich.

»Haben die um diese Uhrzeit schon geöffnet?«

»Wahrscheinlich nicht.«

»Was soll ich also tun? Bitte sagen Sie nicht, dass Sie ihn mir wieder zurückgeben wollen.«

»Nein. Er ist jetzt hier. Er wurde hereingebracht. Das hätte nicht passieren sollen, aber es ist passiert. Jetzt müssen Sie es regeln, dass ein Beerdigungsinstitut ihn hier abholt.«

Zum ersten Mal seit dem Beginn dieses Gesprächs konnte ich wieder durchatmen. Oder zumindest fühlte es sich so an.

»Jemand spricht gerade mit seiner Tochter«, sagte sie.

»Oh. Gut. Kann ich also gehen?«

»Um Himmels willen, nein«, wehrte sie ab. »Auf keinen Fall. Wenn jemand einen Verstorbenen übergibt, muss es eine Bestätigung der Todesursache geben. Jemand muss bestätigen, ob der Tod abzusehen war oder nicht.«

»Es war abzusehen. Er hatte Krebs im Endstadium. Die Ärzte hatten ihm weniger als drei Monate gegeben.«

»Das sagen Sie. Aber wir benötigen eine Bestätigung darüber, damit nicht die Polizei kommt und die Sache an den Gerichtsmediziner übergibt, um die Todesursache festzustellen. Ohne Bestätigung wird eine Autopsie durchgeführt werden müssen.«

»Hoffentlich macht jetzt gerade jemand diese Bestätigung mit seiner Tochter.«

»Hoffen wir es. Sie werden mit der Krankenhausverwaltung reden müssen. Aber vor neun ist niemand dort.«

Also wartete ich noch eine ganze Weile länger.

* * *

Es schienen Wochen vergangen zu sein, als eine Frau kam, um mich abzuholen. Eine auffallend attraktive Frau in ihren Vierzigern, mit schöner, dunkler Haut und raspelkurzen Haaren. Sie trug einen adretten Hosenanzug.

»Mr Madigan?«, fragte sie.

»Ja.«

»Folgen Sie mir bitte.«

Ich ging hinter ihr einen langen Flur entlang. Und dann noch einen. Und noch einen. Schließlich traten wir in die frische, kühle Morgenluft hinaus und liefen dort im Freien zu einem völlig anderen Seitenflügel des Krankenhauses.

Sie führte mich in ihr Büro und wies mit einer Handbewegung auf einen Stuhl vor ihrem Schreibtisch. Wir setzten uns. Direkt vor mir auf dem Tisch stand ihr Namensschild. PAULINE FISCHER.

Sie wirkte sehr entschlossen, als sie mir direkt in die Augen sah.

»Nun«, sagte sie, »Sie haben mir ganz schön was eingebrockt heute Morgen.«

Doch es war die Art, wie sie es sagte. Es klang nicht nach einem Vorwurf, sondern fast wie ein Insiderwitz. Als würde sie jemanden aufziehen, den sie gut genug kennt, um damit durchzukommen.

Ihr Telefon klingelte.

»Das könnte damit zu tun haben«, sagte sie und hielt einen wohlmanikürten Finger in die Höhe.

Sie nahm ab und hörte ein paar Sekunden zu.

»Ja, stell sie durch.«

Dann hörte sie wieder nur zu.

Nach einem Moment sagte sie: »Bevor ich beginne, möchte ich Ihnen zunächst mein aufrichtiges Beileid aussprechen.«

Ich war erleichtert, als ich merkte, dass sie Ellie in der Leitung hatte.

Eine Weile lang sprach nur Ellie, während ich dasaß und der Stille lauschte.

Dann sagte Pauline Fischer: »Also, es ist Folgendes zu tun. Rufen Sie seinen Arzt an, damit wir diese Dokumente erhalten. Dann kann ein Totenschein ausgestellt werden.«

Wieder eine kurze Stille.

»Oh, das haben Sie schon. Das ist gut. Dann müssen Sie jetzt ein örtliches Bestattungsunternehmen anrufen. In unserer Nähe, meine ich. Nicht in Ihrer. Ich kann Ihnen per E-Mail oder SMS eine Liste senden. Das Unternehmen holt den Leichnam ab und kümmert sich um die Überführung. Was leider, wie ich sagen muss, nicht günstig ist.«

Stille.

»Das ist dann nicht so übel. Die Überführung der einge-äscherten sterblichen Überreste ist recht unkompliziert. Lassen Sie mich die Bestätigung einholen, dass wir alle Dokumente haben, dann kann der arme Mr Madigan wieder weiterfahren.«

Mit einem langen, offenbar sehr festen Fingernagel setzte sie Ellie in die Warteschleife und drückte ein paar weitere Tasten auf dem Telefon.

»Ja«, sagte sie. Und »Gut«, und »Was hat er geschickt?«

Eine längere Stille.

»In Ordnung.«

Dann sprach sie wieder mit Ellie.

»Ich denke, hier im Krankenhaus haben wir alles, was wir brauchen«, sagte sie. »Sie müssen nur noch die Überführung in die Wege leiten. Und noch einmal mein herzliches Beileid für den Verlust Ihres Vaters.«

Am liebsten hätte ich gesagt: »Es ist ihr egal. Sie kannte ihn kaum«, aber natürlich tat ich das nicht. Es wäre nicht nur unnötig und unhöflich gewesen, zu gegebener Zeit hätte es sich vielleicht sogar als unwahr herausgestellt.

Sie legte auf und blickte mich an. Vielleicht war sie auch erleichtert. Nicht annähernd so erleichtert, wie ich es war, aber wahrscheinlich mehr, als ich erwartet hätte.

»Wissen Sie, wie Sie hier herauskommen?«

»Überhaupt nicht.«

Wir standen auf und sie begleitete mich an ihre Bürotür, wo sie mich auf die schmalen, farbigen Streifen auf dem Fußboden des Flurs hinwies.

»Folgen Sie den blauen Streifen, das bringt Sie zur Rezeption zurück.«

»Ich habe in der Nähe der Notaufnahme geparkt.«

»Fragen Sie an der Rezeption, sie werden Ihnen den Weg erklären.«

Ich wollte gerade losgehen, als sie mich aufhielt.

»Nur eine Frage«, begann sie. »Und ich frage das nicht in meiner beruflichen Funktion. Ich hoffe, Sie verzeihen mir meine Neugier, aber … was haben Sie mit ihm sieben Staaten von Ihrem Zuhause entfernt gemacht?«

Ich weiß noch, dass ich dachte, dass sie sehr gute Geografiekenntnisse haben musste, um dies zu wissen, ohne auf eine Karte zu sehen. Das heißt, falls sie richtig gezählt hatte. Ich nahm mir vor, es später irgendwann nachzuprüfen.

»Es gab da noch zwei Dinge, die er vor seinem Tod erledigen wollte.«

»Und konnte er sie noch erledigen?«

»Ja, das hat er noch geschafft.«

»Das freut mich.«

Sie zog sich in ihr Büro zurück und ich folgte den blauen Streifen bis an die Rezeption, wo mir der Weg zum Parkplatz erklärt wurde. Und das war das Ende meines Erlebnisses im Krankenhaus.

Und ja, das war wirklich die Kurzversion.

* * *

Als ich ins Freie trat, war es ein kühler, klarer Morgen. In der Entfernung konnte ich die Hochhäuser von Denver erkennen, im Hintergrund die schneebedeckten Berge. Ich konnte die Höhenlage in meinen Lungen spüren.

Direkt neben dem Hauptfoyer war ein kreisförmiges, dekorativ bepflanztes Rasenstück mit einer Bank in der Mitte.

Ich setzte mich auf die Bank, plötzlich wollte ich noch nicht losfahren. Ironischerweise hatte ich vorher stundenlang nichts mehr als das gewollt.

Ich lehnte mich vor, meine Ellenbogen auf die Knie gestützt, und starrte auf diese Berge. In meinem Nacken konnte ich die warme Sonne spüren.

Ich fragte mich, ob es für Chester eine Gedenkfeier geben würde.

Wahrscheinlich nicht. Seine Söhne wollten offenbar nichts mit ihm zu tun haben. Ellie war gerade Großmutter geworden und wollte wahrscheinlich nicht reisen. Und wer war da sonst noch? Offensichtlich niemand, sonst wäre ich nicht in die Aufgabe verwickelt worden, seine Pflege zu übernehmen.

Es schien keine bessere Werbung für gutes Verhalten zu geben. Sei gut zu anderen, wenn du nicht sterben willst, ohne dass es jemand bemerkt oder auf irgendeine Weise relevant findet.

Ich beschloss, für ihn eine winzige Abschiedszeremonie abzuhalten, direkt hier auf der Bank. Das fühlte sich richtig an.

Ich war kein religiöser Mensch, aber ich glaubte, dass es im Universum etwas gab, das bedeutender war als wir einfache Sterbliche. Also wandte ich mich an das Universum.

»Hallo, Universum«, sagte ich. »Wir haben dir gerade Chester Wheeler geschickt. Wir hier auf diesem kleinen, blauen Planeten haben ihn weitergegeben. Ich denke, jeder Mensch hier würde wahrscheinlich sagen: ›Den wären wir los. Universum, du kannst ihn haben.‹ Ich bin vielleicht der einzige Mensch, der überhaupt diesen Anlass würdigt.«

Dann hielt ich inne und überlegte. Reichte das aus? Irgendwie nicht.

»Er war nicht der beste Mensch, der je gelebt hat. Er gehörte nicht zur besseren Hälfte der Menschheit. Was sage ich, vielleicht nicht mal zu den besten fünfundachtzig Prozent.«

Das läuft gar nicht gut, ging es mir durch den Kopf. *Reiß' es jetzt herum.*

»Er war kein großartiger Mensch. Aber er war ein Mensch.«

Es war traurig, dass dies das Beste war, das mir einfiel.

»Er war ein schwieriger Typ, aber er war sicher nicht schon immer so gewesen. Ich glaube nicht, dass er so sein wollte. So hatte er sich das wahrscheinlich nicht vorgestellt. Ich nehme an, das Leben mit seinen Kämpfen und Problemen hatte ihn dorthin gebracht.«

Ich seufzte, denn ich hatte das Gefühl, versagt zu haben. Aber ehrlich gesagt war es das Beste, was ich tun konnte. Vielleicht hätte ich hinzufügen sollen, dass er sich bei mir entschuldigt hatte. Aber der perfekte Augenblick schien vorüber zu sein.

* * *

Zurück im Winnebago angelangt, lehnte ich mich an die Fahrertür. Mit geschlossenen Augen und meinem Kopf an der Scheibe rief ich Sue an.

»Hey, Lewis«, sagte sie. »Sind Sie schon zu Hause?«

»Nein. Ich bin in Denver.«

»Also *haben* Sie ihn zu Mike gebracht.«

»Ja. Wir waren dort.«

»Wie geht's ihm?«

251

»Wem?«

»Chester, meine ich.«

»Er ist gestorben.«

»Das ist seltsam«, sagte sie nach einem Atemzug.

»Inwiefern?«

»Es ist seltsam, wenn man weiß, dass etwas definitiv passieren wird, es sich aber unerwartet anfühlt, wenn es eintritt. Als hätte man nicht gedacht, dass es passieren würde.«

»Ich weiß«, sagte ich. »Ich kenne das Gefühl.«

Wir schwiegen beide einen Moment.

»Was haben Sie in ihm gesehen?«, fragte sie mich schließlich.

»Ich weiß nicht, ob ich die Frage richtig verstehe.«

»Sie haben gesagt, Sie hätten den Job angenommen, weil Sie das Geld brauchten. Aber Sie haben ihn durch das ganze Land gefahren. Und Sie wären auch bezahlt worden, ohne das zu tun. Sie müssen gesehen haben, dass irgendwo in ihm ein guter Kern steckte.«

Zunächst sagte ich nichts. Vor meinem inneren Auge blitzte eine Erinnerung auf. Als ich allein im Dunkeln auf der Spitze dieses Hügels gestanden hatte und den Rastplatz überblickte, auf dem Chester gestorben war. Ich hatte mit Ellie telefoniert. Sie hatte etwas gesagt. Nicht zu mir. Aber es hatte mich an etwas anderes erinnert … Verzeihung. Ich drücke mich vage aus, ich weiß. Ich war erschöpft. Sie hatte zu jemandem im Zimmer gesagt: »Es ist okay, Liebling. Geh wieder schlafen.« In diesem Augenblick hatte ich nicht darüber nachgedacht, warum dieser Satz so vertraut geklungen hatte. Zu viele andere Dinge waren passiert.

Dieses Gespräch auf dem Hügel hatte erst vor ein paar Stunden stattgefunden, aber es fühlte sich an wie etwas, das Monate zurücklag.

»Er hat im Schlaf gesprochen«, sagte ich.

»Oh ja, das tat er.«

»Also früher auch schon.«

»Schon immer. Was glauben Sie, wie ich sonst diese Sache mit Mike erfahren hätte? Diese Art von Informationen teilte er schließlich nicht einfach so. Aber … tut mir leid, bitte fahren Sie fort.«

»Jedenfalls, in der ersten Nacht, in der ich mich um ihn gekümmert habe … ich glaube, es war die erste … hatte Ellie eine Sprechanlage installieren lassen. Und er hat im Schlaf Ihren Namen erwähnt.«

»Oje.«

»Nein, es war nichts Schlechtes. Es war … alltäglich. Wie ein alltäglicher Moment. Das ist jetzt wahrscheinlich nicht wortgetreu, aber er sagte: ›Nein, es ist okay, Liebling. Geh wieder schlafen, Sue. Ich kümmere mich um ihn. Er will wahrscheinlich nur ein Glas Wasser.‹ Es klang nach Eltern, die mitten in der Nacht von ihrem Kind aufgeweckt werden. Er sagte, er würde mit einer Taschenlampe in den Schrank und unter das Bett leuchten, damit das Kind wüsste, dass es sich vor nichts fürchten muss.«

»Das muss Johnny gewesen sein«, sagte sie. »Er hatte Angst im Dunkeln. Jahrelang sah er überall Monster. Oder vielleicht *sah* er sie nicht, aber er meinte zu fühlen, dass sie da waren.«

Eine weitere Stille trat ein und ich fragte mich, ob sie Gewissensbisse hatte, weil sie Chester von seinen Kindern getrennt hatte.

»Das war es also, was Sie in ihm gesehen haben«, sagte sie.

»Ich glaube, das war es, ja. Nicht nur, weil es ein Einblick in das Leben eines ganz normalen Ehemanns und Vaters war, sondern auch, weil es selbst nach all diesen Jahren noch in seinem Schlaf hochkam. Dieser normale, kurze Moment mit seinem Kind war in seinem Unterbewusstsein noch da, um nach all der Zeit an die Oberfläche zu kommen.«

Sie erwiderte nichts, also fügte ich hinzu: »Ich kann Mike nicht über seinen Tod informieren, weil ich seine Nummer nicht habe.«

»Ich kann es ihm mitteilen, wenn Sie möchten.«

»Ja bitte. Sagen Sie ihm, dass ich ihm danke. Er war nett zu Chester, glaube ich. Ich meine, ich war nicht dabei, aber er schien ehrlich zu ihm gewesen zu sein und Chester fühlte sich hinterher besser.«

Sie sagte nichts darauf.

»Ich fahre besser wieder weiter. Ich habe eine lange Strecke vor mir.«

»Wie geht es Ihnen, fühlen Sie sich okay?«

»Es ist ein seltsames Erlebnis, neben einem Toten aufzuwachen.«

»Das kann ich mir vorstellen.«

»Aber ich werde schon damit klarkommen.«

»Da bin ich mir sicher, Lewis. Sie sind gut darin.«

»Worin? Neben einem Toten aufzuwachen?«

»Nein, ich meine alles. Menschen zu pflegen. Sie scheinen für diese Rolle wie geschaffen zu sein.«

»Das hat Ellie auch gesagt. Aber ich glaube, dass Sie beide falschliegen.«

»Rufen Sie mich an, wenn Sie gut zu Hause angekommen sind.«

»Das mache ich.«

Nach dem Gespräch ließ ich den Motor aufwärmen.

Während ich wartete, verkleinerte ich die Karte auf meinem Bildschirm, sodass ich das ganze Land sehen konnte. Ich zählte die Staaten. Sieben. Es waren sieben Bundesstaaten bis nach Hause. Genau, wie Pauline gesagt hatte. *Sie ist verdammt clever*, dachte ich.

Dann fuhr ich Richtung Osten, allein.

Kapitel 22

Würstchen

Auf meinem Weg durch Denver fuhr ich auf den I-76 und drehte nach Norden Richtung Nebraska ab.

Mir war klar, dass ich an diesem Tag nicht viele Kilometer schaffen würde.

Es war erst kurz nach zehn am Morgen und ich war bereits körperlich, geistig und emotional erschöpft. Einfach völlig ausgelaugt. Aber ich musste meinem Zuhause näher kommen. Ich musste es einfach.

Anna rief mich an, als ich auf dem Weg aus dem Gebirge war. Ich stellte das Gespräch auf laut.

»Hey«, sagte ich.

»Gern geschehen.«

»Wofür bedanke ich mich bei dir?«

»Dafür, dass ich dich mit dem perfekten Mann bekannt gemacht habe.«

»Wann ist denn das passiert?«

»Sobald du zu Hause bist.«

Ich seufzte und hoffte, dass sie es nicht hörte.

»Was ist los?«, fragte sie. Offensichtlich hatte sie es gehört.

»Ich bin nur sehr müde.«

Die Aussicht auf ein arrangiertes Date führte dazu, dass ich mich nur noch erschöpfter fühlte.

»Treibt Chester dich in den Wahnsinn?«

»Er ist tot.«

»Wofür willst du ihn dieses Mal umbringen?«

»Nein, er ist tot, Anna. Er ist tatsächlich gestorben.«

Eine kurze Stille, während sie – so dachte ich – diese Information verarbeitete.

Dann sagte sie: »Ich kenne ein paar Tricks, mit denen du es wie einen Unfall aussehen lassen kannst.«

Das traf mich wirklich.

»Es ist verdammt noch mal nicht lustig, Anna!« Dann, bevor sie antworten konnte, lenkte ich ein: »Tut mir leid, ich wollte dich nicht so anblaffen. Es ist nur … es war so ein furchtbarer Tag. Ich meine, ich bin heute Morgen aufgewacht und da lag er tot im Wohnmobil, keine zwei Meter entfernt von mir, und von da an musste ich mich um alles kümmern.«

»Tut mir leid. Ich hatte keine Ahnung, dass es so schwer für dich sein würde. Ich dachte eigentlich, du würdest erleichtert sein.«

Ich hätte ihr gern erklärt, dass ich nicht mehr dieselbe Person war, die vor Tagen zusammen mit Chester Buffalo verlassen hatte. Doch ich wusste, dass sie noch nicht bereit war, es zu hören, und war mir nicht sicher, ob ich bereit war, es zu sagen. Mit Sicherheit war ich noch nicht bereit, es zu erklären.

»Wie es sich herausgestellt hat, denkt man so etwas nur, wenn man jemanden überhaupt nicht kennt.«

»Wann kommst du nach Hause?«

»Wenn ich Glück habe, übermorgen. Aber … Anna. Komm schon, du weißt doch, wie sehr ich Blind Dates hasse.«

»Brian wird dich umstimmen.«

»Nein, es geht nicht nur um ein lausiges Blind Date. Tim ist weg und ich war so sehr mit Chesters Leben beschäftigt, dass ich das noch gar nicht verarbeiten konnte. Wie soll ich eine neue Beziehung anfangen, wenn ich nicht meine alte Beziehung verstanden habe?«

Ich muss etwas falsch gemacht haben, dachte ich. *Oder ich war der Falsche. Und ich weiß nicht einmal, was es war.*

Doch ich konnte mir schon vorstellen, was sie antworten würde. »Dinge verstehen ist überbewertet.« Sie sagte das bei jeder sich bietenden Gelegenheit zu mir.

Doch dieses Mal nicht. Sie wiederholte einfach ihre Ankündigung von vorher.

»Brian wird dich umstimmen.«

Noch bevor ich etwas erwidern konnte, wurde der Anruf unterbrochen. Entweder das oder Anna hatte einfach aufgelegt. Es war nicht ausgeschlossen. Sie wartete nicht immer ab, bis man sich verabschiedet hatte.

* * *

An diesem Tag schaffte ich es, eine große Strecke durch Nebraska zurückzulegen, aber erreichte nicht den nächsten Bundesstaat. Dafür war ich einfach zu müde.

In der Nähe des Platte River fand ich einen Campingplatz, wo ich mich für die Übernachtung bereitmachte, obwohl es erst fünf oder sechs Uhr am Nachmittag war.

Um duschen zu können, ohne den Tank zu leeren, wollte ich den Winnebago an die Wasserversorgung anschließen, also schloss ich die Luke unterhalb der Karosserie auf und zog den Wasserschlauch heraus. Ich musste ihn schlecht verstaut haben, denn ich entdeckte beim Abwickeln ein paar Knoten.

Während ich mit dem Schlauch beschäftigt war, warf ich hin und wieder einen Blick zum Fluss hinüber.

Auf dem Platz neben meinem saßen vier Damen vor ihrem Wohnmobil. Sie mochten in ihren Sechzigern sein, trugen pastellfarbene Trainingsanzüge und hatten besser frisierte Haare, als man es von Campern erwarten würde. An einer runden Feuerstelle grillten sie Würstchen, die sie an langen Grillgabeln über die Flammen hielten.

Ich hörte, wie eine der Frauen sagte: »Er ist einer von diesen Kommunisten.«

Ich sah zu ihnen rüber, weil ich wissen wollte, über wen sie sprachen. Sie starrten mich alle direkt an.

»Wer, ich?«

»Wir reden unter uns, junger Mann.«

Ich beschloss, es einfach zu ignorieren. Es war wohl klüger, keine Fragen zu stellen.

Ich machte mich daran, den Wasserhahn mit dem Wasseranschluss des Winnebagos zu verbinden.

»Aber ja«, rief die Frau, »wir haben über Sie geredet, falls Sie es wissen müssen.«

Ich drehte mich um und versuchte, aus all dem einen Sinn herzustellen. Es funktionierte nicht gerade gut.

»Ich bin kein Kommunist«, sagte ich. »Ich bin wirklich nur ein kleines Rädchen im Kapitalismusgetriebe.«

»Genau, was ein Kommunist sagen würde. Wer sonst redet so?«

Dies kam von einer der anderen Frauen. Sie hatte eine hohe, quietschende Stimme, wie die einer Puppe, die plötzlich lebendig geworden ist.

»Woher kommt das alles?«, fragte ich verwundert.

»Wir haben Ihre Autoaufkleber gesehen«, sagte die erste Frau.

Ah. Meine Autoaufkleber. Das erklärte einiges.

Ich machte mich bereit für eine Erwiderung. Ich wusste nicht genau, was ich sagen würde, aber ich hatte eine grobe Vorstellung. Es würde wohl etwas sein, was in jedem anderen kritischen Augenblick meines Lebens aus meinem Mund gekommen wäre. Erstens, ich würde geistreich sein. Zweitens, ich würde für mich einstehen. Drittens, ich wollte, dass sie sich für ihren Kommentar schämten. Und letztendlich viertens würde ich deutlich machen, dass ich recht hatte, ob sie das akzeptieren würden oder nicht.

»Haben Sie einen schönen Abend, meine Damen«, hörte ich mich sagen.

Dann ging ich zurück zur Fahrertür.

»Was zum Teufel soll das bedeuten?«, quiekte die Frau mit der Puppenstimme.

Ich drehte mich nicht zu ihnen um und blickte nicht einmal zurück, um ihre Reaktion einzuschätzen. Über die Schulter sagte ich: »Das bedeutet, dass ich Ihnen einen schönen Abend wünsche.«

»Seht ihr? Er will es uns nicht sagen«, meinte eine von ihnen.

Ich lachte laut auf. Ich konnte nicht anders. Es war einer dieser Momente im Leben, in dem sich der schwarze Humor Bahn bricht, doch ich behielt es einigermaßen für mich.

Ich zog mich in meinen eigenen Bereich zurück.

Dann ging ich duschen, bis mir das warme Wasser ausging, aß ein Sandwich und legte mich ins Bett. Ich grübelte nicht über den Wortwechsel mit meinen Nachbarinnen nach, noch ging ich in Gedanken einen Streit mit ihnen durch oder fühlte mich im Nachhinein aufgewühlt.

Es war ihr Problem, also ließ ich es ihre Angelegenheit sein. Es hatte nichts mit mir zu tun.

In dieser Nacht konnte ich lang und gut schlafen.

* * *

Am nächsten Tag wachte ich früh auf und fuhr den ganzen Weg nach Hause zurück.

Ich hätte das nicht tun sollen. In der zweiten Hälfte der Fahrt spürte ich bei jedem Kilometer, dass ich aufgeben und einen Platz zum Schlafen aufsuchen sollte.

Insgesamt fuhr ich etwa sechzehn Stunden und irgendwann übte die Straße eine hypnotische Wirkung auf mich aus. Die Straßenmarkierungen schienen zur Taschenuhr eines Hypnotiseurs zu werden, die vor meinen Augen von Seite zu Seite schwang.

Ich hielt sechsmal an, um eine Kaffeepause zu machen, und fuhr mit geöffneten Fenstern, damit mir kalte Luft ins Gesicht wehte. Absichtlich ließ ich Musik laufen, die ich hasste, nervtötend und schrill fand, und drehte die Lautstärke voll auf.

Hin und wieder zogen andere Fahrer mit mir gleich und versuchten, einen Blick auf mich zu werfen, was nicht einfach sein konnte, da ich so viel höher saß als sie. Entweder hatte es etwas mit den Aufklebern zu tun oder es war eine völlige Paranoia meinerseits, hervorgerufen durch meine Erschöpfung, und alles existierte nur in meinem Kopf.

Nach sechzehn Stunden auf der Straße wird es schwieriger, diese Dinge zu unterscheiden.

Ich kann nicht einmal erklären, warum ich das tat. Ich hatte einfach völlig den Willen verloren, mit einem Wohnmobil noch länger durch flache, uninteressante Staaten zu fahren. Mein Zuhause zog mich mit einer unwiderstehlichen Kraft an wie ein Magnet.

Als ich schließlich endlich vor Chesters Haus anhielt, atmete ich eine riesige Anspannung aus, die mir nicht bewusst gewesen war. In diesem Augenblick merkte ich, was für ein Risiko es gewesen war, mit so viel Müdigkeit zu fahren.

War es das Risiko wert gewesen? Nein, objektiv gesehen war es das nicht. Doch ich war so erleichtert, wieder zu Hause zu sein, dass es gefühlsmäßig die Sache wert gewesen war.

Ich betrat mein Haus und ließ mich direkt aufs Bett fallen, voll bekleidet und mit meinen Schuhen an den Füßen.

Das ist meine letzte Erinnerung an diesen Tag.

* * *

Ich wachte um etwa drei Uhr morgens auf und … ich war so was von wach. Es war die Art von Wachsein, die nicht abnimmt und einen nicht wieder einschlafen lässt. Sicher spielten auch die sechs Tassen Kaffee dabei eine Rolle.

Ich schleuderte meine Schuhe von mir und blieb wach liegen. Im Zimmer war es überwiegend dunkel, nur ein schwaches Straßenlicht, das ins Wohnzimmer schien, drang durch die geöffnete Schlafzimmertür.

Mir fiel ein, dass ich Sue anrufen sollte, um ihr zu sagen, dass ich gut angekommen war. Doch nicht in den frühen Morgenstunden. Eine geistige Notiz, sie später anzurufen, schien von vornherein zum Scheitern verurteilt, also speicherte ich es auf meinem Handy.

Dann rollte ich mich auf die Seite und versuchte, wieder einzuschlafen, obwohl ich sehr wohl wusste, wie hoffnungslos das war. Ich lag stundenlang wach und wurde von einem sehr seltsamen Gefühl gepackt.

Es begann, als ich dachte: *Ich bin zurück in meinem Leben.*

In diesem Augenblick holte mich alles ein.

Denn ich war nicht mehr derjenige, der ich bei der Abfahrt gewesen war. Und mein Leben war nicht mehr dasselbe. Also wer war ich dann, und was war dieses Leben, zu dem ich gerade zurückgekehrt war?

Ich wusste, dass ich es ziemlich bald herausfinden würde, aber hatte nicht einmal eine Vermutung, als ich dort im Halbdunkel lag. Es war, als würde ich eine Tür öffnen, ohne den geringsten Schimmer zu haben, was ich auf der anderen Seite finden würde.

Es genügt wohl zu sagen, dass ich kein Fan von dieser Erfahrung war.

Kapitel 23

Sentimental

Ellie rief um etwa neun Uhr an, als ich leider gerade wieder eingeschlafen war.

»Wo sind Sie?«, wollte sie wissen.

Und ich dachte: *Tolle Frage. Existenziell gesehen.*

»Zu Hause«, antwortete ich.

»Schon?«

»Ja. Ich habe richtig Gas gegeben. Was soll ich nun mit dem Winnebago tun?«

»Wissen Sie …«, begann sie und ich spürte, dass sie innerlich aufseufzte. »Ehrlich gesagt ist es mir egal. Sie können ihn behalten oder verkaufen. Wirklich, was auch immer.«

»Aber ich würde Ihnen das Geld geben, wenn ich ihn verkaufe, oder? Da er zum Nachlass gehört, den Sie zwischen sich und Ihren Brüdern aufteilen?«

Ellie musste lachen.

»Welcher Nachlass? Er hatte nichts. Und wenn er etwas gehabt hätte, würde ich den Nachlass sowieso nicht mit meinen Brüdern teilen. Denn wo waren sie denn, als die Pfleger uns weggelaufen sind und jemand sich um alles kümmern musste?«

»Was ist mit dem Haus?«

»Völlig mit Hypotheken belastet. Ich will es verkaufen, aber es wird nur etwas Kleingeld übrig bleiben, falls überhaupt. Hey, da wir von Geld reden. Ich habe etwas getan …«

Ich setzte mich im Bett auf. Sie klang, als fühlte sie sich unbehaglich, und das machte mich ebenfalls nervös.

»Was haben Sie …«

»Ich habe Ihnen einen Scheck geschickt.«

»Danke.«

»Genauer gesagt zwei. Und jetzt bin ich mir nicht mehr sicher, vielleicht hätte ich es nicht tun sollen. Aber Sie können den anderen Scheck einfach zerreißen, wenn Sie ihn nicht wollen.«

Ich verstehe nicht ganz, dachte ich.

»Ich verstehe nicht ganz«, sagte ich.

»Ich habe nachgesehen, wie viel ein Zertifizierungskurs vom Community College kostet, und Ihnen einen Scheck für das nächste College in Ihrer Nähe ausgeschrieben. Mit einer Notiz, dass Sie den Scheck gern zerreißen können, wenn Sie den Kurs nicht machen möchten. Aber jetzt denke ich, dass es Sie vielleicht verärgert.«

Ich stand auf und ging ans Fenster. Wahrscheinlich wollte ich wacher werden, um mit diesem Gespräch besser umgehen zu können. Ich war immer noch völlig angezogen. Ich zog den Vorhang zurück und das helle Tageslicht brannte in meinen Augen, als ich zu Chesters Haus blickte, das irgendwie traurig aussah. Keine Ahnung, wie ein Haus traurig sein konnte. Müsste ich raten, dann würde ich sagen, dass ich in diesem Moment das Haus vermenschlichte und die Traurigkeit in mir selbst steckte. Das schien eine sinnvolle Erklärung zu sein.

»Ganz und gar nicht«, sagte ich und ließ mich wieder auf das Bett plumpsen. »Das war sehr aufmerksam und großzügig und ich weiß, dass es gut gemeint war. Aber es kommt nicht infrage, weil ich einen bezahlten Job suchen muss. Und zwar mehr oder weniger sofort.«

Noch während ich sprach, war mir bewusst, dass ich wahrscheinlich den Zertifizierungskurs neben einem Job machen könnte, doch ich schob das energisch von mir, weil ich es nicht wissen wollte.

»Ich habe eigentlich noch einen kurzen Job für Sie, falls Sie ihn möchten.«

»Sagen Sie jetzt nicht, dass Sie noch irgendwo weitere schwierige Verwandte versteckt halten.«

»Nein, die sind jetzt weg. Aber ich könnte jemanden gebrauchen, der das Haus meines Vaters entrümpelt. Und ich werde gut zahlen.«

»Dafür gibt es Spezialisten.«

»Ja, ich weiß. Aber das Problem ist, dass diese Leute auf einer Art Provisionsbasis arbeiten. Sie verkaufen alles, was etwas wert ist, und nehmen davon ihren Lohn. Aber im Haus meines Vaters ist nichts wert, verkauft zu werden. Das meiste muss zum Sperrmüll.«

Ich versuchte, dieses Konzept zu begreifen, von der Aufgabe ganz zu schweigen. Es war schwer, sich vorzustellen, wie das gesamte Leben eines Mannes nur Sperrmüll sein könnte.

»Was ist mit den Sachen, die … vielleicht … nützlich sind? Teller. Besteck. Eine Kaffeemaschine oder ein Mixer. Sein Fernseher. Warum sollte das alles weggeworfen werden?«

»Diese Sachen können Sie Second-Hand-Läden spenden.«

»Und die sentimentalen Gegenstände? Erinnerungsstücke?«

Sie lachte wieder.

»Mein Vater und sentimental? Er hatte nicht mal Bilder an den Wänden. Heißt das also, dass Sie es machen? Sie klingen, als würden Sie es tun.«

Ich wollte gerade sagen: »Ich werde es mir überlegen«, als ich mich daran erinnerte, wie Anna in dem italienischen Restaurant die Beherrschung verloren hatte, weil ich einfach keine Entscheidungen treffen konnte.

»Ja, ich denke, das kann ich machen«, sagte ich.

Ich fand es interessant, wie sie es geschafft hatte, die Unterhaltung erfolgreich von dem Geld für das College wegzulenken. Es war auch gut so, denn ich brauchte mehr Zeit, um zu entscheiden, was ich wirklich davon hielt.

* * *

Gegen zehn Uhr öffnete ich mit meinem Schlüssel die Tür von Chesters Haus.

Als ich eintrat, war es düster und etwas muffig, was ich natürlich bereits gewusst hatte. Aber während wir unterwegs gewesen waren, hatte ich es geschafft, nicht mehr daran zu denken, und jetzt nahm ich es fast wie etwas völlig Neues wahr.

Ich beschloss, zuerst durchs Haus zu gehen und einen Plan zu machen.

Möbel und große Geräte würde ich nicht tragen können. Ich brauchte eine Sackkarre. Ich nahm mir vor, Ellie zu fragen, wo ich diese schweren Gegenstände zum Abholen lassen sollte. Ich würde große, feste Müllsäcke für die kleineren Gegenstände brauchen und eine Recyclingtonne für Papier und Plastik.

Und wohin mit den Sachen, die noch einen Wert hatten und die ich einem Second-Hand-Laden spenden wollte – vielleicht sollte ich sie gleich in mein Auto packen?

Ich ging umher, öffnete Schränke und Schubladen und mit jeder Ecke, die ich durchsuchte, sank meine Stimmung tiefer.

Schließlich ließ ich mich im Wohnzimmer auf diesen furchtbaren Zottelteppich sinken. Eine ganze Weile saß ich dort überwältigt und versuchte, die Tatsache zu akzeptieren, dass ich es emotional nicht schaffte, einen Anfang zu machen.

Ich hatte eine ungefähre Vorstellung davon, weshalb ich so bedrückt war.

Ich stand kurz davor, das Leben eines Mannes in seine Einzelteile zu zerlegen. Durch all seine Sachen würde ich gehen, die ihm etwas bedeutet hatten, und sie aussortieren – als nicht wert, aufgehoben zu werden.

Ich konnte mir vorstellen, wie Chester mir bei diesem Job über die Schulter geschaut und gesagt hätte: »Nein, nein, nicht das. Werfen Sie das nicht weg, Lewis. Ich hänge daran.« Und dann, wenn ich es trotzdem täte, was würde er dann denken? Und, um noch weiterzugehen, was würde er empfinden?

Ich versuchte, diese Gedanken abzuschütteln. Sie würden mich nur daran hindern, diese Aufgabe zu erledigen.

Mein Handy klingelte.

Ich ging ran, weil ich dachte, es sei Ellie. Wäre ich nicht so in Gedanken versunken gewesen, hätte ich gemerkt, dass es nicht ihre Nummer war.

Eine mir unbekannte Männerstimme sagte: »Lewis?«

»Ja.«

»Brian Kennedy.«

Ich sagte nichts. Gedanklich war ich meilenweit entfernt gewesen und hatte Schwierigkeiten, wieder zurückzukehren. Außerdem kannte ich niemanden mit diesem Namen. Gab es eine Möglichkeit, taktvoller als mit einem »Wer?« zu antworten?

Da ich nichts sagte, sprach er einfach weiter.

»Annas Freund. Na ja, nicht wirklich ein Freund. Ich habe sie erst einmal getroffen, bei einer Bürofeier. Sie arbeitet mit meiner Mutter zusammen. Frag mich nicht, warum ich mit meiner Mutter zu einer Party gegangen bin. Ich habe gerade erst gemerkt, wie das klingen muss. Was für ein Partylöwe, was? Warum ich dort war, ist eine lange Geschichte.«

»Es ist nichts Falsches daran, sich gut mit seiner Mutter zu verstehen.«

Meine Mutter lebte mit ihrem dritten Ehemann in Kansas und wir standen uns nicht nahe. Ich hätte gern eine bessere Beziehung zu ihr gehabt, aber ich hatte bereits vor langer Zeit akzeptieren müssen, dass dies für uns einfach nicht bestimmt war.

Was ich ihm natürlich nicht sagte, außer in meinen Gedanken.

Ich war Anna gegenüber leicht verärgert, weil sie diesem Typen einfach meine Telefonnummer gegeben hatte, ohne mich vorher zu fragen.

»Anna hat mir viel über dich erzählt«, sagte er.

Ich wollte ihm gerade erklären, dass ich ein entschiedener Gegner von Blind Dates war, als er schon weitersprach.

»Und … ich weiß, mir geht es auch so. Ich finde diese arrangierten Dates furchtbar. Sie sind das Schlimmste überhaupt.«

»So ist es.«

»Deshalb habe ich gedacht, ich ruf dich einfach an und sage Hallo. Nicht so ein unerträglicher Blödsinn, wo wir bei einem arrangierten Treffen bei Anna zu Hause so tun müssen, als wüssten wir nicht, dass alles arrangiert ist. Das ist so peinlich.«

»Wirklich peinlich«, wiederholte ich.

Ich bemerkte, dass ich mir keinen Gefallen tat, aber ich war aus dem Lot gekommen und mein Mund funktionierte nicht richtig. Oder vielleicht war mein Gehirn dafür verantwortlich, da mein Mund einen ganz ordentlichen Dienst leistete, während er die völlig ungenügenden Wörter aussprach, die ihm gesendet worden waren.

»Also habe ich mir etwas überlegt«, sagte er. »Das heißt natürlich, nur falls du willst. Wie wäre es, wenn wir uns zu einem

Kaffee treffen? Nur eine Tasse. Vielleicht nur zwanzig Minuten. Und wenn die Chemie nicht stimmt, dann ist es halt so.«

Ich wollte ablehnen und sagen, dass einfach zu viel los war. Mein Leben war zu sehr aus dem Gleichgewicht geraten, um jemanden kennenzulernen. Was, wenn er mich nach meinem Job fragte? Was sollte ich darauf antworten? Was, wenn er mich fragte, ob ich diese oder nächste Woche ein Abendessen in meinen Terminplan einschieben könnte? Ich hatte noch nicht einmal einen Terminplan, jedenfalls nicht, dass ich wüsste.

Und abgesehen von all diesen Bedenken war ich immer noch damit beschäftigt, meine Gefühle der letzten Tage einzuordnen. Ich versuchte, aus ihnen schlau zu werden, sie abzulegen, damit sie mich in Ruhe ließen und ich wieder funktionieren könnte.

»Sicher«, hörte ich mich sagen. »Warum nicht?«

Als ob ich mir nicht gerade mehrere Gründe überlegt hätte, weshalb ich ihn nicht treffen sollte.

* * *

Ich begann mit ein paar Müllsäcken, die ich aus meinem Haus holte, bevor ich mich daranmachte, Chesters Leben auszurangieren. Ich verbrachte nicht viel Zeit mit Überlegungen, ob dieses Date zum Kaffee an diesem Nachmittag eine gute Idee gewesen war oder nicht. Denn ich war zu sehr damit beschäftigt, der Stimme von Chester zu lauschen, als er über meine Schulter sprach, während ich seine Habseligkeiten in die Müllsäcke steckte.

Zunächst waren es überwiegend unbedeutende Kleinigkeiten, die ganz bestimmt und zweifellos in die Müll-Kategorie gehörten.

Er hatte ein großes Schubfach, vollgefüllt mit Flaschenverschlüssen. Entweder hatte er jeden Verschluss von jedem Bier gesammelt, das er je in diesem Haus getrunken hatte, oder es waren die Verschlüsse von Bieren, die er aus für ihn speziellen Anlässen geöffnet hatte. Ohne zu wissen, wie viel Bier er getrunken hatte, ließ sich das unmöglich bestimmen. Falls es das Letztere war, hatte dieser Mann eine große Menge an besonderen Anlässen erlebt, zumindest in seinem Kopf.

Ich fand einen Stapel von Zeitungsteilen, immer derselbe Teil, mit geöffnetem Kreuzworträtsel. Die Kreuzworträtsel waren mit einem Kugelschreiber ausgefüllt worden, aber manche nur unvollständig, vieles durchgestrichen und überkritzelt.

Auf einem einfachen Metallregal standen ein paar Bücher, und ein überraschend großer Teil davon waren Witzbücher mit abgedroschenen Kalauern aus den 50er-Jahren.

Dann öffnete ich seinen Schlafzimmerschrank und die Sache wurde eindeutig weniger banal.

Auf einem hohen Regalbrett,m über mehreren Hawaiihemden und einem Blazer mit ausgefransten Ärmeln, entdeckte ich ein altes Notizbuch und einen Schuhkarton.

Ich öffnete zuerst den Schuhkarton.

In ihm waren Dutzende von Briefen, offenbar sehr alt, denn das Papier der Briefumschläge war vergilbt und schon fast brüchig. Alle waren in derselben Handschrift adressiert an Chester Wheeler in Phoenix, Arizona. Der Absender war Mike Erikson aus Los Angeles, Kalifornien.

Ich setzte mich auf Chesters Bett und nahm die Briefe in die Hand. Ich zählte sie. Es waren siebenundsechzig Briefe.

Was würde sich Chester in Bezug auf seine Briefe von Mike wohl wünschen? Ich stellte mir vor, wie schockiert er wäre, wenn ich die Briefe wie ganz normalen Abfall für die Müllabfuhr an den Straßenrand stellen würde. Andererseits würde ihn nichts so sehr entsetzen wie die Vorstellung, die Briefe könnten in die falschen Hände geraten – und jemand könnte die Worte lesen, die für ihn so persönlich gewesen waren.

Ein paar Minuten lang dachte – und spürte – ich nach.

Dann nahm ich die Briefe mit in die Küche und zündete am Gasbrenner einen der Briefe an einer Ecke an. Mit dem Schuhkarton unter dem linken Arm ging ich zum Kamin und warf den brennenden Brief hinein.

Ich öffnete den Rauchabzug und zündete an der Flamme den nächsten Brief an und so weiter. Einer nach dem anderen kräuselten sich die Briefe, wurden dunkel und zu Asche, während der Rauch durch den Kamin zum Himmel hochstieg und sich mit dem Äther vereinte. In gewisser Weise hatte ich nun die Briefe ihrem rechtmäßigen Besitzer zurückgegeben.

Nachdem die Briefe weg waren und ich mich versichert hatte, dass das Feuer wirklich erloschen war, kehrte ich zu Chesters Schlafzimmer zurück, wo ich das Notizbuch öffnete. Ich blätterte es mit halb zusammengekniffenen Augen durch, jederzeit bereit, es zu schließen, falls ich auf etwas traf, das ich wirklich nicht sehen sollte.

Es waren alles Erinnerungen an seine Kinder.

Er hatte noch Johnnys Schulzeugnisse aus der dritten Klasse. Buntstiftgemälde, auf denen Häuser, Familien und Kühe zu sehen waren, unterzeichnet mit ›Ellen‹. Eine handgemachte Karte zum Vatertag von Danny. Als ich weiterblätterte, gab es eine lange Zeitlücke, gefolgt von Zeitungsausschnitten. Ellies Heiratsanzeige in der Lokalzeitung von Akron. Johnny – jetzt John – in einem Artikel über eine Gerichtsverhandlung, bei der er der Hauptverteidiger war.

Ich schloss das Notizbuch wieder. Ich hatte genug gesehen, um zu wissen, was zu tun war.

Ich rief Ellie an, die schon beim zweiten Klingelton abnahm.

»Sie wollen es nicht mehr machen«, sagte sie statt einem »Hallo«. »Das hatte ich schon befürchtet. Wie kann ich Sie umstimmen?«

»Nein, ich mache es«, sagte ich.

Ich setzte mich auf Chesters Bett. Einen Augenblick lang war es still in der Leitung, während sie darauf wartete, den Grund für meinen Anruf zu hören.

»Es hat sich herausgestellt, dass es hier doch etwas Sentimentales gibt«, sagte ich.

»Worüber war er sentimental?«

»Über Sie. Und Ihre Brüder.«

»Nein, das ist unmöglich.«

»Ich halte das Unmögliche in meinen Händen.«

Ich erzählte ihr, worauf ich gestoßen war.

»Aber ...«, begann sie, doch führte den Gedanken nicht zu Ende.

»Ich schicke es Ihnen zu«, sagte ich. »Ich brauche nur Ihre Adresse.«

»Aber er hat nie ...«

Wieder beendete sie den Satz nicht.

»Was hat er nie?«

»Er hat uns nie beachtet. Nachdem Mom ihn aus dem Haus geworfen hatte, schenkte er uns überhaupt keine Beachtung mehr.«

»Aber ... da hat er es getan, Ellie. Nur nicht vor Ihren Augen, daher wussten Sie es nicht.«

Ein langes Schweigen am anderen Ende.

»Ellie? Könnten Sie mir Ihre Adresse geben?«

»Ich rufe Sie zurück«, sagte sie nur.

An ihrer Stimme und Aussprache der Worte konnte ich hören, dass sie weinte.

Ich wollte noch ein paar aufmunternde Worte sagen, doch sie hatte schon aufgelegt.

Ich saß ein paar Minuten lang auf dem Bett und versuchte, nicht an meinen eigenen Vater zu denken, der mir entfremdet war. Es gelang mir nicht. Was, wenn nach seinem Tod jemand den überraschenden Beweis fand, dass er mein Leben doch im Auge behalten hatte?

Kapitel 24

Dienen

Ich ging zu meinem Lieblingscafé, setzte mich auf die Terrasse und wartete. Ich war ein wenig früh. Es war frisch und ich trug eine dünne Jacke, was sich gut anfühlte, nachdem ich auf dem Roadtrip so lange in der Hitze geschmort hatte.

Plötzlich stieg ein Zweifel in mir auf. Vielleicht war dies alles ein Fehler – zu versuchen, eine neue Beziehung zu knüpfen, wenn ich nicht einmal die frühere Beziehung für mich geklärt hatte.

Und dann traf mich ein Gedanke, plötzlich und unvermittelt.

Ich nahm es persönlich, wie Tim mich behandelt hatte.

Vielleicht war ich gar nicht schlecht oder mit Fehlern behaftet. Vielleicht war ich nur der Falsche für Tim gewesen.

Der Gedanke hallte in mir nach. Warum hatte ich nicht daran gedacht, meine Chester-Lektion nur ein wenig weiter auszudehnen, wenigstens auf exakt diesen Augenblick? Ich spürte dem Echo nach, bis in mir wieder eine innerliche Stille einkehrte.

Über dem Tisch warf ein Sonnenschirm Schatten auf mich. Mir wurde es ein wenig kühl, aber bevor ich aufstehen und den Sonnenschirm zur Seite bewegen konnte, lenkte mich ein Gedanke an die Uhrzeit ab. War es schon vierzehn Uhr?

Ich blickte auf mein Handy. Es war 14.01 Uhr.

Als ich wieder aufsah, stand er an meinem Tisch.

»Lewis?«, fragte er.

»Brian«, sagte ich.

»Du hast gar keinen Kaffee.«

»Ich habe auf dich gewartet.«

»Ich hole uns etwas. Was möchtest du?«

Er war nicht genau das, was man als attraktiv beschreiben würde – er war kein Hingucker –, doch sein Anblick war sehr angenehm. Er hatte braune Haare, die gerade das richtige Maß von zerzaust waren. Ich fragte mich, ob es schon so aussah, wenn er morgens aus dem Bett rollte, oder ob es einen stundenlangen Aufwand erforderte, diesen ›natürlichen‹ Eindruck zu perfektionieren. Auch wenn es vielleicht nicht der Fall war, sein Look erweckte den Eindruck, völlig mühelos entstanden zu sein. In seinen dunkelbraunen Augen lag ein winziger Silberblick. Er war so unauffällig, dass ich mir nicht sicher war, ob ich es mir nur einbildete. Er trug Jeans und ein kariertes Flanellhemd ohne Jacke.

»Mal sehen«, überlegte ich. »Ich nehme … den größten Caffè Mocha, den sie haben.« Wie Chester, als er sich ›ausgetobt‹ hatte. »Ohne Sahne«, fügte ich schnell hinzu, denn anders als Chester würde ich in einer Woche oder einem Monat noch hier sein und meine Exzesse bereuen können.

Während er im Café bestellte, konnte ich ihn durchs Fenster beobachten, ohne dass er es bemerkte. Er schien sich in seiner Haut wohlzufühlen, das war mein erster Eindruck. Seine Nase war etwas groß, aber sie passte zu seinem Gesicht.

Er war älter als ich, aber keinesfalls alt. Vielleicht dreißig, oder Anfang dreißig. Er hatte eine junge Art, also ließ es sich schwer einschätzen.

Nachdem er bezahlt hatte, kam er wieder raus und setzte sich mir gegenüber.

»Also«, begann er.

»Also«, echote ich.

»Tut mir leid, ich hoffe nicht, dass die Situation unangenehm ist.«

»Das dachte ich anfangs«, sagte ich. »Aber jetzt, wo wir hier sind, ist es gar nicht unangenehm.«

Wahrscheinlich war das gelogen. Oder zumindest übertrieben. Denn sofort öffnete ich meinen Mund und stellte eine Frage, die ich nicht gestellt hätte, wenn mir nur etwas Besseres eingefallen wäre.

Ich fragte: »Und, was machst du so beruflich?«

Ironisch, was? Ausgerechnet die Frage, vor der ich mich am meisten fürchtete.

»Ich bin ausgebildeter Krankenpfleger.«

»Oh. Das ist interessant.«

Das Universum will mir etwas mitteilen, dachte ich.

»Inwiefern? Für mich ist es natürlich interessant, weil es meine Lebensgrundlage darstellt. Es ist meine Bestimmung. Aber warum für dich? Falls du das nicht nur aus Höflichkeit gesagt hast.«

»Nein, nicht nur aus Höflichkeit. Es ist wirklich interessant.«

»Es scheint so.«

»Inwiefern?«, wiederholte ich. »Okay. Wo fange ich an?«

Mitten auf der Terrasse stand ein riesiger, uralter Ahornbaum. In diesem Augenblick kam ein Windstoß, schüttelte seine Äste und ließ rote und goldgelbe Blätter durch die

Luft wirbeln. Ein Blatt landete auf dem Tisch zwischen uns, ein anderes verfing sich in meinem Haar und ich wischte es weg.

Ich kann nicht genau erklären, warum es so war, aber in diesem Augenblick fühlte mein Leben sich besser an als je zuvor.

»Ich stehe an einem Schnittpunkt in meinem Leben«, begann ich, »wo ich mich entscheiden muss, ob ich einen Job im Gesundheitswesen machen will. Nicht etwas so Raffiniertes wie ein Job als ausgebildeter Krankenpfleger, nur als häusliche Pflegekraft.«

»Sag nicht ›nur‹«, warf er ein.

»Du hast recht. Sorry. Ich habe gerade einen Mann am Lebensende gepflegt. Ich bin nicht qualifiziert oder ausgebildet, er hatte nur jemanden gebraucht, der sich um ihn kümmerte. Also stimmt, ich sage oft ›nur‹. Ich kann es selbst hören. Egal, jedenfalls sagen sowohl seine Tochter als auch seine Ex-Frau, mir würde das liegen, ich sei gut darin. Und es sei etwas, das ich mir überlegen sollte. Also für die Zukunft. Jetzt im Augenblick stimme ich noch nicht so richtig zu, aber es kommt immer wieder auf. Ich will den Vorschlag nicht so schnell abtun, verstehst du? Die Tochter will mir sogar einen Zertifizierungskurs bezahlen, aber ich weiß nach wie vor nicht, was ich davon halten soll.«

»Okay«, sagte er. »Versuch mal das. Natürlich nur, wenn du willst. Was mochtest du an dem Job am meisten? Und was am wenigsten?«

»Darüber müsste ich erst nachdenken.«

Unsere Kaffeebestellung kam, wir bedankten uns, dann konzentrierten wir uns wieder ganz auf die Unterhaltung. Ich nippte an meinem Mocha, doch er war noch untrinkbar heiß.

»Was ich am meisten mochte«, wiederholte ich. »Ich mochte, wer ich in dem Job war. *Ihn* mochte ich weniger. Er war schrecklich. Gemein, hartherzig und gedankenlos. Homophob. Doch das konnte ich zurückstellen, wenn er etwas brauchte, denn es war meine Aufgabe, für ihn da zu sein. Ich hatte den Job angenommen und ich nahm meine Verantwortung ernst. Also denke ich, dass ich mochte, was ich in mir selbst sah, oder was ich in dieser Zeit Neues an mir entdeckte.«

Ein weiterer herbstlicher Windstoß ließ die Ahornblätter erneut durch die Luft wirbeln. Brian musste schnell seine Tasse mit der Hand abdecken, um zu verhindern, dass ein Blatt in seinen Kaffee fiel.

Er gab keinen Kommentar ab. Wir wussten beide, dass ich noch mehr zu erzählen hatte, daher wartete er ab.

»Was ich am wenigsten mochte … Ich denke, das war das Saubermachen nach … du weißt schon … nach den Körperfunktionen.«

»War das entwürdigend?«

»Ein wenig.«

»Das ist es aber wirklich nicht. Jedenfalls meiner Meinung nach. Aber es ist deine persönliche Erfahrung, daher will ich dir nicht reinreden.«

»Nein, bitte erzähl mir mehr. Falls du mir eine neue Sicht auf Bettpfannen geben kannst, würde ich das wirklich gern hören.«

»Ich sehe es so«, begann Brian. »Und glaub's mir, ich bin schon mit einer Menge unangenehmer menschlicher Ausscheidungen in Kontakt gekommen. Ich empfinde es nicht als entwürdigend, überhaupt nicht. Es besteht definitiv die Möglichkeit, dass es für den Patienten entwürdigend sein kann, aber es liegt in unserer Macht, das Ganze zu entschärfen und für den Patienten leichter zu machen. Das ist ein riesiger Dienst, den man einem Menschen leisten kann, der bald sterben wird. Sieh es mal so. Stell dir ein Baby vor. Ein Baby pinkelt, kackt und erbricht sich. Die Eltern machen das alles sauber. Und die Aufgabe von Eltern wird nicht als entwürdigend angesehen. Sie kümmern sich aus Liebe um ihr Baby und das ist eine edle

Tat. Und niemand verübelt es dem Baby. Das Baby empfindet keine Schamgefühle und niemand würde Babys einen Vorwurf machen, weil sie keine Kontrolle über ihre Körperfunktionen haben. Irgendwie sehen wir Erwachsene in einem anderen Licht, auch ältere und sterbende Menschen, aber mir ist nicht klar, warum. Ich glaube nicht, dass es bei ihnen so viel anders ist. Der menschliche Körper ist eine zerbrechliche, chaotische Angelegenheit. In der Mitte unseres Lebens haben wir ihn im Allgemeinen gut unter Kontrolle, aber zu der Zeit, wenn wir die Welt betreten und sie wieder verlassen, sind wir viel bedürftiger. Dann benötigen wir Hilfe. Und jemandem in dieser Situation helfen zu wollen, ist eine hohe Berufung, meiner Meinung nach. Das ist die Definition des Wortes ›dienen‹ in Reinform.«

Er verstummte. Wir schwiegen und mir kam es so vor, als wäre es ihm peinlich, so viel gesagt zu haben.

»Du hältst das sicher für bescheuert, oder?«, fragte er schließlich.

»Ich finde, es war brillant. Einfach wunderbar ausgedrückt.«

Ein paar weitere Sekunden Schweigen.

Dann sprach ich etwas aus, was ich vorher so tunlichst vermieden hatte.

»Das Universum will mir etwas mitteilen.«

»Ich kann dir nicht ganz folgen«, sagte er.

»Ich habe das Gefühl, es drängt mich in eine bestimmte Richtung.«

»Dann wehre dich nicht dagegen. Das macht sich nie bezahlt.«

* * *

Sehr lange redete ich über Chester. Sehr, sehr lange. Länger, als es mir bewusst war, während ich redete.

Bis ich … irgendwie … herauskam. Wie ein Taucher, der lange braucht, um vom Meeresgrund zur Wasseroberfläche zu steigen, und sie dann plötzlich durchbricht.

Wieder an der Oberfläche, fühlte ich mich ziemlich verlegen.

»Aber ich verstehe eigentlich nicht, warum ich so viel über ihn rede«, sagte ich.

»Also ich schon«, erwiderte Brian, ohne zu zögern, dann ruderte er ein wenig zurück. »Ich meine, ich glaube es zumindest. Ich will nicht so klingen, als würde ich dich besser kennen, als du dich selbst kennst. Aber du hast gerade gesagt, dass du es nicht verstehst, und für mich ist der Grund eigentlich ziemlich klar.«

»Okay«, sagte ich. »Schieß los.«

»Er war der Erste, der in deiner Obhut verstorben ist. Das ist ein Schlüsselmoment. So etwas hinterlässt Spuren. Du wirst plötzlich mit dem Tod konfrontiert, der sich nun echter anfühlt, als wir es gewöhnt sind. Man braucht Zeit, um das zu verdauen. Und das liegt noch nicht lange zurück, oder?«

»Oh Gott, nein, wirklich nicht lange. Die Tage dehnen sich in meiner Erinnerung aus. Es war vor vier oder fünf Tagen, obwohl es sich wie ein Monat anfühlt. Aber wenn ich an die Details denke, merke ich, dass es eher erst vor drei oder dreieinhalb Tagen war. Oder zweieinhalb. Aber ich könnte mich auch völlig irren.«

Es war mir unangenehm und peinlich, die Zeit nicht richtig bestimmen zu können, doch seit meiner Rückkehr hatte ich es nicht einmal geschafft, meinen Schlaf nachzuholen.

»Es macht nichts, ob es drei oder fünf Tage sind«, sagte Brian. »Der Punkt ist, dass es im Großen und Ganzen keine lange Zeit ist. Die Sache hat dich betroffen und du hast bisher noch keine Chance gehabt, sie zu verarbeiten.«

»Ja, das kann ich spüren.«

»Also verarbeitest du es durch Reden, um deinen Frieden damit zu schließen.«

»Ja. Tut mir leid.«

»Es braucht dir nicht leidzutun. Ich habe dasselbe erlebt. Wie fast alle meine Kollegen. Es ist ein natürlicher Prozess, selbst wenn das Verhältnis zu dem Patienten nicht gut war, wie du schon sagtest. Aber deine erste kurze Begegnung mit dem Tod wird dich erschüttern, ob du eine harmonische Beziehung zu der Person hattest oder nicht.«

»Das Seltsame ist, gewissermaßen hatte ich das. Eine harmonische Beziehung zu ihm, meine ich. Sie hatte sich gerade entwickelt. Ich mochte ihn zwar nicht, aber ich konnte ihn allmählich besser verstehen. Als ob ich … je mehr ich über sein Leben und seine Vergangenheit herausfand, desto besser konnte ich mich in seine Situation einfühlen. Und die ganze Erfahrung mit ihm, es war … ich weiß nicht, wie ich es beschreiben soll. Ich glaube, ich kann es noch nicht in Worte fassen. Aber es war … ich will immer wieder *befreiend* sagen. Ich meine nicht sein Sterben. Nicht das. Ich meine, als ich so viel über ihn erfuhr, dass ich ihn allmählich verstehen konnte. Denn irgendwann … irgendwann im Verlauf dieses Prozesses konnte ich etwas *verstehen*. Bis in mein Innerstes hinein konnte ich etwas verstehen, das ich zuvor nie verstanden hatte. Ich verstand, dass es überhaupt nicht um mich geht, wenn jemand mir gegenüber ausfällig und beleidigend ist. Denn dann entlarvt diese Person nur sich selbst, nicht mich. Mit mir hat es nichts zu tun. Solche Leute zeigen nur, wie es in ihnen selbst aussieht, denn sie projizieren es auf andere. Ergibt das einen Sinn? Es ist das erste Mal, dass ich es in Worte fasse.«

Nervös fragte ich mich, wie wohl diese Worte bei ihm angekommen waren.

»Seine Tochter und seine Ex-Frau hatten recht«, sagte er.

Seltsamerweise verstand ich nicht sofort, was er meinte.

»Warum?«

»Überlege dir das mit dem Pflegeberuf wirklich mal. Du hast ein Händchen dafür.«

Seine Einschätzung machte mich so verlegen, dass ich mich innerlich wohl ein wenig gekrümmt haben musste.

»Das waren ganz sicher mehr als zwanzig Minuten«, lenkte ich das Thema auf unsere ursprüngliche Abmachung für dieses Date.

»Das glaube ich auch«, stimmte er zu, »aber ich trage keine Armbanduhr und habe mein Handy im Auto gelassen. Wie spät ist es?«

Mein Handy lag mit dem Bildschirm nach unten auf dem Tisch, halb verdeckt von einem wirklich spektakulär schönen, rot-orangenen Ahornblatt. Ich drehte es um.

»Oh«, entfuhr es mir.

»So spät?«

»Zehn nach vier.«

»Dann sollte ich besser los.«

Wir standen beide auf.

Und ich dachte: *Das habe ich vermasselt. Ich habe ihn wegge-ekelt. Ich meine, es war wirklich nett von ihm, mit mir zu reden, als ob es ihm nichts ausmachen würde, meine Kummerkastentante zu sein. Aber wer will sich über zwei Stunden lang Geschichten über Chester Wheeler anhören?*

»Ich ruf dich an«, sagte er.

Ich war mir nicht sicher, ob er es ehrlich meinte oder es nur sagte, um von mir loszukommen.

»Das heißt«, fügte er hinzu, »falls du das möchtest.«

»Ja«, erwiderte ich. »Ich würde mich freuen.«

Er schenkte mir ein angenehmes kleines Lächeln, bevor er zu seinem Auto ging.

Ich stellte unsere Tassen auf das Geschirrtablett neben dem Eingang des Cafés, und dann machte ich mich zu Fuß auf den Weg nach Hause.

Unterwegs rief ich Anna an.

Als sie abnahm, sagte ich: »Ich möchte dir für etwas danken, aber sag nicht ›gern geschehen‹, denn das hast du schon getan.«

»Ich hab's doch gesagt«, meinte sie. »Brian hat dich umgestimmt.«

* * *

Ich kehrte in Chesters Haus zurück und erledigte eine Menge Arbeit, obwohl ich eigentlich viel zu müde war.

Etwa um sieben Uhr abends bekam ich eine Textnachricht von Brian.

Nimm es an oder nicht, wie du möchtest. Du könntest einem Hospiz deine Hilfe anbieten und dich um ein paar weitere Leute kümmern, vielleicht diesmal leichtere Fälle. Es könnte dir helfen, dich zu entscheiden.

Ich überlegte einen Moment, dann schrieb ich zurück.

Leichtere Fälle? Wo ist da die Herausforderung?

Er reagierte mit einem kleinen Lächeln. Es war keiner der Emojis, die heute überwiegend gesendet werden, sondern ein altmodischer, seitlicher Smiley, gebildet aus einem Doppelpunkt, Bindestrich und einer runden Klammer.

:-)

Dann fiel mir ein, dass ich Sue nicht angerufen hatte. Irgendwie hatte ich völlig die Erinnerung ignoriert und die Benachrichtigung wohl einfach gedankenlos gelöscht.

Also rief ich sie jetzt an, doch sie nahm nicht ab.

Ich hinterließ ihr eine Voicemail: »Tut mir leid. Ich bin gestern Abend nach Hause gekommen und habe völlig vergessen anzurufen. Aber es geht mir gut. Ich räume für Ellie Chesters Haus aus und es fühlt sich seltsam an. Sehr seltsam. Aber davon abgesehen ist alles in Ordnung.«

Ich wollte ihr von dem Notizbuch erzählen, doch bemerkte gerade noch rechtzeitig, dass dies sicher das Letzte wäre, was sie hören wollte. Es würde ihr nur unsägliche Gewissensbisse bereiten.

»Okay, dann tschüss«, verabschiedete ich mich.

Ich legte auf und arbeitete bis spät in die Nacht hinein. Weit über den Zeitpunkt hinaus, an dem ich mir den Gefallen hätte tun sollen, endlich ins Bett zu gehen.

Kapitel 25

BERUFUNG

Am nächsten Morgen wurde ich früh wach, obwohl ich spät zu Bett gegangen war.

Ich zog mich schnell an und machte mir einen Kaffee für unterwegs, mit dem Ziel, wichtige Dinge zu erledigen.

Doch zuerst ging ich zu Chesters Haus, wo ich alle Fenster öffnete, jedes einzelne. Sicher würden schon bald potenzielle Käufer zur Besichtigung kommen und dann wäre es schön, wenn sie den Rundgang nicht mit einem Naserümpfen beginnen müssten.

An der Eingangstür blieb ich stehen. Ob es eine gute Idee war, das Haus so weit geöffnet zurückzulassen? Die Fenstergitter boten jedenfalls keinerlei Schutz vor einem Einbruch.

Dann musste ich über meine eigene Dummheit lachen.

Die Macht der Gewohnheit hatte mich so denken lassen. Ich könnte mich glücklich schätzen, wenn jemand einbrechen und alles mitnehmen wollte. Ein Einbrecher würde mir stundenlange Arbeit ersparen.

Ich sprang in mein Auto und fuhr los.

Von einem Geräteverleih holte ich eine Sackkarre, um die Möbel bewegen zu können, und in einem Baumarkt kaufte ich eine große Menge an Mülltüten und ein paar Reinigungsmittel.

Zurück im Auto sah ich nach, ob ich eine Benachrichtigung hatte.

Plötzlich war ich mir nichts, dir nichts auf der Website meines örtlichen Hospizes gelandet. Und ich schwöre, dass ich nicht wusste, wie das überhaupt passieren konnte. Hatte ich das Hospiz in die Suchfunktion eingegeben? Ich konnte mich nicht erinnern.

Ich beschloss, den Leuten von meinem örtlichen Hospiz einen Besuch abzustatten, warum nicht?

* * *

Das Büro des Hospizes lag in einem großen, alten Haus in einer Gegend, die in ferner Vergangenheit offenbar ein gehobenes Wohnviertel gewesen war.

Ich betrat das Haus.

Im Vorzimmer saß eine jüngere Frau, die mit Formularen beschäftigt war und nicht zu mir aufblickte. Verlegen nahm ich auf einem Stuhl Platz, mit meinem mittlerweile kalten Kaffee in der Hand.

Ich wartete, eine Minute oder zwei, und wollte es mir schon anders überlegen und durch die Tür nach draußen schlüpfen.

Genau in diesem Augenblick schenkte sie mir endlich Beachtung.

»Guten Tag«, sagte sie. »Tut mir leid, ich war völlig in meine Arbeit versunken.«

»Kein Problem«, erwiderte ich, obwohl mich das beinahe aus der Tür geführt hätte.

Nun ja. Das und noch viele andere Dinge.

»Womit kann ich Ihnen helfen?«

»Ich möchte mich erkundigen, was die ehrenamtliche Arbeit hier beinhaltet.«

»Oh«, sagte sie und klang verblüfft, als hätte sie diese Frage von mir wirklich nicht erwartet. Ich fragte mich, warum. »Wir bieten ein Training an. Sie sollten sich aber sicher sein, dass Sie es wirklich machen wollen, denn der Kurs dauert dreißig Stunden.«

»Nur der Trainingskurs?«

»Genau. Danach bitten wir um mindestens vier Stunden ehrenamtlicher Arbeit pro Woche. Wenn Sie das machen möchten, sind Sie bei uns herzlich willkommen. Die meisten Leute melden sich per Telefon oder online für den Kurs an. Aber falls Sie mit Trudy sprechen möchten, wo Sie schon mal hier sind …«

»Ja, wo ich schon mal hier bin … Es sei denn, sie hat gerade keine Zeit. Sie konnte schließlich nicht wissen, dass ich hier auftauchen würde.«

Als ich mich selbst reden hörte, bemerkte ich, dass ich unsicher klang. Als könnte ich genauso gut einfach durch die Tür gehen und die ganze Sache schnell vergessen. Und das ist wahrscheinlich nicht, was sie von einem ehrenamtlichen Helfer erwarten.

Sie nahm den Telefonhörer, drückte eine Taste und sagte, vermutlich zu Trudy: »Ein *junger Mann* ist hier, der mit Ihnen über das Training für die ehrenamtlichen Helfer reden möchte.«

Sie schien eine seltsame Betonung auf die Worte »junger Mann« zu legen.

Dann legte sie auf und sagte zu mir: »Es wird nur ein paar Minuten dauern.«

Ich rutschte unruhig auf meinem Stuhl herum. Es dauerte nicht lange, aber aus irgendeinem Grund fühlte ich mich in dieses Krankenhaus in Denver zurückversetzt – an diese lange

Wartezeit, bis eine Schwester kam, um mich darüber aufzuklären, was ich alles falsch gemacht hatte.

Als ich aufblickte, stand eine Frau vor mir, die Pauline Fischer überraschend ähnlich sah, nur war ihr Haar nicht so kurz und sie war kräftiger gebaut. Und außerdem viel lässiger gekleidet. Trotzdem, diese Ähnlichkeit machte sie mir sofort sympathisch. Ob sie ebenfalls ohne einen Blick auf die Landkarte einschätzen konnte, durch wie viele Staaten jemand gefahren war? Sie machte einen intelligenten Eindruck.

»Hallo«, begrüßte sie mich.

»Hallo«, sagte auch ich.

»Ich bin Trudy.«

»Ja, das wurde mir gesagt.«

Dann bemerkte ich, etwas spät, dass dies der Zeitpunkt war, mich vorzustellen.

»Entschuldigung«, fügte ich hinzu. »Mein Name ist Lewis.«

»Gehen wir in mein Büro, Lewis.«

Ich folgte ihr. Das Büro war nicht, was ich erwartet hätte. Offen gesagt, war es ein völliges Chaos. Nicht schmutzig – hier lagen keine leeren Kaffeebecher oder Essensbehälter verstreut. Aber jede Menge Ordner. Stapelweise. Kisten voller Ordner. Aufeinandergestapelte Kisten voller Ordner. Überall. Warum wurden diese Ordner nicht in Aktenschränken aufbewahrt? Aber andererseits, hatte diese Stadt überhaupt genügend Aktenschränke, um all diese Ordner aufzubewahren?

Wir setzten uns an den Schreibtisch.

»Wir bekommen normalerweise nicht viele junge Männer in Ihrem Alter, die ehrenamtlich helfen wollen. Ich sage nicht, es käme nie vor, aber es ist … ungewöhnlich. Erzählen Sie mir ein bisschen darüber, was Sie hierhergezogen hat.«

»Okay. Natürlich. Ich habe mich vor Kurzem um einen Mann gekümmert, der nicht mehr lange zu leben hatte. Ich habe keine Ausbildung oder professionelle Qualifikationen. Er brauchte nur jemanden, der ihn unterstützte und ihm half, und er hatte alle anderen Pflegekräfte vergrault. Ich hatte gerade meinen Job verloren und brauchte das Geld, also konnte ich mich nicht auch vergraulen lassen. Und am Anfang hatte ich nicht gedacht, dass ich es tun könnte. Ich dachte, ich wäre genauso dünnhäutig wie alle anderen, die ihm weggelaufen sind. Aber letztendlich hat mir dieser Job sehr viel gebracht. Ich habe gemerkt, dass ich sein Verhalten an mir abprallen lassen konnte und es nicht persönlich nehmen musste. Und das ist so eine Freiheit. Sich über die Vorstellung hinwegzusetzen, dass jemand anderes deine Strippen ziehen kann. Es ist befreiend. Ich will das nicht verlieren. Ich will es weiterführen. Ich will nicht abgedroschen klingen, und vielleicht rede ich zu viel, aber ich möchte nur sagen, dass es ein Geschenk war.«

Sie drehte einen Kugelschreiber zwischen ihren Fingern, während sie mir zuhörte.

»Ein Geschenk für Sie? Oder für ihn?«

»Na ja, wohl beides. Er hatte jemanden gebraucht, der bis zum Ende bei ihm war, und ich konnte es tun. Aber ich meinte eigentlich, dass es ein Geschenk für mich war.«

»Dürfte ich fragen, was Sie davor gemacht haben? Beruflich? Sie haben gesagt, Sie hätten Ihren Job verloren.«

»Ich habe als Software-Entwickler gearbeitet.«

»Das ist ein ganz schöner Sprung.«

»Ja, das ist es. Das ist mir bewusst.«

»Hätten Sie gern als Software-Entwickler weitergearbeitet?«

»Das ist eine gute Frage. Ich war davon ausgegangen, dass ich an dieser Karriere hängen würde, aber jetzt im Rückblick glaube ich, dass meine einzigen Gedanken an die Karriere mit Geld zu tun hatten. Ich hatte nicht gewusst, dass eine Karriere mehr als Geld bedeuten könnte.«

»Ich verstehe.«

Sie machte sich eine kurze Notiz auf ihrem Block, dann blickte sie mich direkt an.

»Die meisten Leute, um die wir uns kümmern, sind wesentlich einfacher im Umgang als Ihr letzter Patient. Wir können auf jeden Fall jemanden für Sie finden, mit dem es sich angenehmer arbeiten lässt.«

»Nein, das will ich gar nicht«, wandte ich ein. »Ich will die härtesten, schwierigsten Leute, die Sie haben.«

Sie warf mir einen Blick zu, der – zumindest – sehr kritisch war.

»Erzählen Sie mir mehr darüber, warum Sie ausgerechnet das wollen.«

»Weil … ich allmählich denke, dass es meine … wäre es zu dramatisch, wenn ich sagen würde, dass es meine Berufung ist?«

Sie behielt ihre Meinung für sich, also redete ich weiter.

»Also es heißt ja, dass jeder Mensch eine Gabe hat, die er in dieser Welt einsetzen kann. Was, wenn dies nun meine Gabe ist? Wenn ich jemandem nützlich sein kann, nur weil ich gelernt habe, Dinge nicht persönlich zu nehmen, und das mich in die Position versetzt, helfen zu können? Verstehen Sie, was ich meine?«

»Ich glaube schon«, antwortete sie.

»Ich will einen Kurs machen, um als häusliche Pflegekraft zertifiziert zu werden.« Ich war über meine eigenen Worte überrascht, denn bis dahin war mir nicht bewusst gewesen, dass ich mich bereits entschieden hatte. Ich schien diese Neuigkeit nicht nur Trudy mitzuteilen, sondern gleichzeitig mir selbst. »Die Tochter des Mannes, um den ich mich gekümmert habe, will mir den Kurs bezahlen, weil sie meint, andere Familien würden ebenso meine Hilfe benötigen.«

»Weil Sie Dinge nicht persönlich nehmen.«

Sie klang, als würde sie noch austüfteln, wer ich war, und sei noch zu keinem Endergebnis gekommen.

»Genau. Ich denke allmählich … wie kann ich es so formulieren, dass es einen Sinn ergibt? Wenn ich mir jetzt die Welt ansehe, dann denke ich … wenn Leute wüssten, wie viel sie über sich selbst preisgeben, wenn sie dir sagen, was sie von dir halten – dann würde niemand mehr miteinander reden.«

Ein paar Sekunden lang schweigen wir. Dann änderte sich ihr Gesichtsausdruck und ein winziges Lächeln erschien auf ihren Lippen.

»Also, wenn Sie die Ausbildung schaffen, werden Sie ein sehr willkommener Zuwachs für unser Team sein«, sagte sie.

Ich lehnte mich zurück und atmete erleichtert aus.

»Danke«, sagte ich.

»Sie müssen trotzdem noch die dreißig Unterrichtsstunden absolvieren und sich zu mindestens vier Stunden ehrenamtlicher Arbeit pro Woche verpflichten, wenn möglich.«

»Verstanden. Ich habe zurzeit noch keinen neuen Job, also ist das Timing prima.«

»Ausgezeichnet. Das freut mich.« Dann rief sie: »Hey, Connie!«, so laut, dass ich zusammenzuckte.

Die Frau vom Vorzimmer kam an die geöffnete Bürotür.

»Stell dir vor, wir haben einen neuen Helfer für Gladys gefunden.«

Conny runzelte die Stirn.

»Wollen wir ihm das wirklich antun?«

»Er will das.«

»Ja, aber … Gladys? Ist er sich da sicher? Was weiß er über sie?«

»Schwierige Leute sind meine Berufung«, warf ich ein.

»Aber …«

»Ich habe mich gerade um Chester Wheeler gekümmert. Wen auch immer Sie mir geben, wird nach Chester keine zu große Herausforderung sein.«

* * *

Am Ende des Tages, dank eines fast übermenschlichen Durchhaltevermögens, hatte ich Chesters Haus vollständig ausgeräumt.

Die Möbelstücke standen in der Einfahrt, zusammen mit über vierzig gefüllten Müllsäcken, alle bereit zur Entsorgung. Im Kofferraum und auf dem Rücksitz meines Autos stapelten sich die Sachen, die ich einem Second-Hand-Laden spenden wollte.

Ich hatte sogar diesen furchtbaren Zottelteppich abgerissen und zusammengerollt in die Einfahrt gestellt. Und auf was ich unter dem Teppich gestoßen war … das war kaum zu glauben, zumindest für mich. Parkett. Ein schöner, alter Parkettboden, wenn auch etwas renovierungsbedürftig. Aber jetzt muss ich Sie fragen: Wer bedeckt einen Parkettboden mit einem Zottelteppich? Sicher, stimmt, die Antwort liegt auf der Hand. Aber wer außer ihm würde das machen?

Als ich in dem leeren Wohnzimmer stand, kämpfte ich gegen ein leichtes Unbehagen in mir an, das ich nicht so recht einordnen konnte.

Die Fenster waren noch immer geöffnet und die Luft im Zimmer war kühl und frisch. Es roch gut. Vollkommen neutral. Das Zimmer enthielt keinerlei Hinweise auf seinen früheren Besitzer und vielleicht war genau dies der Grund für mein Unbehagen.

Ich hatte ihn erfolgreicher ausgelöscht, als ich es für möglich gehalten hätte.

Ich schüttelte den Gedanken wieder von mir ab.

Dann sperrte ich Chesters Haus ab und ging nach Hause, wo ich lange duschte, bevor ich mir ein Sandwich machte.

Ich hatte noch nicht zu Ende gegessen, als es klopfte.

An der Tür stand eine Frau in einem eleganten Kostüm, sie mochte in ihren Fünfzigern sein.

»Mr Madigan?«

»Ja?«

»Ellie Frankel hat mir gesagt, Sie hätten den Schlüssel für das Haus nebenan.«

»Und Sie sind …?«

»Ich bin von der Makleragentur.«

»Oh. Okay. Das ging ja schnell.«

»Ist das Haus noch nicht bereit für Besichtigungen?«

»Doch, doch. Aber bitte entschuldigen Sie dieses Chaos in der Einfahrt.«

»Welches Chaos?«

»Sie haben es nicht gesehen?«

»Was?«

Barfuß trat ich aus dem Haus und ging bis zum Bürgersteig, von wo aus ich auf Chesters Einfahrt blicken konnte. Sie war leer. Völlig leer und sauber.

»Ach«, sagte ich über die Schulter in Richtung der Maklerin, die hinter mir stand. »Ich wusste, dass Ellie eine Firma beauftragen wollte, um die Sachen abzuholen, aber ich habe gar nichts gehört. Sie müssen gekommen sein, als ich unter der Dusche war.«

»Dürfte ich mir das Haus von innen ansehen?«

»Natürlich. Ich hole den Schlüssel.«

Wieder zurück, ging ich mit ihr zu Chesters Haus und öffnete die Tür.

Stolz betrachtete ich meine Arbeit. Das Haus war perfekt. Ich meine, wenn man die perfekte Leere sucht, dann war es vollkommen.

»Na, sieh einer an«, sagte sie überrascht. »Ausgezeichnet. Mir wurde gesagt, es sei immer noch eine mittlere Katastrophe.

Na ja, ich sollte es nicht ›Katastrophe‹ nennen, auch wenn sie es getan hat. Ein Haus, das noch in Arbeit ist.«

»Ich bin gerade heute fertig geworden.«

»Gut. Vielen Dank. So mögen wir es. Als hätte der frühere Besitzer nie existiert.«

Es war überaus seltsam, dass sie als Maklerin so etwas sagte, und diese Bemerkung traf mich so spitz wie ein Pfeil.

Ich hatte das Haus so sehr verändert, dass es aussah, als hätte Chester nie existiert.

Sie schien mein Unbehagen zu spüren, denn sie ruderte sofort zurück.

»Bitte entschuldigen Sie«, sagte sie. »Ich habe laut gedacht, das sollte ich nicht tun. Ich weiß, wenn jemand ins Pflegeheim kommt, bleibt immer dieses unbehagliche Gefühl, die Person aus der Welt gelöscht zu haben, und es war sehr gedankenlos von mir, das zu bestärken.«

»Er ist nicht in ein Pflegeheim gekommen«, erwiderte ich. »Er ist gestorben.«

»Oh Gott.« Sie wurde rot. »Da bin ich wirklich ins Fettnäpfchen getreten, was? Ich nehme nur den Schlüssel und verschwinde wieder.«

Ich ließ den Schlüssel in ihre ausgestreckte Handfläche fallen.

Wir verließen zusammen das Haus und sie schloss ab.

Irgendwie hatte ich erwartet, dass sie sich noch einmal entschuldigen würde, doch offensichtlich fühlte sie sich vor allem beschämt, mehr als es ihr leidtat, also stieg sie schnell in ihr Auto und fuhr davon.

Ich ließ mich auf die Eingangsstufen von Chesters Haus sinken und überlegte, wie ich es wiedergutmachen könnte, dass ich ihn ausgelöscht hatte.

Die Dämmerung war eingetreten und es war ziemlich kalt. Ich trug keine Jacke und war barfuß. Aber trotzdem blieb ich viele Minuten lang dort sitzen und trug die Kälte wie ein Büßergewand, während ich überlegte, welche von Chesters Sachen ich bergen könnte.

Vielleicht etwas von den Sachen für den Second-Hand-Laden in meinem Auto? Ich könnte es für die Nachwelt aufheben. Etwas, das schon durch seine bloße Existenz Chester Wheeler verkörperte.

Da war diese alte Kuckucksuhr, die nicht mehr die Zeit anzeigte und auch nicht mehr stündlich ihren Kuckuck in die Welt hinausschickte. Aber sie war so hässlich, dass ich mir nicht vorstellen konnte, sie in meinem Haus zu haben.

Vielleicht etwas ganz Kleines, das an Chester erinnerte, wie diesen Souvenirlöffel der Niagarafälle oder den holzgeschnitzten Flaschenöffner.

Selbst ein kleiner Gegenstand würde etwas bedeuten. Nur eine Erinnerung daran, dass er jahrelang hier, in dieser Gegend, auf der Erde gewandelt war. Jahrzehntelang sogar.

Dann wurden mir die Augen geöffnet, figurativ gesprochen. Ich hatte sie die ganze Zeit geöffnet gehabt, aber nicht richtig gesehen. Ich war zu sehr mit meinen Gedanken beschäftigt gewesen. Doch jetzt bündelte ich meine Konzentration auf etwas außerhalb von mir selbst und da war es. Es füllte mein ganzes Gesichtsfeld aus. Der schwerfällige Koloss, Chesters Winnebago.

Nichts verkörperte Chester so sehr wie dieses Wohnmobil.

Ich stand auf und ging in mein Haus zurück, von wo aus ich Ellie anrief.

»Hallo, Lewis«, sagte sie. »Ich habe einen Transporter bestellt, um die Einfahrt leer zu räumen. Und jemand von der Makleragentur wird bei Ihnen den Schlüssel abholen.«

»Sie waren beide schon hier«, erwiderte ich.

»Gut. Sind meine Schecks angekommen?«

»Ganz ehrlich, ich habe völlig vergessen, nach der Post zu sehen. Ich werde das nach unserem Telefonat sofort machen.«

»Sie können den anderen Scheck einfach zerreißen, wenn Sie ihn nicht wollen.«

»Nein, nicht nötig. Ich will den Kurs machen und mich zertifizieren lassen.«

»Wirklich? Das ist ja wunderbar, Lewis. Das freut mich.«

»Also, ich habe eine Frage: Haben Sie gemeint, was Sie über Chesters Winnebago gesagt haben? Es ist Ihnen egal, was damit passiert?« Während ich mit ihr sprach, trat ich ans Fenster. Ich zog den Vorhang zur Seite und starrte zu dem Ungetüm. Kurz zweifelte ich an meiner eigenen Zurechnungsfähigkeit. »Sie wollen dafür gar nichts haben?«

Ich hörte ihr Seufzen am anderen Ende.

»Ich sollte wohl etwas dafür verlangen. Der Winnebago ist wahrscheinlich ein paar Tausend Dollar wert. Aber ich bin so müde, Lewis. Ich bin so müde von dieser ganzen Sache mit meinem Vater. Ich will das nur hinter mich bringen. Und die Vorstellung, dieses Riesending zu verkaufen, wenn ich nicht in Buffalo wohne … falls Sie ihn verkaufen wollen, könnten wir die Einnahmen teilen.«

»Oh.«

»Sie klingen enttäuscht.«

»Nein, es ist in Ordnung.«

»Was haben Sie gedacht?«

»Ich habe nur überlegt, ob ich ihn vielleicht behalten könnte. Für den Fall, dass ich in Zukunft einen anderen Patienten habe, der etwas Bestimmtes sehen will, bevor er stirbt.«

»Lewis«, sagte sie, wieder mit fester Stimme. »Der Winnebago gehört Ihnen.«

»Vielen Dank. Das ist sehr großzügig. Ich will mein Glück nicht überstrapazieren, aber ich weiß nicht, wo die Autopapiere sind.«

»Mein Rechtsanwalt kann Ihnen etwas für die Kfz-Behörde schreiben.«

»Nochmals danke«, sagte ich. »Dann sehe ich jetzt besser mal nach der Post.«

»Können Sie mich informieren, wer das Haus besichtigt?«

»Das mache ich.«

Wir beendeten das Telefonat.

Ich ging an meinen überquellenden Briefkasten. Er war so voll, dass die Post richtiggehend hineingestopft worden war und ich Mühe hatte, sie herauszuziehen.

Als ich alles ins Haus gebracht und die Werbung aussortiert hatte, blieben überwiegend Rechnungen übrig. Aber Ellies Schecks waren dabei. Und auf dem Scheck, den Ellie mir für meine Hilfe ausgeschrieben hatte, stand ein sehr hoher Betrag. Großzügig und um einiges höher, als ursprünglich vereinbart war. Also musste ich wenigstens die Rechnungen nicht fürchten. Ich hatte gute Aussichten, sie bezahlen zu können, endlich.

Ich ging ins Bett und schlief sehr lange.

* * *

Ich wurde wach, als ich draußen Stimmen hörte.

In meiner Pyjamahose stand ich auf, trat ans Fenster und zog den Vorhang zur Seite.

Eine Familie besichtigte Chesters Haus.

Drei Kinder, zwei Jungen und ein Mädchen, rannten auf dem größtenteils abgestorbenen Rasen herum. Das Paar stand auf den Eingangsstufen und unterhielt sich mit der Maklerin, die die schlechte Angewohnheit hatte, laut zu denken.

Es schien ein Wink des Schicksals zu sein – ein junges, verliebtes Paar mit drei Kindern, zwei Jungen und ein Mädchen. Ich fragte mich, ob eines der Kinder nachts Monster unter seinem Bett befürchtete. Und ob die Erwachsenen sich alles erzählten oder ob sie Geheimnisse voreinander hatten.

Am liebsten hätte ich gesagt: »Seid gut zueinander und lasst niemanden zwischen euch kommen. Und falls es doch passiert und eure Ehe zerbricht und es nicht anders geht, dann findet zumindest einen Weg, die Erziehung eurer Kinder gerecht aufzuteilen.«

Doch natürlich kannte ich diese Leute nicht. Sicher hätten sie nicht meinen Rat gewollt.

Vom Nachttisch aus kündigte ein Ton an, dass ich eine Textnachricht erhalten hatte.

Ich ging zurück zum Bett und nahm mein Handy.

Die Nachricht war von Brian.

Wie wäre es mit einem richtigen Date, etwas essen gehen und danach ein Theaterstück oder eine Show? Vielleicht das Steakhouse in deiner Nähe und dann der Comedy Club? Was meinst du?

Ja, gerne, tippte ich zurück.

Er antwortete mit einem kleinen Herzen. Aber wieder war es kein richtiges Emoji, sondern ein Herz auf der Seite, das man mit den Tasten … wie nennt man diese Taste? Vielleicht ›Weniger-als‹-Symbol? Wie ein Caret-Zeichen, aber seitlich. Und die Zahl drei.

<3

Brian war ein wenig anders. Und das meine ich keineswegs negativ.

* * *

Zwei Tage später kam er abends um sieben zu mir.

Er trug Jeans, ein weißes Hemd und eine Sportjacke. Dieses Mal war sein Haar ordentlich zurückgekämmt, was ich bedauerlich fand. Mir hatte es wuschelig gefallen.

»Wenn du willst, können wir mein Auto nehmen«, schlug er vor. »Aber das Restaurant ist nur ein paar Straßen von hier entfernt.«

»Es ist schön draußen«, erwiderte ich. »Lass uns laufen.«

Wir gingen von meinem Haus aus zur Straße.

Ich hatte den Winnebago ein paar Meter weitergefahren, damit er vor meinem Haus parkte, nicht vor Chesters. Die Maklerin hatte mich darum gebeten, aber da er jetzt mir gehörte, hätte ich es ohnehin getan.

Auf dem Bürgersteig blieb ich vor dem Winnebago stehen, genau wie Brian, der offensichtlich nicht wusste, weshalb wir nicht weitergingen.

»Ich habe eine sehr wichtige Frage an dich«, sagte ich. »Was hältst du von meinem neuen Winnebago?«

Nicht sehr fair von mir, ich weiß. Aber ich wollte sehen, wie er darauf reagierte.

»Er ist … groß.«

»Das ist er.«

»Ich weiß nicht, ob ›neu‹ die richtige Bezeichnung ist.«

»Stimmt. Nein, natürlich nicht. Neu für mich, wollte ich sagen. Ich weiß, es ist nicht das stylishste Ding auf der Welt, aber man kann damit herumfahren und Sachen erleben. Zum Beispiel an Orte, die man schon immer mal sehen wollte, bevor es dafür zu spät ist.«

»Hast du etwa vor, schon bald diese Erde zu verlassen?«

»Nein. Aber ich werde mit Leuten zu tun haben, die bald die Erde verlassen.«

Wir gingen wieder weiter.

»Das war Chesters Wohnmobil«, erklärte ich. »Seine Tochter hat es mir vermacht.«

Dieses Mal war er derjenige, der stehen blieb.

Wir standen gerade bei der hinteren Stoßstange des Fahrzeugs und Brian starrte einen Augenblick lang nur dorthin. Er schien zu überlegen.

»Das hat Chester gehört?«

»Ja, damit sind wir durch das ganze Land gefahren.«

»Das kommt mir erstaunlich vor«, sagte er.

»Warum? Für mich ist es typisch für Chester.«

»Nach deiner Beschreibung ... konnte ich mir nicht vorstellen, dass er solche Autoaufkleber hatte.«

»Oh, die Aufkleber«, sagte ich und konnte ein Lachen kaum unterdrücken. »Das ist eine lange Geschichte. Ich erzähle sie dir unterwegs.«

Epilog

Ein Jahr später

Ich verbrachte ein paar Minuten damit, Estelles Sachen in den Winnebago zu packen, bevor ich schließlich Estelle selbst in den Wagen lud.

Ich sage das eher im Scherz, denn eigentlich war Estelle ziemlich beweglich. Sie war wackelig auf den Beinen, und es bestand bei ihr definitiv ein Fallrisiko, daher führte ich sie meistens am Ellenbogen. Doch sie konnte sich mehr oder weniger aus eigener Kraft von einem Ort zum anderen bewegen. Der schwierige Teil für mich war, sie mit einer Hand im Gleichgewicht zu halten und mit der anderen ihre Sauerstoffflasche zu schieben. Besonders, wenn es die Stufen zum Wohnmobil hochging.

Drinnen angekommen, blieb sie stehen und blickte sich um. Sie sah lange nach oben, als hätte sie die verzierte Kuppeldecke eines hundert Jahre alten Theaters erwartet. Ihr grauweißes Haar war fein und dünn. Ich konnte ihre Kopfhaut durchschimmern sehen, als sie nun das Innere des Winnebagos inspizierte. Sie hatte eine Hakennase, die an der Stelle, wo die Kanüle in ihre Nasenlöcher eindrang, zusammengedrückt aussah.

In der Zwischenzeit war Brian auf den Bürgersteig vor unserem Haus gekommen, um sich von mir zu verabschieden. Er erinnerte mich an einen treuen Galan aus einem 30er-Jahre-Film, der am Hafendock steht und seinem Geliebten nachwinkt, während das Schiff die Segel setzt.

Okay, okay. Ich weiß, ich romantisiere. Und wenn schon.

Estelle verkündete endlich ihr Urteil.

»Nicht gerade das Ritz-Carlton, oder?«

Sie hatte eine krächzende, nasale Stimme, die ich immer als das menschliche Äquivalent von Fingernägeln auf einer Schultafel empfunden habe. Wäre sie jemand, der andauernd redet, dann hätte ich mir das mit dem Job vielleicht sogar anders überlegt.

»Worüber haben wir uns unterhalten, Estelle?«

Ich schätzte die Wahrscheinlichkeit, dass sie sich erinnerte, auf vielleicht zehn Prozent ein.

»Keine Ahnung. Wir unterhalten uns über alles Mögliche.«

»Wir haben beschlossen, dass Sie Ihre Gedanken für sich behalten, wenn Sie nur kritisieren wollen.«

»Sie müssen mich mit einem anderen Ihrer Sterbepatienten verwechseln.« Das war ihre Vorstellung von einem Running Gag. Ich hatte keine anderen Patienten, sterbend oder gesund. Estelle war ein Vollzeitjob, mehr als das. »Ich würde so etwas nie zustimmen. Kritisch sein ist alles, was mir noch bleibt.«

Ich brachte sie zum Beifahrersitz und assistierte ihr beim Hinsetzen.

Als ich nach ihrem Sicherheitsgurt greifen wollte, schlug sie mir fest auf die Hand.

»Ich kann das selbst!«

»Sie. Dürfen. Nicht. Schlagen!«, sagte ich bestimmt. »Das ist schon das zweite Mal, Estelle. Wenn Sie das noch einmal tun, kündige ich und dann können Sie sich jemand anderen suchen.«

»Aber ich kann es selbst.«

»Dann *sagen* Sie mir das. Mit Worten. Wie würden Sie sich fühlen, wenn ich *Sie* schlagen würde?«

»Das tun Sie besser nicht. Gewalt gegenüber einer alten, hilflosen Dame – das ist wirklich unterste Schublade.«

»Mein Punkt ist, dass es immer Gewalt ist, wenn jemand einen anderen schlägt. Ich arbeite für Sie und kümmere mich um Sie, aber unter keinen Umständen nehme ich Gewalt von Ihnen hin. Sind wir uns einig?«

»Na gut, na gut.« Sie seufzte und ließ den Sitzgurt einrasten.

Leider gab es das Problem, dass sie schon kurz darauf – ob eine Minute später oder eine Stunde – vergessen haben würde, dass wir diese Unterhaltung geführt hatten.

»Bleiben Sie hier«, sagte ich. »Ich muss Brian noch einen Abschiedskuss geben.«

Ihre Miene verzog sich zu einer übertrieben theatralischen Schockgrimasse, als wäre sie eine Schauspielerin in einem Stummfilm.

»Auf der Straße?«

»Ja, auf der Straße. Laufen Sie mir nicht weg.«

Ich sprang die Stufen hinunter und ging zu Brian.

»Mir graut es schon«, sagte ich. »Bist du sicher, dass das eine gute Idee ist?«

»Es war deine Idee.«

»Eigentlich war es Estelles Idee. Aber ja, ich habe zuge-stimmt. Und die Frage ist immer noch gültig.«

»Ich antworte mit dem, was du immer zu mir sagst, Lewis. Wenn du Chester Wheeler überlebt hast, dann kannst du alles überleben.«

Er gab mir einen flüchtigen Kuss auf die Lippen, dann schien er sich auf etwas hinter meiner Schulter zu konzentrieren.

»Sie wirft mir einen finsteren Blick zu«, sagte er.

Ich drehte mich um.

Estelle blickte von ihrem erhöhten Platz im Winnebago auf uns herunter, mit einer Miene wie ein Richter auf dem Richterstuhl. Wieder übertrieb sie ihre Rolle.

»Du sagst es ihr, oder?«, fragte Brian.

»Ja. Ich sage es ihr. Aber vielleicht auf dem Rückweg, um ihr Familientreffen nicht völlig zu ruinieren.« Dieses Mal gab ich ihm einen Kuss, ebenfalls kurz. »Drück mir die Daumen. Ich kann es gebrauchen.«

»Du wirst schon klarkommen. Hast du dein Handy dabei?«

»Ja. Ich werde dich jeden Abend anrufen.«

Ich rannte um den Winnebago herum, sprang auf den Fahrersitz und ließ den Motor an. Als ich Brian zuwinkte, machte Estelle ein grimmiges Gesicht. Dann setzten wir uns in Bewegung.

»So, jetzt sind wir unterwegs«, sagte ich.

»Ich finde das so verstörend.«

»Was? Dass wir unterwegs sind?«

»Nein. Das Küssen. Auf der *Straße*. Zu meiner Zeit haben Männer das nicht gemacht. Oh, es gab schon Männer, die … Sie wissen schon … so waren. Und sogar manche Frauen, so heißt es jedenfalls, aber ich habe noch nie so welche getroffen. Also kann ich nicht sagen, ob das wirklich stimmt.«

»Es gab diese Frauen«, sagte ich. »Und Sie haben ein paar davon getroffen.«

»Ich habe Ihnen doch gerade gesagt, dass ich nie welche getroffen habe.«

»Und ich sage Ihnen, das haben Sie, Sie wussten es nur nicht.«

»Na ja, kann sein. Aber jedenfalls will ich nur sagen, dass das alles im Privaten stattgefunden hat.«

»Was den Punkt, den ich gerade gemacht habe, umso mehr unterstreicht.«

»So oft, wenn Sie reden, habe ich keine Ahnung, was Sie meinen.«

Ich gab's auf und schwieg.

Als ich auf dem Weg zur Schnellstraße durch einige schmale Straßen kam, merkte ich, dass ich ganz vergessen hatte, wie stressvoll das innerstädtische Fahren in diesem Koloss war.

Estelle ließ unterdessen das Thema nicht fallen.

»Was ich sagen will, ist, dass es auf mich verstörend wirkt. Es wird mir ein bisschen übel, wenn ich daran denke. Zu meiner Zeit wäre das nie vorgekommen. Das sage ich nur.«

Schon jetzt konnte ich spüren, wie mich die Last dieser Aufgabe nach unten zog. Und wir waren erst seit ein paar Minuten unterwegs.

»Ich meine es nicht böse, Estelle, aber dies ist nicht Ihre Zeit. Tut mir leid, aber Sie müssen loslassen und akzeptieren, dass Dinge sich verändern. Sonst machen Sie sich nur unglücklich.«

»Ich mag es nicht, wenn Dinge sich verändern.«

Da ist sie also, dachte ich. *Meine Erinnerung, dass nichts von alldem hier persönlich ist.*

»Das weiß ich«, sagte ich und konnte selbst den plötzlichen Unterschied in meiner Stimme hören. Sie war weicher geworden. »Ich weiß, dass Veränderungen Ihnen Angst machen und Ihnen das Gefühl geben, alles würde außer Kontrolle geraten.«

Ich merkte, dass ich den Nagel auf den Kopf getroffen hatte, denn sie sagte kein Wort mehr und sah schweigend aus dem Fenster.

»Ich werde mich aber nicht ändern, damit Sie sich weniger verstört fühlen«, fügte ich hinzu, denn es musste gesagt werden. »So etwas tun Leute nicht. Das geht darüber hinaus, was wir einander schulden. Was, wenn ich von Ihnen verlangen würde, zu jemandem zu werden, der mich akzeptiert, nur weil es *mich* verstört, wenn Sie mich ablehnen? Würden Sie sich dann ändern?«

»Natürlich nicht. Ich bin, wer ich bin, und das ist mein gutes Recht.«

Ich wartete ab, ob sie es merken würde. Nichts passierte.

»Ich warte darauf, dass Sie es merken«, sagte ich.

»Was merken?«

Ich seufzte.

Mehrere Kilometer lang sprachen wir nicht mehr.

Als ich auf den Highway auffuhr und meinen Platz auf der rechten Spur ergattert hatte, atmete ich erleichtert auf.

»Sie können nicht den ganzen Weg bis nach South Dakota auf der rechten Spur bleiben«, sagte sie nach ein paar Kilometern.

Plötzlich huschte ein Gedanke durch meinen Kopf. Hatte sie etwa den Geist von Chester heraufbeschworen?

»Natürlich kann ich das«, erwiderte ich. »Warum nicht?«

»Das dauert zu lange. Dann komme ich zu spät zu meinem Treffen.«

»Nein, wir kommen morgen Abend an. Ihr Familientreffen beginnt erst am Samstagmorgen.«

»Morgen *ist* Samstag.«

»Nein, morgen ist Freitag.«

»Dann wäre heute Donnerstag.«

»Ja, und das ist es auch. Heute ist Donnerstag.«

Ich hielt ihr den Bildschirm meines Handys entgegen.

»Was soll ich mir da ansehen?«, fragte sie.

»Das kleine Symbol, das wie eine Kalenderseite aussieht.«

»Sehe ich nicht.«

»Oberste Reihe.«

»Ah ja«, sagte sie. »Wer hätte das gedacht? Es ist Donnerstag.«

Sie sprach das Zeitthema nicht mehr an und beschwerte sich auch nicht mehr darüber, dass ich auf der rechten Spur fuhr.

* * *

Als wir uns Pennsylvania näherten, wurde Estelle redseliger und erzählte mir ihre Geschichte von Mount Rushmore. Sie sprach für ihre Verhältnisse viel, was wohl bedeutete, dass diese große Fahrt sie nervöser machte, als sie nach außen zugeben wollte. Es bedeutete auch, dass es an meinen Nerven zerren würde.

»Siebenunddreißig Jahre lang habe ich mit diesem Mann in Spearfish, South Dakota, zusammengelebt. Um die hundert Kilometer vom Mount Rushmore entfernt, der damals noch neu war. Die Leute liebten ihn oder hassten ihn, aber es war eine große Sache. Umstritten.«

»Er ist immer noch umstritten.«

Sie ignorierte mich.

»Aber habe ich ihn jemals zu Gesicht bekommen? Nein. Er hatte Angst, das Auto könnte eine Panne haben, sagte er jedenfalls. Vielleicht würden wir einen Platten bekommen, sagte er. Zugegeben, da draußen war es vor all diesen Jahren ziemlich leer, aber eine Entfernung von hundert Kilometern bedeutet nicht, dass man auf dem Mond landet. Ich meine, man kann doch mal ein bisschen Mut zeigen, habe ich recht? Dann ziehen wir wegen ihm nach Buffalo, aber er sagt: ›Keine Sorge, wenn ich in Rente gehe, kommen wir mit dem Flieger dorthin. *Business-Klasse.*‹ Da höre ich *einmal* im Leben auf den großen Lebemann. Business-Klasse! Siebzehn Jahre vergehen, er geht in Rente und drei Monate später hat er einen Herzinfarkt und fällt tot um. Und habe ich jemals Mount Rushmore zu Gesicht bekommen?«

»Nein, das haben Sie nicht«, antwortete ich.

»Nein, das habe ich nicht«, echote sie.

Ich hatte nicht mitgezählt, aber ich würde schätzen, dass sie mir diese Geschichte schon fünfzehn- bis zwanzigmal erzählt hatte. Hier oder da variierte vielleicht mal ein Wort, aber ich hätte die Geschichte mit ihr gemeinsam heruntersagen können. Trotzdem tat ich es nicht, um sie nicht zu verletzen. Es war nicht ihr Fehler, dass sie sich nicht mehr daran erinnern konnte, was sie schon gesagt hatte.

Meine Reaktion auf ihre Geschichte war dieselbe wie immer. Wenn sie sich nicht mehr daran erinnern konnte, dass sie sie mir schon erzählt hatte, dann würde sie sich auch nicht mehr an meine Reaktion darauf erinnern.

»Ich mache mir nur Sorgen, es könnte eine Enttäuschung für Sie werden. Ich meine, nachdem Sie das in Ihrer Vorstellung über all diese Jahre so aufgebauscht haben. Da wird es zwangsläufig etwas enttäuschend sein.«

»Niemals«, sagte sie entschieden. »Das sind berühmte amerikanische Präsidenten. Es ist eine amerikanische Tradition.«

Alles Dinge, die sie schon vorher gesagt hatte.

Dann fügte sie etwas Neues hinzu.

»Patriotismus hatte zu meiner Zeit etwas zu bedeuten.«

Dann verstummte sie. Ich blickte zu ihr und sah, dass sich ein Schatten auf ihr Gesicht gelegt hatte. Ihre Standhaftigkeit schien sich aufzulösen.

»Andererseits«, fügte sie hinzu, »ist dies nicht meine Zeit, wie Sie so unhöflich betont haben.«

»Ich wollte nicht Ihre Gefühle verletzen«, lenkte ich ein.

»Nein, nein. Es ist in Ordnung. Sie sind, wer Sie sind, und das ist Ihr gutes Recht.«

Mir blieb der Mund offen stehen und ich vergaß völlig, ihn wieder zuzuklappen.

»Estelle«, sagte ich, als ich meine Sprache wiedergefunden hatte. »Sie sind heute sehr scharfsinnig. Ich bin beeindruckt.«

»Worüber sind Sie beeindruckt?«

»Darüber, was Sie gerade gesagt haben.«

»Was habe ich gerade gesagt?«

»Macht nichts«, sagte ich und versuchte, ein Seufzen zu unterdrücken. »Es ist eine lange Fahrt und wir wollen nicht, dass Sie sich schon so früh erschöpfen. Lehnen Sie sich doch einfach zurück und schließen Sie ein bisschen die Augen.«

Sie befolgte meinen Vorschlag und ich konnte den größten Teil des Tages in einer herrlich wohltuenden Ruhe weiterfahren.

* * *

Für die Übernachtung machten wir irgendwo in Wisconsin an einem Campingplatz halt. Ich hatte nicht darauf geachtet, wo genau wir waren, aber wir hatten es durch Chicago geschafft und die I-90 hatte sich eindeutig Richtung Norden gewendet.

Ich fuhr bereits seit über zehn Stunden und war erschöpft.

Doch leider hatte Estelle die meiste Zeit auf dem Beifahrersitz geschlafen und jetzt hätte sie nicht wacher sein können.

Sie musste auf die Toilette, aber wollte nicht das Wohnmobil-Klo benutzen, obwohl sie nicht begründen konnte, warum. Ich brachte sie mit ihrer Sauerstoffflasche zur Damentoilette des Campingplatzes. Als ihr Pfleger hätte ich sie begleiten dürfen, um ihr zu helfen, aber sie bestand darauf, allein hineinzugehen.

Unruhig wartete ich draußen und befürchtete, jeden Moment ein lautes Krachen zu hören. Hoffentlich hatte ich nicht einen furchtbaren Fehler gemacht.

Einen Moment später hörte ich die Toilettenspülung, dann kam sie wacklig aus der Toilette herausgestakst, ihre Sauerstoffflasche hinter sich herziehend.

»Ich habe mir nicht die Hände gewaschen«, verkündete sie, »weil ich sowieso gleich duschen will.«

Sie zeigte auf das Betongebäude hinter mir, wo sich die gebührenpflichtigen Duschen befanden.

Ich hätte ihr sagen können, dass wir nicht genügend Vierteldollars hatten, aber ich wollte sie nicht anlügen.

»Ich würde mich wohler fühlen, wenn Sie im Wohnmobil duschen könnten.«

»Ich brauche aber mehr Platz.«

»Ich glaube, Platz ist genau das, was Sie *nicht* brauchen. Sie könnten hinfallen.«

»Sie können direkt vor der Tür warten, ich schließe nicht ab. Sollte ich hinfallen, dann rufe ich und Sie können in zwei Sekunden bei mir sein.«

»Aber dann wären Sie doch schon hingefallen.«

Über ihrem Kopf sah ich, wie die Sonne hinter den Bäumen verschwand und neblige Lichtstrahlen durch die Zweige und Äste schickte. Es war wunderschön und ich sehnte mich nach etwas Schönem. Denn diese Situation machte mich nervös.

»Ich könnte auch in der Dusche des Winnebagos hinfallen.«

»Eben nicht. Das gefällt mir an der Dusche so gut. Sie ist zu eng, um darin hinzufallen.«

»Und genau das gefällt mir nicht. Sie ist nicht mal groß genug, um darin hinzufallen. Sie müssen verstehen, ich habe Platzangst.«

Und erst jetzt erzählen Sie mir das, dachte ich.

»Warten Sie hier«, sagte ich. »Stützen Sie sich mit der Hand an dem Gebäude ab und machen Sie keine Bewegung, ich komme gleich wieder.«

Ich rannte zum Winnebago zurück und holte Seife, Shampoo, Handtuch, Waschlappen und einen ihrer Bademäntel sowie einen aufklappbaren Campingstuhl.

Ich brachte alles zu Estelle, die noch so dastand, wie ich sie angewiesen hatte.

»Wofür ist der Klappstuhl?«, wollte sie wissen.

»Damit Sie im Sitzen duschen können.«

»Der Stuhl wird doch völlig nass. Er hat einen Stoffbezug. Wer duscht auf einem Stuhl mit Stoffbezug?«

»Na und? Dann wird er eben nass. Er kann über Nacht draußen trocknen. Das ist ein kleiner Preis für Ihre Sicherheit.«

Ich steckte ein paar Vierteldollarstücke in den Einwurfschlitz und öffnete die Tür.

Dann bereitete ich alles vor – Sauerstoffflasche, Bademantel und Handtuch in eine Ecke, wo sie trocken bleiben würden, und Seife, Shampoo und Waschlappen auf den Boden neben dem Stuhl, den ich direkt unter dem Duschkopf aufstellte.

Durch ihre jahrelange Erfahrung wusste sie, wie sie ihr Sauerstoffgerät trocken halten sollte, ohne dass ich es ihr erklären musste.

»Okay«, sagte sie, als ich sie zu ihrem Stuhl gebracht hatte. »Sie können jetzt gehen.«

»Ich warte direkt vor der Tür.«

»Das will ich hoffen.«

Ich trat hinaus, lehnte mich an die Tür und wartete. Die Sonnenstrahlen drangen mittlerweile nicht mehr durch die Zweige, doch hinter den massiven Baumstämmen war ein intensives, orangefarbenes Glühen zu erkennen.

Dies war der kritischste Zeitpunkt, während Estelle sich entkleidete und setzte.

Ich probte in Gedanken, wie ich es ihrer Familie beibringen würde, mit der ich noch nie geredet hatte. Falls sich herausstellen sollte, dass es eine dumme Idee gewesen war.

Als ich schließlich das Wasser rauschen hörte, atmete ich erleichtert aus.

Ich zog mein Handy aus der Tasche und rief Brian an.

»Hey«, meldete er sich.

»Hey.«

Der Klang seiner Stimme beruhigte mich sofort. Ich fühlte mich nicht mehr so verloren, nicht mehr so weit entfernt von meinem Zuhause.

»Wie läuft's?«

»Estelle treibt mich in den Wahnsinn, wie immer.«

»Wenn du Chester Wheeler überlebt hast …«

»Stimmt, aber wenigstens wusste Chester irgendwann, was er konnte und was nicht. Sie aber will ständig Dinge selbst tun, die bedenklich sind, und es ist wirklich schwierig zu entscheiden, wo man die Grenze ziehen soll. Ich meine, ich verstehe ja, wie wichtig ihre Unabhängigkeit für sie ist. Aber ich trage die Verantwortung für sie.«

»Ich weiß. Du musst einfach dein Bestes versuchen. Mehr kannst du nicht tun.«

Wir ließen eine kurze Stille zwischen uns einkehren.

Ich warf einen Blick zurück auf die Bäume und sah, dass sie jetzt weniger orange schimmerten. Die Sonne senkte sich schnell. Vielleicht hätte ich einen Mantel für Estelle mitbringen sollen, damit sie auf dem Rückweg im Bademantel nicht fror. Aber dafür war es jetzt zu spät. Ich musste an der Tür stehen bleiben.

»Wo bist du jetzt?«, fragte Brian.

»Hinter Chicago, irgendwo in Wisconsin.«

»Da habt ihr einiges an Kilometern zurückgelegt.«

»Das stimmt.«

Eine kurze Stille, dann sagte er eines der vielen Dinge, die unterstrichen, weshalb ich ihn so liebte: »Sieh mal, Lewis. Es ist schwierig. Ich weiß, dass es schwierig ist. Und du auch. Deshalb hast du dich zertifizieren lassen – um die Jobs zu tun, die für die meisten Leute zu schwierig sind.«

310

Ich stimmte ihm nicht ausdrücklich zu, denn wir wussten beide, dass er recht hatte.

»Ich liebe dich«, sagte ich.

»Ich liebe dich auch, Lewis.«

Gerade in diesem Moment wurde das Wasser abgestellt. Estelle hatte nur ganz kurz geduscht. Noch etwas, das mir das Gefühl gab, sie hätte Chesters Geist heraufbeschworen.

Und würde es diesem Mann nicht ähnlichsehen, wenn er zurückkehren würde, um mich heimzusuchen?

»Ich muss aufhören«, verabschiedete ich mich. »Ich ruf dich morgen wieder an.«

* * *

Chester und ich hatten die Gewohnheit gehabt, direkt auf dem hässlichen orange karierten Polster zu schlafen, doch in dieser Beziehung war Estelle völlig anders als er.

Sie hatte mich schon im Voraus gewarnt, dass ich ihr Bett beziehen müsste – denn auf keinen Fall würde sie sich ohne richtige Bettwäsche hinlegen.

Sie ging um 21 Uhr ins Bett und obwohl sie den ganzen Tag geschlafen hatte, schlummerte sie sofort ein.

Ich dagegen hatte weniger Glück.

Estelle schlief ausschließlich auf dem Rücken, damit die Sauerstoffschläuche sich nicht verhedderten, wenn sie sich hin und her wälzte. Aber für mich ergab sich das Problem, dass ihr Mund dann offen stand – und große Güte, konnte diese Frau schnarchen! Im Vergleich dazu war Chesters Schnarchen anmutiges Vogelgezwitscher gewesen. In Estelles Schnarchen lag ein Rasseln. Nicht wie das, wenn die Nase verstopft ist, es klang eher wie das Flattern von schlaffer Haut. Ich kannte die Details nicht, ich hatte keine medizinische Ausbildung – noch nicht.

Ich wusste nur, dass mir das Einschlafen schwerfallen würde, sollte ich es überhaupt schaffen.

Wie ein Wunder konnte ich etwa eine Stunde lang schlafen, bis ich aufwachte, weil ich pinkeln musste. Ich stand auf, machte mich auf den Weg zur Toilette ... und stieß mit der Zehe gegen Estelles Sauerstoffflasche.

Vor Schmerz aufjaulend sprang ich rückwärts zu meinem Bett. Ich schaltete die Deckenleuchte an und sah, dass mein zweiter Zeh tatsächlich in die falsche Richtung zeigte. Ich musste die Zähne zusammenbeißen und ihn manuell wieder einrenken, was gelinde gesagt wirklich keinen Spaß machte.

Während sich all das abspielte, schnarchte Estelle einfach weiter.

* * *

Am nächsten Morgen wachte ich auf und sah Estelle über mich gebeugt vor mir stehen, ihr Gesicht nur wenige Zentimeter von meinem entfernt. Durch die Vorhänge schien ein sanftes Licht, das mir verriet, dass der Morgen angebrochen war.

»Lewis«, sagte sie vorwurfsvoll »Was ist los? Wollen Sie den ganzen Tag verschlafen?«

Ich rieb meine Augen, dann hielt ich mir abwehrend die Hände vors Gesicht, damit sie verstand, dass sie zurücktreten und mir etwas Raum geben sollte.

»Ich glaube, ich habe nicht mal zwei Stunden geschlafen«, sagte ich.

»Na, dann geben Sie nicht mir die Schuld. Sie hätten schlafen sollen, als Sie die Gelegenheit hatten. Wir haben noch eine weite Strecke vor uns und es eilt.«

Das stimmte nicht. Wir hatten den ganzen Tag Zeit und die Familienfeier begann erst am nächsten Morgen. Doch ich war schon wach, also stand ich auf, machte einen Kaffee und nahm wieder auf dem Fahrersitz Platz.

»Warum humpeln Sie?«, fragte sie, als sie sich anschnallte.

Ja, ich ließ sie sich selbst anschnallen. Diesen Fehler machte ich kein zweites Mal.

»Weil ich im Dunkeln gegen Ihre Sauerstoffflasche gestoßen bin.«

»Na, das war ja nicht sehr helle.«

»Vielleicht schaffen wir eine längere Strecke, wenn wir weniger reden«, sagte ich.

Und zumindest einige Kilometer lang schien das zu funktionieren.

* * *

Als wir uns South Dakota näherten, begannen sich bei Estelle Zweifel zu regen.

»Ich bin mir nicht so sicher, ob das eine gute Idee ist«, sagte sie.

»Aber es war doch Ihre Idee.«

»Ich weiß. Aber das muss nicht heißen, dass sie gut war. Haben Sie denn nie eine schlechte Idee?«

»Oft«, erwiderte ich. »Aber wenn dafür die Hilfe von anderen nötig ist, würde ich die Sache wohl durchziehen, wenn jemand für mich schon viel Mühe auf sich genommen hat.«

Estelle rümpfte ihre zusammengekniffene Nase.

»Sie sprechen schon wieder in Rätseln.«

»Ich habe gesagt, dass ich jetzt nicht mehr umkehre.«

»Oh. Na ja, wenigstens kann ich das verstehen, auch wenn es mir nicht gefällt.«

»Haben Sie Angst vor dem Wiedersehen mit Ihrer Familie?«

»Natürlich. Ich habe sie seit siebzehn Jahren nicht mehr gesehen. Und das ist kein Zufall. Ich meine, sicher, Mel und ich sind umgezogen, aber es gibt ja schließlich Flugzeuge und Züge. Es muss Gründe haben, dass sie mich nicht sehen wollten.«

»Na ja, jetzt werden Sie sich wiedersehen, ob Sie es wollen oder nicht.«

»Was, wenn sie abweisend zu mir sind?«

»Dann sind Sie eben besonders herzlich.«

»Das könnte schiefgehen.«

»Ja. Vielleicht. Aber vielleicht ist es Ihre letzte Gelegenheit, sie zu treffen. Und ich glaube, dass kein Ergebnis schlechter sein könnte als das Gefühl, eine letzte Gelegenheit verpasst zu haben. Denn dann werden Sie nie wissen, wie es hätte sein können.«

Sie seufzte. Ein paar Sekunden lang blickte sie so konzentriert aus dem Fenster, als wäre die Landschaft einfach atemberaubend. Und das war sie übrigens nicht.

»Na ja, ich gebe es nur ungern zu«, sagte sie, »aber Sie könnten recht haben.«

»Und denken Sie auch an die Möglichkeit, dass es gut laufen könnte.«

»Ich wünschte, ich hätte Ihren Optimismus.«

»Das ist nichts, das man einfach so hat oder nicht«, erklärte ich. »Es funktioniert wie bei einem Muskel. Man muss ihn hin und wieder trainieren.«

»Etwas spät für mich, meinen Sie nicht?«

»Ja«, erwiderte ich. »Etwas spät. Aber nicht zu spät. Denn Sie sind noch nicht tot.«

Und ja, ich wusste, dass ich all das schon vorher einmal gesagt hatte.

* * *

Wir erreichten um kurz nach halb sieben am Abend den Veranstaltungsort. Jemand von der Familie hatte eine Farm gemietet oder eine Ranch, ich war nicht sicher, wie ich es nennen sollte. Wir waren auf einem flachen Feld mitten im Nirgendwo, in einiger Entfernung westlich vom Missouri River.

Es gehörte anscheinend kein Haus oder sonstiges Wohngebäude dazu. Tatsächlich schien das Gebäude ein riesiges Rechteck aus Nichts zu sein, abgesehen von einer massiven, sehr hohen Scheune, die auch als Flugzeughangar hätte dienen können.

Estelle hatte gesagt, ihre Tochter hätte dieses Gebäude gemietet, weil es für alle Gäste mehr oder weniger gleich weit entfernt war – natürlich mit Ausnahme von uns. Davon abgesehen wäre es mir schwergefallen, auch nur einen einzigen weiteren Grund zu finden, weshalb jemand dies mieten sollte.

Die gute Nachricht war, dass wir direkt vor der Scheune campieren konnten. Die schlechte war, dass wir keinen Strom- oder Wasseranschluss hatten. Es gab zwar Wasser und Strom, doch wie sich herausstellte, nur innerhalb der Scheune und zu weit entfernt von der Stelle, wo wir parkten.

Als ich den Motor abstellte und das Licht ausschaltete, überraschte es mich, wie dunkel es schon war.

Außer unserem stand schon ein weiteres Wohnmobil auf dem Parkplatz.

»Da ist noch jemand früh angekommen«, sagte ich zu Estelle. »Wollen Sie hingehen und Hallo sagen?«

»Nein, ich will nicht dahin. Ich will ins Bett.«

»Um halb sieben?«

»All das Grübeln hat mich müde gemacht. Wollen Sie mit mir debattieren, wenn ich sage, dass ich Schlaf brauche?«

»Sie sind sich sicher, dass Sie nicht erst mal schnell Hallo sagen wollen?«

»Das ist mein Großneffe und er ist ein ausgemachter Idiot. Daher nein.«

Ich brachte Estelle ins Bett und stellte ihre Sauerstoffflasche an die Stelle, wo ich sie während der Fahrt aufbewahrte – hinter einen Sitz geklemmt, damit sie im Fall einer abrupten Bremsung nicht durch die Gegend flog. Ich hatte mir bereits genug Zehen ausgerenkt, vielen Dank.

»Ich humpele mal nach draußen und sehe mich ein bisschen um«, sagte ich.

»Ich will einen Gutenachtkuss.«

Das war neu. Und ein ziemlich merkwürdiger Wunsch, also blieb ich einen Moment lang stehen, ohne etwas zu sagen.

»Nur auf die Stirn«, wies sie an. »Ich habe keine komischen Sachen mit Ihnen vor.«

Doch ein wenig seltsam war es schon.

Trotzdem, ich kam ihrem Wunsch nach. Ich platzierte schnell einen Kuss auf die kreppartige, papierdünne Haut ihrer Stirn, bevor ich in die erstaunlich kalte Luft hinaustrat.

Estelles Großneffe stand an sein Wohnmobil gelehnt da. Es war ein viel neueres Modell als mein Winnebago, mit einem Lkw-Fahrgestell. Der Mann rauchte eine Zigarette und konnte seine Neugier über uns Ankömmlinge nur schlecht verbergen.

Die Arme gegen die Kälte um den Oberkörper geschlungen, ging ich auf ihn zu und versuchte, beim Laufen nicht zu hinken.

»Wer zum Teufel sind Sie denn?«, fragte er. »Sie gehören nicht zur Familie.«

Er mochte um die vierzig sein und hatte sehr kurze Haare, aber viel mehr ließ sich in der Dunkelheit nicht ausmachen.

»Ich bin mit Estelle Garnier hier«, erklärte ich. »Ich bin ihre Pflegekraft.«

»Estelle ist nicht hier«, sagte er.

Was für eine merkwürdige Aussage.

»Estelle ist hier«, bekräftigte ich.

»Wie kommt es, dass sie überhaupt eingeladen war?«

»Ich nehme an, die ganze Familie war eingeladen.«

»Aber nicht Estelle.«

»Na ja, sie hat gewusst, wo das Treffen stattfindet. Also glaube ich, dass Sie falschliegen.«

Was für ein schlechter Anfang! Ich hoffte natürlich, dass dies der einzige Idiot in der Familie war und dass die allgemeine Reaktion auf ihre Anwesenheit positiver sein würde. Aber es löste ein negatives Vorgefühl aus.

»Warum braucht sie überhaupt eine Pflegekraft?«

»Weil sie nicht mehr lange zu leben hat.«

»Was hat sie denn?«

»Überraschend viel eigentlich. Aber wir wollen ja nicht gegen die Schweigepflicht verstoßen.«

»Ich würde wetten, dass sie es noch lange macht. Die alte Schachtel ist zu störrisch zum Sterben.«

»Ich sehe mich ein bisschen um«, sagte ich. »Bis später.«

Jedoch war es eiskalt und schon fast dunkel, mein Zeh schmerzte beim Laufen und es gab nicht viel zu sehen. Und der Idiot schien jede meiner Bewegungen zu beobachten.

Ich kehrte in mein Wohnmobil zurück, verzog mich in die Schlafkabine und rief Brian an.

»Hey«, sagte er.

Ich übersprang das übliche »Hey« und fragte ihn direkt: »Weißt du, wie man einen ausgerenkten Zeh behandelt?«

»Na ja, da hilft nur Zähne zusammenbeißen und manuell wieder einrenken.«

»Das habe ich schon getan.«

»Nimm ein Pflaster und klebe es an den Zeh daneben. Das stellt den Zeh ein wenig ruhig, damit er heilen kann. Davon abgesehen kann man nicht viel tun, außer Eis. Hochlegen. So wenig Belastung wie möglich. Wie hat sie denn das geschafft?«

»Nein, nicht Estelle. Es ist mein Zeh. Ich bin auf dem Weg ins Bad im Dunkeln gegen ihre Sauerstoffflasche getreten.«

»Autsch! Du hättest sie hinter den Sitz klemmen sollen, wie du es sonst machst, wenn du fährst.«

»Danke für den Tipp.«

»Seid ihr bei dem Familientreffen?«

»Ja, wir sind jetzt hier. Es fühlt sich an, als wäre ich mitten im Nirgendwo.«

Schon jetzt setzte sich das Heizgebläse lautstark in Bewegung, um das Wohnmobil warm zu halten. Zum Glück funktionierte es auch ohne Generator, man brauchte nur genügend Propangas und einen Akku, was wir beides hatten.

Ich erzählte ihm von der Fahrt, diesem Ort und dem Idioten von einem Großneffen. Also einiges mehr, als er unbedingt wissen musste. Ich fragte mich, ob er merkte, dass ich nur so viel redete, weil ich mich isoliert, verloren und völlig allein fühlte.

Brian war ein intelligenter Mann, daher war die Antwort auf diese Frage wohl ein klares Ja.

* * *

Als wir am Morgen aufwachten, wimmelte es um uns herum geschäftig. Wir konnten es trotz des Brummens des Heizgebläses hören.

Es war 6.45 Uhr. Die Festlichkeiten sollten mit einem Pfannkuchen-Frühstück um 7.30 Uhr beginnen.

Ich zog den Vorhang ein Stück hoch, um zu sehen, was los war.

»Machen Sie das wieder runter!«, rief Estelle.

Sie saß noch in ihrem Nachthemd auf dem Bett. Bevor ich ihren Befehl befolgte, hatte ich sehen können, dass eine Cateringfirma angekommen war, inklusive eines Lasters mit Logo, Generatoren und Außentischen mit frei stehenden Heizgeräten.

»Warum soll ich den Vorhang nicht hochziehen?«

»Ich will sie sehen, bevor sie mich sehen können.«

Sie kam zu mir und ich machte für sie Platz, als sie sich neben mich auf das Bett setzte. Sie hob den Vorhang nur einen oder zwei Zentimeter an. Gerade genug, um mit einem spähenden Auge etwas zu sehen.

Wieder genau wie Chester.

»Caterer. Caterer. Herrje, hier sind mehr Caterer als Familienmitglieder. Da ist wieder der Idiot von einem Großneffen. Noch ein Caterer. Oh! Da ist meine Tochter.«

»Das ist gut. Oder?«

»Nein. Eigentlich nicht. Sie ist auch schlimm. Oh, und ihr Mann. Mein Schwiegersohn.«

»Sagen Sie nichts. Lassen Sie mich raten. Ein Idiot.«

»Er ist kein Idiot.« Ich atmete erleichtert auf, dann fügte sie hinzu: »Er ist der Teufel in Person.«

Für den Bruchteil einer Sekunde fragte ich mich, warum sie sich dem aussetzen wollte. Aber im Kontext von letzten Wünschen ergab es wahrscheinlich einen Sinn, nur nicht in einem anderen Kontext.

Sie schien meine Gedanken zu lesen.

»Warum wollte ich noch mal hierherkommen?«

»Weil Sie wissen, dass es wahrscheinlich Ihre letzte Gelegenheit ist, und weil diese Leute Ihr Fleisch und Blut sind. Sie wollen sehen, ob sich diese Beziehungen irgendwie reparieren lassen, und falls nicht, dann haben Sie es wenigstens versucht.«

»Da!«, rief sie und ich merkte, dass sie mir kaum zuhörte. »Das ist meine Enkelin. Also das ist jemand, den ich mag.«

»Okay. Na, das ist doch ein Fortschritt. Dann machen wir Sie jetzt fertig, damit Sie rausgehen und Ihre Enkelin sehen können.«

* * *

319

Humpelnd begleitete ich Estelle und ihre Sauerstoffflasche zu ihrer Enkelin, einer Frau von fast fünfzig Jahren, die an einem Tisch saß und Kaffee trank. Währenddessen bemühte ich mich, die kalten Blicke von anderen Familienmitgliedern zu ignorieren.

Ich kehrte in den Winnebago zurück, um zu duschen und mich richtig anzuziehen.

Als ich auf meinem Handy nachsah, ob Brian sich gemeldet hatte, fiel mein Blick auf das Datum. Genau vor einem Jahr war Chester gestorben.

Unter der Dusche dachte ich über passende Worte für diesen Anlass nach, doch alles, was mir einfiel, war: *Du hast mich in all das hier reingeritten, Mistkerl*. Ich weiß. Es klingt nicht gerade nach einem Nachruf für einen Verblichenen. Und trotzdem, so wie ich Chester gekannt hatte, würde er wahrscheinlich darüber lachen. Und es verstehen.

Seien wir ehrlich, es war genau seine Art von Nachruf.

* * *

Mit Estelles Baskenmütze in der Hand, damit sie sich nicht die Kopfhaut verbrannte, verließ ich den Winnebago.

Das Frühstück war in vollem Gang. Es gab Blaubeerpfannkuchen, Pfannkuchen mit Schoko- und frischer Erdbeersoße und Pfannkuchen ohne alles, außerdem Rühreier mit Würstchen sowie Kaffee und Toast.

Das Einzige, was fehlte, war Estelle.

Ich humpelte umher, bis ich sie hinter der Scheune entdeckte. Mit ihrer mittelalten Enkelin lehnte sie an der alten, trockenen Holzwand. Sie rauchten Zigaretten.

»Was zum Teufel …?«, rief ich überrascht.

Estelle ließ ihre Zigarette fallen und trat sie unter ihrem Schuh aus, sodass ich die Zigarette nicht sehen konnte. Sie spähte so angestrengt auf den Boden, als hätte sie dort etwas

Wichtiges verloren – als gäbe es für ihre Blickrichtung einen edleren und dringlicheren Grund als das Vermeiden eines Augenkontakts.

Ich wartete ab, denn irgendwann würde sie ausatmen müssen.

»Zu spät, Estelle«, sagte ich, als ich genug vom Warten hatte. »Ich habe es bereits gesehen.«

Schuldig stieß sie eine große Rauchwolke aus.

»Was soll das? Sie sterben noch an einem Lungenemphysem!«

»Ja, *sterben*«, sagte sie, nun herausfordernd. »Die Betonung liegt auf *sterben*. Welchen Unterschied macht es also?«

»Wollten Sie vielleicht in einer Feuersbrunst sterben? Ihre Enkelin hier weiß vielleicht nicht, dass das Rauchen in der Nähe von medizinischem Sauerstoff gefährlich ist, aber *Sie* wissen es.«

Die Enkelin trat ein paar Schritte von Estelle weg, ließ ihre halb gerauchte Zigarette fallen und trat sie mit der Zehenspitze ihres roten Cowboystiefels aus.

»Aber wir sind doch im Freien«, jammerte Estelle. »Und ich habe den Behälter extra ausgeschaltet.«

»Aber an Ihrer Haut, in Ihren Haaren und an Ihrer Kleidung hängt immer noch reiner Sauerstoff. Und Sie wissen das alles. Das haben Sie bewiesen, als Sie den Behälter ausgeschaltet haben, obwohl das Atmen ohne unangenehm ist.«

»Tut mir leid«, schaltete sich die andere Frau ein. »Von dieser Feuergefahr wusste ich gar nichts. Mir ist klar, dass es eigentlich nicht gut für sie ist, aber sie hatte das Gefühl, einen Anfall zu bekommen, und eine Zigarette würde sie entspannen und vielleicht helfen.«

Wütend drehte ich mich zu meiner Patientin um, die beschämt die Augen senkte.

»Jetzt manipulieren Sie also andere Leute, um rauchen zu können.«

Sie erwiderte nichts.

Unangenehm lange sagte keiner von uns ein Wort. Schließlich entschied ich, dass nachträgliche Wut nutzlos war und wir besser mit dem Morgen fortfahren sollten.

»Haben Sie schon etwas gegessen, Estelle?«

»Noch nicht.«

»Kommen Sie, holen wir uns etwas von diesem Frühstück.«

* * *

Nach dem Frühstück defilierte eine Reihe von Verwandten an uns vorbei, um Estelle zu begrüßen. Doch es waren nicht genug, vielleicht zehn. Und die restlichen Verwandten erwarteten sicher nicht, dass Estelle zu ihnen kam. Die Sauerstoffflasche und ihre offensichtliche Gebrechlichkeit gaben eindeutig zu verstehen, dass Estelle sich nur von ihrem Sitzplatz aus mit anderen unterhalten würde.

Zum Großteil hatten die älteren Leute, die zu ihr kamen, einen angespannten Ausdruck im Gesicht. Eine Frau blickte Estelle nicht einmal richtig an.

Wenn jemand ging, informierte Estelle mich jedes Mal über den Verwandtschaftsgrad zu der jeweiligen Person.

»Cousin.«

»Cousine.«

»Cousine.«

»Cousin.«

Schließlich, als die Schlange sich ausdünnte, fragte ich: »Wie viele Cousins und Cousinen haben Sie denn?«

»Siebenundzwanzig. Ich stamme aus einer großen Familie. Meine Mutter kam aus einer Familie mit acht Kindern und mein Vater aus einer mit elf. Und ich selbst habe sechs Brüder und drei Schwestern.«

»Ist jemand von ihnen heute hier?«

»Nein, sie sind alle tot. Ich bin die Letzte, die noch da ist.«

In diesem Augenblick kam Estelles Tochter an unseren Tisch und ließ sich auf den Stuhl neben Estelle plumpsen. Ihr langes Haar war feuerrot gefärbt. Ihre Kleidung und Frisur erinnerten an eine Zwanzigjährige, obwohl sie offenbar stark auf die siebzig zuging.

»So«, begann sie. »Meinen Sie wirklich, es sei Ihre Aufgabe als Pfleger, meiner Mutter das Rauchen zu verbieten?«

»Sie bekommt medizinischen Sauerstoff«, erwiderte ich. »Also ja. Es ist mein Job, darauf zu achten, dass Ihre Mutter sich nicht selbst in Brand steckt. Dafür bezahlt sie mich.«

»Fangen Sie nicht damit an, was sie Ihnen bezahlt«, sagte sie. »Warum braucht sie überhaupt einen Vollzeit-Pfleger? Sie war immer sehr unabhängig.«

Estelle meldete sich zu Wort, vermutlich um mir beizustehen.

»Weil ich bald sterben werde, Einstein.«

»Woran denn?«, fragte die Tochter und fixierte ihre Mutter mit einem stechenden Blick.

Estelle sah nach unten auf die Serviette auf ihrem Schoß.

»Ich kann mich nicht erinnern«, sagte sie.

Der stechende Blick richtete sich auf mich.

»Woran?«

»Ohne ihre Erlaubnis kann ich nicht über die Einzelheiten ihrer Erkrankung reden.«

»Sagen Sie es ihr nur«, sagte Estelle. »Sie soll's erfahren. Ich kann nur nicht klar denken, wenn sie mich so ansieht.«

»Altersbedingte, nicht mit Alzheimer verwandte Demenz. Fortgeschrittenes Emphysem. Ein Anfallsleiden, das nicht diagnostiziert wurde, da sie einer MRT-Untersuchung nicht zustimmt, denn was immer dabei herauskäme, sie würde in ihrem Alter sowieso keine Hirnoperation mehr haben. Worin ihr niemand widerspricht. Aber wahrscheinlich ist es eine Art von Gehirntumor, weil sie auf alles andere schon untersucht wurde. Und eine kongestive Herzinsuffizienz, weshalb wir mit einem Winnebago hergekommen sind, anstatt zu fliegen.«

Die Tochter schien ein wenig einsichtig geworden zu sein, jedoch immer noch entschlossen, mir die Hölle heißzumachen.

»Man kann mit einer Herzinsuffizienz nicht fliegen?«

»Ihr Arzt hätte ihr eine Genehmigung geben müssen, wovon er uns abgeraten hat.«

»Vielleicht sollte sie einfach bei ihrer Familie sein. Und bei uns wohnen.«

Ich blickte zu Estelle, um ihre Reaktion zu sehen, doch sie saß nur stumm wie ein Fisch da. Sie schien ins Nichts zu blicken, vielleicht auch nur auf die Scheune.

Erst als ich das heftige Zucken ihrer Augenlider sah, merkte ich, dass sie einen durch Stress ausgelösten Anfall bekam.

Ich sprang gerade noch rechtzeitig auf. Sie versteifte sich, kippte nach rechts und ich fing sie auf, bevor sie aus dem Stuhl fiel. Ich ließ sie vorsichtig auf den Boden sinken und rollte sie auf die Seite, mit dem Gesicht nach unten, damit sie sich nicht an ihrer Zunge oder Erbrochenem verschlucken konnte. Dann setzte ich mich zu ihr und hielt ihren Kopf sanft, aber fest an meinen Oberkörper gedrückt, sodass sie ihn nicht auf den Boden schlug und sich verletzte.

Und dann wartete ich, bis die Krise abklang.

Sie machte ruckartige, zuckende Bewegungen und mein Magen reagierte auf jede heftige Zuckung, aber meine Aufgabe war, es einfach durchzustehen. Also tat ich das. Meine Gefühle zu dieser Situation waren jetzt nicht relevant.

Es hielt zwei oder drei Minuten lang an, in denen ich vollkommen auf Estelle konzentriert war und meiner Umgebung keine Beachtung schenkte. Als ich endlich aufblickte, standen alle Besucher, selbst die Caterer, in einem engen Kreis um uns herum und starrten.

Estelle kam von alleine nicht hoch, also half ich ihr, sich aufzusetzen, und hielt sie nach wie vor sicher umfasst.

Es herrschte Stille, während sie allmählich wieder das Bewusstsein erlangte. Keiner sagte ein Wort. Leider hörte auch niemand auf zu starren oder entfernte sich.

»Puh!«, stieß Estelle schließlich aus.

In diesem Augenblick, da sie wusste, dass die Krise vorüber war, wollte sich Estelles Tochter einmischen. Ungeduldig drängte sie mich aus dem Weg.

»Sie braucht ihre Familie«, schrie sie in mein Ohr. »Sie braucht ihre Tochter.«

Plötzlich schrie Estelle zurück, laut und panisch.

»Geh weg! Nein! Ich brauch dich nicht! Ich will dich nicht! Ich will Lewis! Nur Lewis!«

Mir wurde schwer ums Herz, als ich das hörte. Denn schon bald würde ich ihr eröffnen müssen, dass ich sie verlassen musste.

Die Tochter sprang zurück und blieb wie versteinert stehen. An ihrer Miene sah ich, dass sie sich zutiefst gedemütigt fühlte, so abgekanzelt worden zu sein. Und das vor der ganzen Familie.

»Nach einem Anfall kann vorübergehend eine Dysphorie auftreten«, erklärte ich.

Die Tochter nickte verdrießlich.

Dann ging sie. Die anderen Familienmitglieder und die Caterer schienen dies als Zeichen zu nehmen, sich ebenfalls zu entfernen. Nur noch Estelle und ich waren übrig. Wir saßen zusammen auf dem Boden und ich gab ihr Zeit, um wieder ganz zu sich zu kommen.

»Von wegen Dysphorie«, sagte sie leise. »Ich habe jedes Wort so gemeint, wie ich es gesagt habe.«

»Ich habe ihr eine Chance gegeben, das Gesicht zu wahren.«

»Sie sind so gütig«, sagte sie. »Zu gütig, was sie betrifft. Also, Lewis, verschwinden wir hier.«

»Sie wollen zurück ins Wohnmobil?«

»Ich will nach Mount Rushmore. Mir reicht's mit diesen Leuten. Ich habe bekommen, was ich wollte.«

»Sind Sie sicher?«

»Ja. So sicher wie nie in meinem Leben zuvor.«

»Wollen Sie mir sagen, warum?«

»Wir haben eine lange Fahrt vor uns. Da bleibt unterwegs viel Zeit zum Reden.«

Ich nahm ihre Baskenmütze vom Boden und setzte sie ihr in einem kecken Winkel auf den Kopf. Sie lächelte mich an. Unwillkürlich musste ich zurücklächeln.

»Gut, dass Sie diese Aufkleber abgemacht haben«, sagte sie, als ich ihr aufhalf. »Denn dort, wo wir hinfahren, würden Sie sich damit eine Abreibung einhandeln.«

* * *

Estelles Enkelin kam an die Fahrerseite, während ich noch darauf wartete, dass Estelle sich anschnallte. Ich stellte den Motor an und ließ die Fensterscheibe herunter.

»Ich möchte mich für meine Mutter entschuldigen«, sagte sie.

»Ja, was war da eigentlich los?«

»Sie hatte nicht gewusst, dass Oma einen Vollzeit-Pfleger hat. Sie wollte etwas erben und hat erst jetzt verstanden, dass das Geld wohl noch zu Lebzeiten meiner Oma ausgegeben wird.«

»Na ja«, begann ich und merkte dann, dass ich nicht wusste, was ich darauf sagen sollte. Ich entschied mich für eine ehrliche Reaktion. »Das muss die am wenigsten großmütige Sache sein, die ich je in meinem Leben gehört habe.«

Sie verzog den Mund zu einem schiefen Lächeln und zuckte mit den Schultern.

»Was soll ich sagen? So ist meine Familie. Und das mit dem Rauchen tut mir leid. Und auch, dass ich es meiner Mutter erzählt habe. Ich hätte nicht gedacht, dass sie es gegen Sie verwenden würde. Aber vor allem tut es mir leid, dass es überhaupt passiert ist.«

»Ich weiß, Estelle kann Leute dazu bringen, Dinge wider besseres Wissen zu tun.«

»Hey«, meldete sich Estelle zu Wort. »Denkt ihr, ich könnte euch nicht hören?«

»Nein, ich weiß, dass Sie uns hören können.«

Estelles Enkelin stellte sich in ihren roten Cowboystiefeln auf die Zehenspitzen und stützte sich mit den Fingern an der Fenstereinfassung ab.

»Es war schön, dich wiederzusehen, Oma.«

»Es geht mir genauso, mein Liebling«, erwiderte Estelle.

Ich rechnete damit, dass sie verabreden würden, in Kontakt miteinander zu bleiben, aber stattdessen drehte die Enkelin sich um und ging fort.

Bei laufendem Motor blieb ich sitzen und sah ihr hinterher.

»Hey«, sagte Estelle. »Nun setzen Sie sich schon in Bewegung, Schlafmütze. Wir müssen ein patriotisches Monument besichtigen.«

* * *

Ein gutes Drittel der Strecke legten wir schweigend zurück. Ich hoffte, dass Estelle ihre Gründe, das Familientreffen zu verlassen, später nicht bereuen würde. Ich war neugierig, aber wollte sie nicht drängen.

»Sie wissen, dass es am Wochenende überlaufener sein wird«, mahnte ich. »Oder?«

»Überlaufener als was?«

»Als wenn wir das ganze Wochenende bei dem Treffen geblieben und am Montag abgefahren wären.«

»Oh. Stimmt. Na ja … es ist hoch, oder? Das Monument, meine ich. Es ist hoch, man muss den Kopf heben, um es zu sehen.«

»Das stimmt.«

»Wen kümmert es also, was auf dem Boden los ist?«

Wir schwiegen wieder, aber nicht lange. Ich hatte Estelles Korken knallen lassen und jetzt schäumte sie über.

»Ich fühle mich sehr frei«, sagte sie. »Und wissen Sie, warum?«

»Ich würde keine Vermutung wagen.«

»Mir ist wieder eingefallen, warum ich meine Familie so lange nicht mehr gesehen habe. Nämlich weil sie mir gewaltig auf den Wecker geht. Irgendwie habe ich all diese Zeit damit verbracht, mich zu fragen, warum sie mich nicht sehen wollen. Mich gefragt, was an mir so schlimm sein sollte. Und dann, heute Morgen, ist mir schlagartig klar geworden, dass ich sie genauso wenig sehen wollte. Und das ist sehr befreiend. Oh, sie würden sicher sagen, dass es an mir liegt. Aber wenigstens weiß ich, dass es nicht *nur* an mir liegt. Sie glauben, mit mir sei schwierig auszukommen, aber sie sind nicht besser.«

Ein paar Sekunden lang blickte sie schweigend aus dem Fenster.

Dann fragte sie: »Meinen Sie auch, es sei zu schwierig, mit mir auszukommen?«

»Ich finde, dass es schwierig *genug* ist«, erwiderte ich.

Das klang vielleicht etwas harsch, aber ich verließ mich darauf, dass sie es so aufnahm, wie es beabsichtigt gewesen war.

Sie sann kurz darüber nach, bevor sie in lautes Gelächter ausbrach. Es war lustig – und ansteckend.

»Sehen Sie, das mag ich so an Ihnen, Lewis. Aber jetzt beeilen Sie sich, damit wir ein paar tote Präsidenten bewundern können.«

Unterwegs erzählte sie mir in aller Ausführlichkeit, wie sie mit ihrem Ehemann Mel in Spearfish in South Dakota gelebt hatte. Siebenunddreißig Jahre lang, keine hundert Kilometer von Mount Rushmore entfernt. Aber hatte sie es je zu Gesicht bekommen?

Überraschung: Nein, sie hatte es nie gesehen.

* * *

Sehr langsam führte ich sie humpelnd durch die *Avenue of Flags*, mit ihrer Sauerstoffflasche im Schlepptau. Das Monument selbst ragte klar sichtbar hoch über den Reihen mit den Flaggen der Nationen. Auf dem Abhang unterhalb der Präsidenten lagen unzählige Felsen, zwischen denen ein paar immergrüne Nadelbäume hervorwuchsen.

Der Platz war brechend voll, ein Meer aus Menschen.

»Wer hätte gedacht, dass so viele Leute hier sein würden?«, wunderte sich Estelle.

»Wir … haben eigentlich darüber geredet.«

»Haben wir das? Was habe ich gesagt?«

»Dass das Monument hoch sei und wir die Köpfe heben müssten. Daher wäre es egal, was auf dem Boden sei.«

»Aha. Das lässt sich wohl leicht sagen, wenn man nicht mitten in diesem Menschengedränge steht.«

Sie blieb stehen, ich also auch. Ich spürte ihr Gewicht ungewöhnlich stark, weil ich sie mehr abstützen musste als sonst. Es war ein langer Tag für Estelle gewesen.

»Also«, begann ich. »Sie können dieses verflixte Ding praktisch von überall sehen. Warum gehen wir nicht einfach zurück ins Wohnmobil, ich mache uns etwas zu Mittag und dann können wir es uns vom Fenster aus ansehen?«

»Meh«, murmelte sie. »Von mir aus können wir heimfahren. Wenn man es einmal gesehen hat, reicht das. Und ich habe es jetzt gesehen.«

Einen Moment lang standen wir Arm in Arm dort und ließen die Menschenmenge wie einen Fluss an uns vorbeiziehen. Leute rempelten uns mit den Schultern an und ein Kind trat auf meinen Fuß. Zum Glück war es der unversehrte.

»Wissen Sie«, sagte ich, »ich hätte wirklich nicht gedacht, dass ich das sagen würde, aber ... trotz all meiner Vorbehalte, es ist ziemlich eindrucksvoll, allein schon von der Größe und dem Umfang her.«

»Meh«, sagte sie wieder. »Ich finde, es ist überschätzt. Nachdem ich so lange gewartet habe, ist es etwas enttäuschend.«

* * *

»Ich muss mit Ihnen über etwas reden«, begann ich auf unserem Weg durch South Dakota Richtung Westen.

»Oje«, sagte Estelle. Einen Augenblick lang schwiegen wir. »Sie verlassen mich.«

»Ich muss Ihnen nur erklären ...«

»Weil es zu schwierig ist, mit mir auszukommen.«

»Nein. Darum geht es überhaupt nicht.«

»Worum dann?«

»Ich will mich weiterentwickeln. Beruflich, meine ich. Ich arbeite so gern mit Menschen, aber ich will eine Stufe weiterkommen und eine Krankenpflegeschule besuchen.«

»Sie wollen ein registrierter Krankenpfleger werden?«

»Nein, nur ein LVN, ein lizensierter Krankenpfleger.«

»Ist das nicht so gut?«

»Es ist leichter zu erreichen. Die Ausbildung ist kürzer.«

»Also nicht so gut.«

Wir schwiegen wieder. Ihre Miene war wie versteinert. Ich fuhr zur Seite, weil ich befürchtete, sie würde während der Fahrt einen Anfall bekommen. Wir standen auf dem Standstreifen des Highways, der sicher nur für Notfälle gedacht war.

»Sie können das machen, wenn ich gestorben bin«, sagte sie bestimmt.

»Genau genommen fängt das Semester bald an.«

»Es fängt auch nächstes Jahr wieder an. Es wird Ihnen schon nicht weglaufen.«

Sie sprach weiter, bevor ich etwas sagen konnte.

»Sehen Sie mal, Lewis. Ich weiß nicht, ob Sie verstehen können, wie schwer es für jemanden wie mich ist, sich zu öffnen und jemandem wie Ihnen zu vertrauen. Wie wäre es mit nächstem Jahr? Bitte. Ich flehe Sie an. Bitte überlegen Sie es sich.«

»Okay«, lenkte ich ein. »Ich werde es mir überlegen.«

Doch eigentlich kannte ich meine Antwort schon. Eigentlich hatte ich es schon gewusst, seit sie ihre Tochter angebrüllt hatte, dass ›nur Lewis‹ ihr nach dem Anfall nahe kommen durfte.

Jetzt musste ich es nur noch Brian beibringen.

Vorsichtig fädelte ich mich wieder in den Verkehr auf der Fahrbahn ein.

»Ich wollte Sie schon lange etwas fragen«, sagte sie.

»Worum geht's?«

»Warum ist hier im Seitenfach ein Pappbecher voller Vierteldollarmünzen? Ich könnte es verstehen, wenn er auf Ihrer Seite wäre, wo Sie an ihn herankommen. Für Parkuhren oder Mautgebühren. Aber hier drüben nutzen die Münzen Ihnen nicht viel.«

»Sie sind nicht für Parkuhren oder Mautgebühren«, erwiderte ich. »Sie sind eigentlich nicht dazu da, ausgegeben zu werden.«

»Okay. Wofür denn dann?«

»Sie sind … eine Art von Monument.«

»Na ja, sie sind jedenfalls kein Mount Rushmore.«

* * *

Da nichts Besseres verfügbar war, hielten wir für die Nacht an einem Rastplatz neben dem Highway an.

Ich machte uns etwas zu essen, zog die Vorhänge zu und bezog Estelles Bett frisch.

»Worüber wollten Sie mit mir reden?«, fragte sie mich beim Essen.

»Was meinen Sie?«

»Als wir vom Monument gekommen sind, haben Sie gesagt, Sie müssten mit mir über etwas reden. Aber dann haben wir nicht geredet.« Sie hielt inne und blickte zur Decke, als könne sie dort die Antwort finden. »Oder doch?«

»Ja, wir haben schon darüber geredet.«

»Worüber?«

»Es ist egal. Es war nicht so wichtig.«

Nach dem Abendessen stand ich auf, um mich in die hintere Schlafkabine zu verziehen. Ich wollte Brian anrufen und das schwierige Gespräch hinter mich bringen.

»Sie gehen?«, fragte sie besorgt.

»Ich muss nur einen Anruf machen.«

»Sie werden mich nicht verlassen, Lewis, oder?«

Offensichtlich erinnerte sie sich doch an unser Gespräch. Auch wenn vielleicht nicht bewusst, war es trotzdem irgendwo dort drin.

»Nein, das mache ich nicht.«

»Gut. Weil ich nicht weiß, ob ich jemand anderen bekommen könnte. Sie haben mich alle verlassen, weil sie glauben, mit mir wäre es schwierig auszukommen. So ein Haufen Feiglinge. Meinen Sie auch, es wäre zu schwierig, mit mir auszukommen, Lewis?«

»Ich finde, dass es schwierig *genug* ist«, erwiderte ich.

Und sie brach in schallendes Gelächter aus.

Selbst die bedrückendsten Umstände haben ihre positiven Aspekte. Wenn man mit Demenzkranken arbeitet, mag das Leben für beide Seiten schwer sein, aber wenigstens muss man nicht immer wieder neue, schlagfertige Antworten finden. Und ich sage das nicht, um den Ernst der Situation herunterzuspielen. Ich sage es, um in dieser Situation einen Lichtblick zu finden, denn ich denke, dass dies allen Beteiligten guttut.

Ich verzog mich in die Schlafkabine und rief Brian an.

»Hey«, meldete er sich.

Ich legte gleich los.

»Ich glaube nicht, dass es dieses Jahr mit der Krankenpflegeschule klappt.«

»Ja«, erwiderte Brian. »Das war mir schon klar.«

»Wirklich? Warum hast du mich dann gedrängt, es ihr zu sagen?«

»Damit du wenigstens ihre Reaktion hören konntest. Vielleicht wäre sie einverstanden gewesen. Und falls nicht, wird sie dich mehr zu schätzen wissen.«

»Du bist erstaunlich«, sagte ich. Doch er konnte mich vermutlich kaum verstehen, weil ich so lachen musste. »Bist du von mir enttäuscht?«

»Weil du deine Patientin an die erste Stelle setzt? Natürlich nicht. Die Krankenpflegeschule kann warten. Sie wird dir nicht weglaufen.«

Danach sprachen wir lange über leichtere Themen. Es fühlte sich nach diesen letzten Tagen befreiend an.

* * *

Es wäre unehrlich, wenn ich verschweigen würde, dass ich mir irgendwie sicher war, Estelle würde auf dem Nachhauseweg sterben.

Das Unterbewusstsein ist eine seltsame Sache. Wenn etwas nie zuvor passiert ist, denkt man, es würde nie eintreten, weshalb mich Chesters Tod so schockiert hatte. Wenn etwas einmal passiert ist, denkt man, dasselbe würde jedes Mal wieder eintreten.

Am nächsten Morgen und dem Morgen darauf hatte ich beim Aufwachen eine grauenhafte Vorahnung.

Doch Estelle starb auf unserem Nachhauseweg nicht. Nein, sie hielt noch sechzehn Monate lang durch, gab mir jeden Tag die Gelegenheit, an meinem Können zu feilen, und zwang mich, auf meine weiterführende Ausbildung bis zum übernächsten Jahr zu warten.

Doch die Krankenpflegeschule lief mir nicht weg. Sie wartete auf mich, genau wie Brian und Estelle gesagt hatten.

Und wissen Sie was? Wie sich herausstellte, war es meine Berufung.

Folge dem Autor/der Autorin auf Amazon

Wenn dir dieses Buch gefallen hat, folge Catherine Ryan Hyde auf Amazon. Dann erhältst du eine Benachrichtigung, wenn der Autor/die Autorin sein/ihr nächstes Buch veröffentlicht. Um dem Autor/der Autorin zu folgen, gehe bitte folgendermaßen vor:

Desktop:

1) Suche auf Amazon.de oder in der Amazon App nach dem Namen des Autors/der Autorin.
2) Klicke auf den Namen des Autors/der Autorin, um auf die Autorenseite zu gelangen.
3) Klicke auf den »Folgen«-Button.

Smartphone und Tablet:

1) Suche auf Amazon.de oder in der Amazon App nach dem Namen des Autors/der Autorin.
2) Klicke auf einen Titel des Autors/der Autorin.
3) Klicke auf den Namen des Autors/der Autorin, um auf die Autorenseite zu gelangen.
4) Klicke auf den »Folgen«-Button.

Kindle eReader und Kindle App:

Wenn du dieses Buch auf einem Kindle eReader oder in der Kindle App liest, wird dir automatisch angeboten, dem Autor/der Autorin zu folgen, nachdem du die letzte Seite des Buches gelesen hast.

Zeitfracht Medien GmbH
Ferdinand-Jühlke-Straße 7
99095 Erfurt, Deutschland
produktsicherheit@kolibri360.de

Druck:
CPI Druckdienstleistungen GmbH
im Auftrag der
Zeitfracht Medien GmbH
Ein Unternehmen der Zeitfracht - Gruppe
Ferdinand-Jühlke-Str. 7
99095 Erfurt